경계와 소통, 탈식민의 문학

경계와 소통, 탈식민의 문학

경계와 소통, 탈식민의 문학

김정숙·김현정·김화선·남기택·박현이·오연희·오홍진

도서출판 역락

“이 책은 2004년도 정부재원(교육인적자원부 학술연구조성사업비)으로
한국학술진흥재단의 지원을 받아 출판되었음.(KRF-2004-A00039)”

오늘날 세계는 이른바 신자유주의의 기치 아래 전지구적 자본주의가 본격적으로 실현되고 있는 듯하다. 문화의 어떤 형식도 자본주의적 경제 논리와 치열한 경쟁을 통한 살아남기 싸움으로부터 자유롭지 못하다. 문학장 역시 상품 시장의 원칙에 의해 그 정당성과 가치가 평가되고 있는 것이 현실인바, 각종 지원금 수여 여부가 문인이나 학자들의 주된 관심거리로 오르내리는 장면을 쉽게 접할 수 있다. 더불어 '상상의 공동체'로서 민족 개념에 대한 근본적 회의가 지속되는 전환기의 시대를 우리는 살고 있다. 민족문학의 위상이 곧 근대문학을 대표했던 우리 문학장의 관성도 위와 같은 인식 변화와 함께 패러다임의 전환을 맞고 있는 현실이다. 관점의 변화는 현실의 변화로부터 비롯된다. '강한' 민족 담론의 위기는 공동체와 문화를 이끌어가는 민족 단위의 현실 구조가 해체됨으로부터 비롯될 것이다. 반면 여전히 맹위를 떨치고 있는 자본주의적 현실은 각종 잉여 가치의 불평등한 분배를 반복하면서 또 다른 모순을 배태하고 있으며, 이에 문화의 식민성은 정치의 식민성과는 별개로 여전한 문제적 지형으로 재생산되고 있는 것이다.

탈식민주의 이론(postcolonial theory)은 문학의 (신)식민성과 문화의 혼종성을 재고하는 하나의 시각을 제시하고자 한다. 탈식민주의는 그간 당연시되었던 문학의 정전을 발본적 차원에서 재고하고, 다양한 방법론을 통해 문학 담론의 기형적 구도를 극복하자는 중요한 문제의식을 담고 있다. 우리의 문학이 오리엔탈리즘적 식민성의 구조로부터 자유롭지 못하다는 점은 부정하기 어렵다. 예컨대 이론의 서양 편력, 문학을 보는 시각, 중앙과 지역의 이분법적 구도 등은 지금 이 순간에도 한국문학장을 규정하는 중심 질서로 기능하고 있다. 이처럼 우리는 달라진 현실에도 불구하고 실존하는 문학의 경계들을 본다. 차이를 넘어 차별로 존재하는 문학장의 폐단이 우리 곁에 있다. 중앙과 지역의 이분법적 구도, 상징권력을 소유한 명망에 의해 좌우되는 문학성, 문화적 유행을 발빠르게 섭렵하는 재기에 반해 그 평가에 둔감한 비평의 수준 등등 문학적 차별을 진지하게 고려해야만 하는 현실이 존재한다. 탈식민주의 이론은 위의 문제를 포함한 한국문학의 (신)식민적 지형을 구명하고 극복하기 위한 효과적 틀이 될 수 있다. 문학에서만이 아니라 문화 전반에 있어서도 전지구적 자본주의화와 더불어 혼성성이라는 지표가 부각되고 있다. 국가도 민족도, 거대담론의 완고한 경계도 오늘날 문화의 흐름 속에서는 그 정체가 흔들리고 있다. 이러한 현상이, 문화의 다양성은 물론 민족국가라는 한계를 돌파하며 '다중(multitude)'의 시대를 열고 있는 증거인가, 아니면 새로운 시장논리를 배면에서 작용시키며 증파되고 있는 제국의 또 다른 양태인가 라는 논쟁은 여전히 진행형이다. 탈식민적 관점의 정당성은 이와 같은 현실의 지정학으로부터 비롯되기도 한다.

한편 탈식민주의가 유행한 지 일정 정도의 시간이 지난 상황에서 이론에 대한 부정적 입장 역시 대두되고 있다. 특히 기존 민족문학의 입장을 지니고 있는 일련의 시각에서나 창작자 혹은 지역문학의 현장에서 이러한 목소리를 종종 듣게 된다. 현학적 외국이론이 문학과 이론, 현장과 분석의 간극을 더 큰 골로 몰고 간다는 것이 비판적 입장의 주된 논거 중 하나이다. 탈식민주의를 바라보는 관점들은 각각 처해 있는 정치·경제·문화적 상황과 필연적으로 맞물려 제반 이데올로기를 반영하기 때문에 미묘한 입장 차이를 드러내고 있기도 하다. 서구 유럽을 중심으로 이루어진 탈식민주의에 관한 논의가 '주체, 지배자, 식민층'으로 대변되는 중심부로부터의 시각을 완전히 배제하지 못하고 그에 편중될 우려가 있는 한편, 제3세계를 중심으로 한 논의들은 '타자, 피지배자, 피식민층'으로 대변되는 주변부로부터의 시각에 의지하므로 반식민주의적이고 반제국주의적인 담론의 형태를 띠는 성향이 있으며, 결국에는 민족주의적인 경향으로 수렴될 우려가 있는 것으로 보인다. 이에 대한 경계와 입장의 설정이 탈식민적 문학 담론에 반드시 포함되어야 하며, 공저자들은 이 책을 통해 그러한 문제에 답하고자 노력했다.

이 책은 탈식민주의 이론을 단순히 섭렵하는 데 그치지 않고 이를 적용하여 한국문학의 현황을 점검하며 나아가 차별적 지정학을 극복할 수 있는 계기를 마련해보고자 한다. 우리나라와 같이 단일민족의 이데올로기가 강한 문화적 현실 속에서 양가성과 혼성성의 차원으로 정치적 효과를 읽어내는 것은 어려운 문제일 수 있다. 강렬한 단일 민족의 이데아는 오늘날 외국노동자에 대한 역차별의 근거로 해석되기도 한다. 서구 문학의 정전이 우리의 문학장에서는 그 기능을 수행하지 못하는 것도 일종의 배타적 민족주의가 낳은 문화적 구조일 수 있다. 그럼에도 불구하고 탈식민주의 이론이 함의하는 의미망은 매우 넓고 시사적이다. 그것이 (신)식민 담론의 구조와 효과에 대한 은유이듯이, 우리는 많은 문학작품 속에서 모방을 통해 저항을 낳고, 식민적 현실을 노래하면서 탈식민성을 계기하는 정치적 무의식을 빈번히 접하게 된다.

이 책은 지역에서 활동하고 있는 연구자들의 결과물을 묶은 것이다. 공저자들은 개인적인 문학 연구의 한계를 극복하는 동시에 지역 연구자들의 연대와 방향을 모색하고자 하는 공통된 문제의식을 지니고 공부해나가고 있다. 글들은 주제에 따라 2부로 나뉘어 실렸지만 본질적 차이가 있는 것은 아니다. 대체로 1부는 탈식민적 관점에서의 작품세계 등 전반적인 논의를, 2부는 여성(성), 지역, 혼성 등의 개별 주제에 집중한 글들을 묶었다.

김정숙의 「분류와 저항 담론을 통한 주체 형성」은 분류와 대립의 담론으로 80년대 '노동자'가 타자화 되는 과정, 그리고 억압적 방식으로부터 새로운 주체 생산을 모색하는 욕망과 담론적 실천을 방현석과 정화진의 소설을 중심으로 살펴본 글이다. 이 글은 민중적 투쟁과 연대의식을 통해 자본주의의 지배 담론과 교환 가치에 균열을 내고 새로운 주체적 삶으로의 이행을 보여주었던 80년대 노동소설을 다시 읽어내고 있다.

「소수적 문체와 타자의 윤리학」은 이문구의 『우리 동네』 연작을 중심으로 언어에 내재된 식민성과 탈구(脫臼) 가능성의 측면에 주목하면서 작중인물의 말에 나타나는 다양한 이데올로기를 분석한 글이다. 이 글은 이문구 소설이 방언의 독특한 형상화, 토착어의 고유성 담보를 통해 획일화·규범화되어 가는 언어 현실에 맞서고 있다는 점을 다시 확인하고 있다.

김현정의 「오장환 시에 나타난 탈식민성」은 일제에 의한 파행적 근대화, 혹은 '압축근대'(전근대-근대-탈근대)의 과정 속에서 오장환이 일제의 식민지 정책에 대한 대항담론을 어떻게 기획하고 마련하는지를 살펴본 글이다. 이 글은 오장환 시에 나타난 전통 부정, 현실 부정을 탈식민적 관점에서 재해석하려는 시도라 할 수 있다.

「윤중호 시의 고향담론과 지역성」은 윤중호 시인이 태어난 고향과 금강을 '삶의 문학'의 시원으로 자리매김하여, 그곳을 시공간으로 한 그의 시세계를 분석한 글이다. 이 글은 윤중호의 시를 통해 고향과 금강에 아직도 숨쉬고 있는 따뜻한 인간애와 공동체의식을 발견하면서 동시에 '지금-이곳'의 문제를 해결할 방도를 찾고 있다는 점에서 의의를 찾을 수 있다.

김화선의 「공동체의 역사를 상상하는 이야기의 힘」은 우리 민족의 역사를 다룬 아동문학 작품들 중에서 독특한 문체와 이야기 구성력으로 주목받은 김기정의 『해를 삼킨 아이들』을 분석한 글이다. 최근 아동문학장에서 민족을 상상하는 새로운 방식을 접할 수 있는 글이 될 것으로 생각한다.

「언어 제국주의에 저항하는 문학적 글쓰기」는 미국 이민 1.5세대인 차학경의 『딕테(DICTEE)』에 나타난 글쓰기 양상을 분석하고 있다. 이 글은 『딕테』가 보여주는 난해하고 특이한 글쓰기 양식이 언어 제국주의에 저항하는 여성적 글쓰기의 한 양상이라 판단한다. 또한 『딕테』의 서사가 구체적인 역사적 맥락에 개입하여 국가적 차원의 역사에서 배제된 피식민 여성주체 개인의 삶을 담론화하는 방식으로 하나의 대항담론을 형성하고 있다는 데서 그 의의를 찾고 있다.

남기택의 「김수영 시의 양가성」은 김수영 시를 탈식민적 관점에서 다시 읽으려는 시도이다. 다양한 관점으로 재해석되고 있는 김수영은 신식민성의 구조와 이에 대한 저항의 시적 상징을 효과적으로 보여주었다는 점에서 탈식민적 관점의 접근 역시 허락한다. 특히 김수영의 인식틀이나 시는 신식민 담론이 존재하는 양가적 구조에 근거하고 있으며, 또한 폐기와 전유의 관점에서 시적 저항이 어떠해야 하는가에 대한 하나의 예시가 될 수 있다. 유교적 전통 사상에의 집착과 회의로부터 비롯되는 김수영 시세계는 근대의 좌절과 고투로 이어진다. 김수영의 포즈적 모더니티는 때로는 초현실주의적 상상력을 집요하게 고수함으로써 그에 내재된 정치적 저항이 의도적인 것인지 권력의 효과인지 파악하기 어려운 경우도 많다. 이 점은 탈식민적 담론이 지니는 애매성의 근거와도 같으며, 이러한 특성 또한 김수영 시의 양가성을 설명하는 하나의 차원일 것이다.

「신동엽 시의 '지역'과 '저항'」에서는 지역적 정서에 바탕한 신동엽 시에 주목하고 있다. 그러나 신동엽 시의 지역은 구체적 공간으로 한정되지 않으며 이분법적 지역주의를 넘어서는 탈식민적 저항의 가능성을 보여주고 있다. 반면 이는 신동엽의 근대 인식, 즉 원수성으로부터 차수성을 거쳐 귀수성으로 회귀해야 한다는 주장에서와 같이 또 다른 본원주의의 혐의를 내포하기도 한다. 탈식민적 관점은 이 미묘한 동일화와 저항의 순간을 효과적으로 포착하는 근거가 될 수 있다는 것이 이 글의 주요 논지라 하겠다.

박현이의 「'복수적' 자아-되기의 방식」은 90년대 이후 여성의 내면과 일상을 다룬 작품들 중에서 날카롭고 강렬한 문체와 독특한 여성캐릭터로 주목받은 전경린의 소설 『내 생에 꼭 하루뿐일 특별한 날』을 분석한 글이다. 이 글에서는 '미흔'이라는 여성인물이 정형화·제도화된 일상에 균열을 내고 또 다른 여성으로 변환되어 가는 과정을 치밀하게 분석하고 있다. 고착되고 정형화된 자아에 결코 포획되지 않고 생성되는 자아 및 여성성의 개념을 새롭게 묘파하려는 노력이 깃든 글이다.

「하위주체 여성-노동자와 탈식민성」은 탈식민적 관점에서 신경숙의 『외딴방』을 분석한 글이다. 이 글은 『외딴방』에 등장하는 여성인물들의 몸에 각인된 '도시빈민층'과 '여공'이라는 계층적 코드 및 이들의 억압과 상처가 고스란히 기입되는 삶의 현장인 '공장'과 '학교'에 주목하고 있으며, 공동체 문화와 연대성을 통한 탈식민적 가능성을 조심스럽게 제시하고 있다. 그 과정에서 젠더화된 층위에서의 여성으로서의 정체성 문제와 사회적 소수자로서 여전히 타자화되고 있는 노동자로서의 정체성 문제를 동시에 아우고 있으며, 나아가 여성의 내면과 일상을 섬세하게 드러내는 미시서사의 형식을 띠고 있는 여성적 글쓰기가 하위주체 여성노동자들의 삶을 기록하는 치열한 역사의 장이 될 수 있음을 드러내고 있다.

오연희의 「'탐구'의 글쓰기, 그 가능한 시나리오」는 근대 이래 억압받아 온 수사학이 최근 다시 부활하게 된 동인을 살펴보면서 글을 쓰고 사고하는 오래된 문학의 이상을 전용한 글이다. 문학적 글쓰기와 여타의 글쓰기가 분리된 근대적 글쓰기의 배치도가 형성된 과정을 문제시하면서 근대를 넘어선 새로운 글쓰기의 가능성을 모색하고 있는데, 그 새로운 글쓰기의 가능성을 '이산적 글쓰기'에서 찾고 있다. 이산적 글쓰기란 수사학의 한계를 지적하기 위해 호명된 용어인데, 결국 수사학이란 누구나가 그럴 듯하다고 느끼는 것에 매달려 삶 자체를 쉽게 유형화할 수 있게 한다는 점에서 근대적 사유의 밖을 사유하기 힘들다는 한계를 지닌다. 공동체의 동의와 관습에 자신의 견해를 더해나가는 수사학적 글쓰기가 덧셈의 언어라면, 한번도 듣지 못한 도망가는 의미를 만드는 것, 일종의 외국어처럼 언어 속의 언어, 도망가며 이탈하는 글쓰기가 바로 뺄셈의 언어이며 이산적 언어라고 본다. 오늘날 글쓰기의 권력적 배치와 구도를 문제시하고 탈식민적 관점에서 디아스포라라는 새로운 글쓰기의 가능성을 적극적으로 모색해 보았다는 점에 주목해주었으면 한다.

오홍진의 「저주받은 대지에서 길어올린 희망의 윤리」는 남아프리카 단편소설집 『나를 인간으로 부르지 말라』에 대한 서평 형식의 글이다. 남아프리카의 인종 차별 문제와, 그런 상황 속에서도 피어나는 인간 윤리의 문제를 살피고 있는 이 소설집은, 탈식민주의 이론의 현재적 타당성을 되짚어 볼 수 있는 텍스트라는 점에서 의의가 있다고 할 것이다.

　「모성성과 여성성의 경계」는 황석영의 20세기 3부작(『오래된 정원』,『손님』,『심청』)에 나타난 모성성의 의미를 '여성성'의 시대적 맥락과 관련하여 되짚은 글이다. 대표적인 민족문학 작가로 평가받는 황석영의 소설은 남성 주체의 시선을 바탕으로 여성의 몸을 상품화하는 남성 중심의 세계관을 채 벗어나지 못하고 있는바, 황석영 소설에 내포된 이러한 문제는 민족문학에 내재된 문학적 한계 지점이 무엇인가를 새삼 성찰하게 만든다는 점에서 세심하게 살펴봐야 할 문제라 하겠다.

　글의 수록 순서는 선후배를 불문하고 저자의 이름 순서를 따랐다.

　우리의 이 작업은, 2년이 넘는 세미나를 토대로 한 결과물이라고 할 수 있지만, 공통된 주제를 다루거나 공동 연구로 진행된 것은 아니다. 이는 곧 개별 글들의 질적 차이와 연구자들 간의 입장 차이를 내포할 수밖에 없다는 고백이 된다. 개인적으로 발표한 논문과 평론을 묶은 이 책이 탈식민적 문학의 가능성에 대한 긍정적 계기가 될 수 있을지 확신하기 어렵다. 부족하더라도, 항상적 관심과 실천 속에 비로소 '다른' 배치가 만들어질 여백 또한 마련된다는 사실로써 필자들의 부족함을 변명하고자 한다.

2006년 3월

지은이

목 차

책머리에 · 5

제1부 탈식민적 문학의 가능성

분류와 저항 담론을 통한 주체 형성 _ 김정숙 ································· 17

오장환 시에 나타난 탈식민성 _ 김현정 ································· 47

공동체의 역사를 상상하는 이야기의 힘
  ― 김기정의 『해를 삼킨 아이들』론 _ 김화선 ················· 69

김수영 시의 양가성 _ 남기택 ································· 79

'복수적' 자아―되기의 방식
  ― 전경린의 『내 생에 꼭 하루뿐일 특별한 날』론 _ 박현이 ················· 101

'탐구'의 글쓰기, 그 가능한 시나리오
  ― 이산적 글쓰기의 한 모색 _ 오연희 ································· 127

저주받은 대지에서 길어올린 희망의 윤리
  ― 남아프리카 단편선 『나를 인간이라고 부르지 말라』에 대해 _ 오홍진 · 145

제 2 부   소수자, 여성, 지역, 타자들

소수적 언어와 타자의 윤리학
 ― 이문구의『우리 동네』를 중심으로 _ 김정숙 ································· 163

윤중호 시의 고향담론과 지역성 _ 김현정 ································· 183

언어 제국주의에 저항하는 문학적 글쓰기
 ― 차학경의『딕테(DICTEE)』를 중심으로 _ 김화선 ················· 203

신동엽 시의 '지역'과 '저항' _ 남기택 ································· 225

하위주체 여성-노동자와 탈식민성
 ― 신경숙의『외딴방』론 II _ 박현이 ································· 247

모성성과 여성성의 경계
 ― 황석영의 '20세기 3부작'을 중심으로 _ 오홍진 ················· 275

제1부

탈식민적 문학의 가능성

• • •

✔ 분류와 저항 담론을 통한 주체 형성 / 김정숙

✔ 오장환 시에 나타난 탈식민성 / 김현정

✔ 공동체의 역사를 상상하는 이야기의 힘 / 김화선

✔ 김수영 시의 양가성 / 남기택

✔ '복수적' 자아-되기의 방식 / 박현이

✔ '탐구'의 글쓰기, 그 가능한 시나리오 / 오연희

✔ 저주받은 대지에서 길어올린 희망의 윤리 / 오홍진

분류와 저항 담론을 통한 주체 형성

김 정 숙

1. 들어가며

80년대 민중문학이 민중적 전망의 관점에서 농민과 노동자의 삶의 고난과 투쟁을 형상화한 70년대 리얼리즘 문학의 성과로 성장했다는 점은 과언이 아닐 것이다. 80년대는 시대의 현실을 적대적으로 인식하고, 적과 우리의 대립적인 구도로 현실의 모순을 타개하고자 하는 일련의 작품들이 양산된 시기다. 70년대 소설가가 주로 글쓰기의 소양을 지녔던 점과 비교하여 80년대의 소설 쓰기의 주체가 노동현장에서 실체험을 했던 노동자였다는 점은 작품의 형질을 변화시키는 중요한 요인으로 볼 수 있다. 다시 말하면 문학의 장을 움직이는 주체가 변모했음으로 해서 80년대 작품에는 '노동자' '노동'이 중요한 문제로 대두되었고, 노동자들에 의하여 있는 그대로의 생활을 드러내는 르포문학이 본격적으로 등장하게 된다. 그 결과 80년대의 노동문학에는 노동자 시인이나 소설가들이 문단의 전면에 등장하는 단계를 맞음으로써 농민·도시 빈민에서 의식 있는 노동자로 성장하는 모습을 보여준다.

주지하듯 소설은 작가의 안목과 역사의식의 렌즈를 거쳐 당대의 사회를 반영하는 장르이다. 이때 '사회'는 "권력과 이데올로기가 작동하는 인위적인, 만들어진 공동체"[1]를 의미한다. 한국문학사에서 80년대는 문학과 사회의 관계를 논하는 방향 중 '노동을 통해 파악될 수 있는 사회'라고 할 수 있다. '노동'이 중요한 의미를 지니는 사회에서의 문학은 대체로 계급 및 당파성의 문제를 중심으로 삼는 정치경제학적인 질문과 밀접한 관계를 맺게 된다. 이러한 사회 속에서 문학은 결코 유희적인 텍스트가 아닌, 기존의 현실 상황을 변화시킬 수 있고 또한 새로운 현실 상황까지도 창출해낼 수 있는 일종의 '진지한 생산 수단'으로 간주된다.[2]

소설의 담론적 실천의 장은 말하는 자와 듣는 자의 '위치'를 상정함으로써 비로소 그 담론의 의미가 온전히 평가되는 일종의 정치적 영역[3]이라고 할 수 있다. 또한 소설 속의 작중인물들이 지배이데올로기와 권력의 호명 관계에 놓여 있다는 점에서 주체 형성의 과정과 맥이 닿아 있다. 특히 80년대 소설은 주체 구성의 담론과 이데올로기의 관계가 역동적으로 드러나고 있다. 이 시기의 작품들은 이데올로기적 봉쇄와 그것에서 벗어나고자 하는 탈구(脫臼)의 욕망을 미학적으로 형상화하고 있다. 또한 주체에게 동일화될 것을 요구하는 현실과 거리를 두면서 그 현실에 끊임없이 타자의 흔적을 남겨놓으면서, 동일화하는 근대 이성에 의해 억압되고 배제되어 있던 것을 의식의 표면 위로(텍스트의 표면 위로) 끌어올리는 기능을 풍부하게 보여준다. 본 장에서는 80년대 소설에서 분류와 대립의 담론으로 '노동자'가 타자화되는 과정과 억압적인 주체화

---

1) 최문규, 「문학과 사회의 차이성에 대한 모색」, 『문학동네』, 1997, 가을호, 61면.
2) 최문규, 위의 글, 62면.
3) 이경원, 「저항인가, 유희인가?: 탈식민주의의 반성과 전망」, 『문학과 사회』, 1998년 여름, 778면.

로부터 새로운 주체 생산을 모색하는 주체들의 욕망과 담론적 실천이 어떻게 나타나고 있는지 방현석과 정화진의 소설4)을 통해 살펴보기로 한다.

2. 대립적 계급의식과 주체화의 양상

2.1. 분류의 담론과 대립적 주체 구성

방현석의 『내일을 여는 집』에 수록된 소설들과 정화진의 「쇳물처럼」 은 80년대 노동현실을 실감나게 그린 대표적인 작품들이다. 80년대 소설에 드러난 80년대의 절망은 '가난'에서 비롯된다. 그 가난은 개인적인 불성실함에서 나오거나 파산으로 비롯된 것이 아니다. 그 가난의 근저에는 자본주의가 배태한 체계(구조)가 있다. 작품의 주요 이데올로기인 '경제주의' 또는 더 일반적으로 '경제 이데올로기'는 핵심적으로 경제적 현상들의 자동성 또는 자생적 조절에 대한 이데올로기로서 그 경제 구조에서 개인들의 가난은 운명처럼 반복되면서 절망을 낳는다.

공사판에서 허리를 다친 아버지가 보상금 한푼 없이 집안에 드러누운 것이 4년째다. 그의 앞에는 캄캄한 절망의 벽만이 버티고 있었다. 하루

---

4) 80년대 노동 현실을 담은 소설들은 르포 형식으로부터 '광주' 문제와 관련된 소설이 다수 있다. 윤정모의 「밤길」이나 정도상의 「십오방 이야기」·「친구는 멀리 갔어도」 등은 노동 현실이 드러나 있긴 하지만 광주 문제와 관련지어 설명될 필요가 있다. 또한 르포형 소설은 미학적 형상화에서 일정 부분 미흡한 점이 있었다. 따라서 노동 현장의 구체성과 노동자의 일상에서 분출되는 체험의 강렬함을 형상화시키고 있으면서, 일정 부분 미학적 성취를 이루었다고 판단되는 두 작가의 작품을 살펴보았다. 본문에서는 인용 면수만 기입하였다.

열네다섯 시간 일해도 끝이 보이지 않는 가난. 그에게 내일은 절망 이외의 아무것도 아니었다. 원망조차 할 수 없이 살아가는 그를 사람들은 성실하다 했다. 실은 희망도 분노도 없이 그는 절망하며 살아왔다.

(「내딛는 첫발은」, 29~30면)

또한 정화진의 「쇳물처럼」에서처럼 탄광촌의 규폐를 피해 삶의 고통을 피하면 피하려할수록 더욱 깊어지는 천씨의 고통은 차라리 '운명의 장난'처럼 느껴진다. 자신들을 얽어매고 있는 그 가난과 절망 속에서 노동자들은 막연하게나마 가난과 절망을 강요하는 것이 누구인지 깨닫게 된다. 그리고 사회 구조 내에서 점차 지배 권력의 이데올로기와 자신들이 처한 주체로서의 위치를 인식하게 된다.

어떤 것에 이데올로기를 부여한다는 것은 일차적으로 어떤 기준에 따라 '분류'하는 것으로부터 시작된다. 새로운 분류 체계들은 새로운 생산 양식과 새로운 사회관계와 등장을 같이한다고 전제할 때, '타자'들이 서로 교차하고 중복되는 부분들을 살펴보고자 한다면, 사회적 분류법이나 심리적 과정들이 발생하는 담화적인 장소를 파악하는 것이 선결 과제라고 할 수 있다. 이와 같은 연장선상에서 이야기의 진행을 결정하는 것은 사회어에 관련된 특유한 유관성 기준과 분류법이다. 페터 지마(Peter V. Zima)에 따르면, 이데올로기는 선택·정의·분류·내포의 방법으로 구축되는데, 이러한 방법을 통해 이데올로기적 담화의 문장들은 하나의 이데올로기적 이야기로 결합된다. 부르디외(P. Bourdieu) 역시, 나이에 따른 계층, 성에 따른 계층, 사회 계층, 나아가서는 씨족·종족·인종·민족과 같은 집단의 구성에서도 분류법의 의미를 결정적인 것으로 보고, 사회적 대상 구성 과정에서 말이 수행하는 역할은 물론, 모든 계급투쟁에서 계층을 구성하는 과정에 수반되는 분류 투쟁의 역할까지도 연구해야 한다고 역설한다. 그만큼 유관성 기준과 분류법은 집단적 입장, 지배 메커니즘 및 사회적 갈등과 분리될 수 없음을 알 수 있다. 따라서 언어 상황의 측면 내지 술화의 서술적 진행이라는 측면에서 주체가 어떤 의미론적 대립을 출발점으로 삼느냐의 문제는 결정적인 중요성을 지닌다.5)

노동소설에는 대상을 지칭하는 지칭어, 외양묘사, 그리고 서술의 대립효과와 이들이 산출하는 담론에 의한 주체화의 과정이 일어난다. 먼저, 작중인물들의 담화과정에서 우선적으로 드러나는 계급간의 관계는 언어습관, 특히 자신과 타자를 부르는 호칭에서 잘 드러난다. 호칭 관계는 대개 성명, 이름, 별명, 가명, 경칭, 인칭 대명사 등으로 구성되는데, 이 일군의 지표가 주체간의 이데올로기의 대립 효과를 창출한다. 특히 노동소설에서 호칭은 종종 작중인물의 사회적 위치를 적실히 반영하는데, 주로 노동자를 부를 때는 흔히 별명이나 성을 변형해 만든 별칭이 사용된다. 몇몇 노동자에게는 성 없이 이름만을 부여하는 경우도 있는데, 노동소설에서 보이는 호칭의 대조는 별명, 이름, 경칭이나 직함이 없는 성/성명, 경칭이나 직함이 있는 성으로 구분된다. 인물의 지칭에 있어서 노동자들은 주로 '마씨 · 천씨 · 천가 · 칠성이 놈 · 근욱이' 등 성(姓)으로 불리거나 호칭 없이 이름이 불려지는 데 반해, 주로 관리자들은 '전 상무 · 공장장님 · 사장' 등의 직함이 불려진다. 이 같은 분류의 어휘소는 사회의 다양한 집단어들의 구별을 가능케 해주는 '징후'가

---

5) 분류가 의미론적 사건일 뿐만 아니라 사회적 사건이기도 하다는 사실은 바르트의 유명한 경구에도 잘 나타나 있다. "당신이 어떻게 분류하는지를 말하라. 그러면 당신이 누구인지를 말해주겠다." 이 명제는 개인이나 집단을 막론하고 모든 의미론적 주체 구성에 대해 타당성을 지닌다. 미셸 뷔토르Michel Butor의 소설 『도(度)Degers』의 마지막 구절인 "누가 말하는가?" 새로운 단어 · 차이 · 대립 및 어휘소들을 끌어들여 새로운 대상을 구성하면서 학문 · 예술 · 사실주의 · 민주주의 또는 국가사회주의라는 이름을 이 대상에 부여하는 사람은 도대체 누구인가? 라는 질문도 이와 동일한 맥락이라고 할 수 있다. 페터 V 지마 저(허창훈 · 김태환 역), 『이데올로기와 이론』, 문학과지성사, 1996, 369면, 370면, 625면 참조.

될 수 있기 때문에 중요한 의미를 지닌다. 노동자들에게서 별명의 사용
이나 성의 생략은 그들에 대한 사회의 시각을 반영하는 것으로 볼 수
있는데, 그들의 불분명한 개별적 정체성은 그들의 무의미한 사회적 중
요성과 불가분의 관계에 있는 것이다.6) 이러한 분류적 인식은 다음 인
용문에서 잘 드러난다.

> "찾았습니까?"
> "응, 거기 좀 앉아봐."
> 공장장은 용호가 현장사무실에 왔음을 인터폰으로 보고한다. 유리벽
> 을 통해 현장이 한눈에 내려다보인다. 용호는 현장사무실에 올라올 때마
> 다 울분을 느낀다. 왜 공장마다 현장사무실은 이렇게 천장에 만들어놓았
> 을까. 여기서 보면 콧구멍 후비는 동작까지 감시할 수 있다.
> "본관사무실에 좀 가봐."
> "왜 내가 본관사무실에 가야죠?"
> 내가, 자칫 제가라고 나오려는 입 끝을 다잡아 '내가'라고 말했다.
> "사장님이 부르시는 거야."
> "싫습니다. 할 얘기가 있으면 여기로 오라고 그러죠."
> "본관에 가면 누가 잡아먹나 왜 그래."
> "예, 난 겁나서 못 가겠습니다. 또 경찰서에 붙들려갈까봐서."
>
> (「내딛는 첫발은」, 20면)

이 장면은 노조를 결정하고 실천에 옮기려는 용호를 공장장이 불러
사장에게 가보라고 대화하는 부분이다. 이 상황에는 두 가지 이데올로
기가 작동하고 있다. 먼저 언어 사용에 있어서 노동자인 용호는 이름
그대로 불려진 반면에, 관리들은 '공장장'이나 '사장님'으로 불려진다.
이것은 단순히 개별성을 나타내는 것 이상으로 보인다. 자본주의 사회

---

6) 유기환, 『노동소설, 혁명의 요람인가 예술의 무덤인가』, 책세상, 2003, 52~53면.

에서 직함의 있음과 없음은 지배 구조와 계급적 대립을 일으키는 가장 직접적인 사회적 위치를 함의하고 있기 때문이다. 나이를 떠나 공적인 일터에서 공장장은 해라체를 쓰는데 반해서 용호는 존댓말로 대답한다. 바르트(R. Bartes)에 의하면 권력이 가장 뿌리 깊게, 그리고 가장 일상적으로 기재되어 있는 장소가 언어이다. 작중인물의 언어습관을 통해 계급적 인식과 그들의 이데올로기를 예견할 수 있다. 문체가 사회나 계층을 반영한다고 할 때, 현재 그들의 관계가 인간적인 정서나 존중하는 관계 맺음이 아니라 자본주의적인 상하관계·관료적인 시스템에 있다는 것을 알 수 있다. '자칫'과 '다잡아'라는 말 사이의 갈등을 통해 의식적으로 '제가'를 '내가'로 말하는 것은 노동자에게 가해진 억압의 반영이자 그것에의 저항의 제스추어라고 할 수 있다.

또 다른 국면은 푸코의 원형감옥을 연상케 하는 권력방식으로서의 감시체계이다. 현장사무실을 천장에 만들어 놓고 하나하나의 행동까지를 감시하려는 권력의 시선은 자본주의 체계의 보이지 않는 감시-기계라고 할 수 있다. "이쪽 쳐다보지 말고 얘기해라. 자슥들 저쪽에서 망원경으로 살필라."(170면)라는 말은 노동자들의 감시당하는 억압성을 단적으로 드러내준다. 이 두 가지의 상황이 작업 내의 이데올로기라면 그것을 감시하고 비호하는 권력은 '경찰서'로 대변되는 국가 권력기구이다. '또'라는 말을 통해 그 일이 반복되었음도 알 수 있다.

이와 함께 외양묘사도 대립적으로 그려진다. 육체적 초상은 고유 명사와 더불어 작중인물을 구성하는 기본 요소로 간주되어왔다. 그것은 나이, 성(性), 취미, 행실, 습관, 문화, 유전, 환경 등 작중인물에 대한 다양한 정보, 의미론적 특징들을 집약적으로 보여주게 마련이다.7) 작중인물들의 얼굴은 일종의 사회적 유전을 반영하고 있다는 사실, 바꾸

---

7) 유기환, 앞의 책, 37면.

어 말하면 육체적 초상이 사회문화적 지표로 쓰이고 있다는 사실을 보여준다. 노동자들이 '퍼석퍼석하고' '꼬재재한' 모습으로 그려진 반면, 자본가는 '허여멀겋'고 '풍채 좋'은 모습으로 나타난다. 그리고 "일반작업자들의 안전모는 노란색이었고 관리직과 안전기강들의 안전모는 하얀색이었다."(「지옥선의 사람들」, 169면)처럼, 한때 블루칼라와 화이트칼라의 구별이 노동자와 비노동자의 차별로 행해졌던 것처럼 색깔은 또 하나의 분리의 표지로 기능하고 있다. 공장 체계에서 노란색으로 호출되는 주체는 일반작업자일 뿐이다. 같은 작업장 내에서, 그리고 안전을 목적으로 할 때에 색깔은 크게 중요하지 않을 수도 있지만 그들은 '노란색'과 '흰색'이라는 분리와 경계를 통해 그들의 계급의식을 간접적으로 지시하고 있다.

계급적 대립은 노동자의 생활과 관리급의 생활이 인접 서술됨으로써 한층 부각되고 있다. 서술의 측면에서 언술의 배치는 서술의 내용 이상의 효과를 발휘한다. 가령, 노동자들의 작업장은 기계로 가득 찬 "사방 두 자 크기의 가이드레일을 사람들은 공중에 뜬 감옥"(「지옥선의 사람들」, 162면)이라면, 사장의 사무실은 커피향기로 가득 메운 별세계이다. 같은 계절인 겨울을 대하는 태도에서도 그 점은 확연히 드러난다.

통장은 깨서는 안 되겠고, 김장은 무슨 돈으로 하며…자주 찾아오는 몸살기에도 불구하고 있는 잔업이나마 빠지지 않으려고 혼신의 힘을 다하는 그런 망할 놈의 겨울이었다. 1년 동안 이때만큼 자신의 존재를 되씹어 보는 계절도 없을 것이다. 목을 잔뜩 움츠리고 언손을 싹싹 비벼대며 출근을 하면 현장 한 귀퉁이 휑희 뚫린 탈의실(?)에서, 그늘 밑에 포수 쫓떨 듯 떨면서 빤쓰까지 작업용으로 갈아야만 했다. 옷을 벗을 때의 오한은 고사하고 전날 밴 땀이 얼음장처럼 식은 채로 몸에 찍찍 달라붙어 오는 이 한기!(정화진, 「쇳물처럼」, 109면)

위와 같은 장면이 제시된 후 곧바로, "사장같은 놈들은 스팀이 훈훈한 방에서 폭신한 단잠에 빠져 있을 이 새벽"(109면)으로 그려진다. 따뜻한 커피를 마시며 안락한 곳에서 맞는 사장의 아침과는 달리 노동자들이 맞는 아침은 "불러대는 그의 노래"가 "요란한 기계소리에 고스란히 묻혀가는, 그리고 그 요란한 기계소리를 뚫고 마이클 잭슨의 팝송이 작업장을 메우"(「내딛는 첫발은」, 5면)는 어지럽고 소음으로 가득 찬 공간이다.

이러한 지칭어와 외양묘사, 그리고 서술의 대립 효과들은 양자가 보여주는 어조에서도 다른 목소리를 드러낸다. 노동자들은 자신들이 만든 배를 '지옥선'으로 부르면서 현실 자체에 대해 체념적으로 생각한다. 현실이 참담하고 어려운데도 서술자 정형은 외면상 그 분노를 가시적으로 나타내거나 저항의 몸짓을 보이기보다는 자책하거나 인정에 호소하는 휴머니즘적인 정서가 지배적이다. '목숨보다 수없이 중요한 것이 많은' 현실을 위해 목숨을 소중하게 생각하는 일은 숭고하지만 그런 노력들은 '부질없는' 것으로 나타난다. 정형은 그렇게 유발하는 것을 사고로 생각하지만, 그것은 단순한 사고 이상이라고 할 수 있다. 그동안 열악하고 조금씩 누적된 자본주의적 현실이 잠재적으로 있다가 촉발되는 하나의 시뮬라크르로서의 '사건'이다. 후에는 적극적이고 투쟁적인 모습으로 변모하지만, 그 이전에는 하나의 '사건'이라는 인식에는 미치지 못하는 소극적인 태도로 그려진다.

노동자들의 체념적인 담론의 다른 쪽에 지배 권력에 대한 비판과 조롱의 어조도 나타난다.

"아니, 김용호 선생이 어디가 어때서. 모름지기 충성, 앉으나서나 자나깨나 충성, 주식회사 부흥과 오직돈 사장님의 무궁무진 변화무쌍 웅비도약을 위해서 지금은 마음을 비우고, 고철을 잡고 백의종군하고 있지만 말야. 김용호 선생이 주임만 될 것 같으면 외부 불순분자의 사주를 받고

용공좌경세력과 연계하여 인류파괴, 체제전복, 시국불안, 과격극렬, 폭란혁명, 좌우지당간 오직돈 사장님의 정력을 저하시키는 의식화 노동자는 샅샅이, 구석구석 깡그리 추려내서 격리적 차원으로다 해고, 쉬운 말로 모가지를 시켜서 다수의 선량한, 어디까지나 열심히 일만 하려는 절대 다수의 근로자들을 보호하고 오직돈 사장님의 물개 같은 정력을 회복시키고 그 싸모님의 나긋나긋 미끈미끈한 피부건강을 유지토록 하겠다 이 말씀입니다. 여러분, 밀어줘요. 어—때요."(「내딛는 첫발은」, 8면)

지배층에 대한 풍자와 조롱은 '오직돈'이라고 불린 사장의 이름에서 확연히 드러난다. 사장의 모든 가치는 '돈'에 있음을, 자본가에 저항하는 의식화된 '노동자'는 해고하고 열심히 '충성' '백의종군'하는 '근로자'는 보호하는 자본가를 비판하고 있다. 단지 '주임'만 되면 외부 불순분자들과 연계하는 세력들을 억압할 수 있다는 말은 하급 관리자이지만 '권력'을 갖기만 하면 힘을 소유하고 휘두를 수가 있음을 우회적으로 보여준다. 또한 자본경제주의와 혼종된 반공이데올로기는 다수의 노동자를 규제하는 데 강력한 영향력을 행사하고 있다.

이에 비해 지배 담론의 어조나 문체는 관용적이면서도 고압적인 모습을 드러낸다.

"자네는 위원장, 사무장, 교선부장인가 하는 그놈들과는 다르다고 들었어. 나도 자식 같은 놈들이라 감옥에는 안 보내려고 부탁을 했지만 경찰에서 막무가내야. 완전히 새빨간 물이 들대로 든 놈들이라는 거야."…
잔업과 야근을 못해서 결과적으로 월급이 훨씬 줄어서 항의하러 사장실에 간 후에 사장은 우선 움찔하다가 여유 있게 말하기를,
"그거야 불순분자들이 들어와서 설치니까 주문이 끊겨서 그렇지 않나. 주문이 없는데 어떻게 잔업을 시킬 수 있겠어. 지금 공장가동도 겨우 하고 있는 거라고. 생각 같아선 팔아버리고 은행에 저금해서 이자나 받으면서 편히 살고 싶지만 근로자들의 생계도 모른 체할 수 없고, 기업자의

막중한 사회적 책임도 저버릴 수는 없는 노릇이어서 사업을 계속하는 것
이지. 근로자들도 기업주의 어려운 입장을 충분히 알아주어야 하는데 말
야. 허허헛.”(「내딛는 첫발은」, 22~23면)

위 장면은 노동쟁의의 조짐을 알아챈 사장이 정형을 불러 회유하는
장면이다. 사장은 정형을 ‘자네’로 낮춰 부르면서 그의 동료들을 ‘그놈’
으로 부르는 분리의 어법을 사용하고 있다. 또 그들을 ‘자식’으로 생각
한다며 인정에도 의탁하는 모습을 드러낸다. 그리고 공공 이데올로기적
장치인 경찰의 권위를 빌려 그들을 ‘새빨간 물이 든 놈들’로 사상범으로
까지 몰아간다. 그것이 정형에게 사실처럼 다가오지 않는 것은 ‘빛나는
머리가죽’과 ‘훈장 받은 사장의 사진이 담긴 금색 액자’와 ‘별세계’의 장
소가 그들과는 너무 이질적으로 느껴지기 때문이다. 더 나아가 사장의
담론은 ‘근로자’의 생계와 기업가의 ‘사회적 책임’의 명분으로 파업으로
인한 손실을 막아보자는 자본가의 은폐하는 의도를 드러낸다.

소설 속의 노동자 담론이 체념과 유머 섞인 풍자가 주를 이룬다면,
부르주아 담론은 확신과 도덕적 타락을 명시적으로 알 수 있는 위선의
언술이 지배적이다. 여기에서 체념의 언어는 노동자들로 하여금 있는
그대로의 사회의 규칙, 즉 고정 관념과 기성 질서를 내재화하게 하는데
기능한다. 정리하자면, 이러한 외양묘사와 서술의 인접 효과, 그리고
공간에 대한 전체적인 환경은 노동자들에게는 탄식과 자조와 풍자의
담론을 발생시키고, 사용주(부르주아)는 확신과 위선의 도덕적 타락의
담론을 낳게 한다.

2.2 이데올로기 국가장치와 주체화

사용주와 노동자 간에 나타나는 분류의 표지들은 주체 형성의 인지

기제로, 이데올로기적 국가장치들을 통해서 더욱 공고화된다. 그중 법과 경찰 장치 이데올로기는 "있는 사람들한테나 필요할까 없는 사람은 죽어도 하소연할" 수도 없이 가진 자의 편에 기대있음을 알 수 있다.

> 너도, 너도, 너도, 너도 말 안할 거야. 모두들 입을 굳게 봉하고 이름조차 대지 않고 있는 가운데 조사경찰의 지적이 윤희에게까지 갔을 때였다.
> "너 이름 뭐야?"
> "깡순이."
> 윤희가 퉁명스럽게 내뱉었다. 세광 조합원들은 자신들을 깡다구로 뭉친 세광 깡순이라 불렀다.
> "강순희"
> 조사경찰은 아주 흐뭇한 표정이 되어 보고서에 이름을 기록했다.
> "생년월일은?"
> "깡순이"
> "이름은 강순희고, 생년월일 말야, 생년월일."
> "깡순이."
> "강순희, 네 이름말고 생년월일을 대란 말야."
> "깡순이"
> 조합원들이 더 참지 못하고 와 폭소를 터뜨렸다. 뒤늦게야 자신의 아둔함을 깨달은 조사경찰은 얼굴이 시뻘겋게 달아올랐다. 무안을 당한 조사경찰은 윤희의 뺨을 세차게 후려쳤고 그 손자국은 며칠간 지워지지 않았다.(「새벽 출정」, 37면)

파업 결성으로 경찰서에 끌려간 조합원들과 조사경찰 사이에 벌어진 약간은 우스꽝스러운 장면으로, 경찰에게 이름이 호명되었을 때 조합원들은 개인이 아니라 '깡순이'로 집단화된다. 이 대화에서 작동하는 이데올로기 역시 집단적 관심과 결부되어 있다. 이데올로기는 집단 언어의 한 형태(사회어)로서 현대 시장 사회에서 개인과 집단을 행동할 수 있는 주체로 만들어준다. 자기 자신에게 이름을 부여하는 것은 결코 자신이 아니므로 모든 개인은 수동적인 의미에서 '그'의 이름으로 불려진다. 그러나 윤희는 주어진 자신의 이름 대신 스스로 부여한 이름을 말한다. 경찰에 맞설 수 있는 힘이란 언어로밖에 안 되는 상황에서 윤희는 반복해서 자신의 집단화된 이름을 말함으로써 호명을 통해 역설적으로 저항의 말을 생산하고 있다. 그러나 한 개인의 폭력(공권력)이 집단을 압도하는 장면은 소수와 다수의 문제가 단순히 수의 많고 적음을 넘어 권력을 누가 쥐고 있느냐에 달려있음을 보여준다.

이 다수의 권력을 비호하는 또 하나의 이데올로기적 장치는 '학교'이다. 알튀세르(L. Altusser)는 "이전의 지배적인 이데올로기 국가장치에 대항한 정치적·이데올로기적인 격렬한 계급투쟁의 결과 성숙한 자본주의적 사회구성체들 속에서 지배적인 지위에 놓인 이데올로기적 국가장치"[8]를 교육 이데올로기적 장치로 본다. 즉, 전경(前景)을 차지하고 있는 정치적인 이데올로기적 국가장치 뒤로, 부르조아지가 그들의 가장 중요한, 따라서 지배적인 이데올로기적 국가장치로서 설치한 것이 교육 장치인 셈이다. 그렇다면 왜 교육 장치는 사실상 자본주의 사회구성체에서, 특히 80년대 노동소설에서 드러나는 것처럼 지배적인 이데올로기적인 국가장치로 기능하는 것일까?

젊은 여성 노동자들의 투쟁과정을 단단한 문체와 긴박한 호흡으로 짜임새 있게 그린 「새벽출정」에서 80년대의 산업을 이끈 주역은 우리가 흔히 '공순이'라고 불린 여공들이다. 이들은 가정 형편이 어렵고 수출 드라이브라는 산업 정책에 의해 배치된 '노동-기계'라고 할 수 있다. 회사는 일하는 대가로 부설학교를 만들어 표면적으로는 교육을 제공하

---

8) 루이 알튀세르 저(김동수 역), 『아미엥에서의 주장』, 솔, 1998, 98면.

기도 하지만, 주로 훈육과 교화에 중점을 둔 교육이라고 할 수 있다. 산업체 부설 학교는 자본의 논리에 따라, 그리고 그들의 관리와 지배를 공고히 하려는 목적에 따라 열리기도 닫히기도 하는 공간이다.

'노사분규로 인한 주문단절, 경영악화'로 폐업을 결정하였고, 학업중단까지 가 '비행을 저지를지' 모르는 상황이어서 '상경하시어 임금정산도 받으시고 농성장에 갇힌 자녀를 꼭 구해가'기를 촉구하는 회유반 협박반의 사장의 편지와 함께 "귀댁의 자녀가 계속하여 불법 집단행동에 가담할 경우 학교 당국으로서는 제적조치를 취하지 않을 수 없음을 거듭" 상기시키는 야간학교 교장의 편지는 이점을 단적으로 보여준다. 이들 편지들은 '학교-가족'의 쌍이 동시에 거론되면서 '유독 귀댁의 자녀'로 지칭된 특정인에게만 보내진 것으로 보이지만 여공들 전체로 보내진 일방적인 정보전달이다. 사업가들은 자신들의 지배 권력을 공문서나 위협적인 편지를 사용함으로써 노동자들의 활동 범위를 축소시킨다. 노동자들이 경험하고 느끼는 학교 교육은 "선생이란 것들까지 이럴 수가 있어. 학교가 도대체 뭐야. 교육이란게 뭐야." "다 똑같은 인간백정 같은 새끼들이야."와 "하라는 공부나 잘해. 그렇게 해서 언제 공순이 신세 면할래."와 같은 구절처럼 언어폭력과 내면적 상처로 형상화된다.

이처럼 대상이 주체로 동일시되기를 기대하는 사유의 틀은 개별적인 존재들을 모두 '노동자'라는 이미지로 범주화하면서 동일화시킨다. 동일성의 논리란 "타자를 동일자에 환원시키고 그럼으로써 차이를 동일성에 종속시킴이 없이는 타자를 제시할 수 없는 사고의 형태"9)를 가리킨다. 그런데 자본주의에서 개인에게 부과된 모순은 결국 해결이 됐다고 하더라도 지배계급의 이익이 되도록 해결된다. 왜냐하면 이데올로기적 호명이 끊임없이 우리가 누구인지를 형성하고 재형성하기 때문이다.

---

9) 베쌍 데꽁브 저(박성창 역), 『동일자와 타자』, 인간사랑, 1993, 97면.

사회의 모순은 단지 계급과 계급 사이, 지배계급과 민중 사이, 그리고 제국주의와 신식민지 사이와 같은 거시 구조에만 존재하는 것은 아니다. 그러한 모순은 각 계급과 계층에 속하는 개인들의 의식과 일상적인 삶 속에도 존재한다. 그것은 삶의 방식으로서 그리고 이데올로기로서 작동하고 있다.10) 대표적인 것이 가족 내에서의 주체들의 위치이다.

> 자신이 아내에게 다름 아닌 착취자요 지배자로 군림해왔다는 각성은 소름끼치는 사실이었다…남편이라는 이유 하나로 자신의 주장을 강요하는 것이 얼마나 부끄럽고 창피한 일인가를 그 역시 회사와의 싸움과정을 통하여 알게 되었다. 사장은 부장을, 부장은 과장을, 과장은 주임을, 주임은 기사를, 기사는 현장노동자를 지배하는 것이 당연한 미덕이 되도록 뒷받침하는 것이 남성의 여성에 대한 지배라는 사실, 계급지배의 신봉자들이 계급의 착취를 인간사회의 보편적인 진리로 위장시키는 출발점이 가정에서의 불평등이라는 사실을 성만은 예전에 단 한번도 생각해보지 않았다.(「내일을 여는 집」, 114면)

노동자를 비인간적으로 만드는 자본주의의 현실은 일상적 삶 속에 파고든다. 가족 속에서도 가족이데올로기로 침투해 있는 적의 모습을 발견한다. 가부장에 근거한 남성성을 강조하는 '사나이' 문화를 지닌 남성 노동자들은 자신들에게 혜택이 되는 남/녀의 분리를 의식적으로 때로 무의식적으로 받아들인다. 동시에 그들은 생산관계에서 불이익이 되는 정신노동과 육체노동의 분리를 수용함으로써 자본주의적 사회관계에 대한 이데올로기의 작용을 망각하게 된다.

80년대 노동소설이 보여주는 가장 근본적인 부분은 노동력 재생산의 문제로서, 노동력의 재생산은 지배적 질서에 대한 복종을 재생산하는

---

10) 채호석, 「노동문학-민족문학의 현 단계와 과제(2)」, 『민족문학사 강좌-하』, 창작과비평사, 1995. 313면.

것이다. 노동소설은 다수의 동의, 즉 헤게모니를 얻기 위한 이데올로기적 투쟁의 일환임에 틀림없다.11) 그 속에서 사용자와 주체는 자본주의 시스템에서 노동력의 재생산이라는 보이지 않는 거대한 흐름에 맞물리어 가면서 때론 대립적으로 또는 억압적인 형태로 주체화된다. 곧 주체는 양자를 주체화시키는 얽히고 갈등하는 이질 언어들(분류와 배제의 담론)과 일상적인 삶에 투여되는 이데올로기적 국가장치들에 의해 주체화됨을 알 수 있다.

3. 탈구와 전망을 통한 새로운 주체생산의 모색

3.1 적대의 설정과 혁명에로의 이행

이데올로기는 이글튼의 지적처럼 무정형의 진공 속에서 구축되는 것이 아니라 특수한 상황에 대한 주체의 반응이며, 상황과 주체의 관계망을 통해 구성된다. 헤게모니를 획득하기 위한 실천으로서의 이데올로기적 실천은 현실 속에서의 특정한 이데올로기적 효과를 기획하며, 그 효과는 현실 속에서 권력을 획득하고 유지하며, 지배를 공고화하고자 함에 놓여 있다. 물론 그 권력과 지배는 표상의 체계를 근저에 두고 벌여나가는 쟁투로 표현된다. 그리고 담론의 생성과 이해는 이러한 권력과 지배를 이면에 두고 수행되는 이데올로기적인 실천인 것이다.12)

노동자들의 언술들에서 분명히 드러나는 것은 대부분 육체노동자들이 그 정도는 다르지만, '그들'과 '우리'의 물질적 조건의 차이를 구분하

---

11) 유기환, 앞의 책, 182면.
12) 김상욱, 「소설 담론의 이데올로기 분석 방법 연구」, 서울대학교 대학원 박사논문, 1995, 31면.

고, 그러한 차이가 계급적, 집단적 불평등구조에 있음을 간파하고 있다는 점이다. '가진 자'와 '못 가진 자'의 대립도 있고, '부자'와 '노동자'의 대립도 있고, 대단히 애매한 '그들'과 '우리'의 대립도 나타나, 노동자의 삶의 조건을 규정하는 사회관계에 대한 인식이 불균등함을 보이고 있다. 노동현장에서의 경험이 오래된 노동자들일수록 그리고 노동조합에 참여하고 파업에 참가한 사람들일수록 착취적이고 불평한 구조에 대한 인식이 분명해진다.

그럼 타자화되고 억압된 정체성에서 벗어나고 욕망의 분출을 꾀하기 위해 노동자들이 선택하는 탈구(脫臼, dislocation)13)의 방식은 어떻게 그려지고 있는가. 자본주의적 억압에 대한 저항의 주체를 설정하는 일은 억압적 토대를 넘어서는 이행의 조건을 마련하는 출발점이 될 수 있다. 가장 주체적으로 해야 할 일은 그것에 저항하는 것일텐데, 80년대 노동소설에는 '적대'의 설정을 통해 혁명에로의 이행을 모색하는 모습이 담겨 있다.

자본주의 안에 내재된 모순의 상황은 그 안에 체계를 전복하고자 하는 또 다른 적대14)를 끊임없이 만들어냄으로써 혁명의 잠재태를 생산한다. 노동자는 자신을 규정하고 억압하는 계급을 적대적인 계급으로 인식함으로써 자본가에 대한 대타적 자기인식으로 나아가고 있다. 그리고 그 대타성은 "노예로 살지 않으려는 노동자가 선택할 수 있는 길은 노동운동뿐이었다. 그때는 승리할 것인가 패배할 것인가 하는 걸 생각

---

13) 욕망의 측면보다는 이데올로기를 통해 위치 지워진 주체의 자리에서 '위치 혹은 정해진 틀'에서 벗어난다는 것에 더 강조점을 두기 때문에 탈구라는 용어를 썼다. 그렇지만 억압된 주체가 내적인 힘을 통해 영토화된 곳으로부터 벗어나고자 하는 의지(욕망)라는 점에서 들뢰즈의 탈주의 의미와 크게 다르지 않다.

14) 적대란 안토니오 네그리가 맑스의 저작을 분석하면서 제시한 개념으로, 자본의 발전과정은 곧 적대의 심화과정이기도 하다는 점에서 내부에 이미 이행의 조건이 마련되어 있다는 아우토노미아 이론의 토대가 되고 있는 핵심 개념이다.

해볼 여유가 없"(「지옥선의 사람들」, 218면)는 자본가에 대한 그리고 자본주의가 가져온 모든 비인간적인 것에 대한 투쟁에서 비롯하는 것이다.15)

그러나 이러한 투쟁에의 의지는 예기치 않은 곳에서 교란되면서 낙관적인 혁명에의 기대가 어렵다는 점을 보여준다.

> 사흘이 멀게 안병욱이 따위의 대학교수란 것들을 불러다 일하는 기쁨에 대한 특강으로 교양을 쌓게 해주고 있다. 어제 점심시간 가두매점에 몰려온 열예닐곱 되는 아가씨들은 신이 나서 재갈거렸다. '다음번엔 한 국화장품 미용강사한테 피부미용 특강을 받게 된다.' '어젯밤엔 11시까지 신나게 디스코를 췄다.' 그들의 화끈한 사장은 회사 안에 디스코장을 만들었다. 이제 그네들은 음료수값 없이도 매일 삭신이 쑤시도록 디스코를 출 수 있게 되었다.(「내딛는 첫발은」, 12면)

열예닐곱 된 여공들에게 문화에 대한 접촉의 기회는 자신들의 현실을 잊게 하나 관심을 다른 곳으로 유도한다는 점에서 노동운동에는 큰 걸림돌이 아닐 수 없다. 사용자 측에서는 이름 있는 대학교수를 불러 '일하는 기쁨'과 교양을 쌓게 해주고, 미용강사에게 피부미용을 받을 수 있도록 해 준다. 또한 돈 들이지 않아도 오락과 여가를 즐길 수 있는 여건을 만들어줌으로써 회사의 요구에 동일화되도록 만들고 있다. 서술자 정형은 '대학교수란 것들' '따위'의 언술로 그것의 은폐성을 알고 있지만 여공들은 그것을 의식하지 못한다. 회사는 여공들이 가장 관심 있어 하거나 선망할 수 있는 대상을 제공함으로써 그들의 의식을 교란시킨다. 노동자들이 비록 그들의 처지를 간파했다 하더라도 그들은 이런 회사측의 문화생활 등의 교란으로 제약받게 된다. 강연회와 같은 고급

---

15) 채호석, 앞의 논문, 303면.

문화에의 선망과 '디스코장'으로 상징되는 오락문화는 감성적 실천의 장이면서 욕망 창출과 유혹을 통한 자발적 유도라는 방식으로 노동자들을 포섭하고 있다. 이것은 '해방'의 몸짓을 통해 기계와 라인에 새겨진 노동자들의 억압적 육체와 공장제도가 지닌 규율적·억압적 성격을 다른 방식으로 보충하는 것이다. 다시 말하면, "이들 공장에서는 매우 노골적인 방식으로 권력이 자본주의 작업장의 현실을 근접 감독의 형태를 띤 감시로 생산할 뿐 아니라 노동주체의 구성도 압도적으로 많은 수의 여성 노동력의 성적 욕망과 성 정체성을 포괄하는 '규격화하는' 규율적 권력의 자본주의적 적용에 의해 확장된다."16) 이런 문화를 경험한 여공들은 묵종과 자기규제, 그리고 일상적 반항행위에서 정확한 정체감을 갖기 어렵게 된다.

대중문화의 접촉을 통한 교란과 함께 노동운동을 제약하는 가장 두려운 것은 자기 내부의 갈등과 집단의 의지를 꺾는 질시와 반목의 감정이다. 투쟁이 강화되면서 노동자들 내부에서는 승리에 대한 확신이 흐려가는 반면에 본사는 오히려 관청과 경찰의 비호를 받으면서 노동자들의 단결력을 와해시킨다. 문화적 간파를 통해 부분적으로 이루어지는 '우리'의 사고와 문화적 형태들은 언제나 우리 안에 있는 '그들'에 의해 교란된다. 이때 이데올로기는 우리 안에 있는 그들이 되고, 투쟁의 원초적인 '적'은 바로 '조합원에 대한 조합간부들의 경멸에 가까운 불신'과 계속되는 패배로 인해 동료들로 그 표적을 삼기까지 하는 '감당하기 어려운 분노와 적개심'이 도사리고 있는 내부에 있다.

그렇지만 '가난과 굴욕'의 운명을 깨달은 '나'는 직접적으로 '주체'의 문제와 정면에서 대면하게 된다.

---

16) 론 사콜스키(저), 이호창(역), 「규율적 권력,' 노동과정, 노동주체의 구성」, 『문화과학』 1994년 여름호, 문화과학사, 1994, 246면.

백지 세 장이 주어졌다. 민영과 철순에게는 사직서가, 미정에게는 각서가 요구되었다. 8년과 7년 그리고 3년 동안 '우리 회사'라고 생각하며 다녀온 그들에 대한 '우리 회사'의 요구였다. 셋은 그 한 장의 백지가 주는 의미를 무섭게 깨달았다.

민영은 7년 동안 정든 세광물산과 자신의 관계를 생각해보았다. 구석구석마다 자신의 숨결과 손때가 묻은 세광물산은 민영에게 우리 회사이기를 거부하고 있다. 내밀어진 사직서는 세광물산은 너 따위의 것일 수 없다고 비웃고 있다. 세광물산은 어디까지나 사장 김세호의 것일 뿐이라고 호통쳤다.

나는 무엇인가, 세광물산에서 나의 의미는 무엇인가. 세광물산에서의 나의 7년은 무엇인가.

사무들의 모든 것들이 갑자기 낯설게 느껴졌다. 근면·자조·협동, 벽 높은 데서 내려다보는 사훈이 낯설었다. 액자에 담긴 '사원을 가족처럼 회사일을 내 일처럼' 사장의 친필도 새로운 의미로 다가왔다. 사무실 직원들의 얼굴도 낯설었다. 창밖으로 보이는 공장건물도 낯설다. 강민영, 너는 일당 사천팔십원짜리 고용인 이상의 그 무엇도 아니야. 그리고 이제 사장은 네가 필요없어졌어. 매일 구매하던 4,080원짜리 물건을 이제는 다른 곳에서 구입하겠다는 거야. 내가 앉혀졌던 자리에 다른 누군가 앉혀져도 도료를 만지게 될 거야. 7,8년 동안 흐려져 있던 것이 한순간에 명확해졌다. 결코 사장과 자신들은 같은 줄에 서 있을 수 없음을, 7,8년이 아니라 70년 80년을 다녀도 그들이 서야 할 줄은 노동자의 대열임을 뼈아프게 확인하였다.

그놈의 정 때문에를 되풀이하며 다닌 세광에서의 세월은 이날부터 바뀌지 않을 수 없었다. 이날의 배신과 분노를 통해 가슴속 깊이 각인된 것은 노동자라는 세 글자였다.(「새벽 출정」, 59면)

인용된 이 부분은 개인에서 '나'라는 주체로의 인식이 드러나는 장면이다. "나란 무엇인가." 이 말은 주체에 대한 가장 근본적인 물음인 동시에 나를 인식하게 하는 이데올로기 구조에 대한 자각이라고 할 수 있다. 정체성은 분리에 의해 강화되고, 거부되고 소외된 억압받는 집단

속의 주체가 어떻게 지배 체재 내에서 지배 이데올로기의 언어를 스스로 발언할 수 있는가의 문제로부터 전복의 전략을 탐구하려는 경향으로 이어진다. 민영이 깨달은 것은 고용인 그 이상도 그 이하도 아닌 오로지 사물화된 대상으로서의 자신이다. 그것으로부터 소외와 물신화 현상이 배태되고, 자본-기계의 배치로 전락되는 전도현상이 발생한다. 또한 교환가치에 의해 내가 '4,080원짜리' '물건'이 되고 정과 긴 시간이 의미가 없어지는 자본주의 속성을 드러내고 있다. 모든 것이 교환가치에 의해 측정되는 현실이 '낯설음'으로 다가온다. 공고한 가치와 신념, 익숙하게 느껴지던 대상을 낯선 것으로 인식한다는 것은 바라보는 주체의 인식이 변화될 수 있는 심리적 작용이다. 의심과 낯섦은 동일성을 깨고 그 동일화하려는 힘에 대해 비판을 가할 수 있는 주체 생산의 기제이기 때문이다. 그때 노동자들이 깨달은 것은 배신과 분노의 감정과 함께 '노동자'라는 주체의 확인이다. 그 깨달음은 '주체'에 의한, 그리고 '주체'에 종속된 주체라는 사실에서 비롯된 것이다. 즉 '주체'가 주체로, 그리고 '주체' 그 자신이 주체-'주체'로 이중화되어야 하는 놀라운 필연성[17]을 인식하게 된 것이다. 회사에서 쓸모없이 버리는 나뭇조각으로 그의 어린 딸 단비의 장난감을 만들어준 것이 상습적인 절도죄로 둔갑해버리는 현실 앞에서 "석철은 태어나서 처음으로 이 사회체제를 증오하게" 된다. 이 어처구니없는 일을 겪으면서 그는 노동자들이 상대해오던 회사라든가, 그 회사와 손을 잡고 있는 경찰과 노동청이라는 제한된 영역을 넘어서 더 큰 힘이 존재하고 있고 그것이 바로 권력이라는 것을 알게 된다.

---

17) 알튀세르, 앞의 책, 125면.

"저는 예전에 법은 공평하고 누구나 지킬 가치가 있는 것이라고 배웠습니다. 또한 국가의 권력은 모든 국민을 위해 존재하는 것으로 알고 있었습니다. 그러나 제가 노동조합을 하고 나서 이 자리에 서기까지 이 땅의 법과 국가권력이 보여준 것은 그 반대였습니다. 이 땅의 법이 아주 소수의 사람들을 위해 다수의 사람들을 짓밟는데 그 용도가 있으며 이 땅의 국가권력은 그것을 집행하기 위해 존재하고 있을 뿐이라는 사실을 저는 분명히 알게 되었습니다."(「또 하나의 선택」, 281면)

라고 재판정에서 석철이 외치는 부분은 법과 국가권력과 사회체제에 의해 은폐되어 왔던 계급적 본질을 선명하게 꿰뚫는다. 그런 각성이 있은 후에 "민주적으로 각성하고 노동자로서 단결하는 무서운" 힘을 통해 '스스로' 규율을 만들어 '새로운' 질서를 만들겠다고 다짐한다. 이는 지배이데올로기와 동일화되기를 거부하고 그것에 더 이상 포섭되지 않겠다는 절연의 의지이며 자발성의 표출이라고 할 수 있다. 이러한 움직임은 네그리가 혁명의 이행을 강조했던 실천성과 그 맥이 닿아 있다. 그리고 국가로부터의 일방통행적 감시와 규제를 벗어나 내면적 자발성과 실천으로 나아가려는 코뮨적 공동체로 이행할 수 있는 가능성을 보여준다. 중요한 것은 국가 그 자체에 대한 비판이 아닌 국가주의에 대한 비판을 통해 국가주의 이데올로기를 넘어서는 공동체의 실천이다. 즉 국가주의 이데올로기를 넘어서는 또 다른 형태의 국가의 실현을 모색해야 한다는 것을 80년대 노동소설은 '스스로' 만든 규율과 감당해 낼 수 있는 새로운 질서를 만들어가고자 욕망하는 주체들에서 그 가능성을 보여준다. 다시 말하면, 80년대 소설에서는 개인적인 차원에서 요구되던 '사랑'과 '윤리'의 차원을 넘어 집단적 주체의 투쟁의 방식으로 전환되고 있음을 알 수 있다.

3.2 민중적 연대의식과 전망의 모색

물론 새벽출정을 앞두고 "캄캄한 새벽하늘에 펄럭이는 깃발들만 소리 없는 함성으로 이들의 출정을 배웅"하는 장면은 노동문학의 한계로 지적되곤 하는 낭만적 열정이 절정을 이루는 장면이다. 동지들의 분신자살과 사용주들의 비인간적인 태도는 노동자들의 집단파업과 연대투쟁을 야기하는 상황에서 논리적 이성이란 거의 불가능한 상황임을 드러내고 있는데, 문제는 파토스의 과잉 자체의 문제라기보다는 그 전망의 부재와 '일터' 이상의 대안을 제안하지 못했다는 데에 있다.

전망이란 현실주의적인 문학에 고유한 특질이다. 좋은 세상을 향해 나아가고자 하는 노동자들의 유대감, 그리고 그 주변에 있는 사람들까지도 모두 하나의 정서로 끌어안으려 했다는 점에서 80년대 노동문학을 추동했던 정신은 어떤 '집단적 열정'이라고 할 수 있다. 그동안 노동을 하면서도 사람다운 대우를 받아오지 못한 노동자들의 감정은 '한'이고 '쉿물같은 분노'로 표출된다. 이러한 파토스의 열정은 현실과 미래에 대한 낙관적인 전망을 낳게 하는 이면에 하나의 이념태 혹은 가능태로서의 한계를 드러내기도 한다. '뒷일이야 어떻게 되건' 지금 그 치솟는 감정이 중요하다는 집단적 파토스는 한으로 표상되는 과거의 고통에 대한 자아각성의 측면은 있지만 미래에 대한 진정한 주체의식으로까지 나아가지 못한다. 다시 말하면, '노동하는 우리'는 물론 자본가의 무리에 대립하는 '우리'이기는 하지만, 그 대립을 어떻게 극복할 수 있을 것인가의 문제에는 아직 다가서고 있지 못하는 '우리'이다.18)

노동하는 주체가 자신을 '노동자'로 부르고, 같은 주체를 자본가 및 사업주가 '근로자'라고 부르는 맥락에는 그들의 이데올로기가 개입되어

---

18) 채호석, 앞의 논문, 307면.

있다. '근로자'의 의미가 아닌 근로하는 노동대중인 '노동자'의 의미를 희석시켜 보려는 시도들이 이 땅에 근대적 의미의 노동계급이 등장한 후에 끊임없이 계속되어 왔는데,19) 많은 이들은 근로자의 의미에 세뇌되어 그 의미를 인식하지 못하다가 총파업 등을 통해 노동자와 노동운동의 의미를 새롭게 인식하게 된다. 기존 사회의 권력 관계에서 가장이라는 특정 주체가 확보하던 권력의 중심적 위치가 '모두'라는 노동자 집단 주체로 전이됨으로써, 가족뿐 아니라 사회에서도 권력 관계의 새로운 '혁명적' 구성 방식을 투영한다. 노동소설에서 제시하는 미래에의 전망은 다음 세대인 아이들에게 기대되는 것으로 제시된다. 그 미래에 대한 희망찬 전망이 '아이들'의 말을 통해 드러나고 있는 점은 80년대 노동소설이 보여주는 두드러진 특징이다.

> "좋았어. 하나 둘 셋 넷!"
> 사랑도 명예도 이름도 남김없이, 한평생 나가자던 뜨거운 맹세,
> 발음이 분명치 못했지만 음정이 틀리지 않게 녀석은 노래를 이어갔다.
> 앞서서 나가니 산 자여 따르라.… 방 안 가득 박수소리가 울려 퍼졌다.
> 모두들 네 살배기 인식이를 깨물어주고 싶도록 어여뻐했다.
> "박인식, 너희 아빠가 누구지?" 진숙이 물었다.
> "에이급 선반공." 녀석이 뽐내듯 대답했다.
> "에이급 선반공이 뭐야?" "노동자."
> "노동자가 뭐하는 사람이지?" "역사의 주인."
> 강범이 인식이를 낮은 천장에 닿도록 번쩍 안아 들었다.
> "웜머, 이쁜 자슥!"
> 그날 송림동 산 27번지의 문간방은 손님들이 다 떠난 뒤에도 오래도록 불이 꺼지지 않았다. 진숙이 옷장 속에 고이 보관되어 있던 다이아몬드 마크 선명한 대성 중공업의 작업복을 꺼내 다리를 동안 성만은 휘파

---

19) 윤여탁, 「노동문학의 임무와 노동시의 역할」, 『문학과비평』, 문학과비평사, 1989 여름, 325~6면 참조.

람을 불며 설거지를 했다.(「내일을 여는 집」, 223면)

　가장 많이 생산하는 자들이 가장 풍요롭게 살아가는 내일을 꿈꾸는 일, 당당한 '역사의 주인'으로 살아가기를 바라는 마음은 아이들에게 투사된 어른 노동자들의 기대이자 희망이다. 그런데 중요한 것은 억압된 주체의 일면만의 각성과 전망만으로, 더욱이 어린이의 의식을 지배하게 될 이러한 전망들은 사회를 총체적으로 이해하고 변화시키기 어렵다는 점도 내포한다.

　그러나 투옥 이후 변화된 아내 진숙의 모습은 적극적인 실천성을 부여해 준다. 혁명을 통한 낙관적인 미래에 대한 절대적 믿음, 이것은 인간의 윤리를 절대화하는 절대윤리의 지점을 보여준다. 결백한 사람의 반란보다 더 강력한 것은 없으며, 윤리적 평온함과 합리적 척도에 의한 역습보다 더 측정불가능한 것은 없다는 스피노자(B. Spinoza)의 말처럼, 근본적으로 이전과는 다른 싸움의 방식, 전면적으로 온몸으로 싸우는 방식은 지금까지 해 왔던 노동운동의 한계를 넘어서는 지점이다. 비판과 전화의 관점은 자본의 계급성을 볼 수 있는 노동자의 입장과 가족의 가부장제적인 성격을 볼 수 있는, 이중으로 타자화된 여성의 입장에서 가능하다고 전제할 때, 투옥 이후의 실천적 행동을 통해서 자아와 자기 계급과 세계에 대한 인식을 획득하는 여공들과 남편의 계급의식을 인식하고 변화하는 여성주체들은 그 이행의 가능성을 보여준다. 표면적으로 '지는 싸움'임이 분명함에도 저항하는 행위는 민중의 힘을 보여주려는 것으로, 그 순결성은 자신의 주체성을 획득한 데서 비롯되었다고 할 수 있다. 전망의 가능성은 점차 추상적·감정적인 현실인식에서 그들이 처한 현실을 냉정하게 바라보고 구체적인 답변을 요구하려는 조직된 연대감의 언술들로 드러난다.

그 각성의 한 차원이 연대를 통한 주체 생산의 방식이었다면, 다른 한 차원은 '글쓰기' 행위를 통한 새로운 주체의 발견이다.

　　순분이가 전태일이며 석정남이라는 이름을 알게 된 것도 형자 덕분이었다. 형자는 겉장이 다 닳아진 잡지책을 갖고 왔다. 『대화』지였다. '불타는 눈물'이 어찌 석정남 하나뿐이겠는가.
　　"언니, 이런 글이라면 우리도 쓸 수 있겠네."
　　하고 순분이는 말했었다.
　　"글이란 게 별게 아니야. 혼자서 간직하기엔 너무 벅찬 것 있잖니? 또 공장에서 일하다 보면 화나는 일들이 많잖어. 그런 일들을 글로 쓰는 거지."
　　"그래두 글재주가 있어야지."
　　형자는 도서목록 중에서 책 한 권을 꺼내 보였다. 『난장이가 쏘아올린 작은 공』. 순분이는 페이지를 넘겨보았지만 너무 어려웠다.
　　"뭐가 뭔지 모르겠네. 언니. 분명히 우리 얘기 같기도 한데."
　　"이게 바로 글재주라는 거야. 우리 얘기를 이상하게 써 놓았잖아. 우리 얘긴 우리가 써야 되지 않겠니?"
　　그래서 그녀들은 작은 책자를 만들었다. 시도 있었고, 수기, 고향으로 보내는 편지, 수필 등등이 실렸다. 형자의 의견으로 이름을 모두 떼었다.
　　"이름을 떼고 읽어 봐. 모두가 우리들 글 같잖아."
　　정말 그랬다. 모두 각자가 쓴 것 같았다. 하나하나 읽을 때는 잘 드러나지 않는데 전체적으로 읽고 나면 치밀어 오르는 것이 있었다. 개인의 불만들이 합쳐져서 집단의 분노가 표현되었다. 순분으로서는 처음으로 자신을 되돌아보는 계기였다. 그녀 가정의 가난만 탓해 왔었는데 그게 아니었다. 집단의 문제였다. 노동자 집단의.(「깃발」, 466면)

길게 인용된 이 부분은 80년대 노동문학의 지향점이 무엇이었나를 알려주는 대목이다. '집단적 주체 생산'이 그것이다. 들뢰즈와 가타리는 군중을 두 가지로 구분했는데, 미시-권력의 생산자로 권력의 토대를 군건히 하는 것이 군중의 첫 번째 측면이라면, 한편으로 권력의 거시-정치에 구멍을 내는 분자적 무의식의 소유자가 군중의 두 번째 측면이다. 그 동안 노동자들의 태도가 전자의 모습으로 나타났다면 투쟁과 노동운동을 통한 민중의 태도는 후자의 국면이라고 할 수 있다. 각 개인들의 의식과 각성이 모여 하나의 '거대한 주체'로 나아가는 점은 탈주의 욕망과도 맞닿아 있다. 개인적으로 보면 현실의 문제가 가정에 국한된 '가난'의 문제였겠지만 주체로 성장했을 때에는 그 불합리한 위치들은 사회구조의 모순으로부터 기인되었음을 알 수 있게 된다.

각각의 이름을 떼어내는 장면에서 이름을 지우는 행위는 각 개인성의 소실이 아닌 집단적인 주체성을 획득한다는 점에서, 그리고 '글쓰기'를 통한 주체 형성이라는 점에서 새로운 주체 생산의 가능성을 엿볼 수 있다. 이중으로 억압받아오면서도 자신의 위치를 주체화시키지 못했던 여성노동자들은 타자의 시선과 언술들의 대화적 관계를 통해 주체적인 자리로 부각된다. 특히 글쓰기 주체가 '여성'이면서 '노동자'인 점은 90년대 여성작가들의 글쓰기가 폭발적으로 이루어진 이유의 어떤 징후가 아니었을까 그 상관성을 따져봄 직하다. 구획된 집단이 아니라 차이와 개별성을 인정하는 집단적 주체로 나아갈 때에 진정한 주체를 생산할 수 있는 동시에 해방의 지점을 선취할 수 있을 것이다.

4. 나오며

이상으로 분류의 담론을 통한 주체화의 과정과 호명에 억압된 인물들이 취하는 탈구 방식을 살펴보았다. 분류의 담론이 호칭, 외양, 어조 등에서 지배 담론과 노동자 담론을 대립시키고 있음을 볼 수 있었다.

이러한 억압되고 호명된 주체들의 탈구 방식은 내외부의 '적대'를 구축하고 투쟁의 전면화를 통한 새로운 주체의 형성, 그리고 민중적 연대의식을 통한 해방의 주체들의 모습으로 제시되었다. 다시 말하면, 80년대의 소설들은 억압적 장치로 기능하는 거대한 주체인 국가의 묵인 아래 다양한 이데올로기적 국가장치들이 노동자와 대립하여 갈등하는 모습을 형상화하고 있다. 즉 근대 자본이데올로기의 은폐성과 자연화(자동화)를 문제 삼고 '투쟁'과 '연대'를 통해 집단적인 주체로의 확대된 모습을 보여주었다. 이때 하나의 이데올로기만 나타나는 것이 아니라 국가나 기관의 국가장치를 비롯하여 교육, 문화, 대중매체 등의 이데올로기적 국가장치들과 혼종됨으로써 근대 이데올로기의 지배담론을 재생산하고 있다. 그런 상황에서 각 인물들은 이데올로기의 메커니즘에 동일시되거나 양가적인 태도를 지닌 주체로 형성되어감을 볼 수 있다. 또한 주체화의 측면에서 볼 때 처음에는 몰각적인 상태에 있던 인물들이 점차 지배이데올로기를 억압적으로 인식함에 따라 각성해 가는 성장소설의 형식을 보여주고 있다.

기본적인 구조를 보면 나(我)와 비아(非我), 주체와 타자, 자본가와 노동자라는 이원론적 구도를 나타내고 있다. 또한 새로운 주체 생산의 가능성과 전망 제시의 측면보다 분류를 통한 대립적 관계가 더 선명하게 부각되고 있는 것도 사실이다. 이것은 작품의 이분법적 구조로 인해 한계로 지적되곤 하는 것인데, 이것은 작품 내적인 한계일 수도 있지만 작품들이 생산된 시대 전체의 한계이기도 하며, 더 나아가서는 근대라는 역사의 한 시기가 내재한 모순일 수도 있다. 다시 말하자면 80년대의 소설은 많은 평자들이 한계점으로 지적하곤 하는 단순한 이분법적 구도를 넘어 '우리'와 '그들,' 그리고 '나'와 '또 다른 나'의 적대적 구축을 통해 80년대적인 현실과 그 현실에서 벗어나고자 하는 이행의 욕망을 적실하게 보여준 것으로 의미를 부여할 수 있다. 또한 각 인물들이 분산된 주체들로 남는 것이 아니라 결절점을 가지면서도 분리되는 '절합'된 주체의 모습으로 나아갈 수 있는 가능성을 보여준다. 비록 미래에의 전망보다는 현실에 대한 비판과 저항이 주를 이루고 있지만, 벽으로 남는 것이 아니라 벽을 뚫어 나아가는 자발적인 연대의식이야말로 이행의 근본 조건이자 진정한 해방으로 나아갈 수 있는 요건일 것이다.

결론적으로 80년대 노동소설은 80년대의 현실을 살아간 노동자들의 삶을 노동자들이 직접 체험했다는 의미를 넘어 민중적인 투쟁과 연대의식을 통해 자본주의의 지배 담론과 교환 가치에 균열을 내고 새로운 주체적 삶으로의 이행을 보여주었다는 점에서 그 의의를 찾을 수 있겠다.

오장환 시에 나타난 탈식민성

김 현 정

1. 들어가며

오장환(1918~1951)은 일제의 군국주의의 본질이 점점 노골화되던 1930년대 초반에 시 「목욕간」(『조선문학』, 1933. 11)으로 문단에 등장한다. 등단작에서부터 식민지인의 설움과 애환을 리얼하게 보여주던 그는 이후에도 식민지의 암울하고 참담한 모습, 그리고 절망적인 모습 등이 혼재된 현실을 끊임없이 작품 속에 투영시키게 된다. 또한 그는 일제에 의해 추진되는 근대화를 비판하기도 하였고, 이러한 식민지적 근대화에 의해 붕괴되어 가는 고향을 지속적으로 표출하기도 했다.

오장환에 대한 평가는 오랜기간 동안 상당한 진전을 이루어왔다. 오장환의 생애와 전기적 사건을 중심으로 한 역사·전기적 연구[1]를 비롯하여 작품의 구조, 형식에 치중한 내재적 연구[2], 모더니즘과 리얼리즘

---

1) 최두석, 「오장환의 시적 편력과 진보주의」, 『오장환 전집』, 창작과비평사, 1989 ; 김학동, 『현대시인연구』 I·II, 새문사, 1995 ; 김면수, 「오장환 시의 근대성 연구」, 인하대 석사논문, 1998.
2) 백수인, 「오장환 시 연구」, 전북대 박사논문, 1994 ; 곽명숙, 「오장환 시의 수사적 특성

입장에 둔 사조적인 연구3), 오장환의 정신사적 변모과정에 관한 연구4) 등 다양하게 논의되어 일정 정도 연구성과를 이루고 있는 것이 사실이다. 그러나 이들 연구의 대부분이 『성벽』에서 『나 사는 곳』에 이르는 오장환의 시적 편력을 타락한 현실인 성(城, 고향)의 부정에서 출발하여 가출한 시적 화자가 항구를 방랑한 끝에 탕아가 되어 다시 잃어버린 고향으로 되돌아가는 것으로 파악하고 있다.5) 그러나 본고에서는 이러한 연구에서 벗어나 오장환이 시를 통해 식민성을 어떻게 간파하고 극복하는가 하는 점에 초점을 맞추고자 한다. 이를 통해 그가 왜 전통을 거부했고, 끊임없이 힘없고 '이름없는' 민중들을 포용하고자 했는지를 살펴볼 수 있기 때문이다.

본고에서는 이러한 연구를 위해 탈식민주의적 관점을 차용하고자 한다. 탈식민주의(Postcolonialism)는 서구의 식민지였던 여러 국가들의 정치, 경제, 사회, 문화, 예술 등의 다방면에 걸쳐 형성된 민족과 인종 사이의 지배와 종속관계를 비판하고 재구성해내려는 이론을 말한다.6)

과 변모양상 연구」, 서울대 석사논문, 1997 ; 이상옥, 「오장환 시 연구」, 홍익대 박사논문, 1994 ; 주영중, 「오장환 시 연구」, 고려대 석사논문, 1999 ; 천영숙, 「오장환 시 연구」, 『한남어문학』 제29집, 한남대학교 한남어문학회, 2005.

3) 서준섭, 『한국모더니즘문학연구』, 일지사, 1988 ; 김용직, 『해방기 한국시문학사』, 민음사, 1989 ; 오세영, 「탕자의 고향발견」, 권영민 편, 『월북문인연구』, 문학사상사, 1989. 이숭원, 「오장환 시의 전개와 현실인식」, 『현대시와 현실인식』, 한신문화사, 1990 ; 박윤우, 「저항의 몸짓과 비판적 리얼리즘-오장환론」, 윤여탁·오성호 편, 『한국 현대리얼리즘 시인론』, 태학사, 1990 ; 김재용, 「식민지 자본주의와 근대 문명의 내파」, 김재용 엮음, 『오장환전집』, 실천문학사, 2002.

4) 이필규, 「오장환 시의 변천과정 연구」, 국민대 박사논문, 1995 ; 송기한, 「전향의 방법과 그 한계 - 오장환 론」, 『문학비평의 욕망과 절제』, 새미, 1998 ; 김도희, 「오장환 시에 나타난 소외의식 연구」, 대전대 석사논문, 2002.

5) 오세영, 앞의 논문. 최두석도 앞의 논문에서 이와 유사한 입장을 보이고 있다. 필자는 최근에 이같은 접근방법에서 벗어나 '변모과정'보다는 '연속성'에 치중하여 오장환 시의 고향의식(탈향-망향-귀향)을 다룬 바 있다.(졸고, 「오장환의 시에 나타난 고향의 중층적 의미」, 『어문논총』 제3호, 어문학회, 2005)

6) 김춘섭, 「문학의 지방화와 탈식민주의」, 『제21회 학술연구발표대회자료집 : 문학의 지방

최근에는 이 이론이 자기 중심적인 시선을 와해시키는 것에서 출발하여 안과 밖을 뒤섞는 방식으로 자신의 내부를 주체화시키는 '타자성의 주체'와 주체와 타자를 섞는 '문화적 혼종성'을 필요로 하는 담론으로 구체화되고 있는 양상을 보이기도 한다.7) 이러한 탈식민주의적 관점은 오장환의 시에 나타난 전통부정, 가출, 방랑, 귀향의 무의식적 측면을 살펴보는 데도 유용하리라 본다. 이 글에서는 오장환이 일제에 의한 파행적 근대화, 혹은 압축근대(전근대-근대-탈근대)의 과정을 체험하는 과정에서 일제의 식민지 정책에 대한 대항담론을 어떻게 기획하고 마련하는지를 살펴보고자 한다.

2. 전통부정, 탈식민성의 출발

오장환의 시에서 중요하게 대두되는 것 중의 하나는 전통의 문제이다. 전통은 사전적 의미로 "어떤 집단이나 공동체에서, 지난날부터 이어 내려오는 사상·관습·행동 따위의 양식, 또는 그것의 핵심을 이루는 정신" 또는 "역사적 생명력을 가진 것으로서 현재의 생활에 의미와 효용이 있는 문화유산"을 일컫는다. 이러한 맥락에서 보면 전통은 우리의 현재적 삶에 긍정적인 의미를 부여해 주는 매우 중요한 것이라 하겠다. 그러나 오장환은 전통을 이러한 긍정적인 의미가 아닌 '폐기'되어야만 하는 부정적인 것으로 인식한다.

내 성은 오씨. 어째서 오가인지 나는 모른다. 가급적으로 알리어주는

화와 탈식민주의』, 한국현대소설학회, 2003, 2면.
 7) 나병철, 『근대서사와 탈식민주의』, 문예출판사, 2001, 87면 참조.

것은 해주로 이사온 一淸人이 조상이라는 가계보의 검은 먹글씨. 옛날은 대국숭배를 유심히는 하고 싶어서, 우리 할아버니는 진실 이가였는지 상놈이었는지 알 수도 없다. 똑똑한 사람들은 항상 가계보를 창작하였고 매매하였다. 나는 역사를, 내 성을 믿지 않아도 좋다. 해변가으로 밀려온 소라 속처럼 나는 껍데기가 무척은 무거웁고나. 수퉁하고나. 이기적인, 너무나 이기적인 애욕을 잊을랴면은 나는 성씨보가 필요치 않다. 성씨보와 같은 관습이 필요치 않다.8)

　―「姓氏譜 ― 오래인 관습 ― 그것은 전통을 말함이다」 전문(『城壁』)

위 시는 자신의 정체성을 확인해주는 근거인 '성씨보'에 대한 부정성을 드러내고 있는 작품이다. '성씨보'는 오래된 '관습'이고 '전통'을 말하기 위한 것에 지나지 않다는 것이다. 그는 '성씨보'와 '관습'을, '관습'과 '전통'을 등치관계에 놓아 '관습'과 '전통'을 동일시하고 있다. 그가 이처럼 '전통'을 '관습'과 동일시한 것은 분명 인식적 오류라 할 수 있다. 그러나 오장환이 전통을 유교적 가부장제의 봉건윤리에 기반하고 있는 '보수적'인 유산이라는 점에서 시대착오적인 것으로, 부정해야 할 존재로 파악한 것으로 보고 있기 때문에, 이 동일시는 인식적 타당성을 확보하게 된다.9) 이러한 맥락은 "문학에 뜻을 둔 청년으로서 누구나 새로움을 찾고 향상되기를 바라며 그 만만한 의도에 패기를 가져보지 않은 사람이 어디 있겠는가! 그들은 무거운 전통과 습속에 눌리우며 모진 괴로움을 맛보며 싸워나왔다 …… 진정한 신문학이라면 형식은 어떻게 되었든지 위선 우리의 정상한 생활에서 합치될 수 없는 문단을 바숴버리고 진실로 인간에서 입각한 문학 즉 문학을 위한 문학이 아니라 인간을 위한 문학의 길일 것이다"10)라는 그의 말 속에서도 찾아볼 수 있

---

8) 최두석 편, 『오장환전집 1』, 창작과비평사, 1989, 36면.(이하 『전집』으로 표기하기로 한다.)

9) 박윤우, 「저항의 몸짓과 비판적 리얼리즘」, 145면 참조.

10) 「文壇의 破壞와 참다운 新文學」, 『조선일보』, 1937. 1. 28~29.(『전집 2』, 9~11면)

다. 여기에는 '문학에 뜻을 둔 청년'은 모름지기 전통과 습속에 대항하여 싸워야 하고, 또한 진정한 문학은 '인간을 위한 문학'이라는 논리가 자리잡고 있다. 이렇듯 그는 유교적 가부장제의 봉건윤리에 기반한 '전통'과 '습속'을 부정하는 문학, 즉 유교적이고 봉건적인 전통적인 '규율'과 '질서'에 종속되는 것이 아닌 그곳에서 해방되는, '인간을 위한 문학'을 하겠다는 의지를 강하게 보여준다.

오장환 시인이 전통을 그토록 부정한 이유는 무엇일까. 우선 그의 전기적인 사실에서 찾을 수 있다. 주지하다시피 오장환은 서자 출신이라는 독특한 이력을 지니고 있다. 오장환 시인이 태어나던 해에 그의 아버지의 나이는 이미 59세였고, 어머니의 나이는 37세였다. 어머니가 재취로 들어간 관계로 아버지와 어머니의 나이 차이가 무려 스물 두 살이나 난 것이다. 따라서 오장환 시인에게 아버지는 할아버지와 같은 아버지로 느껴지게 된다. 승지 벼슬까지 지낸 유교적인 아버지는 전처에서 낳은 아들이 사망하자 후사(後嗣)를 위해 자신의 어머니를 들였던 것이다. 그의 어머니는 오장환 시인을 포함하여 누이 오남환, 형 오성환, 여동생 오용환, 오영환을 낳게 되는데, 이들 모두 서자남, 서자녀로 호적에 올려진다.11) 자신을 포함한 형과 누이가 서자로 호적에 기록된 사실은 성장기의 오장환 시인에게 커다란 정신외상(trauma)을 가져다준다.

또 다른 이유는 유교적 봉건질서에 기반한 보수적인 사람들이 일제의 식민화정책에 협조하고 있다는 그의 비판적 인식에서 찾을 수 있다. 일제강점기에 많은 지배층(지주 등)이 일제와 공모한 사실은 여러 자료

---

11) 1929년 전처가 사망하고 난 2년 뒤인 1931년에 오학근과 오장환의 어머니인 한학수가 혼인신고를 하여 첩에서 처로 정정하고, 서자남, 서자녀도 적자로 변경된다.(『제 10회 오장환문학제 자료집 : 아, 내 노래는 당신의 것입니다』, 오장환문학제추진위원회, 2005, 10면 참조)

들을 통해 확인된 바 있다. 그의 지배층에 대한 이러한 부정적 인식은 아버지에게도 이어져 아버지를 인간을 억압하는 유교적 권위주의를 지닌 인물로, 그리고 어머니를 그러한 봉건주의의 희생자로 보게 만든다. 그의 시에 '고향', '어머니'에 대한 내용은 자주 등장해도 아버지가 거의 등장하지 않는 것은 이 때문이라 할 수 있다.12)

이러한 측면에서 오장환은 전통을 부정하게 된 것이다. 이 전통에는 유교주의적 봉건질서에 기반한 보수적인 것이 내포해 있었고, 일제의 식민화정책에 동조 내지는 방관하는 유교적 권위주의와 밀접한 봉건적인 아버지가 존재했던 것이다. 따라서 그가 거부하는 전통은 긍정성과 부정성을 내포한 전통이 아니라 부정성이 담긴 전통인 것이다. 다시 말하면 그가 부정하려 한 전통은 조상 자체가 아니라, 조상들을 억압했던 주자학적 사유체계이고, "보수는 진보를 허락하지 않아 뜨거운 물 끼얹고 고춧가루 뿌리던 성벽"(「城壁」) 같은 족보와 열녀문 등 인간을 억압하는 봉건적 질서 체계라 할 수 있다.13) 다음 시에서도 이러한 면을 볼 수 있다.

열녀를 모셨다는 旌門은 슬픈 울 창살로는 음산한 바람이 스미어들고 붉고 푸르게 칠한 황토 내음새 진하게 난다. 小姐는 고울 얼골 방안에만 숨어 앉어서 색시의 한시절 삼강오륜 朱宋之訓을 본받어왔다. 오 물레 잣는 할멈의 진기한 이야기 중놈의 과객의 화적의 초립동이의 꿈보다 선명한 그림을 보여줌이여. 시꺼믄 사나이 힘세인 팔뚝 무서운 힘으로 으스러지게 안아준다는 이야기 소저에게는 몹시는 떨리는 식욕이었다. 소저의 신랑은 여섯 해 아래 소저는 시집을 가도 자위하였다. 쑤군, 쑤군

---

12) 아버지에 대한 회상 내지는 그리움을 묘사한 작품으로는 「고향이 있어서」(『문장』, 1940. 12)가 거의 유일하다.
13) 최명표, 「해방기 오장환의 시와 시론」, 『한국언어문학』 제 54집, 한국언어문학회, 2005, 415면 참조.

지껄이는 시집의 소문 소저는 겁이 나 병든 시에미의 똥맛을 핥어보았
다. 오 효부라는 소문의 펼쳐짐이여! 양반은 죄금이라도 상놈을 속여야
하고 자랑으로 누르려 한다. 소저는 열아홉. 신랑은 열네살 소저는 참지
못하야 목매이던 날 양반의 집은 삼엄하게 교통을 끊고 젊은 새댁이 독
사에 물리랴는 낭군을 구하려다 대신으로 죽었다는 슬픈 전설을 쏟아내
었다. 이래서 생겨난 효부열녀의 정문 그들의 종친은 가문이나 번화하게
만들어보자고 정문의 광영을 붉게 푸르게 채색하였다.14)
  —「旌門—廉洛 · 烈女不敬二夫忠臣不事二君」 전문(『시인부락』, 1936. 11)

이 시에 나오는 '정문'은 기존의 신성시하고 숭상하던 '정문'이 아니
다. 일반적으로 '정문'은 "충신·효자·열녀 등을 표창하기 위하여 그의 집
앞이나 마을 앞에 세우던 붉은 문"으로 '지조', '절개'의 상징물처럼 여겨
왔다. 그러나 시인은 이러한 '정문'의 '신성성'과 '숭고미'를 훼손하고 전
복시킨다. 그는 "효부열녀의 정문 그들의 종친은 가문이나 번화하게 만
들어보자고 정문의 광영을 붉게 푸르게 채색하였다."에서 드러나듯 정
문의 허상을 본 것이다. 이처럼 그는 인간의 욕망을 억제하고, 철저하
게 양반의 논리로 귀결시키려는 유교적 질서를 비판하고 있다. 전통,
인위적으로 조작된 전통을 강하게 부정하고 있음을 발견하게 된다. 시
인은 열녀문, 정문의 허상에 대해 비판하면서도, 그 전통에 의해 희생
된 '소저'와 같은 힘없고 이름없는 민중의 삶은 동경한다. 즉, 시인은
인간을 억압하고 구속하는 기존의 유교적 질서를 반영하는 전통을 비
판하면서 동시에 그것에 의해 억눌리고 희생된 소외된 이웃들의 삶을
따뜻하게 끌어안는다. 그의 시에 자주 등장하는 '어머니'도 유교적 권위
주의와 '권력있는' 아버지에 희생되고 구속된 그 '이름없는' 민중들의 한
사람이기에 시인이 긍정적인 시선을 보낸 것이다.(이 부분에 대해서는 뒤

---

14) 『전집 1』, 172면.

에서 구체적으로 언급하기로 한다.) 이처럼 시인은 일제와 결탁한, '전통'을 중시하는 유교적 권위주의를 부정하며 그에 저항했던 것이다. 인간을 억압하고 불합리한 유교적 전통에 대한 그의 비판은 일제강점기에 조선인을 유린하고 착취하는 일제의 강제적인 식민화에 대한 부정과 자연스럽게 연결된다. 이러한 면에서 그의 일제의 식민화와 유교적 권위주의에 대한 비판이 그의 시세계의 주조를 이룬 것은 당연한 논리라 할 수 있다.

> 돌담으로 튼튼히 가려놓은 집안엔 검은 기와집 종가가 살고 있었다. 충충한 울 속에서 거믜알 터지듯 흩어져나가는 이 집의 支孫들. 모도 다 싸우고 찢고 헤어져나가도 오래인 동안 이 집의 광영을 지키어주는 神主들 들은 대머리에 곰팽이가 나도록 알리어지지는 않어도 종가에서는 무기처럼 애끼며 제사날이면 갑자기 높아 제상 우에 날름히 올라앉는다. …… 종가에 사는 사람들은 아모 일을 안해도 지내왔었고 대대손손이 아무런 재조도 물리어받지는 못하야 종가집 영감님은 근시안경을 쓰고 눈을 찝찝거리며 먹을 궁리를 한다고 작인들에게 고리대금을 하여 살어나간다.15)
>
> ─「宗家」 부분(『풍림』, 1937. 2)

이 시에서도 기존의 '종가'의 의미와 상치된다. '종가'는 "한 문중에서 맏이로만 이어 온 큰집"으로, 그 집안의 전통과 내력이 고스란히 담겨져 있는 곳이다. 그리고 종가에서는 다른 집보다 혈통을 계승시키는 것을, 그리고 조상 모시는 일을 더 중요시하였다. 그러나 시인은 이러한 '종가'에 대해서도 부정적인 시선으로 바라본다. 평소에는 "대머리에 곰팽이가 나도록 알리어지지는 않어도" '제사날'만 되면 모든 종친들이 모이는 유교적 권위주의의 상징적 힘에 대해 우회적으로 비판한다. 그리

---

15) 『전집 1』, 174면.

고 종가에 사는 사람들이 일을 하지 않고 작인들에게 고리대금을 받아 살아가는 방식에 대해서도 부정적으로 표출하고 있다. 나아가 그는 "대 대손손이 아모런 재조도 물리어받지는 못"해 일을 하지 못해도 '이름없는' 작인들의 힘으로 연명하게 되는 당시의 사회구조적 모순도 간파한다. 여기에서도 오장환이 '종가'와 그곳에 살고 있는 사람들을 비판하면서 '작인'과 같은 '이름없는' 소외된 이웃들을 포용하고 있는 것을 알 수 있다.

오장환의 미덕은 인간을 억압하고 구속하는 전통을 비판하면서 그 전통에 억눌리고 핍박받은 소외된 이웃들을 끊임없이 따뜻하게 감싸안는 데 있다. 이는 그의 문학의 지향점인 '인간을 위한 문학'의 길로 나아가는 것과 동궤를 이루는 것이다. 일제강점하에서 시인은 일제에 의해 억압받고 탄압받는 소외된 이웃들, 그리고 유교적 봉건주의, 권위주의에 의해 또 다시 억눌리고 구속되는 '이름없는' 수많은 민중들의 삶의 건강성을 본 것이다. 일제의 군국주의가 더욱 강화되던 1930년대 중반에 일제에 대한 저항의식을 담은 작품을 발표하기가 쉽지 않았던 시기에 오장환은 이처럼 일제강점기에서도 꿋꿋하게 버티는 유교적 봉건주의의 산물인 '전통'에 대해 비판하고 부정하였던 것이다. 여기에서 그가 철저하게 민중들을 외면하고 '양반'만을 위하는 전통, 소외된 이웃들의 힘으로 유지되고 지속되는 그러한 전통의식을 훼손하고 전복시키려 했음을 알 수 있다.

3. 식민지현실에 대한 부정정신과 비판의식, 탈식민성의 논리

오장환이 인간을 억압하고 구속하는 전통을 비판하게 된 근저에는 식민지현실에 대한 부정정신과 소외된 이웃을 감싸안는 민중의식이 자리하고 있다. 주지하다시피 일제의 군국주의가 점점 노골화되던 1930년대 중반 이후에 식민지현실의 부정적인 모습을 직접적으로 표출하는 데에는 많은 제약이 따랐다. 때문에 당시 많은 문인들은 식민지현실의 모순을 직접적으로 폭로하지 못하고 간접적으로 묘사할 수밖에 없었다. 따라서 오장환 시인도 식민지현실의 부정적 모습을 '바다'와 '고향' 등 보편적인 소재를 통해 은연 중에 유포하는 방식을 채택하게 된다. 이를 통해 시인은 억압받고 소외된 대상들, 즉, '기생', '농군', '어머니' 등을 중심으로 그들의 삶의 비참한 모습을 보여준다.

> 신작로 가으론 조그만 함석집이 있읍니다.
> 유리창은 인조견처럼 뻔적어리고
> 촌민들이 세금을 바치러 들어갑니다.[16]
>
> —「面事務所」(『조선일보』, 1936. 10. 13)

위 시는 '면사무소'에 세금을 내러 가는 촌민들의 슬픈 풍경을 담담하게 보여주고 있는 작품이다. 이 작품은 비록 짧은 3행일지라도 함축하는 바가 많다. 먼저 '면사무소'는 '조그만 함석집'이지만, 일제가 만든 '신작로' 옆에 "인조견처럼 뻔적어리"는 유리창이 있는, 위용을 자랑하는 당당한 대상으로 그려지고 있는 데 반해 세금을 내러 오는 '촌민'은 삶의 의욕을 상실한, 무기력한 대상으로 묘사되고 있다. 그리고 촌민들이 세금을 내러 가는 것이 아니라 '바치러' 들어가는 모습에서 자발적인 것이 아닌 '강요에 의한 것'임을 느낄 수 있다. 이 작품은 당시 '면사무소'의 위용과 '촌민'들의 위축상을 선명하게 대비적으로 배치하여 독자들에게 식민지현실의 부정적인 모습을 은은하면서도 강하게 보여주고 있다.

---

16) 『전집 1』, 163면.

오장환의 시는 이렇듯 일제의 만행을 눈에 띄게 드러내지 않으면서도 그 만행을 감지할 수 있는 기법을 보여주고 있다. '촌민'의 슬픈 모습은 식민지현실을 살아가는 조선인의 슬픈 자화상이기도 한데, 이와 유사한 장면은 다음 시에도 나온다.

> 눈 덮인 철로는 더욱이 싸늘하였다
> 소반 귀퉁이 옆에 앉은 농군에게서는 송아지의 냄새가 난다
> 힘없이 웃으면서 차만 타면 북으로 간다고
> 어린애는 운다 철마구리 울듯
> 차창이 고향을 지워버린다
> 어린애가 유리창을 쥐어뜯으며 몸부림친다17)
> — 「北方의 길」 전문(『獻詞』)

식민지현실에서 탈출하기 위해 북방으로 떠나는 '농군' 가족의 우울한 풍경을 엿볼 수 있는 작품이다. 싸늘히 '눈 덮인 철로'와 '소반 귀퉁이 옆에 앉은 농군'의 모습에서 희망을 잃은 절망적인 분위기를 느낄 수 있다. 그리고 '농군'이 어떠한 '희망'을 찾아 '북방'으로 가는 것이 아니라 식민지조선에서는 도저히 살 수 없어 떠나는 것이기에 더욱 절망적이다. 이러한 분위기의 절정은 어린애가 "철마구리 울듯" 울고, "유리창을 쥐어뜯으며 몸부림"치는 장면에서 볼 수 있는데, 이는 고향을 떠나는 '농군'의 절박한 심정을 대변하는 '울부짖음'과 '몸부림'으로도 볼 수 있다. 시인은 '농군'과 같은 '힘없고' 소외된 이웃의 비참한 삶을 통해 당시 식민지현실의 부정적인 면을 강하게 표출하고 있다.

오장환의 민중에 대한 따뜻한 시선은 '기녀'를 묘사하는 장면에서도 보인다. 일반적으로 '기녀'는 "잔치나 술자리에 나가 노래나 춤 등으로

---

17) 『전집 1』, 62면.

홍을 돕는 일에 종사하는 여자"로, 예로부터 많은 사람들에게 천대받기 일쑤였다. 그러나 시인은 이 '기녀'를 천한 신분을 가진 여인으로 보지 않고 동등한 '인간'으로 인식한다. 기녀들을 식민지현실 속에서 핍박받는 하층민으로 보고 그들의 애환을 표출하기 시작한다.

> 1) 푸른 입술. 어리운 한숨. 음습한 방안엔 술잔만 훤하였다. 질척질척한 풀섶과 같은 방안이다. 顯花植物과 같은 계집은 알 수 없는 웃음으로 제 마음도 속여온다. (……) 괴로운 분노를 숨기어가며…… 젖가슴이 이미 싸늘한 매음녀는 파충류처럼 포복한다.18)
>
> — 「賣淫婦」 부분(『城壁』)

> 2) ……인력거 위에서 車와 함께 이미 하반신이 썩어가는 기녀들이 비단 내음새를 풍기어가며 가느른 어깨를 흔들거렸다.19)
>
> — 「古典」 부분(『城壁』)

> 3) 옛이야기 모양 그짓말을 잘하는 계집
>   너는 사슴처럼 차디찬 슬픔을 지니었고나"
>
>   (……)
>
>   졸리운 양, 춤추는 여자야!
>   세상은
>   몸에 이익하지도 않고
>   加味를 모르는 한약처럼 쓰고 틉틉하고나.20)
>
> — 「月香九天曲—슬픈 이야기」 부분(『城壁』)

---

18) 『전집 1』, 23면.
19) 『전집 1』, 24면.
20) 『전집 1』, 11~13면.

위 시편들은 '기녀'들의 슬프고 지친 삶의 풍경들을 노래하고 있다. 1)과 2)에서는 기녀들의 삶을 '욕정'을 담은 시선으로 보는 것이 아니라 '연민'의 시선으로 바라보고 있다. '푸른 입술'과 '젖가슴이 이미 싸늘한', 그리고 '하반신이 썩어가는'이라는 구절에서 볼 수 있듯이 이 시에 등장하는 기녀는 '생기'없는, 삶의 의미를 상실한 절망적인 모습으로 그려진다. 희망보다는 절망, 삶보다는 죽음에 더 근접한 기녀의 모습에서 식민지현실을 살아가는 소외된 민중들의 참담한 형국을 엿볼 수 있다. 3)에 보이는 기녀의 모습은 앞의 두 시보다는 덜 절망적이다. 그러나 이 시에 등장하는 기녀도 '사슴처럼 차디찬 슬픔'을 간직하고 있다. 그 '슬픔'은 자신의 의지와 상관없이 춤을 추어야 하는 현실 속에서 발생한다. 이러한 세상을 살아가야 하는 기녀에게는 이 식민지현실이 '쓰고 틉틉'할 수밖에 없다. 여기에서 시인이 "몸에 이익하지도 않"은 식민지현실에 대해 은연 중에 비판하고 부정하는 것을 볼 수 있다. 시인이 이처럼 기녀의 삶에 관심을 갖게 된 것은 그녀들이 자신의 의지에 의해 '기녀'가 된 것보다는 인간을 억압하고 구속하는 일제의 식민화정책과 유교적 봉건주의에 의해 기녀가 된 것을 간파했기 때문으로 보인다. 당시 사회구조적 모순에 의해 기녀가 될 수밖에 없었던 현실을 오장환은 꿰뚫고 있었던 것이다. 때문에 그는 기녀의 삶에 '연민'의 시선을 보내고, 인간적으로 다가선 것이다.

오장환은 이렇듯 소외되고 '이름없는' 하층민에게 따뜻한 시선을 보내지만, 기녀들을 찾는 '점잖은 사람'에 대해서는 비판적인 시선을 보낸다. '점잖은 사람'들이 기녀집에 와서 "웃고 떠"들고, 그들의 풍습대로 "계집의 손목을 만"(「月香九天曲-슬픈 이야기」)지는 행위가 시인에게 부정적으로 다가온다. "점잖은 신사들은 어떠한 유희에서나 예절 가운데에 행하여졌다."(「魚肉」)라고 한 대목에서도 '점잖은 신사'에 대한 부정적인 시선을 볼 수 있다. 시인은 이러한 '점잖은 신사'의 행위가 결국 일제강점기에서도 꿋꿋하게 버티고 있는 유교적 봉건주의의 산물인 '전통'에 의해 나온 것임을 간파한 것이다. 그는 이처럼 힘없고 소외된 이웃인 '기녀'는 긍정의 대상으로, 인간을 억압하고 구속하는 관습과 같은 전통에 의해 행동하는 '점잖은 신사'는 부정의 대상으로 인식한다. 오장환은 식민지현실의 부정적 모습을 통해 그 현실에서 살아가는 인간을 억압하고 구속하는 유교적 봉건주의의 산물인 '전통'과 그 전통을 충실히 따르는 '권력있는' 사람들의 삶을 비판하고 부정하는 반면, 그 현실에서 억압받고 구속받는 하층민인 '촌민', '농군', '기녀'의 삶에 대해 포용하는 긍정의 태도를 보여준다. 오장환의 이러한 삶의 태도는 결국 '인간을 위한 문학'을 실천하고자 하는 그의 의지와 긴밀한 연관을 맺고 있다고 할 수 있다.

소외되고 힘없는 하층민의 다양한 삶을 표출하는 데 심혈을 기울여 온 그는 이제 유교적 봉건주의와 밀접한 '권력있는' 아버지를 '받든' 어머니의 삶을 엿보게 된다. 한 평생을 '눈물'로 보낸 어머니의 삶의 시련과 고통을 본 것이다. 이러한 모습은 유교적 권위주의를 부정하고 비판하던 그가 오랜 방랑생활을 끝내고 '돌아온 탕아'가 되어 어머니를 찾아가는 장면에서 엿볼 수 있다.

> 돌아온 탕아라 할까
> 여기에 비하긴
> 늙으신 홀어머니 너무나 가난하시어
>
> 돌아온 자식의 상머리에는
> 지나치게 큰 냄비에
> 닭이 한 마리
> 아즉도 어머니 가슴엔

또 내 가슴에
남은 것은 무엇이냐.

서슴없이 고깃점을 베어물다가
여기에 다만 헛되이 울렁이는 내 가슴
여기 그냥 뉘우침에 앞을 서는 내 눈물

조용한 슬픔은 알련만
아 내게 있는 모든 것은
당신에게 바치었음을……

크나큰 사랑이여
어머니 같으신
바치옴이여!

그러나 당신은
언제든 괴로움에 못이기는 내 말을 막고
이냥 넓이 없는 눈물로 싸주시어라.21)
　　　　　　　　　— 「다시 美堂里」 전문(『나 사는 곳』)

　위 시는 일제의 식민화정책과 유교적 권위주의를 보여준 아버지, 그
리고 고향에서 떠나 오랜 기간동안 방랑생활을 한 나에 의해 삼중으로
육체적, 정신적 고통을 감내해야만 했던 어머니의 큰 사랑을 엿볼 수
있는 작품이다. 시적 화자는 자신의 방랑과 도피생활에 의해 커다란 정
신적 고통을 받았을 어머니에 대한 죄책감을 리얼하게 드러내고 있다.
'돌아온 탕아'를 위해 '닭'을 삶아 내놓는 '가난한' 늙으신 홀어머니 앞에
서 시적 화자는 차마 그 닭을 먹지 못하고 '눈물'을 흘린다. 어머니에

---

21) 『전집 1』, 85~86면.

대한 고마움과 죄책감이 동시에 밀려왔기 때문이다. 3연의 "내게 있는 모든 것을 / 당신에게 바치었음을"이라는 구절에서는 시인이 고향에서 떠나 객지생활과 타향생활을 하면서도 항상 '권력없는 어머니'를 그리워 했고, 어머니에게 그 모든 것을 드리고자 했음을 감지할 수 있다. 이는 오장환 시인이 이전에 "온 세상 그 많은 물건 중에서 단지 하나 밖에 없는 나의 어매"(「鄕愁」)라고 한 것과도 맥을 같이한다. 고향을 떠나 방 랑생활을 하던 시절, '상상적인 어머니'22)를 호명하여 식민지현실의 부 정적인 모습에서 탈피하곤 했던 그가 현실 속의 어머니를 찾아 모든 것 을 토로하고 있는 것이다. 이 시에서는 시적 화자의 어머니 자신에게 오는 모든 고통을 감내하면서도 자식에게는 그 고통이나 책임을 전가 시키지 않고 막아내려는 한국의 전형적인 어머니상도 엿볼 수 있다.23) 이처럼 그는 힘없고 이름없는, 소외된 이웃의 대표격인 어머니를 끊임 없이 동경하고 그리워했던 것이다.

> 어머니 서울에 오시다.
> 탕아 돌아가는 게
> 아니라
> 늙으신 어머니 병든 자식을 찾아오시다.
>
> ―아 네 병은 언제나 낫는 것이냐.

---

22) 이 '어머니'의 이미지는 현실의 어떤 대상을 가리키는 것이 아니다. 이미지를 대상의 대 리물로 취급하지 않고 독특한 실체로 파악할 때, 그것은 특정한 이념이나 정신적 상유 이전의 것, 즉 영혼과 관련된다.(한계전, 「1930년대 시에 나타난 '고향' 이미지에 관한 연구-백석, 오장환, 이용악을 중심으로」, 『한국문화』16집, 서울대학교 한국문화연구 소, 1995, 75면)

23) 오장환의 시에서 '어머니'에 관련된 내용을 자주 볼 수 있는데, 그만큼 어머니에 대한 부 분의 중요성을 암시하는 것이라 하겠다. 김재용도 "해방 직후에 그가 어머니와 관련된 시를 여러 편 쓰고 있다는 것은 매우 주의 깊게 보아야 할 대목"이라고 언급하여 그 중 요성을 시사한 바 있다.(김재용, 「식민지 자본주의와 근대 문명의 내파」, 659면 참조)

날마다 이처럼 쏘다니기만 하니……
어머니 눈에 눈물이 어릴 때
나는 거기서 헤어나지 못한다.

—내 붙이, 내가 위해 받드는 어른
내가 사랑하는 자식
한평생을 나는 이들이 죽어갈 때마다
옆에서 미음을 끓이고, 약을 달인 게 나의 일이었다.
자, 너마저 시중을 받어라.

오로지 이 아들 위하야
서울에 왔건만
메칠 만에 한번씩 상을 대하면
밥숟갈이 오르기 전에 눈물은 앞서 흐른다.24)
　　　　　　　　— 「어머니 서울에 오시다」 부분(『병든 서울』)

　자식에 대한 어머니의 헌신적인 사랑을 엿볼 수 있는 작품이다. 1연과 마지막 연에서 어머니가 자신을 찾아온 사실을 반복함으로써 어머니에 대한 죄책감을 증폭시키고 있다. 화자 자신이 어머니를 찾아가야 하는데, 도리어 어머니가 찾아온 것에 대해 화자는 심리적인 부담감을 많이 느낀다. 그리고 한 평생을 '눈물'로 보낸 "어머니 눈에 눈물이 어릴 때" 시적 화자는 "거기서 헤어나지 못한다"고 할 정도로, 어머니에 대한 연민의 정을 느낀다. 3연에서 "한 평생을 나는 이들이 죽어갈 때마다 / 옆에서 미음을 끓이고, 약을 달인 게나의 일이었다."라고 한 구절은 지금까지 살아온 어머니의 삶의 굴곡과 역경을 확연하게 보여준다. 이러한 사실 때문에 화자는 어머니를 대할 때마다 '눈물'이 앞선다. 그러면서도 시인은 지금까지의 삶이 "의심스런" 행동이 아니었음을 어머니에

────────────────

24) 『전집 1』, 153~154면.

게 토로한다. "이 가슴에 넘치는 사랑이 이 가슴에서 저 가슴으로 / 이 가슴에 넘치는 바른 뜻이 이 가슴에서 저 가슴으로 / 모든 이의 가슴에 부을 길이 서툴러 사실은 / 그 때문에 병이 들었습니다."(「어머니 서울에 오시다」)라고 하여 자신의 문학적 행위가 결코 개인적인 취향이 아니라 일제 강점기에 많은 사람들에게 '사랑'과 '바른 뜻'을 전달하기 위한 것이었고, 그러한 과정에서 병을 얻었다고 시적 화자는 밝히고 있다.25) 이는 자신이 걸어온 문학의 길이 일제의 식민화에 비판, 저항하고, 그 식민화에 억압받고 고통받는 수많은 민중들을 대변하는 것이었음을 보여주는 것이다.

이러한 모습은 그가 월북한 뒤에도 '권력없는' 어머니를 지속적으로 찾게 되는 힘으로 작용한다.

> 이럴 때이면
> 오랫동안 비꾸러진 나의 마음이
> 몰래서 우는 것이 아니라
> 내 고향 먼 곳에 계신 어머니시여!
> 당신이 목마르게 그리워집니다
>
> 어머니여! 어머니여!
> 당신이 자식들을 향하여 기울이는
> 그 사랑과
> 여기 수염자리가 거칠은 이 아들이
> 어느 곳에서나 애타게 구하던
> 크나큰 사랑이
> 맑은 시냇가

---

25) 실제 오장환은 현실에 민감했으며, "진지한 투쟁과 선도적인 위치"(「제7의 고독」, 『조선일보』, 1939. 11. 3)에 사는 시인이었다고 할 수 있다.(박윤우, 「저항의 몸짓과 비판적 리얼리즘-오장환론」, 143면 참조)

조약돌처럼 구르고 있습니다26)
— 「남포병원-남포 소련 적십자병원에서」 부분(『영원한 친선』, 1949. 2)

오장환은 고질병인 신장병에 계속 시달리게 된다. 그 병을 고치기 위해 사회주의의 종주국인 소련에 가서 치료까지 받는다. 시적 화자는 그곳에까지 가서도 어머니에 대한 그리움을 표출한다. 자칫 사회주의 체제 내에서는 '감상주의자'라고 비판받을 수 있는 어머니에 대한 사랑을 끊임없이 토해 놓는다. 이 시에서는 어머니의 "자식들을 향하여 기울이는 / 그 사랑"과 그 어머니를 그리는 아들의 크나큰 사랑이 합일되어 나타난다. '민중적인 삶'의 전형이라 할 수 있는 어머니의 삶이 결국 체제를 뛰어넘어 진정성을 확보하게 된 것이다. 일제강점기에서 벗어나 해방이 되었지만, 아직도 완전한 독립을 이루지 못한 조국 현실 속에서 모든 역경과 고난을 이겨낸 어머니는 그에게 그의 정신적 지주이자 버팀목이었던 것이다. 그래서 그는 식민지현실에서 조국해방으로, 다시 분단된 현실로 이어지는 급변하는 정세 속에서도 소외된 민중의 전형인 '어머니'를 그리워하고 찾았던 것이다. 이처럼 시인에게 '어머니'는 보편적인 '상상적인 어머니'뿐만 아니라 힘없고 '이름없는' 소외된 민중의 전형이라는 중의적인 의미를 띤 대상이었던 것이다.

4. 나오며

오장환의 시에 나타난 탈식민성은 대체로 두 측면으로 표출된다. 그것은 일제의 식민성의 논리와 유사한 인간을 억압하고 구속하는 '전통'

---

26) 김재용 엮음, 『오장환전집』, 423~424면.

을 비판하고 부정하는 것과 일제강점에 의해, 그들과 공모한 지배층에 의해 소외된, 이름없는 민중들의 삶의 건강성을 들춰내는 것이다.

그는 유교적 가부장제의 봉건윤리에 기반한 '전통'과 '관습'을 강하게 부정하였다. 그가 부정한 이 전통에는 유교주의적 봉건질서에 기반한 보수적인 것이 내포해 있었고, 일제의 식민화정책에 동조 내지는 방관하는 유교적 권위주의와 밀접한 봉건적인 아버지가 존재했던 것이다. 이 전통은 긍정성과 부정성을 내포한 전통이 아니라 부정성이 담긴 전통이다. 즉, 이 전통은 조상 자체가 아니라, 조상들을 억압했던 주자학적 사유체계이고, 족보와 열녀문 등 인간을 억압하는 봉건적 질서 체계였던 것이다. 그는 철저하게 민중들을 외면하고 '양반'만을 위하는 전통, 소외된 이웃들의 힘으로 유지되고 지속되는 그러한 전통의식을 훼손하고 전복시키려 했던 것이다.

그리고 오장환은 일제에 의해 탄압받는, 인간을 억압하고 구속하는 '구습'의 전통에 억눌리고 핍박받는 소외된 이웃들, '농군', '기녀', '어머니' 등을 끊임없이 따뜻하게 감싸안는다. 일제강점하에서 시인은 일제에 의해 억압받고 탄압받는 소외된 이웃들, 그리고 유교적 봉건주의, 권위주의에 의해 또 다시 억눌리고 구속되는 '이름없는' 수많은 민중들의 삶의 건강성을 찾아내어 부각시킨 것이다.

그의 식민지현실에 대한 비판의식과 '전통'에 대한 부정정신, 그리고 그 현실 속에서 억압받고 구속받은 소외된 이웃을 감싸안는 민중의식을 가능케 한 것은 다름 아닌 "문학을 위한 문학이 아니라 인간을 위한 문학의 길"을 지향한 그의 문학적 신념이라 할 수 있다. 여기에는 '문학에 뜻을 둔 청년'은 모름지기 전통과 습속에 대항하여 싸워야 하고, 또한 진정한 문학은 '인간을 위한 문학'이라는 논리가 자리잡고 있다. 이렇듯 그는 유교적 가부장제의 봉건윤리에 기반한 '전통'과 '습속'을 부정하는 문학, 즉 유교적이고 봉건적인 전통적인 '규율'과 '질서'에 종속되는 것이 아닌 그곳에서 해방되는, '인간을 위한 문학'을 하겠다는 의지를 강하게 보여준 것이다.

결론적으로 오장환은 '인간을 위한 문학'을 하려는 문학적 신념을 가지고 일제의 식민성을 간파하여 인간을 억압하는 '전통'과 그 전통을 옹호하는 이들을 비판하고, 그 전통에 의해 억눌리고 구속받는 소외된 이웃들을 감싸 안았다고 할 수 있다.

공동체의 역사를 상상하는 이야기의 힘
- 김기정의 『해를 삼킨 아이들』론

김 화 선

1. 호모 루덴스의 역사 놀이

"자, 이제 놀아볼 준비가 되셨나요?"

흥겨운 리듬이 흘러나오고 적당히 박자를 맞춰가며 고개를 까딱이자 움직임의 진동이 서서히 온몸으로 퍼져나간다. 옆에 서있던 아이들도 중얼거림인지 흥얼거림인지 알 수 없는 노래를 따라 부르며 리듬에 빠져든다. 리듬의 파동을 타고 신나는 놀이가 한마당 펼쳐진다.

이것이 『해를 삼킨 아이들』(김기정, 창비, 2004)이 독자들에게 읽히는, 독자들이 읽어내는 방식이다. 랩퍼의 리드미컬한 중얼거림 같은 "흥얼흥얼 노래로 부르던 넋두리", 신들린 서사무가와 판소리, 할머니와 할아버지의 맛깔스러운 구수한 옛날이야기, 온갖 목소리들이 어울린 대합창 등의 묘미를 살린 다양한 서술방식은 새로운 형식실험으로 『해를 삼킨 아이들』의 독특한 분위기를 형성하고 있다. 중얼거리는 서술자와 작중인물의 목소리에 빠져들어 어깨를 들썩이다보면 어느새 이야기의 한

복판에서 수많은 아이들을 만나게 된다. "오랜 세월 뜨고 졌을 저 해 아래, 이 땅에 살았던" "마다마다 생김도, 생각도, 삶도 달랐을"(머리말, 7면) 아이들은 거대한 역사의 소용돌이 속에서 애기장수와 거지공주, 놀부와 같은 캐릭터들과 다시 만난다. 이렇게 만난 아이들의 입을 빌어 작가 김기정은 구한말의 외세침략, 명성왕후 시해사건, 일제의 식민통치, 6·25 한국전쟁과 제주 4·3 항쟁, 유신체제, 광주민중항쟁, 2002년 월드컵 축구 열풍으로 이어지는 우리의 근현대사를 주제로 한 바탕 이야기판을 벌여 놓고 독자들을 놀이마당에 끌어들인다.

　작가가 펼쳐놓은 놀이마당에서 우리의 근현대사는 더 이상 엄숙한 숙고의 대상도 아니며 어른들만의 고통스러운 삶의 현장도, 문자로만 전해 듣는 지난 과거도 아니다. 어른들이 고통을 느끼는 그 순간에 이 땅의 아이들 역시 그곳에, 어른들과 같은 자리에 존재하고 있었다는 사실을 작가는 기억하면서 아이들의 목소리로 역사의 놀이마당을 신명나게 이어나간다. 실제로 작가가 『해를 삼킨 아이들』에서 역사를 그리는 방식은 인간의 공동생활 자체가 놀이의 형식을 가지고 있다는 호이징가(Johan Huizinga)의 견해와 상당히 닮아있다. 호모 루덴스(유희적 인간)에게 역사는 이제 한판 흥이 나게 놀아볼 놀이마당이 된다. 인간의 공동생활이나 예술에 놀이의 정신이 담겨있듯 옛이야기와 만난 역사 역시 새로운 유희의 무대를 마련해 놓는다. 바야흐로 호모 루덴스가 펼치는 거대한 역사 이야기의 놀이가 시작된 셈이다.

2. 해를 삼킨 아이들과의 만남, 그들이 들려주는 이야기

　『해를 삼킨 아이들』은 '애기장수 큰이'에서부터 '거지공주', '대장 곰보', '돈도나리', '당금애기 세쌍둥이', '오돌또기', '바보 허봉달', '깡통로봇 가진이', '뱅덕', '아우라지 까마중'이 들려주는 이야기가 각각 독립적이면서도 거대한 역사의 물줄기로 이어지는 구조를 취하고 있다. 태어날 때부터 힘이 장사인 큰이가 들려주는 조선의 힘없는 임금이야기에서 시작하여 슬픈 운명을 타고난 거지공주의 서글픈 넋두리, 대장 곰보의 놀라운 심술, 해방의 기쁨을 알리는 돈도나리의 탄생, 6·25 한국전쟁의 아픔을 죽음과 환생 모티프로 말하고 있는 당금애기의 세쌍둥이, 제주 4·3 항쟁 때문에 죽음을 맞이한 부모의 한을 풀어주는 제주 해녀 오돌또기, 박정희 정권에 대한 풍자와 반공 이데올로기의 허상을 들춰낸 바보 허봉달의 눈물과 웃음, 깡통로봇을 만들어 태권브이와 만나기를 기원하는 가진이가 겪은 광주항쟁에 대한 이야기를 듣고, 어려운 현실 속에서 꿋꿋하게 살아가는 소녀 뱅덕이의 아픔과 혼혈아라는 이유로 외롭게 살아가는 까마중 부자의 월드컵 응원기에 이르는 긴 여정은『해를 삼킨 아이들』의 역사 놀이마당이 결코 가볍지 않다는 사실을 깨닫게 한다.

『해를 삼킨 아이들』이 가벼운 노래를, 넋두리를, 합창을 들려주는 것이 아니라는 자각은 이미 애기장수 큰이가 손가락을 높이 들어 꼽아내려가는 족보에서 암시되고 있다.『해를 삼킨 아이들』의 스토리 시간은 애기장수 큰이에서 혼혈아 까마중을 만나면서 과거에서 현대로 시간적인 전진을 하고 있지만, 작가의 시선은 끊임없이 우리 민족의 기원으로 거슬러 올라간다.

　백 년쯤 전, 임진강 저 위쪽에 있는 범바우골에 큰이라는 아이가 살았다. 그때까지도 범바우골에는 족보라는 게 없었다. 그래서 자신이 누구의 자손인지 하나하나 외우고 다녔다. "어느 댁 뉘십네까?"하고 누가 물으면 두 손을 척하니 올리고는, 옹알옹알하며 손가락을 꼽기 시작하는 거였다. "하늘님의 손자, 단군 할아버지가 아사달과 아리와 흰범이를 낳고, 흰범이가 범눈썹이와 오목눈이와 칡범이를 낳고, 오목눈이가 버들아치와 불끈둥이와 반달이를 낳고, 반달이는……" 이렇게 한참을 헤아린 다음 자기 아버지에 이르러서야 손가락 꼽기를 그쳤다. 그러고는, "저는 여섯 째 아들 아무개구먼요." 하며 자기 이름을 말하는 것이었다. 손꼽아 따져 보면, 큰이는 단군 할아버지의 141대 손쯤 되었다. (12~13면)

지금으로부터 백 년쯤 전에 살았던 단군 할아버지의 141대 손자가 되는 큰이가 외우는 족보는 섬나라 일본의 족보까지 이어지고 애기장수 큰이에게 증손녀 뻘인 뱅덕을 포함하여 모든 작중인물들을 혈연관계로 묶는 기능을 하고 있다. 큰이가 사는 범바우골에 비록 인쇄된 형태의 족보는 없었다고 하여도 "두 손을 척하니 올리고" 단군 할아버지부터 자신에 이르는 족보를 하나하나 암기하고 있는 큰이는 문자화되지 않은 민족 정신의 족보를 이미 소유하고 있다. 역설적이게도 이야기의 힘이 족보를 만들고 있는 양상을 비유적으로 드러내고 있는 부분이 아닐 수 없다. 『해를 삼킨 아이들』에서 문자화되지 않은 족보가 반복적으로 상기시키고 있는 민족은 앤더슨이 "동질적으로 비어있는 시간"이라고 부른, 즉 신이 상실된 거대한 공간 속에서 신문과 소설 같은 문화적 형식들을 통해 야기된, 급진적으로 세속적이고 근대적인 상상력의 산물이다.[1] 이렇게 소설과 신문은 민족과 같은 상상의 공동체를 재현하는 기술적 수단을 제공한 바 있는데,[2] 『해를 삼킨 아이들』의 놀이마당이 가볍지 않은 이유가 바로 여기에 있다.

이 장편동화가 그리고 있는 상상의 공동체는 민족 공동체이며 혈연 공동체로서 수많은 아이들을 하나로 묶고 연대를 형성하게 만드는 힘

---

1) 릴라 간디, 『포스트식민주의란 무엇인가』, 현실문화연구, 2002, 132면.
2) 베네딕트 앤더슨, 『상상의 공동체』, 나남출판, 2002, 48면.

으로 작용한다. 족보에 어쩌다 등장하는 바보나 혼혈아 까마중 마저도 민족주의의 관점에서 결코 남이 아닐 수 있는 것도 그들이 우리와 같은 공동체의 범주에 이미 포함되어 있거나 포함되기를 강하게 원하고 있기 때문이다.

그러나 동화(童話)가 만들어내고 있는 상상의 공동체인 민족은 그것이 또한 얼마나 폭력적일 수 있는가를 아울러 내포하고 있다. 예컨대 우리 민족과 대립되는 타민족이나 서구 세력을 낮도깨비로 묘사하고 있는 아래의 예문은 이항대립적인 근대적 관점을 그대로 복습하고 있다.

> "서울 가면 도깨비들이 낮에도 돌아다닌다디. 눈은 시퍼렇고 코는 오이만 하고 키도 장대 같다디." (19면)

> 낮도깨비는 큰이가 생각하던 것보다 생김새가 끔찍했다. 갓도 아닌 높다란 벙거지를 얹어 쓰고, 머리카락은 피범적이 된 것처럼 시뻘겠다. 또 하는 말들이 하도 희한해서 자갈밭에 놋그릇 굴러가는 소리로 들렸다. ……"역시 도깨비덜은 하나같이 냄새가 고약하디. 어디 나하고 한판 붙어 보잔 말이디?" (31면)

익숙한 비유에 의존하여 서양인을 낮도깨비로 묘사하고 있는 이 부분은 성숙과 미성숙, 문명과 야만, 발전과 저개발, 진보와 원시의 엄격한 대립을 통해 스스로를 합리화한 식민담론의 논리를 그대로 따르면서 단지 서구와 우리의 위치를 역전시킨 저항의 논리를 바꾼 것에 지나지 않는 인식의 한계를 보여준다. 나아가 서양인뿐 아니라 일본인들까지 낮도깨비로 묘사하는데, 낮도깨비의 형상은 서구인에서 제국주의의 권력으로까지 그 의미가 확장된다. 그리고 낮도깨비로 상징된 제국주의 권력을 바라보는 시선에는 또한 두려움과 경이의 감정이 동반되어 있다.

낮도깨비들이 재주를 부린다. 낮도깨비도 가지가지구나. 노랑 머리, 빨강 머리, 제비 수염, 털북숭이…… 세어도 세어도 끝이 없구나. 낮도깨비 하나같이 우리 임금 잡아먹을 궁리만 하는구나. 그 가운데 섬나라 낮도깨비 제일로 무섭구나.

눈이 번쩍 뜨이고 귀가 솔깃, 세상에 듣도 보도 못한 것들이 도깨비방망이를 두드릴 때마다 쏟아져 나온다. 천 리 밖도 코앞에 보는 거울이 뚝딱! 백 리 밖에 소곤소곤 소리도 듣는 소리통이 뚝딱! 쇠이무기가 아니고서야 수백 명을 어찌 그리 빨리 실어 나르는고. (53면)

제국주의에 대한 이러한 양가감정에 저항하는 방식으로 작가가 택한 것은 역시 전도된 힘의 논리이다. 태어나면서부터 가공할 힘을 지닌 큰이가 낮도깨비들을 힘으로 맞서 혼내주는 부분은 철저하게 남성중심의 힘의 논리를 바탕으로 하고 있다. 식민지 현실에서 대안으로 선택한 방법이 식민지 권력의 전도된 모방에 다름 아닌 셈이다. 손가락으로 족보를 꼽아가며 아버지, 할아버지가 누구이며 자신이 "단군 할아버지의 141대손"이라는 사실을 외고 다니는 큰이는 책을 읽는 독자에게 억압적인 식민권력에 굴하지 않는 자유로운 행동과 의식을 보여주고 있지만 현실에 대응하는 그의 자세는 여전히 식민권력을 모방하는 것에 지나지 않는 것이다.

하지만 작가가 작품의 많은 부분에서 말하고 있는 것은 큰이의 힘으로는 해결할 수 없는 여성적 포용의 시선이다. 사실 이 작품에서 제일 중요하게 파악해야 할 부분도 바로 이 점이다. 『해를 삼킨 아이들』을 읽으면서 생각해봐야할 가장 중요한 사실은 어른들이 아닌 아이들, 모자란 바보, 혼혈아 등 흔히 말하는 소수자들의 시선을 빌어 펼쳐놓은 역사의 놀이마당이 갖는 융합과 연대의 가능성이다. 소위 하위주체들의 연대는 이성중심의 역사관, 이항대립적 관점을 극복할 수 있는 유희적 인간의 새로운 지향점을 제공할 수도 있을 것이다. 역사의 놀이화를 통해 작가가 꿈꾸는 새로운 연대는 단순한 감정적 차원의 민족주의로 나아갈 것이 아니라 차이를 지닌 이들 하위주체들이 자신의 삶을 살아갈 수 있는 희망의 내일을 노래하는 데서 찾아야 할 것이다.

그러므로 역사의 유희화가 보다 긍정적 의미를 갖기 위해서는 이들 소수자들의 목소리에 긍정적인 힘을 부여해야 한다. 근대 국가의 폭력적 이데올로기를 극복하고 진정한 연대를 구축하기 위해, 진정한 놀이판의 힘으로 새로운 미래를 형성하기 위해서는 기원으로 올라가 끊임없이 족보를 따질 것이 아니라 넓은 의미에서 여성적 인물이라고 할 수 있는 소수자들이 내포하고 있는 힘들을 끌어낼 수 있어야 한다. 그럴 때에만 소수자의 목소리들이 민족/국가 담론에 포획된 단일한 역사 서사의 대안으로서 차이를 수용한 역사 서술로 인정될 수 있을 것이다.

작가가 말하는 역사가 여전히 근대적 이분법에 머물고 있고, 아직도 힘의 논리를 따르고 있다 할지라도 서른여섯 해의 일제 식민치하를 극복하고 광복을 맞이하는 것이 여우난골에 서른여섯 해 만에 태어난 딸인 돈도나리이며, 폭력적 현실에 맞서 제도적 억압을 웃음으로 항거한 사람이 멀쩡한 사람이 아닌 바보 허봉달이듯, 새로운 연대의 합창을 온몸으로 받아들이는 사람이 바로 혼혈아 까마중이라는 사실은 현실을 재편할 수 있는 힘이 우리네 넋을 위로하고 또다른 기쁨을 주고 있는 이들 여성적 인물에게서 나올 수 있다는 사실을 충분히 암시하고 있다.

그러나 문제는 역사를 패로디하여 거창한 놀이판을 벌이고 있으면서도 정작 현실의 전복이나 지배 이데올로기에 대한 의식적인 비판은 찾아보기 어렵다는 점에 있다. 허봉달은 자신이 한 일을 깨닫지 못하는 바보이며, 혼혈아 까마중은 자본주의의 전지구화 양상의 하나라고 할 수 있는 스포츠 축제인 월드컵 경기의 응원단에서 일시적으로 내가 아닌 타인을 감성적 차원에서 만날 뿐이다. 하위 주체가 스스로 말할 수 없듯, 모자란 바보나 소외받는 혼혈아의 목소리만으로 냉엄한 현실의 논리를 변화시키리란 쉽지 않다. 놀이마당이 단순한 유희가 아니라 정신적으로 놀 수 있는 장이 되기 위해서 가야할 길은 아직 남아있다.

3. 역사 놀이, 그 이후

문제는 역사 놀이가 끝난 바로 그 시점에서 다시 시작된다.

『해를 삼킨 아이들』은 새로운 판타지의 가능성을 보여주었으며, 과거나 역사가 엄숙하게 재고해야 할 탐구의 대상이 아니라 오늘날 현재의 우리 삶에 이어지는 도도한 흐름이라는 것을 새로운 서술기법을 통해 확인시켜주었다는 점에서 그 의의를 찾을 수 있다. 이 작품에 담겨 있는 수많은 역사적 개인들의 상처와 아픔의 노래들은 공동체의 역사를 향해 나아가는 힘으로 작용할 수 있을 것이다. 그러나 그 힘이 진정 새로운 연대를 만들기 위해서는 좀더 의식적인 차원에서 놀이를 즐기는 진정한 놀이의 고수가 필요하다. 식민담론이나 제국주의의 권력에 대항하여 만든 문화적 민족주의의 양상에서 탈피하여 구체적으로 살아 있는 민중들의 역사를 보여줄 때 놀이는 '노는 정신'의 소중한 가치를 담보할 수 있을 것이다. 과거와 역사를 기억하는 행위가 진실로 억압된 자들을 대변하거나 침묵해야만 했던 소수자들이 자신의 목소리를 내게 하기 위해서는 개별자들의 구체적 삶의 현장을 놀이마당에 끌어내야 할 것이다. 그 가능성을 담은 노래만이 진정한 놀이마당의 힘이 되어줄 것이기 때문이다.

우리가 몇 가지 한계에도 불구하고 『해를 삼킨 아이들』에서 그런 힘의 가능성을 볼 수 있는 것은 이 동화가 국민과 민족의 형성을 문화와 관련시키려 하기 때문이다. 여기서 호미 바바(Homi K. Bhabha)가 제안한 "민족(people) 혹은 국민(nation)의 이름 하에 기능하면서 그것을 일련의 사회적·문학적 서사의 내재적 주제로 만들고 있는, 문화적 정체성 형성과 담론적 언설의 복합적 전략"3)이 매우 유용한 시사점을 제공한다고 생각한다. 흥겨운 놀이마당에서 붉은 티셔츠를 입고 함께 외치는 월드컵이 까마중과 그의 아비가 "생전 처음 둘, 아니 아주 다른 남을 안아 보"는 기회를 주고, 이들이 함께 한 붉은 악마들의 응원소리는 "이 땅이 생기고 / 정말 오랜만에 나는 심상치 않은 거여서 / 땅속에 해골로 누워있던 / 큰이도 불끈불끈 살이 돋아서 / 관 뚜껑을 열어젖히고 / 벌떡 일어섰고, 바다 속 깊은 곳 / 오돌또기 눈앞에 이어도 가는 길이 / 훤히 뚫리는 것이 보"이게 만들 정도의 대합창이었다 하니, 진지한 역사 서사와 놀이로서의 역사 서사를 구분하는 것이 무의미해질 법도 하다. 문화적 연대가 제국주의적 시야에서 벗어나 새로운 문화 정체성을 형성하려는 움직임의 단초를 형성할 때 『해를 삼킨 아이들』은 퓨전식 서사를 활용한 근대적 민족 담론의 재현이라는 한계에서 벗어날 수 있을 것이다.

『해를 삼킨 아이들』에서 작가가 의도적으로 마련한 담론적 전략은 살아 꿈틀거리는 문체의 힘으로 되살아난다. 그리고 그 문체가 실어나르는 이야기의 힘은 우리 모두를 민족 공동체로 묶어내고자 시도한다. "백 년 전 쯤" 이 땅에 살았던 큰이에서 시작하여 "쇠도깨비들" 때문에 이 땅에 태어난 슬픈 운명을 지닌 까마중에 이르기까지 그들은 모두 '우리'가 되려는 놀이마당에 뛰어들어 신나는 노래를 목청껏 부른다.

중얼거리는 듯, 흥얼거리는 살아있는 리듬의 움직임이 끈질긴 민중의 삶을 전하는 이야기가 되어 이 땅의 모든 아이들에게 다가가려하는

---

3) 호미 바바, 『문화의 위치』, 소명출판, 2003, 279면.

지점에 『해를 삼킨 아이들』은 서 있다. 옛이야기의 캐릭터와 결합된 아이들이 들려주는 흥겨운 이야기는 해를 올려다보며 꿈을 꾸는 데 그치지 말고 이글거리는 해를 가슴으로 삼켜 뜨거운 심장을 가진 아이들이, 신명나는 놀이꾼이 되라고 추동한다.

김수영 시의 양가성

남 기 택

1. 머리말

　김수영(1921~68)의 서양 편력은 익히 알려진 사실이다. 그는 모더니즘을 비롯한 서양 이론을 탐닉·번역하였고, 근대적 학문의 중요성을 여러 차례 강조한 바 있다. 이러한 생활의 측면은 시세계에도 그대로 반영되어 우리는 1950~60년대 시단의 대표적 모더니스트로서 김수영을 꼽는 데 주저하지 않는다. 김수영의 시시계는 유교적인 전통 사유의 영향에서 비롯되는 초기 시의식으로부터 반전을 거듭하며 발전되었고, 이론적 모색과 시적 실천을 효과적으로 접목, 그 결과 한국 모더니즘 시의 특장적 위치로 이어지고 있는 것이다.

　김수영의 이론 추구는 탈식민적 관점으로 볼 때 서양에 대한 모방의 차원에서 이루어진 것이라 할 수 있다. 시와 산문에서 산견되는 후진성에 대한 언급은 근대적인 가치와 미학을 생산해내지 못하는 한국 사회에 대한 통한의 반성이었고, 그 결여를 서양을 전유함으로써 극복하려 한 것이다. 김수영 시의 진정성, 즉 시와 사회의 후진성에 대한 반성과 모색을 '온몸'으로 실천하며 이룬 성취는 모방의 과정이 단순한 흉내내기 차원이 아니었음을 입증한다. 탈식민주의 이론은 이처럼 식민 권력과 서양을 모방하는 과정 속에 동시적으로 존재하는 극복의 가능성을 발견하고자 한다. 사이드(E. Said)가 지적한 대로 서양이 규정하는 동양이 서양중심적인 담론의 동양일 뿐이라면,[1] 서양을 중심으로 하는 근대적 가치라는 것 역시 하나의 허상일 수밖에 없다. 타자의 정체나 대상성을 인정하지 않는 주체의 형성 과정은 착란의 과정일 뿐이며, 모더니티 역시 사회의 구체성을 토대로 변별적으로 실현되기 마련이다.

'공부'에 대한 김수영의 집착은, 여전한 서양 중심의 학문 풍토라는 오늘날의 상황과도 별반 다를 바 없이, 모든 근대 담론의 서양적 전거가 보편화되는 현실 맥락 속에 존재한다. 이러한 일반론적 상황을 다시 보는 이유는 식민 담론이라는 것 자체가 일반론을 넘어서는 해체의 계기를 항용 내포하고 있다는 사실에서 비롯되며, 나아가 김수영의 모방에서 발견되는 남다른 성취가 그 극복의 가능성을 예증하고 있기 때문일 것이다. 김수영 시의 주된 모티프 중 하나는 근대적 삶의 정체와 한계에 대한 모색이다. 김수영이 '참여시인'이기도 하면서 대표적 모더니스트였다는 기존의 평가들은, 누구보다도 근대를 고민했고 그것을 시의 주제로 삼으려 했던 '근대주의자' 김수영이라는 인식과 동궤의 맥락에서 이루어진다. 이를 우리는 일종의 서양에 대한 모방 과정으로 탐색할 수 있으며, 그에 따라 서양을 모방하면서 그것을 넘어서는 양가적 경계로 설정된 김수영 시를 발견할 수 있다.

탈식민주의의 관점은 이 미묘한 모방과 저항의 순간을 효과적으로 포착할 수 있는 이론적 틀이 될 수 있다. 탈식민주의는 최근 활발한 비평적 반향을 불러일으키는 듯하다. 그 과정에서 제시되는 탈식민주의의

---

1) 에드워드 사이드, 박홍규 역, 『오리엔탈리즘』, 교보문고, 2002(1991), 15면.

생래적 한계에 대한 지적은 그것이 결국 서양을 중심으로 하는 또다른 '편향'의 반복을 걱정하는 소리일 것이다. 또한 아직까지 내실 있는 성과를 집적하고 있지 못한 형편이다.2) 이는 탈식민주의의 '절박한 영역'을 반증하는 정황이라 할 수 있다. 탈식민주의의 문제점은 이에 대한 비판적 시각이 증폭하는 데서 비롯되는 것이 아니라, '탈식민'이 출현한 역사적이고 사회적인 맥락이 이질적이며 따라서 탈식민주의의 문화 형태와 비평 양식이 매우 다양하다는 점일 것이다.3) 한국의 (신)식민적 현실은 탈식민주의 이론의 영역에서도 철저하게 소외되는 주변적 대상에 머물고 있다. 무엇보다도 탈식민 반 세기를 넘기면서도 '식민 이후'의 양가적 혼돈이 물질적인 힘으로 반복되고 있는 현상은 탈식민적 관점의 현재화가 필요한 분명한 이유일 것이다.

2. 양가성, 시의 위치

탈식민주의 이론에서 주목되는 '혼종성(hybridity)' 개념에 따르자면, 현대 문화는 본질적으로 혼종적 구조 위에서 소통된다. 이러한 관점에는 탈근대 이론의 전략적 입장이 반영되어 있다. 동일성 추구의 근대주의로부터 벗어나 다양성과 해체를 향하고자 하는 전략적 실천에서 탈식민주의와 포스트모더니즘의 공통된 입론을 볼 수 있다. 이와 함께 '양가성(ambivalence)'은 문화의 혼종적 상황이 또다시 서양중심적으로 반복되는 경향을 거부하는 이론적, 실천적 개념이다. 정신분석학적 용어로서 일반화된 양가성 개념은 "하나의 대상에 대해 서로 상충하는 경

---

2) 시를 대상으로 한 연구는 더욱 절박한 것이 사실이다. 이에 대해서는 고현철, 「한국문학의 탈식민주의 비평·연구사적 검토」, 『한국문학논총』 30집, 한국문학회, 2002. 6 참조.
3) 바트 무어-길버트, 이경원 역, 『탈식민주의! 저항에서 유희로』, 한길사, 2001, 420면.

향, 태도 혹은 감정들, 특히 사랑과 증오의 공존"[4]을 뜻한다. 양가성의 개념을 탈식민 담론 분석에 적용하는 바바(H. Bhabha)에 따르면 양가성은 모든 식민 담론의 주체와 대상에 공존하는 분열의 역학적 원리가 된다. 바바는 식민담론 뿐만 아니라 탈식민 담론에서도 양가적 속성은 동일한 원리로 지속된다고 본다. 그리하여 식민지 시대 피지배자들의 저항과 탈식민 시대의 해체론적 의도가 동일한 양가적 속성으로 파악되기도 한다.[5]

한국 사회의 구체적 역사나 현실적 조건에 대해 탈식민 이론은 다양한 시사점을 던져주고 있다. 식민지 현실은 물론 식민 이후의 상황 속에서도 여전히 지속되는 '식민성'의 요소들은 사회와 문학을 중층 결정하는 이데올로기적 특성을 지닌다. 김수영이 주로 활동했던 1950~60년대의 한국 사회가 신식민성을 본질적 구조로 하고 있느냐에 대해서는 이견이 있을 수 있다. 그럼에도 불구하고 오늘날에도 여전한 대외적 종속과 내재적 식민주의를 부정할 수 없다는 점에서 식민성의 극복은 식민 당대 뿐만 아니라 지속되는 현재적 과제이기도 하다. 그와 함께 최근의 탈식민 연구의 경향이 해체론적 탈식민주의론에 전거한 나머지 자본주의나 계급문제, 제3세계의 역사성에 대한 이해 부족을 낳고 있으며, 따라서 식민 이후를 분석하는 새로운 시각이 탈식민 연구에 필요

---

4) J. Laplanche and J. B. Pontalis, *The Language of Psycho-Analysis*, 박상기, 「탈식민주의의 양가성과 혼종성」, 고부응 외, 『탈식민주의—이론과 쟁점』, 문학과지성사, 2003, 227면에서 재인용.
5) 바바의 양가성 개념에 대해서는 호미 바바, 나병철 역, 『문화의 위치』, 소명출판, 2002의 4장 「모방과 인간—식민지 담론의 양가성」 참조. 식민 담론과 탈식민 담론의 양가적 속성을 무비판적으로 동질화시키는 경향은 바바 이론의 한계이기도 하다. 이러한 양가성의 개념은 혼란스러울 뿐만 아니라 정치적 의도를 실체화하지 못한다는 측면에서 비판의 대상이 되기도 하는 것이다. 이에 대해서는 바트 무어-길버트, 앞의 책의 4장 「호미 바바: '바벨탑의 퍼포먼스」 참조. 바바의 이론이 실체를 얻는 순간은 우리의 (신)식민성과 연관되고 어긋나는 접점을 모색하는 과정 속일 것이다.

하다는 지적에도 유념해야 할 것이다.6)

김수영에게 있어서 문화의 혼종화와 동일자를 추구하는 모방의 심리
는 중요한 시적 동기를 이루고 있다. 여기서 서양 혹은 모더니티는 김
수영의 시적 주체를 형성하는 데 큰타자의 역할로 작용하게 된다. 초기
시편에는 이 역할을 유교로 대변되는 동양적 세계관이 대신하고 있다.
그런데 동양적 세계관이란 우리의 전통적 사상이기도 하면서 사대적
의식이기도 한 양면적 속성을 지닌다. 김수영의 초기 시편에 등장하는
'전통'의 상징에서 이처럼 모순적인 특성을 발견할 수 있다.

> 百花의 意匠/ 萬華의 거동이/ 지금 고요히 잠드는 얼을 흔드며/ 關公
> 의 色帶로 감도는/ 香爐의 餘煙이 神秘한데
>
> 어드메에 담기려고/ 漆黑의 壁板 위로/ 香烟을 찍어/ 白蓮을 무늬놓
> 는/ 이밤 畵工의 소맷자락 무거이 적셔/ 오늘도 우는/ 아아 짐승이냐 사
> 람이냐.
>
> - 「廟廷의 노래」(1945) 부분

김수영의 데뷔작인 「묘정의 노래」는 초기 시의 욕망의 구조를 잘 드
러낸다. 이 작품은 관념적 한자어를 작위적으로 나열함으로써 의미를
파악하기가 어려운 난해시 계열에 속한다. 스스로의 술회에 따르면 이
작품은 어린 시절의 동묘 체험에서 이미지를 따와 제작한 것으로서 "불
길한 곡성 같은 것이 배음으로" 흐르고 있다. 이는 이후 "내 자신의 자
학의 재료"가 되었고 "바보같은 콤플렉스"의 원인이 된다.7) 작품의 소
재가 된 동대문 밖의 동묘는 김수영의 "어린시절의 성지"였으며, 무서운

---

6) 하정일, 「한국근대문학 연구와 탈식민—'친일문학' 문제를 중심으로」, 『제10회 민족문학
   사학회 심포지엄 자료집』, 2003. 9. 19 참조.
7) 김수영, 「演劇하다가 詩로 전향—나의 처녀작」, 『김수영 전집』 2, 민음사, 1981, 227면.

"關公의 立像"은 유년의 의식 속에서 "외경과 공포"의 대상이었다. 이처럼 전통 정서의 유년기 체험이 시화되는 과정에는 김수영의 무의식이 반영되어 있다고 볼 수 있는데, 지배적인 이미지는 '아버지의 법'에 비견되는 상징적 질서, 여기서는 동양적 전통 정서로서의 큰타자의 영상이 그것이다. 김수영을 비롯한 당대의 대다수 사람들은 전통적 정체성의 형성 과정을 유년의 체험으로 지니고 있었을 것이며, 「묘정의 노래」는 그 구체적 형상을 보여주고 있다. 서양과 다른 아버지의 권위, 또한 '합리적인 질서'와 변별되는 백화 만화의 신비한 의장을 '능변'의 어조로 그려내려는 것이 이 작품의 의도인 것이다.

여기서 주목할 것은 이러한 무의식의 형상이 이후 구체적인 의식의 언어로 부정되고 있다는 점이다. 유년의 신비한 체험과 전통적 질서를 받아들이는 정체성 형성의 과정은 시인 김수영의 새로운 콤플렉스의 원인이 되는 바, 이는 '낡았다'고 표현되는 뒤처진 근대성의 자각으로 비롯된다. 같은 해에 씌어진 「孔子의 生活難」 역시 김수영은 부정의 대상으로 회고하고 있는데, "김수영 문학 방법론의 거의 모든 것을 예언"8)하고 있다고까지 지적되는 이 초기작에 대한 부정은 기존의 정체를 '새로운 것'으로 대체하려는 모방의 결과라 할 수 있다. 그러나 제3항을 매개하지 못하는 동일시의 욕망은 또다른 환상을 낳을 뿐이다.9) 김수영의 시편들은 '현대'라고 하는 새로운 이항적 실체를 내면화하려는 끊임없는 노력 속에서 스스로 기존의 경계를 해체하고 정체를 회의하는 양가적 감정들을 특유한 어법으로 표현하고 있다.

역시 초기시의 한 편인 「아메리카 타임誌」(1947)에서도 문화의 혼종과 이를 대하는 화자의 양가적 감정이 표현된다. 표면적으로 '지나인'

---

8) 김정환, 「벽의 변증법―김수영론」, 김승희 편, 『김수영 다시읽기』, 프레스21, 2000, 252면.
9) 이경덕, 「탈식민주의와 마르크시즘―주인과 노예의 변증법」, 고부응 외, 앞의 책 참조.

'정치가' '아메리카'와 같은 시적 소재들이 무의식적으로 조합되고 있으며, '활자'의 고움과 연속이 매개하는 '정치가'의 안정된 권위, 그러나 이에 대한 '응시'가 환유하는 냉소와 회의가 있다. 즉 '곱고 연속되는 활자'와 '타임지-책'은 문명과 동경을 나타낸다.("數없이 길을 걸어왔다", "活字처럼 고웁다") 도식화하자면 이는 근대 지향과 모방의 차원이라 할 수 있다. 반면 이는 회의와 냉소가 함께 있는 감정이기도 한 바("어리석었다", "凝視한다"), 모방의 과정이 저항을 배태한다는 맥락은 이러한 정황을 가리킨다. 또한 원래 일본어로 제작된 이 작품은 발표되는 과정에서 '히야까시화' 되어 "황당무계한 내용"을 지니는, "나의 마음의 작품목록으로부터" 지워진 것이다.10) 잘 알려진 이 에피소드를 통해 우리가 다시 확인하고자 하는 것은 김수영이 자신의 초기시를 '지워버리는' 과정에 나타나는 양가적 의식의 구조이다. 일어로 기초하는 시작은 영어로 대체되면서 이후 시세계에도 이어지고 있다. 다른 언어의 사용은 김수영이 '첨단'을 걷는 방식이었으나, 그것을 '히야까시' 함으로써 기존의 동일시를 조소하고 있는 것이다.

 '주인'에 대한 부정과 회의는 필연적으로 내성의 반성을 계기한다. 자기 자신을 되돌아보는 계기의 순간이 곧 큰타자의 재인식으로 인한 정체성 혼란의 순간인 것이다. 파농(F. Fanon)의 사례는 타자(백인)에 의해 모방된 자아가 균열되는 순간을 효과적으로 보여준다.11) 김수영에게 동양적 부권의 상징은 근대 체험과 더불어 근대적 패러다임으로 대체되고 있음을 볼 수 있다. 김수영은 새로운 '부권'의 자리를 '근대적인 것'으로 옮겨 놓음으로써 파농과는 다른 방식으로 또다른 이항 대립 속에서 길항하게 된다. 흔히 지적되는 전통의 재발견과 한국적 모더니티

---

10) 김수영, 앞의 글, 228면.
11) 백인 아이의 경멸적 응시로 인한 파농의 정체성에 대한 회의는 프란츠 파농, 이석호 역, 『검은 피부, 하얀 가면』, 인간사랑, 1998의 5장 「흑인성이라는 사실」 참조.

의 형성은 이러한 정체의 모색 과정이 낳는 양가적 효과의 차원이라 할
수 있다. 김수영은 지극한 자의식의 세계를 그리고 있으나 정체에 대한
회의와 모방의 과정 속에서 주인을 넘어 대상(자연-역사)을 전유하는 모
방의 효과를 보여주고 있는 것이다.

그 밖에도 김수영의 초기 시편에 '아버지'나 '책'에 관한 상징이 빈번
하게 나타나는 측면 등은 김수영 시의 출발이 정체성에 대한 회의에서
부터 비롯된 것이라는 설명을 뒷받침하고 있다. 부권과 언어는 주체를
형성하는 큰타자의 상징이다. 김수영 시의 형성에 있어서 모더니티의
근거인 서양을 모방하는 과정은 필연적인 것이었고, 이 과정에서 동양
에 대한 회의와 서양에 대한 동경 및 불안이 동시적으로 존재하고 있었
음을 발견할 수 있다. 또한 모방은 동시에 저항의 계기이다. 식민주의
의 입장에서도 모방 전략은 필연적으로 전략의 해체와 함께 실현된다.
김수영에게 나타나는 서양에 대한 집착과 부정은 그러한 양가적 관계
에 놓인 신식민적 담론의 중층적 상황을 상징적으로 보여주는 것이 아
닐까.

> 난로 위에 끓어오르는 주전자의 물이 아슬/ 아슬하게 넘지 않는 것처
> 럼 사랑의 節度는/ 열렬하다/ 間斷도 사랑/ 이 방에서 저 방으로 할머니
> 가 계신 방에서/ 심부름하는 놈이 있는 방까지 죽음같은/ 암흑 속을 고
> 양이의 반짝거리는 푸른 눈망울처럼/ 사랑이 이어져가는 밤을 안다/ 그
> 리고 이 사랑을 만드는 기술을 안다/ 눈을 떴다 감는 기술—불란서혁명
> 의 기술/ 최근 우리들이 四·一九에서 배운 기술/ 그러나 이제 우리들은
> 소리내어 외치지 않는다

> 복사씨와 살구씨와 곶감씨의 아름다운 단단함이여/ 고요함과 사랑이
> 이루어놓은 暴風의 간악한/ 信念이여/ 봄베이도 뉴욕도 서울도 마찬가
> 지다/ 信念보다도 더 큰/ 내가 묻혀사는 사랑의 위대한 도시에 비하면/

너는 개미이냐

— 「사랑의 變奏曲」(1967) 부분

후기시에 해당하며 김수영의 대표작 중 하나인 「사랑의 변주곡」에서도 혼종적 구조와 양가적 태도를 볼 수 있다. 아들에게 보내는 격언 형식으로 사랑에 대한 유토피아적 믿음을 설파하는 이 작품은 열렬한 '절도'의 사랑과 '간단'을 넘어서는 사랑을 확신하고 있다. 그리하여 "죽음 같은/ 암흑"을 이어가는 사랑이며 복사씨와 살구씨를 미쳐 날뛰게 하는 생성과 화합의 사랑이 도래할 것을 역설적으로 강조하게 된다. 이와 더불어 우리는 "사랑을 만드는 기술"이 "불란서혁명의 기술"로 정형화되어 있음을 볼 수 있다. 그것은 4·19라는 저항을 통해 모방된('배운') 기술이요 소리내어 외침으로써가 아닌 "고요함과 사랑이 이루어놓은 폭풍의 간악한/ 신념"이다. 이는 "봄베이도 뉴욕도 서울도 마찬가지"인 사랑의 전지구적 존재태가 된다. "도시의 피로"라는 사랑의 전제 조건은 '변주곡'이 이제껏 지나온 근대적·보편적 고난으로 어김없이 등장하고 있다. 정체를 회의하는 과정에서 반성의 대상이었던 '아버지'의 역할은 자신으로 대체되면서 여전한 '차이'의 순간이 부기되는 모습을 볼 수 있다.("그것은 아버지같은 잘못된 시간의/ 그릇된 명상이 아닐 거다")

이 같은 혼종적 구도는 김수영 시에서 반복되는 시적 장치라 할 수 있다. 김수영 시를 이해하는 방법론적 차원에서 제시되는 아이러니, 모순적 의미 구조, 일상적 진술 등은 '현대'를 추구해나가는 과정에서 이와 동일화될 수 없는 간극으로부터 빚어지는 끊임없는 '방법적 회의'를 지적하고 있다.12) 김수영의 시는 이처럼 이중적인 의미망을 허여하는 양가적인 구조를 본성으로 지니고 있는 것이었다.

---

12) 이에 대해서는 졸고, 「김수영과 신동엽 시의 모더니티 연구」, 충남대 박사논문, 2003의 3장 「김수영 시의 전개와 근대 정신」 참조.

3. 모방과 전유의 정치학

김수영 시는 철저히 양가화된 시적 문맥 속에서 다양하게 해석되는 것이 특징적이다. 꾸준히 지속되고 있는 김수영 시의 재인식 작업은 '잉여의 매혹'을 충분히 증거하고 있다. 김수영이 추구하고 있는 언어에 대한 집중, '현대성'의 시화는 모더니티의 시적 성취라는 구체적이고 분명한 지향점을 상정한 것이었다. 근대 규범으로의 일방향적인 지향은 근대가 낳은 모방의 구조라 할 수 있다. 그러나 근대는 서양 중심의 동일화 논리로만 모방될 수 없는, 다양한 실재와 가치가 혼재되는 과정임에 분명하다. 본 장에서는 그러한 '차이'를 보여주는 김수영 시의 몇 가지 사례를 제시하고, 또한 그 과정에 나타나는 저항의 효과는 어떤 것이었는지를 살펴보고자 한다. 모방에 내재하는 차이에 대한 인식은 다음과 같이 표현되기도 한다.

> 나는 너무나 많은 尖端의 노래만을 불러왔다/ 나는 停止의 美에 너무나 等閑하였다/ 나무여 靈魂이여/ 가벼운 참새같이 나는 잠시 너의/ 흉하지 않은 가지 위에 피곤한 몸을 앉힌다/ 成長은 소크라테스 이후의 모든 賢人들이 하여온 일/ 整理는/ 戰亂에 시달린 이십세기 시인들이 하여 놓은 일/ 그래도 나무는 자라고 있다 靈魂은/ 그리고 教訓은 命令은/ 나는/ 아직도 命令의 過剰을 용서할 수 없는 時代이지만/ 이 時代는 아직도 命令의 過剰을 요구하는 밤이다/ 나는 그러한 밤에는 부엉이의 노래를 부를 줄도 안다
>
> 지지한 노래를/ 더러운 노래를 生氣없는 노래를/ 아아 하나의 命令을
> — 「序詩」(1957) 전문

여기서 대비되고 있는 것은 "첨단의 노래"와 "정지의 미"이다. '첨단'

은 '명령'과도 같다. '성장'과 '정리'를 통해 추구되어온 "명령의 과잉" 시대를 "지지한 노래" 혹은 "더러운 노래"로써 맞서려는 의지를 보여주는 이 작품은, '서시'라는 제목의 뉘앙스와 어울려 새로운 다짐과 출발로 이해되기도 한다. 양가성의 관점으로 볼 때 이는 지속적으로 추구되어온 동일자에 대한 회의인 동시에 주체에 대한 반성적 인식에 다름 아니다. "너무나 많은 첨단의 노래"는 '시적 현대'의 패러다임으로써 자신의 정체를 대체하고자 하는 욕망을 환유한다. 그 과정에 더불어 나타나는 '속도' '반성' '설움' '책' 등의 소재들은 과거를 부정하고 새로운 주체를 갈망하는 고투의 과정을 매개하는 상징적 등가물이다. "명령의 과잉"을 인식하고, 그 요구를 받아들이는 태도는 이제 '나무' '참새' '부엉이'와 같은 "정지의 미"에 대한 관심을 동반하게 된다. 자연을 향하는 태도의 변화는 "생기없는 노래"로 불려지지만, 결국 그것은 또다른 '명령'이요 정체에 대한 새로운 인식이다. 이처럼 「서시」는 자아와 타자의 이분적 구도로부터 자연이라는 3항을 불러들이는 인식론적 전환을 보여주고 있다. 혼종적 구도로 이루어지는 근대적 주체의 형성 배경을 묘사하고 있는 것이라고도 할 수 있겠는데, 이 혼종의 과정은 김수영 시에 타자로서의 '억압'이 가시적으로 반영되는 후기 시편들에서 보다 구체화된다.

그 중 두드러지는 것은 '문명'과 '전통'에 대한 재인식이라 할 수 있다. 「미스터 리에게」(1959)와 같은 작품에서는 "문명에 대항하는 비결은/ 당신 자신이 文明이 되는 것"이라는 표현을 볼 수 있다. 무의식적 동일시의 대상이었던 문명은 다시 '대항'의 대상이 되는데, 동일시와 부정의 과정을 공통적으로 매개하는 것이 '되는 것' 즉 모방이다. 이를 비롯하여 자주 등장하는 '문명'에 대한 반감은 모방의 이중적 의미를 드러내고 있다.

多病한 나에게는/ 파리도 이미 어제의 파리는 아니다// 이미 오래전
에 日課를 全廢해야 할/ 文明이/ 오늘도 또 나를 이렇게 괴롭힌다// 싸
늘한 가을바람소리에/ 傳統은/ 새처럼 겨우 나무그늘같은 곳에/ 定處를
찾았나보다// 病을 생각하는 것은/ 病에 매어달리는 것은/ 필경 내가 아
직 健康한 사람이기 때문이리라/ 偉大한 悲哀를 갖고있는 사람이기 때문
이리라/ 偉大한 餘裕를 갖고있는 사람이기 때문이리라// 저 광막한 양지
쪽에 반짝거리는/ 파리의 소리없는 소리처럼/ 나는 죽어가는 법을 알고
있는 사람이기 때문이리라

— 「파리와 더불어」(1960) 전문

"다병한 나"에게 '파리'의 의미가 달라지는 상황은 앞서 본 '나무'나
'새'의 발견과 동일한 선상에서 이해된다. 주체의 인식이 이항적 동일시
에서 벗어나는 대상을 찾게 되면서부터 '나'는 "아직 건강한 사람"이라는
자족을 지닐 수 있다. "파리의 소리없는 소리"라는 역설도 "죽어가는 법
을" 앎으로써 살게 되는 '나'의 정체성에 대한 발견과 함께 '의미'를 획득
한다. 자연 속에 '정처'를 찾은 '전통'은 따라서 지향 혹은 배격의 이분
법을 넘어서는 실재의 차원으로 인식되며, 주체의 의미와 상관되는 변
증법적 긴장 속에 놓이게 된다.13)

"나를 이렇게 괴롭"히는 '문명'이란 무엇인가? 이 작품에서 '문명'은
그저 추상적인 문명일 뿐이지만, 여타의 작품들 속에서 반복되는 '컴플
렉스'의 근거, 즉 시의 근대성이요 근대적 가치의 내재화였음을 익히

---

13) '4월' 이후의 달라진 '태도'는, 「밀물」(1961)이란 글로 스스로 표현되고 있다. 이 글 서
두에서 김수영은 "요즈음은 문학책보다도 경제방면의 책을 훨씬 더 많이 읽게" 되고, "국
내잡지를 읽게 되었다"고 말한다. 특히 문학잡지는 "송충이같이 근처에 두지도 못하게
하던 불결한 잡지들(문학지는 상기도 불결)"이었지만, "외국인들의 아무리 훌륭한 논문"
도 "선망의 감이 없어진 것만은 사실"이라는 변모된 감정과 함께 국내의 저작에 대한 위
상도 변하게 된 것이다.(「밀물」, 『김수영 전집』 2, 앞의 책, 27면) 이와 더불어 김수영
의 모방에 대한 관심이 철저히 내면화, 내성을 지향하게 되는 것도 60년대 이후 시편의
특징이다. 대외적인 방향성을 지니던 동일시의 추구가 내향의 중층적 층위로 전이되는
양상이라 할 수 있다.

짐작할 수 있다. 초기 시편에 집중된 동양적 관념이 문명을 내재화하지 못하는 데 대한 반동의 차원에서 거부되었던 맥락은, 스스로가 문명이 됨으로써 그에 대항할 수 있다는 자각과(「미스터 리에게」), 죽음으로 산다는 삶의 변증법에 이르러 새롭게 재편된다. 문명은 실체를 알 수 없는 '적'이요 이미 삶이 된 권력이다. "우리들의 戰線은 눈에 보이지 않는다"(「하……그림자가 없다」, 1960)는 명제는 일상화된 문명과 권력에 대한 분명한 인식을 보여주고 있다. 1960년대를 전후한 시기는 제국주의의 직접적 폭력성으로부터 신식민성이 고착화되는 시기라 할 수 있다. 또한 민주와 자유주의 경제를 모토로 내세운 시기이기도 하다. 김수영의 시세계는 이러한 모순적 상황에 대한 인식과 지양을 반영하고 있다. 군사 독재나 내면화된 식민성이 신식민성의 또다른 유형이라 했을 때 이에 대한 인식과 저항은 탈식민성의 내용이 된다.

그러나 저항은 가시적이지 않다. 4·19를 전후한 몇 편을 제외하고는 김수영 시의 저항은 철저히 중층적인 맥락에서 이루어진다.

> 그러나 나는 오늘아침에 때문은 革命을 위해서/ 어차피 한마디 할 말이 있다/ 이것을 나는 나의 日記帖에서/ 찾을 수밖에 없었다
> ……
> 여기에 있는 것은 中庸이 아니라/ 踏步다 죽은 平和다 懶惰다 無爲다/ (但 「中庸이 아니라」의 다음에 「反動이다」라는/ 말은 지워져있다/ 끝으로 「모두 適當히 仮面을 쓰고 있다」라는/ 한 줄도 빼어놓기로 한다)
> — 「中庸에 대하여」(1960) 부분

「중용에 대하여」는 일기와 시작의 애매한 경계를 보여주고 있다. 이러한 측면은 기법의 모더니티의 일환이라 할 수 있겠는데, 문명에 대한 부정적 인식에도 불구하고 모방할 수밖에 없는 김수영 시의 생래적 맥

락을 재차 확인하게 된다. 여기서 주목하고자 하는 것은 '중용'의 불가능성에 대한 강조이다. '가면'은 현정부가 쓰고 있는 '악독'과 '반동'의 수단이면서, 우리 모두가 "적당히 가면을 쓰고 있"음을 지적하는 괄호 쳐진 무의식이기도 하다. 이것이 곧 김수영 시의 양가적 저항이라 할 수 있다. 신식민적 권력은 푸코(M. Foucault) 식의 '파노라마적 시선'으로 일상화된 구조의 권력이라 할 수 있으며, '중용'을 거부하는 위 시는 그러한 권력 장치의 혼종적 구조와 거부의 정치적 의도를 상징적으로 드러내고 있는 것이다.

이는 '적'에 대한 인식을 구체적으로 보여주는 「아픈 몸이」(1961)와 같은 시에서 더욱 두드러진다. 즉 "온갖 식구와 온갖 친구와/ 온갖 적들과 함께/ 적들의 적들과 함께/ 무한한 연습과 함께"라는 표현은 나와 타자가 함께 존재하는 공간, 친구와 적들이 혼재하는 '몸'의 인식을 보여주고 있다. 「적」(1962)에서는 "나의 적은 아직도 즐비하지만/ 어제의 적은 없"다는 모순적 상황의 인식이 나타난다. 이러한 중층적 상황을 '현대적으로' 모방하는 김수영 시는 바로 그 자체로 텍스트적 저항의 효과를 지니게 되는 것이다. 김수영 시에 나타나는 산문성, 풍자, 비어, 역설과 반어, 반복적 리듬, 패러디 등을 탈식민주의의 텍스트 전략으로 설명하는 관점은 이를 예시하고 있다.14)

> 日本말보도 빨리 英語를 읽을 수 있게 된,/ 몇차례의 言語의 移民을 한 내가/ 우리말을 너무 잘해서 곤란하게 된 내가

> 지금 불란서 소설을 읽으면서 아직도 말하지/ 못한 한가지 말—政治 意見의 우리말이/ 생각이 안 난다 거짓말 거짓말

---

14) 김승희, 「김수영 시와 탈식민주의적 반(反)언술」, 김승희 편, 앞의 책 참조. 이 글은 김수영의 시세계를 시기별로 세 단계로 구분, 주체의 변모 양상을 따라 드러나는 탈식민주의 텍스트 전략을 분석하고 있다.

거짓말의 부피가 하늘을 덮는다 나는 눈을/ 가리고 변소에 갔다온다/
사람들은 내 말을 믿지 않고 내가 내 말을 안 믿는다

나는 아무것도 안 속였는데 모든 것을 속였다/ 이 죄에는 사과의 길이
없다 봄이 오고/ 쥐가 나돌고 풀이 솟는다 소리없이 소리없이

나는 한가지를 안 속이려고 모든것을 속였다/ 이 죄의 餘韻에는 사과
의 길이 없다 불란서에 가더라도/ 금방 불란서에 가더라도 금방 自由가
온다 해도

— 「거짓말의 여운 속에서」(1967) 부분

이 작품은 몇 차례 "언어의 이민"을 경험한 화자의 혼란을 소개하면
서 그 과정에서 '정치의견'을 말하지 못하는 회한을 노래한다. 언어는
단지 수단이 아니라 세계관과 가치 판단의 기준이기도 하다. 언어적 이
산의 경험은 역사적, 문화적으로 단일 민족의 이데아가 강한 우리에게
있어 '혼종성'을 상징하는 역설적 사례가 될 수 있다. 또한 언어는 주체
의 형성에 필연적인 계기가 된다는 점에서 주목을 요한다. 김수영의 한
자에 대한 이해와 영어의 습득은 '문명'을 향한 욕망의 결과요 발전된
것을 추구하는 모방의 차원으로 볼 수 있다. 즉 김수영의 모방은 언어
에 대한 집착의 측면으로도 설명될 수 있다. 일본어 능력과 영어의 자
유로운 구사는 발달된 근대를 수용하는 김수영의 촉수였다. 그러나 그
런 모방은 진정한 주체화 과정이라고 볼 수 없다. 이는 번역이 완전할
수 없는 이치와 같다. 말할 수 없는 "정치의견의 우리말"이란 모방을 통
해 습득한 진리와 자유가 완전할 수 없음을, "아무것도 안 속였는데 모
든것을" 속인 것으로 표현되는 언어의 '차연'을 상징한다.

그럼에도 불구하고 이 작품은 이 모든 혼란이 '거짓말'이라는 선언 속
에서 저항의 효과를 내포하게 된다. "불란서에 가더라도 금방 자유가

온다 해도" 치유될 수 없는 거짓말의 상처는 이미 그 상처를 직시하는 과정에서 상징계의 파열을 조장하고 있다. 이 지극한 자의식의 혼란이 "우리의 혼란"과 등치되고, '불란서'와 '불란서적 자유'에 대한 회의로 이어지고 있는 차원이 이 작품이 지닌 저항의 계기라 할 수 있지 않을까? 이러한 중의적 언어 구사는 이른바 '의도적 혼종화'의 전략으로 분석될 수 있다. 언어의 혼재 경향은 저항적인 언어의 살아있는 이미지를 만들어낸다.15) 이 같은 무의식적 효과는 동일성의 미학으로 귀결되는 서정시의 장르적 한계로부터 김수영 시를 넘어서게 한다.

이러한 저항은 모더니티와 초현실주의를 지향하는 김수영 식 모방의 과정 속에서 상징적으로 표현되고 있다. 자연의 매개와 순차적 시간의 부정, 언어와 책에 대한 회의의 이미지 등이 그러한 맥락에 놓여 있다. 「꽃잎(二)」(1967)과 같은 시에서는, "꽃을 주세요 우리의 苦惱를 위해서/ 꽃을 주세요 뜻밖의 일을 위해서/ 꽃을 주세요 아까와는 다른 時間을 위해서"라는 표현을 본다. 꽃의 필요는 '고뇌' '뜻밖의 일' '다른 시간'을 위해서이다. 꽃의 현전이 의미하는 바는 무엇인가. 이어 "원수를 지우기 위해서"와 "우리가 아닌 것을 위해서", "거룩한 우연을 위해서" 라는 계기들이 제시된다. '꽃'의 상징적 의미는 이 작품과 더불어 나머지 '꽃잎들'의 흔적을 면밀히 살펴본 이후에 결정지을 일이지만, 우선 말할 수 있는 것은 언어적 질서(상징적 질서)의 해체이다. "꽃의 글자가 비뚤어지지 않게"와 "꽃의 글자가 다시 비뚤어지게"를 동시적으로 지향하는 망각의 실천은("꽃을 찾기 전의 것을 잊어버리세요") 재현의 체계에 대한 분명한 부정이다.("노란 꽃을/ 못 보는 글자") 그리하여 역사와 현실―실재―은 분명히 재현―상징―될 수 없는 차이의 시간 속에서 재설정된다.

---

15) 비의도적이고 역사적인 언어의 혼종화 경향에 반해, 언술 행위의 '의도적 혼종화'를 통해 정치적 저항에서 인간의 의지가 갖는 중요성을 강조하는 바흐친(M. Bakhtin) 식 의미에 관해서는 박상기, 앞의 글, 247~255면 참조.

먼지를 꺼내는데도 책을 꺼내는 게 아니라/ 먼지를 꺼내는데도 유리
문을 열고/ 육중한 유리문이 열릴 때마다 울리고/ 울려지고 돌고 돌려지
고

닿고 닳아지고 걸리고 걸려지고/ 모서리뿐인 形式뿐인 格式뿐인 官
廳을 우리집을 닮아가고 있다/ 鐵條網을 우리집은 닮아가고 있다

바닥이 없는 집이 되고 있다 소리만/ 남은 집이 되고 있다 모서리만
남은/ 돌음길만 남은 難澁한 집으로/ 기꺼이 기꺼이 변해가고 있다
— 「의자가 많아서 걸린다」(1968) 부분

이 작품 역시 모방의 자의성과 비정체성을 효과적으로 기술하고 있
다. 아이러니와 역설적 시관에 기초하고 있는 이 작품은 '형식'과 '격식'
으로만 닮아가고 있는 모방의 '일상'을 고백한다. 실체는 없고 소리만이
울리는 텅빈 허상과 같은 공간에서 '닮음'은 현실을 지탱하는 수단이요
'기꺼이' 행하는 자의적 종속의 과정이지만, 역시 허울일 뿐인 '미제 자
기스탠드'와 '삼팔선' 혹은 '관청'의 허위를 동반하는 흔들림('울림')이다.
  이와 관련하여 주목해야 할 사실은 이상의 김수영 시 속에서 서양에
대한 모방과 동시적으로 존재하는 저항의 정치성이다. 모방의 정치성이
라고 하는 것은 분명한 대상을 겨냥하거나 구체적 진술로 외화되지 않
는 무의식적 저항이라고도 할 수 있다. 탈식민주의가 주목하고자 하는
것도 다양화된 신식민적 상황의 담론적 분석에 있다. 탈식민주의가 식
민주의의 또다른 반복이라는 점은, 많은 반론과 재해석이 있긴 하지만,
어쩔 수 없는 한계적 조건이기도 하다. 이러한 '통합주의(syncretism)'의
메커니즘을 부정할 수 없다면 이를 인정하고 적극적으로 전유하는 전
술적 이론의 입장을 모색해볼 수 있다. 애쉬크로프트(B. Ashcroft) 등의
'폐기(abrogation)'와 '전유(appropriation)'라는 담론적 전략은 페셰(M.

Pêcheux)의 주체 형성 방식으로부터 차용한 것으로서, 이를테면 전자가 다른 언어들에 대한 영어의 헤게모니를 거부하는 것이라면, 후자는 영어라는 남의 그릇을 빌려서 자신의 문화적 경험을 전달하는 것을 의미한다.16) 이들에 따르면 "차용하여 전유하는 과정 없는 폐기의 계기는 특권적인 것, 정상적인 것, 그리고 온당한 이름에 대한 가정들을 뒤바꾸는 것 이상을 넘어설 수 없으며, 그 모든 것들은 단순히 새로운 용법에 의해 접수되고 유지"될 수밖에 없다. 따라서 "절대적인 전식민지적인 문화적 순수성을 복원하거나 그것으로 돌아가는 것도, 유럽의 식민 기획에 역사적으로 전혀 연루되어 있지 않은 민족적 또는 지역적 구성체들을 창출하는 것도 불가능"한 것이 된다.17)

서구 담론 체계를 원용하여 그 실체를 규명하고 비판해야 한다는 폐기와 전유의 전략은 여전한 민족 모순의 현실을 살아가는 우리에게 있어 유의미한 방향성을 시사해준다고 본다. 문학 담론을 포함한 모든 문화적 삶의 방식을 서구적인 것에 근거하고 있으며, 영어의 위상이 날로 중요해지고 있는 현실에 비추어볼 때 지배적 언어의 물리적 작용을 부정하기는 어렵다. 중요한 것은 목적과 수단이 전도되지 않는 비판적 태도를 견지하는 차원일 것이며, 그로 인해 이론의 전유에 있어서도 '억압'을 반복하지 않는 반성적 능력의 현재화가 필요하다. 전유의 가능성은 국가나 인종적 차원에서뿐만 아니라 일국적 권력의 지형도를 묘파하는 데에도 해당된다. 폐기와 전유로써 서구 문학과 중앙 문학을 중심

---

16) 이경원, 「저항인가, 유희인가?: 탈식민주의의 반성과 전망」, 『문학과사회』, 1998 여름, 762~764면.

17) B. Ashcroft, G. Griffiths and H. Tiffin, *The Empire Writes Back : Theory and Practice in Post-Colonial Literatures*, 릴라 간디, 이영욱 역, 『포스트식민주의란 무엇인가』, 현실문화연구, 2000, 180면, 185면에서 재인용. 스피박(G. Spivak)의 '전략적 본질론'이라는 입장도 이러한 문제의식을 공유하고 있다. 이러한 전술들은 민족주의적인 본질론적 관점의 한계를 보충할 수 있는 효과적인 틀이 될 수 있지만, 역시 '해체론적' 함정을 노정한 것이라는 점은 항상 기억해야 할 것이다.

으로 하는 권력 지향적 이원화를 재조명해야 한다는 지적에서도 이러한 문제의식을 엿볼 수 있다.18) 이는 지역 문학을 중심으로 권력적 이분화를 해체해야 한다는 주장에 다름 아닌데, 이것이 또다른 권력지향으로 귀결되는 '상상계적 욕망'이나 공허한 당위론이 되어서는 곤란하다. 폐기와 전유가 근거해야 할 '항상적 반성'은 이처럼 언제나 반복될 수 있는 암묵적 위계의 구조를 지적해야 한다.

現代式 橋梁을 건널 때마다 나는 갑자기 懷古主義者가 된다/ 이것이 얼마나 罪가 많은 다리인줄 모르고/ 植民地의 昆蟲들이 二四시간을/ 자기의 다리처럼 건너다닌다/ 나이어린 사람들은 어째서 이 다리가 부자연스러운지를 모른다/ 그러니까 이 다리를 건너갈 때마다/ 나는 나의 心臟을 機械처럼 중지시킨다/ (이런 연습을 나는 무수히 해왔다)

그러나 문제는 이러한 反抗에 있지 않다/ 저 젊은이들의 나에 대한 사랑에 있다/ 아니 信用이라고 해도 된다/「선생님 이야기는 二十년 전 이야기이지요」/ 할 때마다 나는 그들의 나이를 찬찬히/ 소급해가면서 새로운 여유를 느낀다/ 새로운 歷史라고 해도 좋다

이런 驚異는 나를 늙게 하는 동시에 젊게 한다/ 아니 늙게 하지도 젊게 하지도 않는다/ 이 다리 밑에서 엇갈리는 기차처럼/ 늙음과 젊음의 분간이 서지 않는다/ 다리는 이러한 停止의 증인이다/ 젊음과 늙음이 엇갈리는 순간/ 그러한 速力과 速力의 停頓 속에서/ 다리는 사랑을 배운다/ 정말 희한한 일이다/ 나는 이제 敵을 兄弟로 만드는 實證을/ 똑똑하게 천천히 보았으니까!

-「現代式 橋梁」(1964) 전문

---

18) 김춘섭,「문학의 지방화와 탈식민주의」,『한국현대소설학회 제21회 학술연구발표대회 자료집』, 2003. 5. 31~6. 1, 5~7면 참조.

「현대식 교량」은 그에 대한 시인의 인식 구조를 드러내고 있다. 문명의 이기를 상징하는 현대식 교량은 오히려 인간의 정체성을 위협하는 물신화, 식민화의 계기이기도 했다. 뒤바꿀 수 없는 근대적 삶의 조건과 현실의 이질적 결합은 그 자체로 아이러니의 순간임을 시인은 직시한다.("자기의 다리처럼 건너다닌다") 심장이 멈추도록 현실을 부정하는 것은 극단의 '반항'일 것인데, '사랑'과 '신용', '새로운 역사'는 결코 '직설'로 실현되지 않는다.

그리하여 '무수한 연습'의 시간이 있다. 이는 모더니티를 향한 김수영의 열정에서 잘 나타난다. 그럼에도 불구하고 현대식, 곧 서양식 '다리'의 억압성과 기생성을 인식하지 못하는 현실은 "식민지의 곤충들"의 삶이요 폐기로서의 식민성에 다름 아닐 것이다. 스스로 몸담고 있으나 되돌아갈 수 없는 조건에 대한 반복되는 반성은 「현대식 교량」에서 과거와 현재의 구분이 판단을 정지하는 순간을 계기한다. 그 순간은 "적을 형제로 만드는 실증"의 순간이요 다리가 사랑을 배우는 생성의 순간이기도 하다. 이는 또한 '속력'으로 대변되는 목적론적 시간과 대비되는 화행의 시간이다. 여유와 정지, 혼종과 생성은 화행을 통한 교섭의 효과일 것이다. 그 결과 모방의 근원인 진보 즉 우월 대 계몽의 대상인 전통 즉 열등 식의 상상계적 이항 대립은 "속력과 속력의 정돈 속에서" 혼란에 빠지게 된다. "젊음과 늙음이 엇갈리는 순간"처럼 정체의 혼란 속을 방황하는 김수영의 시적 자아는 여전히 상상계적인 전도의 순간을 경험하지만, 그러나 그것은 '역사'와 '사랑'을 매개하며 의연히 '회고주의자'가 됨으로써 새로운 주체, '제3세계성'의 의미를 또한 견지하는 것이기도 하다. 김수영이 「현대식 교량」을 통해 보여주는 전유의 정치적 의미는 이러한 교섭을 통한 역사와 시간의 재구성이 아닐까. 이처럼 김수영의 시적 성취는 억압의 반복을 지양할 수 있는 항상적 반성의 한

실례로서 '같지만 다르게' 재현될 수 있다.

4. 맺음말

김수영은 우리 문학사에서 신식민성의 구조와 이에 대한 저항의 시적 상징을 효과적으로 보여준 시인이다. 김수영의 인식틀이나 시는 신식민 담론이 존재하는 양가적인 구조에 근거하고 있으며, 또한 폐기와 전유의 관점에서 시적 저항이 어떠해야 하는가에 대한 하나의 예시가 될 수 있다. 유교적 전통 사상에의 집착과 회의로부터 비롯되는 김수영의 시세계는 근대에 맞서는 끊임없는 좌절과 고투의 형상을 그려낸다. 그 한계를 서양에 대한 집착과 모방으로써 극복해나가려는 과정은 자연스럽게 전통과 내면에 대한 성찰로 이어지게 되었고, 다양한 해석을 가능케 하는 중층적 의미망을 허여하고 있다.

김수영의 포즈적 모더니티는 때로는 초현실주의적 상상력을 집요하게 고수함으로써 그에 내재된 정치적 저항이 의도적인 것인지 권력의 효과인지 파악하기가 애매한 경우도 많다. 이는 탈식민주의 담론이 지니는 애매성의 근거와도 같다. 나아가 김수영 시가 남성중심적 자의식의 세계에 견고하게 매달린 나머지 다원적 정체성을 주목하지 못하는 점은 분명한 한계로 지적되어야 한다. 이를 양가적인 입장에서 긍정하자면, 이러한 김수영 시의 결여는 "젠더, 계급, 섹슈얼리티 같은 매우 상이한 형태의 사회적, 역사적 경험을 중심으로 구성되는 분석의 단위 및 문화적·비평적 형식과 탈식민주의의 관계"19)를 설정하고 상호텍스트적으로 확장하는 계기로서 재발견될 수 있다.

---

19) 바트 무어-길버트, 앞의 책, 421면.

이상과 같은 양가성의 김수영 시세계를 분석하는 작업은 보다 전면적인 고찰을 필요로 하는 연구의 여백을 남겨놓고 있다. 이는 앞으로 연계적으로 지속되어야 할 과제일 것이다. 또한 결과론적 한계를 피해가기 어렵다. 이를테면 근대의 부정성을 인식하고 이를 극복하기 위해 노력했다는 '사실'은 기존 김수영 연구의 공통된 결론이기도 하다. 그럼에도 불구하고 우리는 (신)식민성의 현실을 극복해나가려는 시도 속에 김수영 시를 새롭게 발견하고 있다. '정형(stereotype)'은 외부로부터의 규정만은 아닌 것이다.

더불어 분명한 것은 김수영의 시들이 우리의 현실과 억압을 고발하고 해체하는 수행의 차원을 효과적으로 보여주고 있다는 점이다. 김수영은 다시 읽히고 새롭게 씌어지는 문학사의 연속성을 실증하는 드문 텍스트의 하나이다. 지속되는 근대의 조건과 억압의 현실을 시가 어떻게 '온몸으로' 맞서 나갈 것인가. 탈식민주의 담론은 김수영의 '의도'와는 무관한 것이었을지 모르나, 김수영의 '비의도'는 식민성 극복의 효과와 성과를, 시간을 비웃으며 확인시켜주고 있다.

'복수적' 자아 - 되기의 방식
— 전경린의『내 생에 꼭 하루뿐일 특별한 날』론

박 현 이

1. 들어가는 말

전경린은 1995년 동아일보 신춘문예 중편소설 부문에「사막의 달」이 당선되면서 작품 활동을 시작했다. 그 동안 전경린은 그녀 특유의 날카롭고 강렬한 목소리로 인해 문단의 주목을 꾸준하게 받아오고 있는 작가다. 전경린의 소설은 일상을 소재로 다루며 그에서 파생되는 문제를 부각시키고 있다는 점에서는 90년대 여타의 여성소설과는 별 차이가 없어 보이지만, 중요한 것은 그 드러냄의 방식이다. 드러냄의 방식은 바로 우연성을 개입시켜 일상에 미세한 균열을 내는 것이며, 여성 인물들 안에 숨겨져 있던 다양한 욕망들을 이 미세한 틈새로 끌어내어 그들로 하여금 일상에서 탈주토록 만드는 힘을 생성해내는 것이다. 또한, 이 드러냄의 과정 속에서 여성작중인물들이 발산해내는 삶에의 강렬한 욕망들은 작품 내에서 때로는 그로테스크하게, 때로는 비극적으로 변용되면서 텍스트 전체에 걸쳐 중요한 의미를 지니게 된다. 전경린의 글쓰기가 결국은 그녀 내부에서 "끊임없이 충돌하는 극단적인 현실과 극단적인 환상을 화해시키고, 그 심연에 다리를 놓는 작업이"[1]라는 말을 상기해 볼 때, 그녀의 작품 내에 등장하는 기이한 인물이나 사건들은 그녀 특유의 드러냄의 방식을 뒷받침해주는 중요한 장치가 됨을 알 수 있다.

이 글은 전경린 작품에 등장하는 작중인물들의 독특함과 그들을 둘러싸고 일어나는 기이한 사건들에 주목하고, 이들이 다른 여성소설 내에 등장하는 여성작중인물들과 변별되는 지점은 어디인지, 그리고 무엇보다 일종의 작가적 장치라 할 수 있는 기이하고 다양한 사건들이 텍스트 내 여성작중인물과 긴밀하게 연계되어 어떠한 의미를 지속적으로 생성해내는지를 『내 생에 꼭 하루뿐일 특별한 날』을 중심으로 살펴보고자 하는데, 이 작품은 작가 후기에서도 드러나고 있듯이 제도에 편입된 채 안정되고 정착된 사랑을 다루기보다는 그것에서 벗어난, 따라서 위험하지만 동시에 무한히 열려 있는 사랑을 소재를 다루고 있는 작품이라는 점에서 주목을 요한다.

> 나는 어릴 때부터 합법적으로 제도에 편입되어 기념비가 되는 사랑보다 삶을 무너뜨리고 얼굴을 다치며 내쫓기는 비합리적인 사랑에 매혹되었다. 그런 사랑은 야생적인 것이고 제도 바깥의 것이며 세상이 쳐놓은 휘장 너머로 무한히 열려 있었다. 거듭되고 표절되는 진부한 삶의 궤도를 이탈해 돌연한 변이를 보여주는 사랑하는 사람들. 그 섬광이 나는 늘 아름다웠었다.[2]

전경린의 『내 생에 꼭 하루뿐일 특별한 날』[3]은 1999년 8월 발표된

---

1) 전경린, "제2회 문학동네소설상 수상 인터뷰", 『문학동네』, 1997년 봄호, 348면.
2) 전경린, 「작가 후기」, 『내 생에 꼭 하루뿐일 특별한 날』, 1999, 문학동네, 285면.
3) 텍스트는 전경린, 『내 생에 꼭 하루뿐일 특별한 날』, 문학동네, 1999.로 하되, 이후부터

장편소설로 2002년 11월 『밀애』라는 영화로 국내에서 상영되기도 한 작품으로 첫 장인 「프롤로그」에서 마지막 장인 「에필로그」에 이르기까지 총 34개의 장으로 구성되어 있다. 본론에 들어가기에 앞서 소설의 줄거리를 간략하게 소개해 본다면 다음과 같다. 우선 소설의 첫 부분인 프롤로그는 여성작중인물인 미흔의 회상으로부터 시작된다. 집을 버리고 떠난 지 해가 바뀐 시점에서 그녀는 회상에 잠긴다. 크리스마스 날, 영우라는 여직원의 출현으로 단란하고 평온해 보이던 미흔의 가정은 산산조각 난다. 전직 대학 강사인 미흔의 남편 효경은 최근 인쇄소를 경영하면서 경영난에 허덕였다. 남편의 어려움은 알고 있었지만, 모든 일에 순종적이고 전업 가정주부이던 미흔에게 남편의 외도는 그녀의 삶을 송두리째 앗아간 커다란 상흔으로 기억된다. 그 날부터 미흔은 까닭 모를 두통을 앓게 되는데, 매사에 의욕을 상실하고 우울증에 시달리는 미흔을 위해 효경은 한적한 시골마을로 이사한다. '나비 마을'이라는 곳으로 이사한 미흔은 '염소를 모는 노파, 부희의 외딴집, 국도변 휴게소의 여자' 등 그곳 특유의 기이함과 낯설음에 매료되는데, 이는 무엇보다 '규'라는 남자를 통해 '구름모자벗기' 게임을 제안 받으면서 더욱 치달아 가게 된다. 미흔은 이웃집 남자 규와의 위험한 사랑을 통해 기존의 우울함과 의욕상실을 벗어나 점차 또 다른 여성으로 변모되어 간다. 그러나 규와의 구름모자벗기 게임이 종료될 즈음, 결국 남편 효경에게 외도 사실을 발각 당함으로써 심하게 구타당하고, 규와 예상치 않던 여행을 떠나게 된다. 그러나 여행 도중 둘은 교통사고를 당하게 되고, 미흔은 규의 소식을 알 수 없게 된다. 병원에서 퇴원한 그녀는 효경과 수가 없는 텅 빈집을 마주하게 되며, 결국 그녀 혼자 스스로 집떠남을 감행한다. 일용직으로 하루하루를 살아가는 그녀에게 효경이 다시

는 편의상, 『내 생에 꼭 하루뿐일 특별한 날』을 『내 생에』로 줄여 표기하기로 함.

찾아오지만, 그 둘은 다시 합칠 수 없음을 인식한다. 소설의 마지막 부분인 에필로그는 그녀가 회상에 잠기게 되는 현재 시점인 프롤로그와 다시 겹쳐지는 부분으로 미흔은 현재 낯선 도시에서 사설 우체국의 여직원이 되어 커피를 마시면서 지난날을 회상하고 있다.

이 글은 특히, 여성작중인물 '미흔'을 집중적으로 조명하여 살펴보고자 하는데, 이는 미흔이라는 여성이 기존의 여성작중인물들과 어떻게 변별되는 차원에서 정형화되고 제도화된 틀과 일상에서 벗어나 탈주선을 그려나가는지를 해명해내는 작업에 해당하는 것으로, 텍스트 내 다른 작중인물들과의 관계 및 미흔 내부 의식의 작용을 중점적으로 살펴보는 것에 의해 다루어질 것이다.

2. 다양한 접속을 통한 미흔의 변환과정

『내 생에』에서 여성작중인물 미흔의 욕망은 규라는 남성 작중인물에 대한 성적 욕망에 한정되고 고착되어 있는 것이 아니라, 본질적인 사랑에 대한 욕망, 무기력해진 그녀의 삶에의 변화에 대한 욕망 등 또 다른 무수한 욕망들에 접속된 채 열려 있다. 따라서 미흔의 이러한 다양한 욕망들은 그녀가 '나비마을'로 이사하면서 새로운 상황에 놓이고 새로운 인물과 사건들과 마주치면서 그녀로 하여금 기존의 닫힌 채 고여있던 무기력한 일상에서 일탈해나가도록 만드는 동시에 '사랑'을 바라보는 기존의 단선적이고 고정적인 그녀의 가치관 또한, 서서히 변환시키는 원동력이 된다.

따라서 텍스트 내에서 특히 주목해볼 점은 다음의 두 가지로 요약될 수 있겠다. 우선, 미흔이 나비마을에서 마주치는 기이한 사건 및 그와 연관된 여성인물들과의 관계를 통해 생성되는 욕망의 선분에 주목해 보고자 하는데, 이에 대한 고찰은 '주부다움·아내다움·어머니다움'이라는 기존의 양식화된 틀에 정착해 있던 한 여성이 낯선 사건 및 인물들과 마주치고 관계하면서 자신의 삶에 어떻게 균열을 내며 일탈해나가는지 그 과정을 살펴봄으로써 이루어질 것이다. 다음으로는 미흔이 나비마을에서 규라는 남성과 관계하면서 빚어지는 욕망의 선분에 주목해 보고자 하는데, 이에 대한 고찰은 한 여성이 양식화되고 합법화된, 따라서 상대적으로 안정적인 기존의 다수적인 사랑의 방식을 벗어나 어떻게 스스로의 욕망에 따른 분자적이면서 소수적인 사랑을 택하여 나아가는지 그 과정을 살펴봄으로써 이루어질 것이다. 이러한 욕망의 선분들은 텍스트 내에서 동시에 진행되어 나가는데, 이야기가 점차 진행되어감에 따라 여성작중인물의 가치관의 변화를 수반하면서 점차 기존의 가치관에서 탈영토화되어가는 양상을 띠고 있다.

2.1. 은연·부희와의 접속, '몰적 일상에의 균열'을 통한 변환과정

여성작중인물 미흔은 크리스마스 사건이 있기 전까지는 "반에서 열세 번째 등수의 아이가 그렇듯, 2남 3녀 중 두 번째 딸이 그렇듯, 보호색을 가진 여린 곤충들이 그렇듯 눈에 뜨지 않는, 눈을 뜨지 않은 삶을 살고 있는"(26면.) 아주 평범하고 여린 여성이었다. 따라서 그녀의 결혼 및 사랑에 대한 가치관 역시 제도권 내에 고정되고 안주하여 있는 양상을 보이고 있다.

> 결혼한 뒤 몇 년 동안 내 인생에서 처음으로 행복했었다. 어쩌면 효경과 함께 사니까 행복해야 한다고, 행복하지 않을 이유가 없다고 믿었던 것 같다. 무엇보다도 나는 그의 냄새를 사랑했다. ⋯ **나의 꿈은 오직 그런**

것이었다. 스물한 살에 만난 남자가 그의 전 생애 동안 오직 나만을 사랑하고 나 또한 단 하나의 남자만을 사랑하며 평생 동안 하나의 생을 온통 함께 사는 것. 우리의 냄새를 다른 냄새와 뒤섞지 않는 것. 나의 꿈은 그것뿐이었고 그것은 흡사 하나의 이념과 같이 지킬 가치가 있는 것이었다.(26면.)

위에서 볼 수 있듯이 크리스마스날, 정영우라는 여직원의 등장과 효경의 외도 사실이 드러나기 전까지 그녀의 꿈은 오직 평생동안 "한 남자가 오직 나만을 사랑하고 나(미흔) 또한 단 하나의 남자만을 사랑하며 평생 동안" 살아가는 것이었다. 이처럼 한 여자에게 "흡사 하나의 이념과 같이 지킬 가치가 있"던 일부일처제의 꿈은 남편의 외도로 산산조각이 나고, 미흔은 그녀의 남편 앞에서 "금간 도자기처럼 깨어져버릴 것 같은"(40면.) 위태로움만을 느끼면서 매사에 무기력해진다. 미흔에게 있어 결혼제도와 가족제도 및 사랑에 관한 초기의 가치관은 기존의 가부장적 이데올로기와 플라토닉(platonic)한 사랑 이데올로기에 영토화되어 있는 양상을 띠고 있다. 이러한 양상은 미흔이 남편의 외도에 충격을 받고 "자신의 생을 송두리째 빼앗겨 버렸다"(54면.)고 말하는 모습과 사랑이란 "그 모든 것을 참을 수 있게 하는" 동시에 "우리의 냄새를 다른 냄새와 뒤섞지 않는" 고정불변의 진리와도 같은 지고지순한 가치를 지닌 것으로 보는 모습에서도 확연하게 드러나고 있다.

가끔 사별한 아내를 쫓아 자살한 남편이나 남편을 뒤쫓아 죽음을 택한 아내의 이야기를 잡지책에서 읽을 때가 있었다. **그런 이야기들은 내게 전혀 낯설지가 않았다. 만약 남편이 여직원이 우리를 방문했던 그해의 크리스마스 전에 효경이 죽었더라면, 나도 그렇게 죽었을 것이다.** 예상외의 공허를 이겨내지 못했을 것이고, 효경을 잃은 뒤에는 그렇게 죽는 것으로 내 생은 충분하다고 믿었을 것이다.(26면.)

남편을 따라 죽음을 감수할 수도 있다는 미흔의 독백에서 기존의 전형적인 결혼·가족·사랑 이데올로기 체제에 철저하게 귀속되어 있는 미흔의 가치관을 볼 수 있다.

그러나 이러한 미흔의 시각과 가치관에도 점차 균열이 일어나기 시작하는데 그것은 그녀가 남편 효경과 함께 나비마을로 이사하면서부터 더욱 가속화되기 시작한다. 그녀가 나비마을에서 마주치게 되는 새로운 인물들과 기이한 사건들은 부지불식중에 그녀의 의식과 돌연한 관계를 맺게 되고, 이를 통해 그녀는 차차 변화되어 나간다.

미흔의 이러한 변환 과정은 '테미안의 처녀'에 관한 에피소드에서 확연하게 드러나고 있는데, 이 에피소드의 내용은 사하라 사막에서 낙타를 식량과 교환하기 위해 네 달간의 죽음을 건 여정을 감행하는 사내들과 그런 약혼자를 기진맥진하여 쓰러진 후에도 다시 일어나 기다리는 어린 처녀들의 모습을 다루고 있는 것으로 이에 대한 미흔의 반응에서 이전과는 상이하게 달라진 모습을 읽어낼 수 있다.

> "세상에 대해 아무것도 몰라도 상관없다고 생각했어. 사막에 사는 여자처럼 그 속에서 모든 것을 받아들이겠다고 생각했었어. 육십도의 고열도, 육년 동안의 가뭄도, 뜨거운 모래바람도, 백이십 일간의 부재도, 삶 자체의 남루함과 처참함도… 그런데 그 모든 것을 참을 수 있게 하는 사랑이 박탈된 거야. **넌 단지 부정을 저지른 게 아니라 내 생을 빼앗아버렸어. 안 돼… 난 이제 절대로 예전처럼 될 수 없어. 아무리 시간이 흘러가도 너를 다시 사랑할 수 없어.** 삶이 참을 수 없이 하찮아. 사람이 왜 허무해지는지 아니? 삶이 하찮기 때문이야. 마음을 누를 극진한 게 없기 때문에…"(54면.)

사막에 사는 '테미안의 처녀'처럼 "그 속에서 모든 것을 받아들이겠다고 생각했"던 미흔은 그녀의 생이 효경의 외도로 인해 박탈당했다고 느끼면서 이전과는 다른 여성이 되기를 욕망한다. 따라서 테미안의 처녀가 기다림과 인내로 대변되는 남성에게 순종적인 지고지순형의 여성으로 초기의 미흔의 모습을 그대로 드러낸다면, 이후의 미흔은 텍스트 내 다양한 여성인물들과 직·간접적으로 마주치면서 그들에게 매력을 느끼면서 이끌리고 영향 받게 된다. 이러한 점에서 소설 내에 등장하는 다양한 여성인물형4)들은 미흔과의 연계 하에서 중요한 의미를 띠고 있으며, 그녀를 무의식중에 자극함으로써 그녀에게 내재된 욕망을 자극해 강밀도5)를 형성하게 만듦으로써 남성 작중인물 규와 더불어 중요한 역할을 담당하게 된다. 국도변 휴게소 여자인 '은연'과 외딴집의 며느리였던 '부희'는 테미안의 처녀와도 같던 미흔을 강렬하게 자극함으로써 그녀에게 내재되어 있던 욕망을 불러일으킨다.

휴게소 여자인 '은연'의 경우, 그녀는 폭력을 일삼는 남편과 그 사이에서 낳은 자식과의 가족 관계 내에서 진저리를 내며 벗어나려고 하는 동시에 또 다른 한편으로는 그 속에 어쩔 수 없이 순응하면서 살아가고 있다. 은연 역시, 가족관계—특히 남편과의 관계—에서 벗어나기 위해 남편이 감방에 가 있는 동안 소식을 끊고 도망을 하거나 집을 옮기는 등, 온갖 수단을 동원해 남편의 굴레에서 벗어나고 싶어하지만, 번번이 그 가족제도 안에 갇히고 결국은 안주하게 되는 영토화의 과정을 겪는

---

4) 은연이나 부희 외에 소설 내에 등장하는 또 다른 여성인물형으로는 미흔의 대학 동기인 '혜윤'과 '도영'을 들 수 있다. 여기에서 그들의 욕망은 사랑을 향해 순수하게 열려 있는, 끊임없이 생성되는 욕망이라기보다 단지, 남편이 아닌 남성의 육체에 탐닉하고 그들과의 정사를 즐기는 등 외도 자체에 욕망을 한정시킴으로써 쾌락에 기반한 성적 욕망(성욕)으로 고착화되는 한계에 머무르고 있는 것으로 보인다. 따라서 이들 인물형은 탈영토화를 꿈꾸는 그 순간, 곧바로 다시 영토화되는 한계를 보여주고 있으며, 이런 면에서 은연이나 부희, 미흔의 탈영토화 과정과는 본질적으로 다르다.

5) 여기에서의 **욕망**은 들뢰즈·가타리의 분열분석에서 말하는 욕망의 차원을 의미하는 것으로 이것이 '하고자 하는' 모든 의지에 해당한다면, **강밀도**는 그러한 의지가 이끄는 방향으로 변환될 수 있도록 가능하게 해주는 힘을 말함이다.

다. 이러한 면에서 '은연'이란 여성형은 테미안의 처녀와 후에 살펴볼 외딴집의 부희의 중간 단계형에 해당하는 것으로 볼 수 있지만, 종국에는 그녀 역시 휴게소와 남편을 버리고 몰래 과감하게 떠나는 행위에서 탈영토화 되어가는 일면을 엿볼 수 있다.

외딴집의 '부희'의 경우, 은연보다 더 철저하게 탈영토화 되어가는 양상을 드러내는데, 이것은 미흔의 탈영토화의 양상과 가장 밀접하게 연관되어 있으며, 또한 닮아있다. 부희의 경우, 결혼이라는 제도적 틀 안에서 한 남자의 아내로서, 두 아이의 어머니로서, 한 시아비의 며느리로서 살아가던 여자였다. 그러나 그녀에게 내재되어 있던 사랑에 대한 욕망은 이러한 제도적 틀 내에서도 쉽게 불식되어지지 않았으며, 결국은 첫사랑이 그녀의 앞에 다시 나타나면서 표면화되어 드러나기 시작한다. 여기에서 무엇보다 눈여겨볼 점은 부희의 그러한 욕망의 분출이 단지 낯선 남자에 대한 성적 욕망의 차원에 매여 있는 것이 아니라, 사랑에 대한 순수한 욕망의 분출이라는 점이다.

> '어차피 죽어도 좋다고 생각하고 그를 사랑했다. 애초부터 사랑하는 남자의 아이를 낳아서 내 손으로 키우기 위해 열아홉 살의 나를 농사꾼에게 팔았다. 그 삶은 한 번도 내 것이 아니었다. … 그러나 난 그를 사랑했다. **그런 사랑을 하면서 이런 일이 생길 줄을 몰랐겠는가. 그날 시아버지가 아니라 바로 내가 그 낫에 찔려 죽었어도 이상한 일이 아니었을 것이다. 늘 무서웠지만 나는 사랑을 그만 두지 않았다.** 나에게 남자는 당신들이 간부라고 부르는 내 아들의 아버지뿐이다. 그러니 나는 절대로 당신들이 말하는 부정한 여자가 아니다.'(63~64면.)

외딴집 사건은 부희와 부희의 첫사랑 남자가 그녀의 마을 면사무소의 계장으로 부임해오면서 둘간의 외도와 대낮에 부희의 집에서 그 둘의 정사장면이 부희의 시아버지에게 발각되는 와중에 부희가 시아버지를 낫으로 살해하게 된 사건이다. 부희의 진술에서 볼 수 있듯이 그녀에게 결혼은 사랑하는 남자의 아이를 낳아 키우기 위해 택한 방법의 일환일 뿐이었으며, 그것은 단지 결국 "열아홉 살의 나를 농사꾼에게 팔아"먹은 행위에 지나지 않는다. 부희에게 결혼과 남편, 그리고 가족이란 제도는 처음부터 무의미했으며, 그녀의 의식 속에 존재하지 않았다. 그러므로 그녀는 애초부터 '시아버지-남편(농사꾼)-자식'이라는 일련의 가족제도의 굴레에서 비껴서고 벗어나 있다. 또한, 이런 일이 생길 줄 알면서 "늘 무서웠지만 사랑을 그만두지 않"은 그녀의 모습에서 기존의 제도권 내에 고착된 사랑의 방식을 벗어나고 탈주하고 싶어하는 그녀의 욕망을 읽을 수 있다.

미흔의 경우, 은연과 부희에게 직·간접적으로 자극받게 되며 그들의 일탈 과정과 일면 닮아있지만, 미흔의 그것은 그들보다 훨씬 더 강렬한 강밀도를 동반한다는 점에서 변별적이다. 은연이 남편으로부터의 도망을 통해 탈주선을 그리고 있다는 점, 부희가 결국은 죽음으로 귀결되는 부정적인 탈주선을 타고 있는데 반해, 미흔의 탈주의 양상은 그들이 택한 방식과는 달리, 그녀 자신의 욕망을 향해 열려있는, 또한 그 욕망들은 후에 전혀 '새로운 미흔'을 생성해내는 긍정적인 힘을 획득하기 때문이다.

> **아이란, 가정이란 그 아름다운 동화로 얼마나 많은 여자들을 유폐시키는가.** 얼마나 많은 여자들이 이 생에서 실종되는가. 그럼에도 불구하고 나 여기 있다고 존재를 드러내지 않았어야 했을까. **머릿속 어딘가에 고인 피가 넘어진 장롱처럼 생을 짓누를 때, 어떻게 빠져 나갈 수가 있을까.** 언제까지나 두 눈을 감고 잠자야 할까⋯ (114면.)

미흔은 육아와 가사일로 대변되는 가정이란 공간과 남편과 아이로 대변되는 가족이란 제도가 "얼마나 많은 여자들을 유폐시키"며 아내와 어머니와 며느리가 아닌, 여성으로서 '또 다른' 내가 '되'는 것을 저해하는지를 절감하고 있다. '아이-어머니, 남편-아내, 시아버지-며느리…'라는 가족 구도 속에서 '미혼'이라는 여성의 존재는 실종되고, 오직 가족구성원으로서의 어머니와 아내와, 며느리만이 남는 것이다. 그녀는 점차 이러한 배치가 그녀의 생을 "장롱처럼 짓누른"다고 느끼면서 생의 또 다른 탈주6)를 감행하게 되는 것이다.

지금까지 텍스트 내에 등장하는 다른 여성작중인물 '은연' 및 '부희'와의 관계를 중심으로 여성작중인물 미혼이 기존의 '가족제도'라는 틀과 '가정'이란 양식화된 공간에 균열을 내며 일탈해가는 과정을 살펴보았다. 미혼의 경우, 은연이나 부희의 그것보다 더 적극적이고 강렬한 양상을 띠고 있는데, 그것은 앞서 살펴본 바와 같이 그녀의 이전 가치관이 그들보다 더욱 기존의 틀에 고착되고 얽매여 있었기 때문이다. 그러나 그녀는 나비마을이라는 낯선 공간에서 은연과 부희라는 여성을 매개로 자극 받아 스스로의 의지로 그녀 내부에서 변환의 힘을 생성해내고 있으며, 이러한 힘은 다음에 살펴볼 남성 작중인물 '규'와의 관계를 통해 한층 더 강화되어가는 양상을 보이고 있다.

---

6) 여기에서의 '탈주'란 들뢰즈·가타리의 '탈주의 철학' 개념과 상통하는 것으로, "탈주의 철학이란 모든 지층에서 기관없는 신체라고 지칭되는 질료적 흐름을 발견하는 철학이며, 모든 지층을 일관성의 구도를 향해 탈지층화하려는 철학이며, 이러한 탈지층화된 흐름을 통해서 새로운 것을 생성하고 창조하고 촉발하려는 철학이며, 그럼으로써 **'통합'된 공통 감각을 '나'라는 이름을 변이시켜 수없이 많은 '나'들 순간마다 조건마다 달라지는 '나'들로 우리의 삶을 변이시키길 촉구하는 철학**"이다. '탈주'란 결국 이러한 흐름 자체, 또한 이런 흐름을 따라 그려지는 탈영토화의 선을 지칭하는 것이며, 그럼으로써 모든 방향으로 열린 창조와 생성의 흐름을 지칭하는 것을 말한다. 이런 의미에서 '탈주'란 개념은 '도주'나 '도피', '도망'과 같은 부정적 단어와는 근본적으로 다르다.(이진경, 『노마디즘1』, 휴머니스트, 2002, 423~426면 참조.)

2.2. **규와의 접속, '유목적 사랑'을 통한 변환과정**

미혼의 욕망은 나비마을에서 그녀가 '규'라는 남성인물과 마주침으로써 보다 큰 자극을 받아 강밀도를 얻고 극대화되며, 이는 궁극적으로는 그녀가 탈주의 선분을 그리면서 탈영토화하는 계기로 기능하게 된다. 따라서 텍스트 내에서 미혼의 규와의 사랑은 여성인물 미혼의 변화와 탈주의 양상을 드러내는데 핵심적 요소로 작용한다. 이는 기존의 일부일처제의 가족 제도가 빚어낸 모순과 허위를 폭로하고 드러내려는 작가의 의도적 장치에 국한되는데 그치는 것이 아니라, 미혼의 욕망7)을 자극하고 그녀를 '또 다른' 미혼으로 변이시키고 생성해내는 역할을 담당한다.

미혼은 규와의 첫 만남에서 그의 "괜찮아요?"란 말 한마디에 마음속 모든 것이 "한꺼번에 흘러내려버릴 것 같은 가파른 벼랑"(50면.)을 느끼면서 무기력한 일상에서 깨어나 서서히 변모하게 되며, '구름모자벗기 게임' 통해 그것은 더욱 극대화된다. 규는 미혼에게 게임을 제안하면서 게임의 유효 기간은 사 개월이며, 게임 규칙에 대해서도 말하는데 그것은 유효 기간 내에도 둘 중 누군가가 상대방에게 사랑한다고 말하면 게임은 끝나며 게임이 아웃되면 둘은 다시는 만날 수 없다는 것이다.

> "하지만 그게 사랑인걸요. 이런 식이죠. 먼저 사랑을 고백해야 해요. 두 사람이 어느 정도 일치해야 하죠. 그리고 심지어는 결혼을 약속해야 하구요. 그 거래가 성사되고 나면 모든 것을, 말하자면 육체를 서로 허용

---

7) 여기에서의 욕망은, 나아가 본 글에서 말하는 **욕망**이란 "성욕이나 식욕, 재물욕 등과 같은 부정적인 개념이 아니라, '하고자 함(의지)'을 뜻하며, 강밀도란 그런 의지, 그런 욕망이 하고자 하는 것을 실제로 '할 수 있게' 해주는 바탕"을 말함이다. 즉, 강밀도가 '힘'에 해당한다면 욕망은 그러한 강밀도의 힘에 방향과 질을 부여하는 성분이다. (이진경, 앞의 책, 464~469면 참조.)

하죠."
　"보험 같군."
　"이 게임은 모든 것을 뒤집는군요.··· 고독하진 않나요?"
　"그건 지불할 만한 대가요. 난 사랑하고 아이를 낳고 벌어먹이느라 늙
고 지쳐가는 소시민적인 삶보다는 **수상쩍고 고독하고 홀가분한 단독자의 삶**
을 택했어요. 그 편이 나에게 쉬우니까."(85면.)

기존의 사랑에 관한 모든 방식을 뒤집는 구름모자벗기게임을 제안한
규는 집합적이고 몰적인 삶, 다시 말해 제도권 내의 고착화된 사랑 방
식에서 일탈해 "수상쩍고 고독하고 홀가분한 단독자의 삶"을 택해 이미
탈주의 과정에 놓여 있는 인물이다. 이러한 규에게 미흔은 호기심을 느
끼고 자극 받게 되면서, 결혼이라는 사회적 규약에 의해 공식적으로 형
성되는 부부와 가족과 같은 일련의 집합적이고 몰적인 테두리에서 벗
어나 그녀의 기존의 가치관과 현재의 일상에 균열을 내는 것이다.
　이러한 균열이 있기 전, 효경과 수라는 가족 구성원들과의 구도 속에
서 미흔의 몸은 늘 가사일(집안일)과 연관된, 가족의 일원으로서 남편과
자식을 돌보기 위한 일종의 '가사-기계'로서만 작동되었다. 즉, '효경-미
흔의 몸', 또는 '수-미흔의 몸'이라는 구도로 그녀의 몸이 계열화되는 경
우, 그녀의 신체—손이나 발, 심지어는 그녀의 가슴과 성기까지도—는
일종의 가사 도구로 기능하게 되며, 그 외의 기능과 역할은 차단당하고
마는 것이었다. 그러나 그녀의 가치관 및 의식이 습성화되어 있던 기존
의 몰적 체계에서 벗어나기 시작하면서부터 그녀의 몸 역시 가사 도구
에서 벗어나 다른 것으로 기능하게 된다.

　　… 효경이 내 마음에서 사라져버린 뒤로는 시집의 의식들은 **이유조차
모호해진 거의 폭력적인 노동이 되어버렸다.
　　의식이 결코 공연한 습관의 고집은 아닐 것이다. 분명 당대의 생에 대

한 통제이며 요구이고 시대의 모랄을 시각화하는 것이다. 그런데 제사든 명절 의례든 회갑 잔치든 심지어 결혼이든 모든 의식은 시대의 모랄과 요구와 통제를 전혀 수용하지 못하고 왜 지독히도 전근대적인 답습을 계속하고 있는 것인지 이해할 수가 없다. **그저 향수와 습관과 권위의 고집으로 밀어붙이고 있는 가사 상태의 의식들…** (117면.)

시아버지의 칠순 잔치에 참석한 미흔은 지금까지 너무나 당연시되어 전혀 느끼지 못했던 시집의 의식들과 그로 인한 가사 노동에 대해 "거의 폭력적인 노동"임을 뼈저리게 인식하면서 모두 "가사(假死) 상태의 의식들"이라고 신랄하게 비판하고 있다. 남편 효경은 족보에 관해 따지는 미흔에게 "이 나라에서는 마흔이 넘으면 다른 삶이 없다"고 하면서 "어쨌든 이 제도 속에서 벌어먹고 살아가기"(119면.) 위해서는 제도권의 삶에 순응할 수밖에 다른 방법이 없다고 대꾸하면서 그녀가 변했다고 반문한다. 효경의 말대로 미흔의 의식은 확실히 변화되어 가고 있으며, 균열 역시 심화되어가고 있다.

> 왜 이 땅에선 개인적인 모랄이 생기지 않는 걸까… 왜 젊었을 때는 다르게 반항한 사람들이 나이 들면서 똑같은 것을 추구하게 될까… **왜 좀더 다양한 생이 없을까.** 개인적인 창의성의 부족이라는 이유가 아니라면 달리 수긍할 만한 변명거리가 있을까… (119면.)

앞서 지적했듯이 미흔의 몸은 주로 '효경(남편)-미흔-수(자식)'라는 전형적인 가족 삼각형 구도 안에 놓일 때에는 가사-기계로 기능할 뿐이었으나, 규와의 만남을 통해 그—그의 의식과 그의 몸—와 접속하게 됨으로써 새로운 배치를 통해 또 다른 기계로 변용된다. 여기에서는 미흔의 신체가 '규-미흔'이라는 계열화와 새로운 배치를 통해 어떻게 변이되어 나가는지 그 둘의 관계, 그 중에서도 특히 섹스 행위를 통해 살펴보기로 한다.

  결혼한 여성들에게 있어 여성의 몸은 남성에 의해 도구화되어 온 것이 텍스트 내 여성작중인물들의 공통적 특성이다. 그렇기에 남편과의 섹스는 예술도 외설도 아닌, 그저 "그건 그냥 가사일"(218면.)의 하나일 뿐이라는 것에 미흔을 비롯한 혜윤과 도영 등은 깊이 동감하고 있는 것이다. 같은 맥락에서 미흔의 몸이 가정과 부부라는 굴레 속에 놓이게 될 경우, 효경과 미흔의 섹스 행위는 가사일의 연장일 뿐이며, 그녀의 손과 몸이 빨래를 하고 요리를 하고 가족들의 옷을 다림질하듯이 단지 일종의 가사-기계로서 남편에게 복무할 뿐이다. 그러나 이러한 효경과의 섹스와는 달리, 규와의 관계에서 미흔의 몸은 일종의 '기관 없는 신체'로서 작동하게 되는 양상까지 드러내고 있다.

  그는 나의 육체에 대해 냉정했다. 그는 신중했고, 부드러웠고 어떤 의미에서는 좀 신랄했다. 어떻게 첫 관계에서 내가 그토록 자연스럽게 흥분할 수 있었을까… 그 정지의 시간 동안 나의 것이 온기를 회복하며 한 잎 한 잎 열려 그를 맛보고 빈틈없이 조이며 끌어안고 뜨거운 숨을 쉬며 깊이 빨아들여 마침내 삼켜버리려 할 지경에 이르기까지.
  … 그것이 무엇이었던가? **나는 유체 이탈된 영혼처럼 나의 내부뿐 아니라 외부에서도 결합되었다.** 나는 그 모든 것을 너무나 생생하게 느끼며 동시에 너무나 생생하게 의식했던 것이다. 혈관이 진동을 일으킨 마지막 순간에 경련이 반복되는 동안 밤하늘에 번갯불이 일어나듯 내 존재의 어두운 뿌리에 불꽃이 하얗게 튀어오르는 것이 눈에 보인 듯했다.(131면.)

예전에는 가사일에만 익숙해 있던 그녀의 손과 발과 입, 가슴과 성기를 비롯한 신체의 각 부분에 미흔은 규와의 섹스를 통해 전혀 다른 흐름과 에너지를 부여함으로써 "유체 이탈된 영혼처럼" 신체의 "내부뿐 아니라, 외부에서도" 전혀 새로운 흐름을 생성해 내는 것이다. 따라서 미흔이

'초원의 빛'이라는 모텔에서 규와의 정사를 마치고 나왔을 때, "처음으로 머리끝까지 피가 운반되는 신선한 생기가 몰려온"(132면.)다고 느낀 것은 아마도 그간 한 가지 역할에 고정되어 있던 그녀의 각 신체 기관에 새로운 흐름을 부여해 그것들이 기존의 것에서 이탈되도록 만들었기 때문일 것이다.

규와의 관계를 통해 새로운 욕망을 부여받은 미흔의 신체는 효경의 외도 이후로 거부했던 남편 효경의 몸을 다시 받아들이고 그와의 섹스에 있어서도 단지 의무적인 부부관계나 가사일의 차원이 아닌, "생을 가장 어둡고 질척한 밑바닥으로 끌어내리는 동물적인 몰입"의 차원으로 변용되어 나가는 양상을 확연하게 드러내고 있다.

> "넌 이곳에 온 후 달라졌어. 이상해. 네 몸에 낯선 진동이 느껴져."
> 잠들기 전에 효경이 중얼거렸다. 나는 여전히 부정하고 혼란스러운 관능에 빠져 있었다. 마치 두 남자와 정사를 한 것 같았다. 네 개의 눈동자, 두 개의 입술, 네 개의 손, 스무 개의 손가락, 네 개의 다리, 그리고 분간할 수 없는 겹겹의 숨소리…(146면.)

자신의 몸이 효경의 몸과 섹스를 하고 있는 것인지 아니면 규의 몸과 섹스를 하고 있는 것인지조차 분간 못할 정도로 그녀의 의식과 각 기관들—눈동자, 입술, 손, 손가락, 다리, 숨소리…등등.—은 고정된 몸에서 벗어나고 있으며, 여기에서 미흔의 섹스 행위는 그녀의 자발적인 욕망에서 연유하는 강밀도를 얻어 갇혀 있고 고정되어 있던 그녀의 의식에 균열을 내는 적극적 행위에 해당하는 것이다. 보다 중요한 점은 규와의 관계 및 섹스 행위가 단지 쾌락 차원으로 귀결될 수 없다는 점인데, 이는 위에서도 볼 수 있듯이 미흔의 신체는 규의 신체를 통해 단지 성적 쾌락만을 쫓는 것이 아니라, 그것을 매개로 그녀 스스로가 힘을 얻어

겉으로 안으로 변용되어가기 때문이다. 중요한 것은 성적 행위 자체가 아니라, 그녀가 그것을 통해 나름대로의 강밀도를 형성해 눈에 띠게 변화되어 간다는 점이다.

그러나 점차 변화되어 탈주해나가던 미혼의 삶이 기존의 몰적인 삶으로 회귀할 위험을 겪기도 한다. 미혼과 규의 관계는 결국 남편 효경에게 발각당하고 그에게 구타당함으로써 미혼은 규와 함께 도피 여행을 떠나게 되는데, 이는 미혼과 규가 '구름모자벗기게임'의 규칙을 위반하고 몰적인 사랑으로 회귀하는 사건에 해당하는 것이다. 그러나 그녀는 부희처럼 죽음이나 도피로 귀결되는 부정의 탈주선을 결코 타지 않았다. 미혼은 규와의 그 도피 여행 속에서 뜻밖의 교통사고를 당하게 되고, 그들은 병원으로 실려간다. 규는 죽지 않고 다행히 살아 있었고, 그녀에게는 다시 선택의 여지가 주어졌지만, 미혼은 더 이상 규를 찾지도 않고 결코 그를 그리워하지도 않는다.8) 결국 그녀는 규와의 사랑을 택하지도 않고. 다시 수와 효경이 있는 가정으로 돌아가지도 않은 채 '홀로 서기', 즉 '단독자의 삶'을 택함으로써 탈영토화의 길에 접어드는 모습을 보이고 있다.

지금까지 텍스트 내에 등장하는 남성 작중인물 '규'와의 관계를 중심으로 미혼이 남·녀 관계를 비롯한 기존의 사랑 이데올로기의 틀과 그녀의 삶 자체에 어떻게 균열을 내며 일탈해가는지 그 과정을 살펴보았다. 여성인물 미혼은 '규와의 관계'를 통해 기존의 고착화된 사랑 이데올로기 체제에서 벗어나 금지되고 위반된 사랑을 감행함으로써 자신의 욕망에 충실하고자 하며, 나아가 새롭게 생성된 사랑에 다시 정착하지

---

8) 미혼이 만약 규와의 사랑에 대한 욕망을 달성하기 위해 그와 결실을 맺으려고 노력했다면, 또다시 '사랑=결혼'이라는 기존의 가족 이데올로기(제도권 내의)에 재편입해들어가는 영토화의 과정을 초래했을 것이나, 그녀는 '구름모자벗기게임'을 통해 그녀의 욕망이 이끌리는대로 순수하게 따라갔으며 마지막까지 그것에 철저하게 충실했던 것이다.

않고 다시금 그 영역을 과감하게 탈주해나감으로써 본격적인 탈영토화의 과정을 보여주고 있다.

3. 반-기억, 과거와의 단절을 통한 '또 다른' 미혼-되기

앞에서는 여성작중인물 미혼의 행위 및 가치관의 변화 과정을 텍스트 내에 등장하는 다른 인물들과의 관계를 통해 살펴보았다면, 여기에서는 그녀의 내부 의식의 작용을 중심으로 변환과정을 살펴보고자 한다. 이는 곧, 그녀가 화목하고 단란해 보였던 효경과 수와의 '가족 관계'나 규와의 순수하고 열렬했던 '사랑 관계'라는 과거 두 기억의 구도 어디에도 귀속되지 않은 채 그것과의 단절9)을 통해 어떻게 새롭고도 '또 다른' 미혼을 생성해나가는지를 살펴보는 작업에 해당된다.

　　언젠가 문 없는 벽을 지나온 것 같다. 그후론 나를 괴롭힐 것이 남아 있지 않다. 아무 일도 일어나지 않은 지루한 평화, 가난과 고독, 불쑥불쑥 치솟는 화염같이 살갗을 데우는 기억들… 나는 그 모든 것을 있는 그대로 받아들인다. 그런데도 생에 대한 나의 의욕은 불가사의하다. 다른 어느 때보다 더 살아 있다는 것을 느끼며 세상을 향해 인사한다.
　　'안녕하세요. 미혼이에요. **나에게 무슨 일이 있었느냐구요? 글쎄요. 어쩌면 그건 아주 평범한 일이죠. 문제는 그것이 장롱 속에 잠들어 있던 나를 깨웠**

---

9) 들뢰즈·가타리는 『천의 고원』에서 탈주선은 절단이나 균열이 아닌, 단절에 의해 그려진다고 보고 있다. 이는 곧, "진정한 단절이란 다시 돌아올 수 없는 어떤 것이고, 복구할 수 없는 어떤 것이다. 왜냐하면 그것은 과거가 더 이상 존속하지 않기 때문"(질 들뢰즈·펠릭스 가타리, 『천의 고원』, 연구공간 '너머' 자료실, 2000, 209면.)이라는 것과 동일한 맥락에서 여기에서는 '미혼'의 탈주적 양상, 즉 탈영토화의 양상을 집중적으로 살펴보고자 한다. 그러므로 이것은 그녀가 과거와 어떻게 진정한 단절을 이루면서 탈주선을 그려나가고 있는지에 대한 적극적인 연구 작업이 될 것이다.

다는 것이에요, 내가 나를 화약처럼 불붙여 상상력의 끝까지 달려갔다는 것이겠
지요….'(283면.)

여기에서 볼 수 있듯이 미흔은 효경과의, 또는 규와 있었던 과거 한 순간에 집착하여 그때의 뼈아픈 상처를 현재의 기억의 재생을 통해 아파하고 있다거나 또는 과거의 영광스럽던 행복의 순간들을 그리워하고 그 기억에서 벗어나지 못하는 것이 아니라, 과감하게 그것에서 비껴선 채 벗어나 있다. 미흔의 기억 행위, 즉 회상은 프루스트적인 기억10)이라기보다는 오히려 철저하게 반-기억11)적이다. 미흔은 자신의 현재를 과거에 사로잡는 "불쑥불쑥 치솟는 화염같이 살갗을 데우는 기억들"에 대항하여 "나에게 무슨 일이 있었느냐"는 듯 "어쩌면 그건 아주 평범한 일"일 뿐이라는 방관자적이면서도 초연한 자세를 보이고 있다. 그러나 그것은 사실 그녀의 독기 어린 적극적 망각 행위에 해당하는 것으로 그

---

10) 들뢰즈는 프루스트의 『잃어버린 시간을 찾아서』에 담겨있는 기호들과 기억에 대해 언급하면서 "프루스트는 비자발적인 기억이 주는 충만함에 대해서, 그 기억의 기호들이 우리에게 주는 초현세적인 기쁨에 대해서, 그리고 그 기호들 덕분에 우리가 갑작스레 되찾는 시간에 대해서 이야기한다"고 말하고 있다. 그러나 다른 한편으로는 이에 대해 비판적 입장을 취하고 있는데 그는 비자발적인 기억은 "여전히 너무나 물질적이며, 조야한 은유에 속하는 것으로 반면, 본질적인 예술은 이것에 근거하지 않으며, 따라서 열등하다"고 보고 있다.(질 들뢰즈, 『프루스트와 기호들』(서동욱·이충민 역), 민음사, 1997, 87~105면 참조.) 이에 근거해 볼 때, 여기에서 프루스트적인 기억이란 들뢰즈의 '반-기억'과 대치되는 차원에서의 '기억'을 의미하는 것으로 가령, 행복하고 좋은 시절의 기억은 놓치고 싶지 않은 것들이고 현재도 변함 없이 보존하고 싶은 것들이며 되돌아가고 싶은 과거이다. 이것은 우리에게 순간의 희열을 가져다 줄 수는 있지만, 우리의 삶은 거기서 멈추게 되고, 자칫하면 현재의 불행을 잊기 위해 자꾸 행복했던 과거로 퇴행하려 하게 된다는 점에서 이러한 기억은 생성하는 힘을 저해하고, 과거에 묶어두게 만들기도 한다는 것이다.

11) 기억능력에 반하여 망각능력이야말로 능동적인 능력이며, 이를 통해 내가 새로워질 수 있다고 말한 니체의 말대로 '**반-기억**' 내지 '**대항-기억**'이란 이처럼 <u>현재를 과거에 사로잡는 기억에 대항하여 기억을 지우며 다른 것이 '되고' 새로운 삶을 구성하는 그런 능력으로서의 망각능력</u>을 뜻한다. 단, 여기에서의 망각능력이란 건망증과는 구별되는 가령, <u>상처와도 같은 과거를 혹은 영광스럽고 행복했던 과거조차 지우며 넘어서는 적극적인 능력</u>을 말함이다. (이진경, 『노마디즘 2』, 휴머니스트, 2002, 47~48면 참조.)

것을 통해 미흔은 그 기억들을 철저하게 지우며 "장롱 속에 잠들어 있던 나를 깨"우고, "내가 나를 화약처럼 불붙여 상상력의 끝까지 달려갔다는 것"으로 의미화하는 것이다.

중요한 것은 그녀의 문제의식이 초기와는 전혀 다른 것이 '되'고 새로운 삶을 구성하는 적극적 능력으로서의 망각능력으로 수렴된다는 점이다. 여기에서 되기의 문제는 기억 자체의 내부에 있으며, 기억의 형태로 존재하는 것들에 대해 어떤 태도를 갖고 있는가, 그것을 어떤 방식으로 이용하는가 하는 데 있는[12]데, 미흔은 기억된 것을 새로운 배치로 탈영토화시키고 변형해 나가고 있다는 점에서 주목할 만하다.

> 집을 버리고 떠난 후 해가 바뀌었다. **단지 한 해가 지난 것이 아니라, 전생처럼 너무나 오래 전의 일 같다.** 내가 말 못하는 새나, 물고기나 돌맹이나 물가의 풀이 되지 않고 아직도 사람인 것이 이상할 정도로 그토록 오래 전….(7면.)

> … **지나간 한 시절이 이토록 단절되어 있다는 것이 믿을 수 없다.** 간혹 그런 생각을 한다. 그 마을이 여전히 그곳에 있을까? 그러나 나는 좀처럼 지도책 따위를 펼치지는 않는다. **지도상에 표기되어 있는 이름은 아무 의미도 없다. 그 마을이 물에 떠내려가지 않고, 회오리 바람에도 날려가지 않고 수증기가 되어 증발해버리지 않고 아직 그 곳에 있다 해도, 지도에 버젓이 이름이 나와 있다 해도, 이미 그 마을은 나에게 없다.** 분명한 것은 지금 그곳엔 아무도 없다는 것. 한 시절 우리가 어떤 인과관계로 모여들어 부싯돌처럼 부딪쳤으나, 그것은 지극히 짧은 한순간 하늘을 가른 번갯불이거나 사막을 떠도는 신기루, 여름 한낮의 무지개 같은 근거 없는 낭설일 뿐… (8면.)

물리적 시간상으로는 단지 한 해가 지난 것에 불과한 효경과 규, 그

---

12) 이진경, 앞의 책, 48면.

리고 심지어는 그녀의 아들인 수를 비롯한 나비마을에서 일어난 모든 일들이 그녀에게는 "전생처럼 너무나 오래전의 일 같"이 느껴지며 "지나간 한 시절이 이토록 단절되어 있다는 것"이 그녀 스스로도 믿겨지지 않을 만큼 미흔은 나비마을을 중심으로 한 과거의 기억에서 탈영토화되어 있다. 예컨대, 미흔은 효경과의 '나쁜 기억'을 상처로 담아두고 있지도 않으며, 규와의 '좋은 기억'을 행복한 기억으로 영원히 기억하려 들지도 않는다. 따라서 그녀의 망각능력, 즉 반-기억은 항상-이미 영광과 상처를 분할하는 척도에 따라 재영토화되는 기억과는 뚜렷하게 변별되는 차원의 것이며, 결국 그것은 규와의 달콤하고 행복했던 과거조차 지우고 넘어서는 적극적인 능력을 발휘한다. 따라서 그녀의 회상은 기억 행위를 통한 중단으로서의 의미가 아니라, 반-기억 행위를 통한 생성으로의 적극적 '되기'의 한 표현에 해당하는 것이다.

이러한 과정을 통해 미흔은 '효경-미흔-수'라는 전형적인 가족 삼각형에 재외디푸스화되지 않고, 기존의 '효경-미흔-규'라는 전형적인 사랑 이데올로기에도 갇히지도 않은 채, 그것을 벗어나 탈영토화의 선분을 그리게 된다.

> 이 낯선 도시에서 일 년이 넘도록 누구도 깊이 사귀지 않고 살아왔다. 일년 동안 누구도 받아들이지 않는 건 거울이라고는 전혀 없는 벽의 세상에서 사는 것과 비슷하다. **자신의 존재에 대한 반향이 없는 삶. 안개가 아직 쓰레기 더미와 뒤엉켜 잠들어 있는 박명의 시간에 대도시의 좁고 가파르고 싸늘한 빌딩 숲길을 하염없이 걸어나가고 있는 기분이다.** 안개와 모래가 뒤섞인 바람이 뭉클뭉클 부는 회색 사막을 걷는 듯 두 눈을 가느다랗게 뜨고, 아무도 마주치지 않고, 아무것도 그리워하지 않고…. (283면.)

'자신의 존재에 대한 반향이 없는 삶'이란 대목에서 미흔이라는 여성 자체가 초기와는 전혀 다른 차원의 '새로운 미흔'이 '되'어가고 있음을 알 수 있다. 이처럼 생성의 과정은 혼돈과 고통을 수반하며 여전히 재영토화될 가능성에 노출되어 있으나, 이는 고정된 채 불변하는 주체의 자아 찾기나 여성소설에 있어 일종인 공식처럼 굳어져버린 여성의 정체성 찾기13)와는 전혀 다른 차원에서 미흔이라는 여성을 형성하는 '복수적 자아' 중, '또 하나'의 미흔-되기의 과정이라고 할 수 있을 것이다. 여기에서 되기의 의미는 자기-동일적인 어떤 상태에서 벗어나 다른 것이 되는 것이고, 어떤 확고한 것에 뿌리박거나 확실한 뿌리를 찾는 것이 아니라 거기서 벗어나는 것14)이다. 즉 '자아'라는 고정된 주체의 근거를 찾는 것이 아니라, 차라리 있던, 아니 있다고 생각하던 그 근거에서 벗어나 '또 다른 나(미흔)'로 탈영토화하는 것이며, 동시에 '복수적 자아-되기'의 한 방식이라 할 수 있겠다.

4. 나오는 말

지금까지 전경린의 『내 생에 꼭 하루뿐일 특별한 날』을 텍스트에 등장하는 여성작중인물 미흔을 중심으로 고찰해 보았다. 이것은 크게 두 가지 방식을 통해 이루어졌는데, 하나는 미흔과 다른 작중인물들과의 관계를 통해 살펴보았고, 다른 하나는 그녀의 의식의 작용, 특히 텍스

---

13) 미흔의 탈주 행위는 주체의 자아에 대한 완성 개념이 아니라, 복수적 자아 중, 또다른 자아-되기의 일환에 해당하는 것으로 보인다. 따라서 여기에서 '찾기'와 '되기'의 구별은 중요한데, '찾기'가 한 주체에 있어 고정되고 근원과도 같은 진정한 자아를 이미 상정하고 있다면, '되기'는 자아를 '완성' 개념이 아닌 생성되는 '과정'의 개념으로 본다. 그런 의미에서 전자가 고정성, 뿌리와 정착의 일자(一者)적 관점을 지닌다면, 후자는 유동성, 리좀과 유목의 복수적 관점을 지닌다고 볼 수 있다.

14) 이진경, 앞의 책, 33면.

트 내에 나타난 그녀의 기억 행위를 통해 살펴보았다.

우선, 타인물과의 관계를 통해 살펴본 미흔의 변환과정은 첫 번째로 나비마을에서 만난 '부희'와 '은연'과의 관계를 통해 볼 수 있었는데, 이 것은 그녀가 기존의 가족제도라는 양식화된 틀에 균열을 내며 일탈해 나가는 방식에 해당하는 것으로, 이 과정 속에서 한 남자의 아내이자 한 아이의 어머니로서 평범한 주부이기만 했던 미흔이란 여성은 이들 과 접속하면서 기존의 안정되고 정착되어 있던 제도권적인 삶에 점차 균열을 내며 그로부터 일탈해 나간다. 미흔의 경우, 은연이나 부희의 일탈보다 훨씬 더 적극적이고 강렬한 양상을 띠고 있는데, 그것은 그녀 의 이전 가치관이 그들보다 더욱 기존의 틀에 고착되고 얽매여 있었기 때문이다. 결국 미흔은 은연과 부희라는 여성을 매개로 자극 받아 스스 로의 의지로 그녀 내부에서 변환의 힘을 끌어내고 있으며, 이러한 힘은 또 다른 작중인물인 '규'와 만나고 그와 관계하면서 더욱 큰 강밀도를 획득하고 있다. 따라서, 두 번째 변환과정은 나비마을에서 만난 남성인 물 '규'와의 관계를 통해 볼 수 있었는데, 이것 역시 이미 양식화되어 고착된 기존의 사랑의 틀에서 일탈해가는 방식에 해당하는 것으로, 이 과정 속에서 미흔은 결혼제도와 부부관계라는 합법화된, 따라서 상대적 으로 안정적인 기존의 다수적인 사랑의 방식을 벗어나 스스로의 욕망 의 흐름을 따라 분자적이면서 소수적인 사랑을 택하여 나아감을 볼 수 있었다. 더 나아가 미흔은 새롭게 생성된 사랑에 다시 정착하지 않고, 다시금 그 영역을 과감하게 탈주해나감으로써 탈영토화의 과정에 있음 을 볼 수 있었다.

이러한 욕망의 선분들은 텍스트 내에서 서로 별개의 것이 아닌, 서로 긴밀하게 연관되면서 동시에 진행되어 나가고 있으며, 부희나 은연, 규 와 같은 인물들은 미흔을 지속적으로 자극하고 그것을 통해 그녀가 더욱 큰 강밀도를 형성하게 되므로, 따라서 이들은 그녀가 닫힌 채 고여 있던 기존의 무기력한 일상에서 일탈해나가도록 만드는 일종의 촉매제 역할을 담당하고 있다고 볼 수 있다. 또한, 두 번째 관계에서 특히 주의해볼 점은 남편이 아닌 낯선 남자 규와의 관계(외도) 자체가 아니라, 미흔이 규와의 관계를 통해 그녀 내부에 내재되어 있는 욕망을 어떻게 발동시켜 일상에 균열을 내는 힘을 획득하고 그것을 자신의 변환과정에 이용하게 되는가의 문제이다. 따라서 이미 강조한 바 있듯이 미흔의 욕망은 규라는 남성인물에 대한 성적 욕망에 한정되고 고착되어 있는 것이 아니라, 본질적인 사랑에 대한 욕망, 무기력해진 그녀의 삶에의 변화에 대한 욕망 등 또 다른 무수한 욕망들에 접속된 채 열려 있다고 볼 수 있다.

다음으로 미흔의 내부 의식의 작용을 통해 살펴본 변환과정은 다른 인물들과의 관계를 통해 일상에 균열을 내며 일탈해가던 미흔이 결국에는 기존의 자신과는 다른 '또 다른 미흔'으로 탈주해나가는 과정을 살펴본 것으로 그녀의 기억 행위와 회상 장면을 중심으로 살펴보았다. 그 결과 '반-기억' 행위를 통해 과거와의 과감한 단절을 감행하는 그녀의 적극적 의식 행위는 자아 '찾기'나 정체성 '찾기'와는 뚜렷하게 변별되는 차원에서 '또 다른' 자아내지는 '또 다른' 미흔이 '되'어보는 과정임을 볼 수 있었다. 그녀의 망각능력, 즉 반-기억 행위는 남편 효경과의 관계에서 비롯된 과거의 아픈 상처에 대한 기억과 규와의 행복했던 기억조차 지우고 넘어서는 적극적인 능력을 발휘하고 있으며, 이를 통해 미흔은 고정되고 불변할 것처럼 보이던 자아라는 주체의 근거로부터 일탈해 또 다른 미흔으로 변환되어감을 볼 수 있었다.

소설 『내 생에 꼭 하루뿐일 특별한 날』에서 여성작중인물 미흔의 변환과정은 단지 은유나 상징적 차원에 머무르는 것이 아니라, 텍스트 내

다른 작중인물들과 긴밀하게 연계되면서 그들과의 관계 속에서 보다 구체적으로 드러나고 있으며, 과거에 있었던 결핍과 아픔으로부터 비롯된 상처를 극복해나가는 과정이라기보다는 그 상처와 아픔 자체를 망각하고 지움으로써 과거와의 단절을 통해 기존의 자신과는 전혀 다른 차원의 자신을 생성해나가는 과정이라 할 수 있겠다. 결국 미혼이 보여준 변환과정은 "스스로 감지할 수 없는 것이 되는 것, 사랑할 수 있게 되기 위해 사랑을 해체하는 것. 고유한 자아를 해체하고는 결국은 혼자가 되는 것, 또 선의 다른 끄트머리에서 진정한 이중체〔분신〕와 만나는 것, 부동의 여행을 하는 지하의 나그네. 모든 사람처럼 되기, 그러나 이는 바로 누구도 되지 않는 법을 아는 사람이 되기고, 더 이상 누구도 아닌 사람이 되기"15)의 차원에서 파악될 수 있으리라 본다.

---

15) 질 들뢰즈·펠릭스 가타리, 『천의 고원』, 연구공간 '너머' 자료실, 2000, 207면.

'탐구'의 글쓰기, 그 가능한 시나리오

– 이산적 글쓰기의 한 모색

오 연 희

> 사람은 많되 몸짓은 적다
> – 밀란 쿤데라, 「불멸」중에서

1. 텍스트에서 글쓰기로

더 이상 문학이 무엇이고, 한국문학이 무엇이라고 단언할 수 있을까? 문학작품을 텍스트로 호명하는 순간, 문학과 비문학의 구별은 더 이상 유용한 것이 아니게 된 것은 아닐까? 혹자는 더 이상 문학 작품과 다른 글쓰기와의 구별은 무의미하다고 단언하면서1), 문학 연구는 이제 특정한 종류의 글쓰기(문학적 글쓰기)만을 특권적으로 다루는 것에서 벗어나 모든 글쓰기를 문화적 실천의 관점에서 다뤄야 한다고 주장하기도 한다.

지금 우리는 사회의 규범과 상식이 근본에서부터 흔들리는 시대에

---

1) 앨빈 커넌, 최인자 역,『문학의 죽음』, 문학동네, 1999, 284면.

살고 있는 것이다. 우리가 문학이라 부른 것이 사실은 '근대'문학이었고, 그것은 특정한 제도의 소산이었다는 것, 따라서 현재의 문학 개념이 더 이상 유효한 것이 아니라면, 새로운 문학은 현재의 변화를 수용할 수 있어야 한다는 것, 그리고 새로운 문학은 생성이나 창조의 문제라기보다는 합의의 문제라는 점 등이 오늘날 우리가 직면해 있는 담론적 현실이 아닌가 한다.

본고에서는 문학과 비문학, 삶과 예술의 경계가 무너지고 있는 시대에 글쓰기란 바로 그런 혼란과 무질서에 뭔가 새로운 질서와 체계를 부여하려는 실천일 수 있다는 점에 주목하고자 한다. 사실 90년대 이후 근대문학 연구의 특징 중 하나는 바로 개념사 연구로의 편중 현상이었다. 개념사 연구란 자명한 것으로 이해되는 문학의 주된 개념어들이 특정한 역사적 시기에 어떤 방식으로 담론화 되고 지식으로 분화되었는지를 추적하면서 그것들의 학문적 성립과 배치의 결과를 규명하려는 시도이다. 그러나 이처럼 최근의 문학연구가 급격히 문학에서 문화로, 텍스트에서 개념/제도로 기울어져 가고 있는 현실이 어쩌면 진정한 문학의 위기가 아닌가 하는 반론 역시 심심찮게 제기되곤 한다. 결국 중요한 것은 그것이 작품으로 불리든 텍스트로 불리든, 텍스트/작품 자체여야 하기 때문이다. 이런 저런 종류의 텍스트들을 한데 묶어 특정 분야로 분류해 놓는 문제는 별도로 하고, 오직 개별 텍스트만이 그 텍스트가 속하는 장르에 도전해 이를 변형시킬 수도 있고 전혀 새로운 장르의 탄생을 주도할 수도 있다.

하지만 텍스트란 거의 무한대에 가까울 만치 그 숫자가 많다. 그나마 다행인 것은 실제로 각각의 텍스트들이 자기 고유의 글쓰기를 하고 있다는 것은 있음직하지 않다는 점이다. 왜냐하면, 여기서 글쓰기란 글쓰기 행위 자체일 뿐만 아니라 글의 스타일이라는 의미를 동시에 갖기 때문이다. 이 세상에 개별 텍스트의 수에 비해 글쓰기[2]의 수가 비교도 안 될 만치 적다는 것은 전혀 의심의 여지가 없어 보인다. 이는 매우 충격적인 결론으로 우리를 이끄는데, 하나의 글쓰기가 한 개별 텍스트보다 더욱 개별적이라는 역설이 그것이다. 고로 텍스트는 많되 글쓰기는 별로 없다. 사태가 이러하기에 텍스트의 문제는 곧 글쓰기의 문제가 되는 것이다.

왜 그럴까? 지구상에 수많은 사람들이 성별, 민족, 계급 등에 따른 정체성을 부여받듯이 글쓰기 역시 이같은 권력 구도로부터 자유로울 수 없기 때문이다. 이에 본고에서는 오늘날 글쓰기의 지형도를 살펴보고, 근대적인 글쓰기의 배치도가 형성되게 된 과정과 맥락을 문제시하여 새로운 글쓰기의 가능성을 적극적으로 모색해보고자 한다. 글을 쓴다는 것 자체가 결국은 소망의 행위라고 믿기 때문이다.

2. 起 - 문학의 확장으로서의 글쓰기

근래들어 글쓰기의 중요성이 지금처럼 강조된 시기는 아마도 없었을 것이다. 비단 언어 관련 종사자들뿐 아니라 과학자, 기술자, 정치가, 사업가, 운동 관련 종사자, 연예인 등 관련 분야가 무엇이든 현대인이라면 누구나 일상생활 속에서 말하고 쓰는 기술의 필요성을 절감하고 있는 것이 현실이다. 나아가 현대인은 일상적인 사업보고서나 프리젠테이션의 준비, 혹은 인터뷰나 면접 같은 사회적인 필요가 아니더라도, 대개는 개인 홈페이지나 블로그 등을 통해 자기를 알리고 다른 사람들

---

2) 바르트의 말을 빌자면, 글쓰기(에크리튀르)는 랑그나 개인적 파롤, 문체와 다르다. 그것은 랑그(가령 한국어)를 사용하지만 개별적 수준의 문체들을 포괄하는 상위개념이다.(권용선, 「1910년대 근대적 글쓰기의 형성과정 연구」, 인하대 박사, 2004, 9면에서 재인용)

과 소통하고자 하는 개인적인 욕구를 갖는다. 따라서 오늘날 불고 있는 글쓰기 열풍은 사회적 필요와 개인적 욕구가 맞물린 21세기의 특징적인 문화적 현상으로 보아야 할 것이다.

이런 추세에 발맞춰 현재 대부분의 대학들이 계속해서 문학 교육을 다양한 종류의 글쓰기 교육으로 전환하고 있는 것은 어찌보면 당연한 현상이면서도 다른 한편으로는 기존의 학과로서의 문학 교육에 있어서의 변화를 알리는 신호이다. 다양한 학문 분야에서 필요로 하는 글쓰는 기술을 가르치는 것이 현재 문학교육의 주분야가 되어 가고 있는 것이다. 여기서 기존의 문학은 말이나 그림, 도표같은 소통 방법들, 그리고 인쇄, 라디오, 비디오 등과 같이 정보를 효과적으로 수집, 구성, 전달하는 다양한 소통 양식들 중 하나에 불과한 것으로 밀려난다. 문학이 지식 계보 내에서 점차 자신의 자리를 잃어가고 있다는 탄식은 그리 과장된 것만은 아니라고 보아도 무방할 듯싶다. 오늘날 급격히 쏟아져 나오고 있는 글쓰기 및 수사학 관련 책자들은 정확히 이런 현실을 반영하고 있는 것이다. 근대 이후 잊혀졌던 전통적인 문학의 이상, 즉 글을 쓰고 사고하는 확실한 방법으로서의 문학에 대한 이상이 새롭게 힘을 받아가고 있는 현실 말이다. 이제 더 이상 문학 작품과 다른 글쓰기와의 구별은 무의미해진 것이다.

사실 문이재도의 문학관을 굳이 들먹이지 않더라도, 문학은 오랫동안 읽고 쓰는 행위와 관련된 정신수양의 영역으로 치부되어 온 것은 주지의 사실이다. 서양의 경우에도, 현대적인 의미에서의 문학이란 용어는 18세기 후반에 들어서야 겨우 사용되기 시작했다.3) 문학은 사실상 처음부터 텍스트 중심의 근대적인 제도였던 것이다. 19세기에 설립된 커다란 국가적 연구 도서관들의 수장 도서들이 문학을 구체적인 모습

---

3) 앨빈 커넌, 앞의 책, 25면.

으로 드러내기 전까지 문학이란 제도의 실체는 모호했다.

앨빈 커넌에 따르면 근대 문학은 다음과 같은 과정을 거쳐 하나의 제도로 공식화되기에 이른다. 즉 근대가 표방한 과학적 합리주의는 현대 사회에서 지식의 공식적인 양식이 되어왔다. 하지만 예술가들은 창조적인 상상력이라는 그와 반대되는 거울을 소유함으로써 자신의 영역을 굳건히 지켰다. 문학도 예외는 아니어서, 문학은 단지 이야기나 서사가 아닌 신화로 다루어짐으로써 몇 가지 이점이 있었다. 우선 문학은 인류의 오랜 과거, 언제나 존재했던 인류의 소망과 연결되었고, 무엇보다도 미신과 비합리성을 철저하게 부정하는 합리적 사회에서, 신화로서의 문학은 과학에 대해 스스로를 내세울 여지를 마련4)했던 것이다. 이로써 문학은 비문학적 서사 및 글쓰기를 타자화시킴으로써 자신의 영역을 확고히 구축할 수 있었다. 이런 맥락에서 볼 때 우리 나라의 경우도 예외는 아니어서, 근대적 글쓰기란 자국어의 발견과 쓰여진 구어라는 새로운 인공어를 창출하는 문제와 연동된 사건5)이었고, 다른 한편으로는 세계와 대결하는 고립된 개인이란 근대적 주체가 만들어지는 과정과 맞물린 사건이었다. 다시 말해서 고립된 자아에 대한 인식과 그것을 표현하는 것으로서의 글쓰기, 그리고 고립된 독서 행위를 기반으로 하는 청중에서 독자로의 이행 등은 결국 근대문학의 삼위일체라 하기에 손색이 없을 듯하다.6)

그리하여 문학은 이 근대적 자아의 '내적 진실'을, 다른 글쓰기는 '외적' 진실을 나타낸다고 하는7) 문학과 글쓰기의 분리가 근대 이후 확고

---

4) 앨빈 커넌, 앞의 책, 45~50면.
5) 권용선, 「1910년대 근대적 글쓰기의 형성과정 연구」, 인하대 박사, 2004, 6~8면.
6) 권용선에 따르면, 그밖에도 원근법적 시선의 발견과 신문잡지 매체를 통한 시각훈련의 과정, 교통공간의 변화와 여행의 경험 등이 세계를 이전과는 다른 방식으로 이해하는 하나의 창구로 기능했고 이를 통해 새로운 글쓰기가 시도되었다고 한다. (권용선, 앞의 논문, 6~8면.)

해진다. 물론 이는 개인과 사회를 나누는 부르주아적 구분과, 정신과 세계를 나누는 서양의 고전적 구분에 근거한 것이지만, 사실상 문학적 글쓰기와 비문학적 글쓰기가 근대 사회에서만큼 명확하게 구분되었던 적은 역사상 한번도 없었다고 단언할 수 있다.

근대 이후를 상상하는 것이 오늘날 당면한 문학의 중요한 임무 중 하나라면, 현재의 문학은 글쓰기와 문학을 분리하는 이같은 부르주아적 분리로부터 자신의 존재를 다시금 성찰해 보아야 할 필요가 있다. 특히 오늘날 읽기와 쓰기의 문제는 인쇄출판을 전제로 한 책이란 매체에만 국한되는 것도 더 이상 아니다. 이제 텍스트는 문자 언어의 영역을 넘어 가능한 모든 기호의 영역으로까지 확대되고 있다. 사태를 이 문제로까지 확장해 간다면 새로운 개념과 범주를 설정하는 데 상당히 오랜 시간이 걸릴 것이다. 우선은 전단계로 문학을 글자에 한정해서 글을 읽고 쓰는 것, 더 좁혀서 글쓰기와 관련된 영역으로 한정해서 새로운 글쓰기의 영역을 개척해 보려는 것이 이 글의 목표이다.

이를 위해 전근대적인 규범과 가치를 현재적으로 전용하고자 하는데, 여기서 전근대성이란 근대 논리가 야만의 이름으로 배격한 열등한 중세적 가치[8]와는 성격이 다르다. 오히려 근대 담론이 억압해온 보편적인 삶의 지혜 일반을 일컫는 말로, 그 중 글쓰기와 관련된 분야는 뭐니 뭐니 해도 수사학 분야일 것이다. 실제로 근대 이후, 정확히 17세기 이래 수사학은 모던 시대의 학문에서 철저하게 소외되어[9]온 대표적인 분야이다. 툴민은 과거 수사학의 부활을 통해 근대적 이성의 불균형을 바로 잡아야 한다고 주장하거니와, 오늘날 수사학의 부활은 분명 전근대

---

7) 레이먼드 윌리엄즈, 박만준 역, 『문학과 문학이론』, 경문사, 211면.
8) 가령 문명화된 상태=유럽의 관습과 풍속이란 기준으로 현재의 야만이나 미개 상태의 민족들을 인류의 초기 단계로 규정하는 인간의 박물학같은 관점에 대한 비판은 다음을 참조바람. (강상중, 이경덕, 임성모 역, 『오리엔탈리즘을 넘어서』, 이산, 1997, 88면.)
9) 스티븐 툴민, 『이성으로의 귀환』, 240면.

적 가치들을 현재적으로 전용하려는 탈근대적 논의들 가운데서도 단연 독보적으로 눈에 띄는 현상이다. 이에 과거의 수사학과, 현재의 수사학 관련 논의들을 비교해 봄으로써 글쓰기의 문제로 확대된 문학에 대한 사유, 혹은 글쓰기에 대한 문학적 사유를 좀더 구체적으로 탐색해볼까 한다.

3. 承 - 수사학들

1950년대 이후 꾸준히, 특히 최근 몇 년 사이에 급격히 수사학은 다시 부활하였다. 물론 관련 분야 종사자들에겐 단 한번도 수사학이 잊혀졌던 적이 없었지만, 어찌됐든 부활한 수사학은 '새로운'과 같은 다양한 수식어구를 달고 우리 삶의 전 분야로 화려하게 컴백(?)했다.10) 이러한 컴백의 배후엔 절대적 객관성으로 위장한 권력의 음모로부터 벗어나야 한다는 우리 시대의 요구가 깔려 있다. 그리하여 과거 수사학을 몰아내고, 객관적 진리의 탐구를 보증해주던 과학적 방법은, 청자를 고려한 수사적 방식의 대화에 다시금 자신의 자리를 내주게 되었다. 그결과 우리 모두는 설득에 능한, 그리고 설득을 뒷받침하는 탐구에 능한 고전적 수사학자의 모습으로 돌아오게 된 것이다.

수사학은 주지하다시키 기원전 5세기 그리스 시칠리아에서 참주들에게 재산을 빼앗긴 사람들이 소송과 재판을 하는 과정에서 변론술로 태

---

10) 우선은 다음과 같은 우리 사회의 변화된 인식이 수사학의 부활에 중요한 역할을 했음을 부인하기 힘들다. 즉, 의미란 그 자체로 고유한 것이 아니라 상황에 따라 선택적으로 결정된다는 것, 오늘날과 같이 다원화된 사회에서 다양한 입장들간의 미시적 의사소통의 문제가 중요해졌다는 것, 경험이나 자료에 입각한 과학적 방법론이 주관성을 피해갈 수 있다는 신념이 흔들리고 있다는 것 등이 그것이다. 그 결과 오늘날 과학자 및 인문학자들, 정치가와 기업가들은 공히, 설득에 능한 수사학자로 거듭나고 있다.

어나, 소피스트, 이소크라테스, 아리스토텔레스, 퀸틸리아누스, 키케로 등의 논증적이고 문학적인 다양한 테크닉이 가미되면서 서양 학문의 전통으로 자리잡았다. 엄밀한 의미에서 이들 고전 수사학은 말잘하는 기술을 연구하는 학문이었다. 그것이 오랜 세월을 거치면서 "납득시키고 설득하기, 동의의 창출," "그럼직한 것, 견해, 개연적인 것을 적절한 이유들과 논거들을 들어 추론들을 암시하거나 대신 이끌어 내며 받아들이게 하기" 등 다양한 목적들과 관련되면서11) 고전 수사학은 논거를 찾아내는 발견, 찾아낸 논거들을 정리하는 배열, 배열된 것을 말로 바꾸는 표현, 표현된 것을 갈무리하는 암기, 갈무리된 것을 드러내는 발표의 다섯 분야로 나뉘게 된다.12) 롤랑 바르트는 이 다섯 부분을 일종의 '수사적 기계'로 보고, "그 투입구에 추론의 조야한 자료들, 여러 사실들, 말하고자 하는 주제 등을 넣고 입력하면 …(중략)… 다섯 부분들을 거치면서 일종의 공정 과정을 거쳐 그 배출구로 구조화되고 설득을 위해 완전무장된 완성된 담론이 나온다"고 기술13)하고 있는데, 그만큼 고전 수사학은 말을 다룸에 있어 가장 효과적인 단 하나의 방식만을 인정했다.

현재 가장 많이 인용되고 있는 아리스토텔레스의 수사학은 수사학과 시학이란 두 체계를 대조하는 데서 출발했다. 이는 문학과 비문학을 구분하는 현대적 구분의 중요한 논거가 되기도 하는데, 이때 시학과 대비되는 수사학이란 말잘하고 글잘하는 기술과 동일시된다. 아리스토텔레스는 수사학을 "각 경우마다 설득하기에 적당한 것을 순이론적으로 발

---

11) 그 이외에도, "즐겁게 하기, 유혹하거나 조종하기, 자신의 생각을 사실인 것으로 상대가 받아들이도록 정당화하기," "비유적 의미의 설정," "비유적, 문체적 언어, 문학어의 사용" 등이 있다.
12) 현대의 작문이론은 거의 이 고전 수사학의 방식을 따르고 있다. 즉 주제설정, 자료 수집 및 분류, 개요짜기, 집필, 이는 고전수사학의 5분야에 정확히 일치한다.
13) 김현 편, 『수사학』, 문학과 지성사, 1985.

견해내는 능력"이라 정의한다.14) 이는 대중의 수준, 즉 상식 혹은 일반적인 생각의 수준에 자발적으로 격하되어 맞춰진 논리학이다. 그런데 현대의 수많은 영화, 신문 연재소설, 광고 문구들은 이러한 아리스토텔레스식 규칙을 표어로 삶고 있다. 즉 그것들은 대중이 가능하다고 생각하는 것에 맞춰져 있는 것이다.

특히 후기 아리스토텔레스 학파의 연구 논문들은 오늘날 학술 논문의 기본적인 골격을 완성시키면서 특정한 글쓰기를 하나의 규범으로 특권화시키는데 지대한 영향을 미쳤다. "그 일의 성질이 허락하는 정도의 엄밀성을 각각의 영역에 따라 구하는 것"이 필요하다고 하여 각 영역에 따라 서로 다른 수사학을 제시했고, 이들 영역 안에서는 유형별로 말하기 방식을 고정시켜 놓았던 것이다.15) 왜 그들은 때로는 머리말의 끝에 위치하고 때로는 본론의 시작 부분에 위치하는 논제의 자리에 대해 그토록 악착같이 토의했던 것일까? 그 이유는 이들 수사학자들이 보기에 사물들의 위치에는 어떤 목적이 항상 있게 마련이었다. 즉 이들에겐 "네가 어떤 식으로 분류할 것인지 내게 말해 주면, 난 네가 누구인가를 말해줄 수 있다"16)는 식의 진술이 가능했다.

그런데 이처럼 때로는 하위 개념들로 쪼개고, 때로는 산만한 부분들을 모으면서 단계적으로 나아가는 식의 '수사학 기계'가 현대 작문 교재에서 고스란히 답습되고 있고, 나아가 고대의 논문이란 특정한 글쓰기가 현재 대학에서 학문을 연구하는 학자 집단의 중심적인 글쓰기 방식이 되고 있음17)은 두 번 생각해도 의아하지 않을 수 없다. 21세기 학문의 중심적인 글쓰기 방식인 논문이 낡은 수사학에서 비롯된 것이라

---

14) 김현 편, 앞의 책, 50~76면.
15) 조우현, 「이론과 방법」, 『학문의 현대적 인식』, 452면.
16) 김현 편, 앞의 책, 72면.
17) 김영민, 『탈식민성과 우리 인문학의 글쓰기』, 민음사, 1998.

는 점은 고전 수사학에서 열거해 놓은 말하는 순서가 현재의 논문 형식과 어떻게 관련되는지만 보아도 알 수 있다.[18]

일단 사물화되면 상투어는 문맥과 상관 없이 고정된 내용을 지니게 된다. 어떤 대상을 설명하는 학술적인 글에서 하나의 도식만을 설정해 놓고 획일적인 단어들의 위치나 제한된 언어[19]만을 허용한다면, 설명 대상이 무엇이든 우리는 결코 올바른 지식에 도달할 수 없을 것이다. 특히 이같은 도식적 글쓰기는 기술적 방법론을 가지고 가치관련된 어떤 결정을 내리려는 학자나, 시어의 개념성 혹은 역사적 언어의 은유성을 파악하고자 하는 사람들의 사기를 아예 꺾어버림으로써, 현실에 대한 지배적 관점을 공고히 하는 데 기여하게 된다.

현재 대학의 문학 강좌가 글쓰기 강좌로 대체되고 있는 현상을 두고 문학의 '죽음'[20]으로 보느냐, 아니면 문학의 사회적 적용[21]의 일종으로 보느냐는 전적으로 문학을 어떻게 정의하느냐에 따라 달라질 문제이다. 또 나아가 학문 분과로서의 문학의 지위가 사라질지도 모른다는 우려[22]나, 현재와 같은 학문 분과의 영역 나눔 자체가 문제라는 식의

---

18) 고전 수사학에 따르면, 머리말은 관례적으로 두 가지 계기를 지닌다. 하나는 호의의 획득이다. 이는 호기심을 일깨우고 주의를 기울이게 만드는 것이며, 다른 하나는 체계적 주제 분할로 다음에 이어질 내용을 예고해 준다. 맺음말은 사실의 층위를 포함하는데, 이는 재론하기와 요약하기이다. 진술부는 사실 혹은 사실이라고 가정된 것의 설득력 있는 제시이다. 진술부는 두 가지 필연적인 성격을 지니는데, 비장식성, 즉 명확하고 사실임직하고 간결해야 한다는 것과, 기능성, 즉 나열된 사실들이 뭔가를 설득하도록 기여할 수 있는 것이어야 한다는 점이다. (김현 편, 앞의 책, 32~70면 참조) 오늘날 학계에서의 논문 형식은 정확히 이런 글쓰기 규범을 내재화하고 있으며, 특히 서론이나 결론이 없는 논문은 학술적 글쓰기에서 치명적인 결격 사유가 될 수 있다.
19) 가령 객관적인 논문에서 은유적 언어 사용을 제한한다든지, 이야기 형식의 사용을 특정 분야의 글쓰기로만 국한시킨다든지 하는 것이 그런 예가 된다.
20) 앨빈 커넌, 앞의 책, 251면.
21) 가야트리 스피박, 태혜숙 역, 『다른 세상에서』, 여이연, 2003, 205면. "우리는 그들(특정 작가들) 속에서, 또는 그들을 통해 그들의 시대를 봄과 아울러 우리 자신들이 시공간에 어떻게 얽매여 있는지를 고려함으로써 그런 인식 안에서 행위하기를 상상해 보기 위한 것임을 명심해야 합니다."

주장23) 모두 마찬가지 내부 논쟁에 불과한 것으로 치부될 수 있다. 하지만 현재 대학에서 이루어지고 있는 작문 교육이 기존 사회의 상식과 관습을 반복 생산해내는 낡은 수사학에 근거함으로써 현 사회의 지배적인 문화를 공고히 하는 데 기여하고 있다는 점은 분명 문제적이다. 스피박의 표현을 빌면, "집단적인 제도화된 행위"로서의 작문 교육인데, 각 학문 분과는 그 분야의 특성을 대표한다고 간주되는 특정 언어만을 취함으로써 다른 언어를 주변화시키고 있는 것이다.

사회적 가치관/신념들과 과학적 가치관/신념, 과학과 시, 역사와 문학, 보통 언어와 은유적 언어 등과 같은 이분법적 대립은 현재 대학 학문 분과를 구획하는 중요한 기준이자, 각 학문 분과에서의 연구 방법 및 글쓰기 방식을 규정짓는 지배적인 규범이다.24) 그 밖에도 공적 영역과 사적 영역, 정신 노동과 육체 노동 등 우리 사회의 지배적 이념은 무수한 이항대립에 근거해서 작동된다. 이렇듯 미지의 영역을 반복해서 둘로 나눔으로써 그 영역을 우리가 정복한다고 생각하는 아리스토텔레스식 사고가 바로 낡은 수사학의 근본 이념이며, 현재 작문 교재 나아가 학계에서 통용되는 '논문'이란 독점적인 글쓰기 방식의 이데올로기인 것이다.

언어의 생산은 우리의 실천이다.25) 따라서 낡은 수사학에 기반한 현재의 작문 교육과 학계의 관행이 되어 버린 '논문' 형식의 글쓰기는 재

---

22) 앨빈 커넌, 앞의 책, 284면.

23) 가야트리 스피박, 앞의 책, 232~233면. 미셸 푸코도 『지식의 고고학』에서 학제 구분의 불편을 토로한 바 있다. "새로운 개념적 도구들을 요구하고 신선한 이론적 기초들을 요구하는 새로운 대상이 (여기 있다)…진정한 괴물이…훈육된 실수를 저지르는"(미셸 푸코, 이정우 역, 『지식의 고고학』, 민음사, 2000, 224면)

24) 그 중에서도 가장 대표적인 것이 자연과학과 인문과학을 나누는 이분법적 기준인 다음과 같은 이항대립이다. 인간 체험의 세계/과학의 세계, 의미의 세계/사실의 세계. (세계평화교수협의회 엮음, 『학문의 현대적 인식』, 도서출판 일념, 35면)

25) 가야트리 스피박, 앞의 책, 203면.

고될 필요가 있다. 그렇다면 "새로운" 수사학이 글쓰기에 대한 우리 시대의 요구에 부합할 수 있을 것인가?

4. 轉 - 새로운 수사학들

학문의 현대적 수사법을 탐구했던 새로운 수사학자들은 수차에 걸쳐 학문 연구에서, 그리고 일반적인 글쓰기 교육에서 과거 수사학에서와 같은 강압적 주장이 어떤 폐해들을 가져올 수 있는지를 명확히 인식하고 있었고, 그럼으로써 학문 연구 방법론에 대한 재인식의 계기를 마련했다. 그들은 끊임없이 우리에게 과거를 넘어 우리가 자신의 새로운 이야기들을 만들어내도록 격려하고 고무시킴으로써 낡은 수사학을 쇄신하고 현대화시켰다.

가령, 학문 연구에서 이야기 형식의 복원은 앨라스데어 맥킨타이어의 『미덕을 찾아서』의 주제이기도 하다. 여기서 그는 경험적으로 증명된 일반화를 추구하는 사회과학은 가능하지도 않고 받아들여질 수도 없는 것이라고 비난하면서, 대신에 인간의 삶을 가치평가하고자 하는 모든 시도는 그것이 사회학이든 윤리학이든 삶의 서사적 구조에 초점을 맞춰야 한다26)고 주장한다. 나아가 넬슨 등이 가담한 '탐구의 수사학'자 그룹도 자신들의 탐구 행위가 "각 학문 연구 영역에 고유한 수사학적 체계를 밝혀내는 것이며, 그럼으로써 각 학문 영역을 아우르는 공통의 논리를 찾아내는 것"27)임을 분명히 했다.

결국 새로운 수사학은 주장하는 방식과 내용은 서로 다르지만 논증

---

26) 앨라스데어 맥킨타이어, 앞의 책, 201면.
27) 존 넬슨 외 저, 박우수, 양태종 외 옮김, 『인문과학의 수사학』, 고려대학교출판부, 2003, 23면.

방식을 다양화함으로써 개별적인 특수한 사유화의 과정을 보장한다는 공통점을 지닌다. 대표적인 것이 1987년 인문과학의 수사학 총서를 발간한 소위 ‘탐구의 수사학’자들의 수사학을 들 수 있다. ‘학문과 공공 부문에 있어서 언어와 논증’이란 부제가 붙은 이 책에서 이들은 ‘학문 연구의 방법에 깃들어 있는 수사적 특성을 밝혀, 단일하고 획일적인 방법론을 부정하고⋯ 변방의 사물과 현상이 갖는 고유한 특성을 강조’하는 다양한 논증 방식을 탐구한다고 밝히고 있다. 사실 말을 효과적으로 사용하기 위한 수사적 장치들은 어느 하나로 고정될 수 없고, 말이 행해지는 때와 장소에 따라 그 적합성이 요구된다. 또한 다양한 논증방식들이 특정한 상황에 고정될 필요도 없다.

크로스화이트의 「이성의 수사학」과 리처즈의 「수사학의 철학」에서도 이러한 논증과 글쓰기의 다원성에 대한 강조가 두드러진다. 크로스화이트는 ‘다양한 입장들간의 차이를 드러낼 수 있도록 논증방식을 다양화해야 하는데, 그것은 새로운 논증방식의 발견에서 찾기보다는 논증 행위 이론의 재구성을 통해 가능하다고 본다. 여기서 논증 행위의 재구성이란 특정 영역에 고유한 논증 방식28)을 그와는 전혀 다른 영역에서 전유해 사용하는 것을 뜻한다. 리처즈 역시, 「수사학의 철학」에서 이와 유사한 입장을 취함으로써 고전 수사학과의 거리를 확실히 한다. 여기서 리처즈는 순수한 지시적 담론이 과학이고, 순수한 정서적 담론이 시라면, 수사학은 양자를 아우를 수 있는 방식을 탐구해야 한다는 것이다. 즉 우리의 사고는 분류하기이며, 그 자체로 비유적인 것이므로, 사람은 누구나 유사성을 발견하는 눈을 통해 말하며 살아간다. 고로 모든 언어의 사용은 비유이며, 비유를 구사하는 데 있어선 정도의 차이만 있

---

28) 가령, 자연과학에 고유한 논증방식은 관찰과 경험, 다시 말해 귀납적인 예증법이 될 것이고, 인문학에 고유한 논증방식은 연역법이 될 것이다.

을 뿐이다. 이는 기존의 수사학과 언어이론이 당연시하던 과학적 언어
와 시적 언어 사이의 이분법을 허무는 주장이며, 실제로 새로운 수사학
이 언어에 대해 과거의 수사학과는 다른 태도를 취하고 있음을 분명히
보여주는 것이다.

그러나 한편으로 우리는 새로운 수사학이 낡은 수사학으로부터 그리
멀리 나아간 것은 아니라는 증거들을 도처에서 발견하게 된다. 가령,
낡은 수사학의 대표자격인 아리스토텔레스의 망령은 21세기 현대 사회
에서도 여전히 그 위세를 떨치고 있다. 즉 실증주의와 낭만주의에 의해
비판받으며 일시적으로 주춤하던 아리스토텔레스의 수사학은 1960년
대 롤랑 바르트, 움베르토 에코 등 유럽의 기호학자들에 의해 그 가치
가 재평가되면서 광고, 영화 등을 학제적으로 연구하는 '이미지의 수사
학'으로 거듭 태어나기도 했고, 또 미국 쪽에서는 신비평의 전통을 계
승한 서사학자들에 의해 '신아리스토텔레스'학파가 새롭게 부활하기에
이른다. 낯설게 하기와 더 자세히 세밀히 보기 등 이제 거듭 태어난 수
사학은 대상을 새롭게 인식하려는 현대의 요구에 발빠르게 대응해 가
고 있다.

그러나 이같은 유의미한 논의들이 아직까지는 실질적인 문학교육 및
작문 교육에 제대로 반영되고 있지 못한 실정이다. 오늘날 읽고 쓰는
문학 행위가 대학의 문학 관련 학과에 집중되어 있다는 사실을 감안한
다면, 이는 실로 학과로서의 문학의 존재 기반 자체를 위태롭게 할 소
지마저도 있을 수 있는 사안이다. 우리는 이제 대학이라는 공간에서 문
학이 어떻게 스스로의 존재 이유를 확보할 것인가의 문제를 심각하게
제기29)해 보아야 한다.

오늘날 대학은 교육제도만이 아니라 살아있는 지식의 계보이기도 하

---

29) 앨빈 커넌, 앞의 책, 53면.

다. 현재 대학 내에서는 어떤 종류의 학문이 학과로 문서화되고 그것을 통해 진정한 지식의 유형으로 확증받을 수 있는지를 둘러싼 치열한 싸움이 진행되고 있다. 한 과목이 하나의 학과가 되는 것은 진리를 알 수 있는 방법들 중 하나로 인정되는 것이며, 반드시 알아야 할 중요한 것의 일부가 되는 것을 의미한다. 오직 완전한 학과로서의 위치만이 지식의 계보에서 한 자리를 차지할 수 있다. 사태가 이러할 때, 문학에서 어떤 종류의 지식이 발견될 수 있으며, 문학을 가르치는 일이 어떤 가치가 있는가는 시급히 재조정되어야 할 주제가 아닐 수 없다. 결국 문학이란 삽처럼 한정된 사물도 아니고 산처럼 주어진 현실도 아니기 때문이다. 문학이 다가오는 시대에 사회적 삶속에서 의미있는 역할을 담당하려면, 기존 질서와 문학 및 글쓰기와의 관계를 다시 한번 생각해 보아야 한다. 적어도 지금은 대학 교과 과목으로서의 문학의 존재는 대단히 불안정하다고 보여진다. 이는 현재의 글쓰기 규범과 글쓰기 교육이 심각한 위기에 처해있다는 것을 의미하는 것이다. 실로 문학의 위기란 문학이란 실체의 위기라기보다는 문학적 담론의 위기가 아닌가 한다.

5. 結 - 탈수사학; 이산적 글쓰기의 한 모색

새로운 수사학은 근대적 글쓰기를 비판적으로 성찰해 볼 수 있는 훌륭한 개념적 도구들을 제공해 주었다. 하지만 그것이 낡은 수사학이든 새로운 수사학이든, 결국 수사학이란 누구나가 그럴 듯하다고 느끼는 것에 매달려 삶 자체를 쉽게 유형화할 수 있게 한다는 점에서 공통점을 지닌다. 새로운 수사학은 독창적이라고 알려진 것들의 상당수가 이미 있었던 것의 변형에 지나지 않는다는 것을 가르쳐 주며, 인간의 상상력은 유형화될 수 있다는 것을 가르쳐 준다. 고로 사람은 많되, 글쓰기는 적어지는 것이다.

오늘날 우리는 도처에서 축소될대로 축소된 삶의 영역을 점유하고 있는 인간을 목격하게 된다. 세계화가 인간의 영역을 확장시켜 놓은 듯하지만, 사실 지구상의 모든 인간의 운신의 폭을 그만큼 획일화하고 축소시켜 놓았다고 하는 것은 누구나 절감하고 있는 현실인 듯하다. 그렇다면 오늘날 소망의 사유로서의 글쓰기가 삶의 새로운 가능성을 제시할 수 있어야 한다면, 그런 글쓰기란 기존 언어에서 무언가를 제거한 언어, 곧 뺄셈의 언어가 되어야 할 것이라는 들뢰즈의 말은 우리에게 시사하는 바가 크다.30)

사람은 많고 글쓰기는 적다. 쿤데라식으로 말한다면, 바로 글쓰기들이 우리를 사용하고 있으며, 우리는 그들의 도구요, 꼭두각시 인형이요, 그들의 분신이라는 역설이 성립한다. 우리는 특정인을 가리켜 파시스트, 민족주의자, 동성애주의자 등으로 부르곤 한다. 마찬가지로 글쓰기에서도 학술적 글쓰기와 문학적 글쓰기 등과 같은 글쓰기의 유형이 각각의 텍스트를 규정해버린다. 기존의 분류표에서 벗어난 무언가를 실천하려는 사람은 엄청난 탄압(?)을 감수해야만 하는 것이다. 모든 사람이 참아야 하는 것을 한 개인만이 참기를 거부함을 용납지 않는 인격상의 평등이 공동체 안에는 엄연히 상존해 있기 때문이다. 결국 인격상의 평등이 우리 모두가 살고 있는 이 세상과 화합하지 않는 것을 금지시켰다. 이것은 근대성이 인간에게 가하고 있는 일상적인 폭력의 한 양상이라고 보아도 그리 틀리지는 않을 것이다. 이 속되고 일상적인 힘겨룸에서 패배하는 쪽은 물론 항상 소수자이다.

현재 어떤 글쓰기가 그 사람을 대표한다고 말할 수 있다면, 우리는

---

30) 질 들뢰즈, 『의미의 논리』, 한길사, 1999, 360~1면.

기존의 언어에서 권력적 요소, 보편적 요소를 지속적으로 제거해나가는 뺄셈의 언어와, 기존의 언어에 새로운 권력적 요소, 보편적 요소들을 더해나가는 덧셈의 언어로 양분해볼 수 있을 것이다. 공동체의 동의와 관습에 자신의 견해를 더해나가는 수사학적 글쓰기가 덧셈의 언어라면, 한번도 듣지 못한 도망가는 의미를 만드는 것, 새로운 소리, 이미지를 만들어나가면서 일종의 외국어처럼 언어 속의 언어, 도망가며 이탈하는 글쓰기가 바로 뺄셈의 언어이다. 뺄셈의 언어란 일상적인 힘겨룸에서 항상 패배하는 언어, 침묵을 강요당하는 언어, 자신을 온전히 재현하기 위해서는 현실의 판도가 바뀌어야 하는 언어이며, 이런 글쓰기를 "이산"31)적 글쓰기라 부른다면, 현재 글쓰기의 지형도에서 이런 글쓰기가 점유하는 지점을 정확히 나타낼 수 있지 않을까 한다.

이산(diaspora)이란 말은 원래 유대인의 민족적 이산 상황을 뜻하는 용어지만, 오늘날에는 전쟁 식민지화의 역사적 경험이 깊이 결부된 난민이나 이민 상황을 가리키며, 본래의 의미보다 넓은 맥락에서 사용되고 있다. 요컨대 디아스포라는 끊임없이 현재 살고 있는 장소와 고향/고국 사이의 뒤엉킨 긴장관계를 내포하는 개념이다. 따라서 디아스포라의 글쓰기는 수사학적 글쓰기가 전제로 하는 그 어떤 상식과 관습에도 속해 있지 않은 글쓰기이다. 다른 한편 디아스포라의 글쓰기는 현재의 삶이 억압과 폭력에 의해 자유롭지 못하다는 것을 끊임없이 의식하고, 그러한 현실의 억압과 폭력을 전경화하는 글쓰기이다.

"네 정체를 밝혀라"라는 수사학적 물음에 대해, 이산적 글쓰기는 "내

---

31) '이산(diaspora)'이란 말은 오늘날 서구를 지방화하려는 탈식민주의 기획에서 아주 중요하게 다루어지는 용어이다. 과거 이 용어는 전형적으로 모국의 상실과 관련된 모든 흩어진 민족들(특히 유대인)의 인종적 혹은 문화적 일체감을 강조하기 위해 사용되었다. 반면 최근 탈식민주의 연구에서 이 말은 차이, 이질성, 혼성, 그리고 지구상의 모든 혹은 대부분의 민족들이 특정한 지역출신이지만 지금은 다른 곳에서 살고 있다는 사실을 나타내는 용어로 사용된다.

옷 밑에는 더 이상 드러낼 비밀이라곤 아무것도 없어. 그 비밀이란 건 너의 환상일 뿐이야"(레이 초우)라고 외치는 디아스포라의 이주민들처럼 끊임없이 이탈해가는 언어, 그리하여 근대적 글쓰기의 규범이라는 것 자체가 허구일 뿐임을 드러내는 언어이다.

언어는 항상 권력을 행사하고 지배를 유지하는 수단이어 왔다. 때로는 강자의 지배 이데올로기이기도 하고, 때로는 약자의 저항 이데올로기로 사용32)되기도 했다. 언어제국주의가 기존의 언어들을 자기안에 동화시켜 몸집을 불리는 덧셈의 언어라면, 그에 대한 저항의 전략은 그것으로부터 끊임없이 이탈하고 이주하는 언어, 뺄셈의 언어이자 이산의 언어가 되어야 한다. 글쓰기란 우리가 현실을 구성하는 사유의 방식, 나아가 현실을 변혁하는 소망의 한 방식이기 때문이다. 따라서 이산적 글쓰기란 우리가 사는 현실이 어떠해야 하는가에 대한 강력한 당파적 인식의 표명이며 삶에 대한 태도인 것이다. 나아가 현재의 문학교육은 기존의 수사학 일변도의 글쓰기 교육에서 벗어나 일상인의 감각에 충격과 이에 따른 성찰의 계기를 제공해주는 글쓰기를 격려하고 고무시킬 수 있는 것이 되어야 할 것이다. 이산적 글쓰기란 바로 이런 점에서 글쓰기에 대한 문학적 사유 혹은 문학적 태도의 다른 이름인 것이다.

---

32) 김영명, 「세계화와 언어문제」, 『아시아문화』제17호, 한림대학교 아시아문화연구소, 2001. 8, 228면.

저주받은 대지에서 길어올린 희망의 윤리

— 남아프리카 단편선 『나를 인간이라고 부르지 말라』에 대해

오 홍 진

1. 탈식민주의 이론의 현재성

근래의 한국문학비평에서 탈식민주의 이론이 유행하고 있다는 점은, 여러 가지 측면에서 시사하는 바가 많다. 탈식민주의 이론이 식민주의라는 제국주의 논리를 비판하는 데 초점을 맞추고 있다면, 제국주의의 침탈을 직접적으로 체험한 우리에게, 또 여전히 제국주의 세력에 의해 조장된 분단의 상황을 채 벗어나지 못한 우리에게 탈식민주의 이론은 상당히 의미있는 이론이라 할 수 있다. 특히 탈식민주의의 스펙트럼이 제국주의 문제에만 걸쳐 있지 않고, 여성 문제를 비롯한 소수성의 문제로 확장된다는 점에서, 탈식민주의는 최근의 문학계를 풍미하고 있는 문학 담론을 성찰하는데 중요한 논리를 제공한다고 할 수 있겠다.

탈식민주의 이론이 한국 문학의 상황을 평가하는 직접적인 기준이 될 수는 없겠지만, 탈식민주의라는 스펙트럼을 통해 우리는 그간 별 의심 없이 수용해 왔던 민족문학 담론을 다시금 성찰할 수 있는 계기를 얻게 된다. 민족(혹은 국가)의 불행한 시대에 바탕하여 발생한 문학이 민족문학이라면, 탈식민주의는 이러한 민족문학 담론에 내재된 배제의 논리를 비판할 수 있는 이론적 근거로서 그 의미망을 갖는다. 1970~80년대 민족문학에 드리워진 남성 중심적 시선에 대한 비판이나, 민족-국가 담론에 나타난 배제의 역학을 분석하는 최근의 문학적 경향에는 소수성의 맥락을 중시하는 탈식민주의가 이론적 근거로 작동하고 있다. 요컨대 거시담론과 미시담론의 세계를 통합하여 민족문학의 새로운 준거를 제시할 수 있다는 점이 탈식민주의 이론이 지닌 매력인 셈이다.

　아프리카 문화연구소의 4번째 기획총서로 발간된, 남아프리카 대표 단편선 『나를 인간이라고 부르지 말라1)』에는 인종차별 정책이 거세게 불어 닥친 남아프리카의 상황을 다루고 있는 작품들이 실려 있다. 남아프리카의 상황과 한국의 상황이 다르고, 또 그 두 곳의 사람들이 겪은 상황이 다르다고 하더라도, 이 작품집을 통해 우리는 탈식민주의가 지향하는 세계의 형상을 가늠해 볼 수 있다. 흑인의 땅에서, 백인들의 총칼에 몰려 고통스런 삶을 살아가는 남아프리카 민중들의 삶은 제국주의의 총칼 앞에 무참하게 짓밟힌 우리네 민중의 삶과 겹쳐진다. 흑인이라는 이유로 자아 정체성마저 상실하는 남아프리카 민중들의 삶이 그들의 삶만으로 한정될 수 없는 이유는 여기에 있다. 남아프리카에서 벌어진 상황은 한국 사회에서도 발생할 수 있는 개연성이 충분하며, 실제 전 세계적으로 그러한 차별 현상은 끊임없이 일어나고 있다.

　이 소설집은 남아프리카라는 한정된 공간의 차별 현상을 다루고 있지만, 그곳에서 일어나는 차별 현상은 흑백 갈등이라는 인종차별 문제를 넘어 인간이 인간을 차별하는 것이 과연 옳은가라는 윤리적인 문제

---

1) 이석호 엮음, 『나를 인간이라고 부르지 말라』, 동인, 2001. 이하 이 책에서 인용할 때는 쪽수만 표기한다.

를 이끌어낸다. 탈식민주의 이론의 현재성은 바로 이러한 윤리적 질문을 지금 이곳을 살아가는 주체들에게 제기한다는 데 있다. 흑인이라는 이유로, 여성이라는 이유로, 성적 소수자라는 이유로 인간이 인간을 차별한다면, 이 세상은 차별의 논리를 조장하는 권력자들의 '힘의 논리'로 구성되는 세계가 될 수밖에 없다. 제국주의 세력에 의해 저질러진 20세기의 폭력은 그러한 세계가 이르는 지점을 정확하게 보여준다. 21세기로 들어선 지금 이곳에서도 '평화'라는 이름의 전쟁은 끊임없이 벌어지고 있으며, 힘이 약한 나라들은 소위 '테러리스트'가 되어 힘이 강한 나라에 저항하고 있다. 탈식민주의는 실상 힘이 지배하는 세상에 대한 비판의식에서 생성되거니와, 탈식민주의 이론에 내재된 윤리성은 무엇보다도 '힘의 논리'로 구성되는 세계를 향한 윤리적 성찰과 다를 수 없을 것이다.

우리가 탈식민주의에 관심을 갖는 이유는 이처럼 인간에 의한 인간의 폭력이나 차별이 더 이상 이 세계를 지배할 수 없다는 믿음(윤리)에서 비롯된다. 차별(폭력)은 또 다른 차별을 부르고, 그렇게 계속되는 차별의 과정 속에서 애꿎게 힘없는 민중들만 피해를 입는다. 힘의 논리를 숭배하는 세력의 폭력 앞에 벌거벗겨진 민중들은 자신의 정체성을 찾기 전에 폭력이 지배하는 세상에 적응하도록 강요받는다. 적응하는 자만이 살아남을 수 있고, 적응하지 못한 자들은 이 세계의 밖으로 쫓겨날 수밖에 없다. 『나를 인간이라고 부르지 말라』에 실린 소설들은 기본적으로 남아프리카 민중(흑인)들이 처한 이러한 상황에 주목하고 있는 바, 이 소설집을 읽으면서 우리는 차별 없는 사회가 이 세상에 반드시 도래되어야 할 이유를 절실하게 생각해 보게 될 것이다.

2. 인간과 비(非)인간의 대립구조

음투투첼리 마쵸바의 『나를 인간이라고 부르지 말라』는 인간(백인)과 비인간(흑인 원주민)의 대립구조로 구성되는 남아프리카 식민체제를 뚜렷하게 보여주고 있다. '음짐로페'라는 노동자 밀집 지역에서 벌어지는 '경찰 똘마니들(소수백인이 다수흑인을 효과적으로 통제하기 위해 흑인 중에서 고용한 일종의 앞잡이)'의 무자비한 폭력에 초점을 맞추고 있는 이 소설은 '비(非)인간'으로 살아야만 차별의 사회에서 살아남을 수 있는 남아프리카 민중들의 삶을, 지식인 서술자(관찰자)의 시선으로 담아내고 있다. 관찰자의 시선이긴 하지만, 그 시선 속에는 흑인들이 처한 상황에 대한 작가의 울분이 내포되어 있다. "나의 고통은 나만의 고통이 아니었다. 다른 이들의 고통이기도 했다. 또 다른 이들의 슬픔이 곧 나의 슬픔이기도 했다."(22쪽)는 서술자의 진술은 이 소설에 표현된 상황이 남아프리카의 흑인들이 처한 전형적인 상황임을 예시한다. 특히 경찰 똘마니들이라는 흑인 속의 차별된 흑인들을 통해 백인에 대한 증오를 흑인들로 되돌리려는 식민주의자들의 전략은 그만큼 공고하게 구성된 식민주의 체제의 일단을 보여준다 하겠다.

"작업복 차림의 한 사내"가 경찰 똘마니들(약탈자들) 앞에서 비인간으로 변하는 과정을 그려내고 있는 이 소설은 비인간화의 과정이 단순히 약탈자들의 폭력에만 근거하는 것이 아니라 노동자들의 '자발적인 묵인'을 통해 이루어지고 있음을 이야기한다. 여기서 '자발적인 묵인'은 약탈자들이 조장한 공포 분위기에 휩싸인 노동자들의 행동 양태를 규정한다. 약탈자들은 '공권력'을 무기로 통행증 제시를 요구하고, 노동자들은 그러한 요구에 공포감을 먼저 느낀다. 공포감은 다수의 흑인 노동자들이 소수의 약탈자들에게 꼼짝없이 당하는 이유가 되는데, 거기에는 식민주의 체제를 향한 흑인 노동자들의 선험적인 공포감이 자리하고 있다. 그래서 "작업복 차림의 한 사내"처럼 노동자들은 자신이 약탈꾼들의 희생자가 되지 않기만을 소망하고, 희생자가 되면 그 순간이 빨리 지나가기만을 기다린다. 늘씬 두들겨 맞은 사내가 "그만 보내주게"라는 경관의 한 마디에 "즐거운 모습"으로 급변하는 과정은 노동자들의 내면에 새겨져 있는 공포감이 아니면 설명될 수 없는 행동일 것이다.

중요한 것은 이러한 상황을 바라보는 서술자의 시선이다. 서술자 '나'는 "작업복 차림의 한 사내"가 약탈자들에게 당하는 상황을 "지옥"이라는 말로 표현한다. 지금 이곳에서 일어나는 상황 자체가 지옥에서나 일어날 수 있는 상황이라는 것이다. "지옥에나 가야 사람대접 받을 수 있으려나"라고 한탄하는 '나'의 친구 '만들라'의 이야기 역시 본질적으로 '나'의 생각과 다르지 않다. 요컨대 서술자는 자신이 처한 상황이 비인간적인 상황임을 깨닫고 있지만, 흑인들의 처한 실제의 상황과는 거리를 둔 '관찰자'의 시선으로 사건을 바라보고 있다. 그것은 서술자와 노동자의 거리를 나타내고, 한편으로 식민체제와 지식인(서술자)의 거리를 나타낸다. 거리는 지식인 서술자가 식민체제에서 삶을 유지할 수 있는 거리이고, 또한 그가 식민체제의 민중들의 삶을 사유할 수 있는 거리이다. 그래서 '나를 인간으로 부르지 말라'라는 처절한 외침이 제목으로 사용되었지만, 실제 이 소설은 지식인 서술자의 냉소적인 사유로 시종하고 있다. '거리감'을 유지하는 관찰자의 시선은 지식인의 사유 과정으로 한정되고, 그 결과 세상을 허무적인 시선으로 보는 지식인의 관점만이 부각된다. 허무주의에는 전망의 포기라는 의미가 내포되어 있다. 미래에 대한 전망이 전혀 보이지 않을 때 지식인들은 허무주의에 빠지고, 그것은 현재의 상황을 자신도 모르는 사이에 인정하는 과정으로 나아간다.

이러한 점은 리차드 리브의 「외로움에 대하여」라는 작품에도 그대로 이어지는 바, 이 소설의 주인공이 아프리카의 대지에서 발견하는 절대적 미는 실상 허무주의에 빠진 한 지식인의 내면을 반어적으로 드러내는 장면이라 하겠다.

> 하지만 당신들과 내 경우는 다르다. 세대를 거듭나게 하고 시간을 반복하게 하는 끊임없는 대지의 노동 같은 것이 그 속에 들어 있다. 축축하게 뭉쳐 있던 땅 덩어리가 서로 분리되듯이 천천히 헐거워지고 틈이 벌어지면서 끝내는 그 안이 다 보이도록 열어주는 대지. 그 대지는 노동 혹은 일을 초월하는 아름다움 그 자체이다. 열려진 그 안을 들여다보아도 보이는 것은 아무것도 없다. 무(無), 그 자체가 아름다움이어서 인간의 눈에는 보이지 않는 것이다. 바로 이런 점을 철학자들은 간과하고 있다. 이것이 내가 때때로 철학자들을 증오하는 이유이다.(110쪽)

인용문에서 우리는 아프리카의 대지를 자신의 소유물로 만들어버린 백인들의 행태를 비판하는 지식인의 시선을 엿볼 수 있지만, 이 소설의 주인공 역시 지식인의 특유한 관념에 근거한 사유를 반복하고 있다는 점도 알 수 있다. 흑인이라는 신분 때문에 "유색인 전용칸"에 타야 하는 차별 현상은 "불쌍한 검둥이들"이라는 자조적인 언어와 뒤섞여 무기력한 지식인의 형상을 드러내는 계기로 나타날 뿐이다. 흑인들이 처한 상황을 이야기하면서 "내 말이 이해가 간다면 그건 기적이다"라고 이야기하는 주인공의 내적 심리를 우리는 어떻게 이해해야 할까? 견고하게 구성된 사회적 상황 속에서 지식인 서술자는 흑인으로 태어난 존재의 슬픔을 느낀다. 슬픔이 차별 받는 자의 사회적 슬픔이라는 점은 사회가 변하지 않는 한 그것은 치유될 수 없는 슬픔임을 나타낸다. 그런데, 이러한 슬픔에 대응하는 주인공의 방식은 슬픔을 공유하는 사람들과의 연대보다는 그 슬픔 자체를 흑인들의 운명으로 수용하는 과정으로 나아간다. "혼자 있었던 시간이 나를 가르쳤다"는 주인공의 고백은 슬픔을 내적으로 사유하는 지식인의 실존적 정황을 예시하지만, 그러한 정황은 곧바로 '현실'에 대한 무조건적 부정으로 귀결되는 것이다. 인간과 비인간의 대립구조가 뚜렷한 사회에서 주인공의 이러한 사유는 주인공이 타락한 세상과의 단절이라는 극단적인 상황을 선택하도록 부추기는 요소로 작용한다.

　하지만 지식인의 비애는 고백한다고 해서 사라지는 것도, 또 신에게 기도한다고 해서 사라지는 것도 아니다. 그의 말처럼 "생각하는 검둥이의 심정"을 누가 알아줄 것인가? 축복받은 대지에서 태어나 저주받은 존재로 살아가야 하는 슬픔은 그 상황 속에 있는 사람이 아니라면 분명하게 느낄 수 없는 슬픔일 것이다. 그러나 그것이 지식인의 슬픔을 정당화하는 이유가 될 수는 없다. 지식인이 슬퍼한다고 해서 인간과 비인간의 대립구조가 해소되는 것은 아니기 때문이다. 「외로움에 대하여」의 '나'는 지식인의 슬픔을 이야기하면서도 그 슬픔의 현실적 원인을 애써 외면하고 있다. 그에게 외로움은 운명적인 것이다. 운명은 치유될 수 없는 것이므로 그는 외로움을 평생 떠안고 살아갈 수밖에 없다. 문제는 이러한 흑인으로서의 운명의식을 작가가 글로 표현하고 있다는 점이다. 허무주의는 또 다른 허무주의를 부르고, 그것은 궁극적으로 식민체제의 강화에 기여한다. 작가 역시 이 점을 인식하고 있을 것이다. 이러한 사실을 알면서도 그렇게 표현할 수밖에 없는 상황이 흑인의 상황이라고 작가는 생각하는 것일까? 사유를 통해 외로움의 극단까지 나아간 작가에게 여전히 성찰의 과정이 필요한 이유는 여기에 있다. 타락한 사회일수록 지식인의 삶은 힘겹기 마련이지만, 그 힘겨움 때문에 지식인의 사유는 항상 타락한 사회와 대결할 수 있는 힘을 지니게 된다는 점도 작가는 인식해야 한다. 이런 점에서 외로움의 끝에서 시작되는 성찰의 힘을 작가는 곰곰이 생각해 봐야 하지 않을까.

3. 정체성의 혼란을 겪는 주체들

백인 중심의 사회에서 남아프리카의 흑인들이 가장 고통스럽게 겪는 것은 정체성의 혼란이다. "불쌍한 검둥이들"이라는 표현은 흑인들의 삶이 '불쌍하다'는 의미를 기본적으로 내장하고 있지만, 한편으로 그것은 자신들의 정체성을 무시해야만 백인 중심의 사회에 적응할 수 있는 흑인들의 존재 조건을 의미한다. 지식인으로서의 흑인들이 겪는 좌절감은 실상 이러한 정체성의 혼란에서 연유할 것인데, 『나를 인간이라고 부르지 말라』라는 소설집에 실린 작품들에도 정체성의 혼란 때문에 사회에 적응할 수 없는 인물들이 많이 나타난다. 정체성의 혼란은 지식인에게 한정되는 현상이 아니라 민중들의 삶까지도 규정한다. 시포 세팜라의 「킹 테일러」에 등장하는 킹 테일러라는 인물의 원래 이름은 '멘들렌코시 델라'이다. 줄루 전사의 후손이라는 점에 자부심을 갖고 있는 이 인물은 배부른 삶을 위해 줄루 전사의 후예로서 지니고 있던 자부심을 포기한다. 단돈 5파운드에 새로운 신분증을 위조할 수 있고, 그 신분증만 있으면 그는 자신이 하고 싶은 일을 제약 없이 할 수 있기 때문이다. 이름의 변화는 그가 살아가는 사회에서의 위상을 변하게 하고, 그로써 그는 이름을 바꾸지 않았을 때보다 훨씬 안정된 삶을 누리게 된다. 그가 사는 스터톤빌에서 아프리카 원주민들의 자진 철거가 당국에 의해 포고되었을 때도, 그는 위조된 신분증으로 그 위기를 넘길 수 있었다. 아프리카의 원주민, 다시 말해 줄루 전사의 후예를 포기한 대가는 이처럼 한 인간의 현재와 미래를 결정할 정도로 강력한 영향력을 행사하고 있는 것이다.

　그러나 그는 고향 마주바를 잊지 못하고 있다. 마주바의 노래를 부르며 고향을 회상하는 그의 모습에서는 정체성을 포기한 자의 우울감이 짙게 배어나온다. '멘들렌코시 델라'와 '킹 테일러' 사이에 걸쳐 있는 거리는 단순히 이름의 변화라는 문제만으로는 해석될 수 없는 의미를 내포하고 있다. "허위신분증을 가진 검둥이"가 마주바로 돌아간다면 그는 줄루전사의 후예로 살아갈 수 없다고 생각한다. 이름을 바꾸는 순간 그는 '킹 테일러'라는 비주체적인 존재(주체)로 다시 탄생했기 때문이다. 경계를 넘어버린 주체는 그 경계의 너머에서 부여받은 기호의 주체로 살아가야 한다. 주체성을 포기하고 경계를 넘은 존재가 직면하는 아이러니는 여기서 비롯된다. 인간과 비인간의 대립구조가 선명한 사회에서 비인간으로서의 흑인이 인간화되는 조건은 그 사회를 지배하는 논리를 수용하는 것이다. '킹 테일러'라는 이름은 지배사회에서 부여한 (상징적) 이름이므로, 그 이름을 포기할 때 킹 테일러는 지배사회의 구조에서 이탈하게 된다. 문제는 지배사회에서의 이탈이 이름을 바꾸기 전의 세계로 돌아가는 방법이 될 수 없다는 점에 있다. 비인간이 인간으로 변화되는 과정과 인간이 비인간으로 변화되는 과정에는 분명한 차이가 있다. 전자의 과정이 신분증이라는 기호를 통해 이루어지는 주체의 호출 과정을 의미한다면, 후자의 과정은 주체 자체가 말소되는 과정으로 나타날 뿐이다. '킹 테일러'라는 이름에 스며들어 있는 주체로서의 명명은 그가 지배사회에 종속된 삶을 살아갈 때만 현실화될 수 있는 셈이다.

　킹 테일러가 직면한 이러한 상황은 그가 마주바를 그리워하면서도 마주바로 돌아갈 수 없는 본질적인 이유가 된다. 그것은 공간을 선택하는 문제가 아니라 주체를 선택하는 문제와 연관된다. 마주바라는 흑인 원주민의 원초적 세계는 백인들의 세계와는 공존할 수 없는 '차이'를 내포하고 있다. 식민지의 민중들에게 두 세계는 '양자택일'을 강요하는 선험적인 세계로 의미화되는 것이다. 로즈모스의 「떠돌이」에 형상화된 흑인 지식인의 고뇌 역시 바로 이러한 주체성의 문제와 맞닿아 있다. 미국 뉴욕에서 음악을 전공하고 있는 스테판은 소위 문명사회의 음악과 고향의 음악 사이에서 갈등하고 있다. 그에게 미국에서 가장 뛰어난 작곡가 중의 하나로 평가받는 "켄 레들리의 음악은 난해하고 빈약하며 지루하기 짝이 없는 그런 것이었다"(138쪽). 하지만 스테판이 남아프리카에서 작곡한 음악은 뉴욕의 기준에 합당하지 않은 음악이라는 점에서 스테판이 겪는 갈등은 시간이 흐를수록 깊어진다. 뉴욕의 음악 기준에 맞추면 자신의 삶을 반영할 수 없고, 뉴욕의 기준에 맞추지 않으면 음악인으로 성공할 수 없는 스테판의 상황은 예술마저도 문명의 기준으로 판단하는 지배사회의 차별 구조를 명확하게 드러낸다 하겠다.

> 이제 거의 미국인이 되다시피 한 스테판은 더 이상 음악에 자신의 삶을 반영할 수 없었다. 그렇다고 미국적인 삶을 반영할 수 있는 사정도 못되었다. 미국적인 삶이란 기껏해야 자신의 음악만이 지닌 고유한 음색을 변질시키는 불순물일 뿐이었다. 그는 자신의 음악에서 대지의 노래 소리와 매미의 합창 소리를 듣는 남아프리카의 동포들을 위해 노래를 짓고 싶었다. 자신들이 살고 있는 초원이 이 세상 그 어느 곳보다도 더 아름다운 곳이라는 것조차 깨닫지 못하고 살아가는 이제는 스테판의 의식에서조차 희미해져 가는 그 동포들을 위해서.(145쪽)

스테판이 생각하는 음악은 활과 줄 그리고 공명을 위한 조롱박을 매개로 이루어지는 '단순한' 음악이다. 이러한 음악은 연주하는 본인도 소리를 거의 들을 수 없을 정도로 조용한 음악이지만, 그는 가난한 남아프리카 민중들의 심금을 울리는 힘이 이 음악에 담겨 있다고 생각한다. 미국의 뉴욕이라는 대도시와 남아프리카의 레소토라는 가난한 소읍의 공간적 차이는 스테판의 음악적 성향을 규정한다. 이해할 수 없는 음악을 공부하며 남아프리카 민중들의 삶과 동떨어진 음악을 작곡해야 하는 스테판의 상황은 이런 점에서 정체성의 혼란을 겪는 흑인 지식인의 전형적인 상황을 대변한다. 자신의 실존적 삶을 포기해야만 음악인으로 대접받을 수 있는 문명사회의 차별 구조는 나약한 흑인지식인이 뚫기에는 너무나 견고한 구조이다. "비지꽃 같이 생긴 아리따운 꽃들이 한데 얽혀 무성하게 피어 있는" 카루(남아프리카의 준사막 지역)의 풍경은 사람들의 머리 속에만 존재할 뿐 실제 사람들의 일상을 규정하는 것은 인공구조물로 구성된 뉴욕의 풍경이다. 그가 지향하는 '단순한' 음악이 미국의 '난해하고 복잡한' 음악 앞에서 제자리를 찾지 못하는 이유는 이러한 점과 연관될 것이다.

스테판이 뉴욕에서 느끼는 외로움의 뿌리는 이처럼 뉴욕이라는 공간 속에서 이루어지는 정체성의 혼란과 맞물려 있다. 「킹 테일러」의 주인공 킹 테일러가 고향 마주바로 돌아갈 수 없는 것처럼, "거의 미국인이 되다시피 한 스테판" 역시 남아프리카로 돌아갈 수 없다. 거기에는 한 개인의 선택만으로는 결정될 수 없는 지배사회의 차별 구조가 여전히 엄존하고 있기 때문이다. 남아프리카 민중을 위한 음악이 백인이 지배하는 남아프리카에서 가능할 수 있겠는가? 또한 백인 중심의 뉴욕에서 남아프리카 민중을 위한 음악이 현대음악으로 평가받을 가능성이 있겠는가? "미국을 받아들이는 것, 그것만이 유일한 구원이었다"(163쪽)고 생각하며 차량들의 불빛 속으로 뛰어드는 스테판의 마지막 모습은 죽음만이 정체성의 혼란을 해결하는 유일한 방안일 수밖에 없는, 흑인 지식인의 절망적인 상황을 예시한다. 결국 스테판 역시 허무주의의 늪을 벗어나지 못하고 자살로 한(恨) 많은 삶을 마감한다. 인간으로 태어났지만 인간'답게' 살 수 없는 스테판의 상황은 식민주의의 그늘에 드리워진 차별의 구조를 새삼 강조하고 있다 할 것이다.

4. 희망의 윤리를 찾아서

『나를 인간이라고 부르지 말라』에 실린 소설들에 나타난 흑인들의 형상은 "불쌍한 검둥이들"의 모습을 벗어나지 않는다. 흑인들은 사회적으로 핍박받고 있으며, 그런 상황을 타개할 수 있는 방안은 없다. 흑인의 상황을 다룬 대부분의 작품들이 허무주의의 늪에 빠지는 까닭도, 행복한 미래를 전망하기에는 흑인들의 상황이 너무 열악하기 때문이다. 그렇다면 남아프리카의 식민적 상황을 극복할 수 있는 방안은 전혀 없는 것인가? 흑인이 직면한 상황에만 집중할 때 그에 대한 답변은 부정적이다. 흑인의 상황은 철저하게 고립되어 있고, 그것을 바라보는 흑인 지식인의 사유 역시 개인의 내면으로 완전히 폐쇄되어 있다. 이 소설집에 실린 작품들을 통해 살펴볼 때, 희망은 흑인들의 삶을 통해서가 아니라 '인간의 윤리'를 간직하고 있는 보편적인 인물들을 통해 제시된다. 희망의 윤리는 흑인이라는 착취 받는 계급의 윤리에 근거하지 않고, 인간이라면 지향해야 보편적인 윤리로 제시되고 있는 셈이다. 그것은 구체적인 상황을 추상적인 논리로 갈무리한다는 비판을 받을 수 있겠지만, 돌려 말하면 그것은 흑인들이 처한 상황이 그만큼 절망적이라는 의미도 내포하고 있을 것이다.

허만 보스만의 「루이넥」은 '웨버'라는 한 영국인의 삶에 초점을 맞추고 있다. "영국에 대해 강한 적개심을 품고" 있는 마리코 지역으로 이주해 온 이 '영국인'은 마을 사람들의 도움을 받아 농사를 짓기 시작한다. 영국인이라는 집단의 기호와 웨버라는 개인의 기호 사이에서 마을 사람들은 '웨버'라는 개인의 기호로 그를 대하고 있는 것이다. 영국인은 나쁘지만, 웨버라는 개인은 좋은 사람일 수 있다. "서로가 서로를 이해할 수만 있다면, 더 이상 아웅다웅 싸울 필요가 없다고 생각"한다는 쿠즈 스틴의 말은 차별 없는 세상이 결국은 인간에 대한 이해를 바탕으로 건설될 수 있음을 시사한다. 물론 쿠즈 스틴의 이러한 생각을 남아프리카의 흑인들이 처한 상황에 곧바로 적용할 수는 없을 것이다. 백인이라는 권력 집단에 의해 죽음의 상황으로까지 내몰리는 흑인들의 상황을 생각한다면, 쿠즈 스틴의 말은 현실을 제대로 인식하지 못한 자의 지나친 낙관일 수도 있기 때문이다. 하지만 절망의 수렁에 빠진 남아프리카 민중들에게 쿠즈 스틴의 낙관주의는 인간의 삶에 내재된 긍정성을 되새기게 한다. 쿠즈의 가족들과 생사를 같이 하는 웨버의 상황이 웨버라는 개인에 한정된 상황일지라도, 인간은 인간이기 때문에 갖추어야 할 윤리적 품성이 있다. 요컨대 쿠즈 스틴의 낙관주의는 윤리적 품성이 인간의 존재 조건임을 새삼 이야기하고 있는 바, 이를 통해 우리는 남아프리카 사회를 지배하는 백인들의 가장 큰 문제가 무엇인지를 깨닫게 된다. 이것은 폭력이 지배하는 사회에 저항하는 수단이 또 다른 폭력을 통해서는 불가능하다는 것을 암시한다. 백인에 대한 흑인의 저항(폭력)이 백인이 지배하는 세상의 논리를 되풀이하는 것이라면, 거기에서 나올 수 있는 세상 역시 폭력으로 구성되는 세계일 수밖에 없기 때문이다.

인간에 대한 품성이 차별 없는 세상으로 나아가기 위한 본질적인 대안이라는 점은 버타 구드비스의 「고마운 파슨즈 부인」에서도 나타난다. 파슨즈 부인은 런던 출신으로 마을의 산파 노릇을 하고 있다. 어느 날 그녀가 기르던 돼지 새끼들이 사이먼이 쏜 총에 맞아 죽는 사건이 일어난다. 고구마 밭을 돼지 새끼들이 망쳐놓자 흥분한 사이먼이 돼지 새끼들을 총으로 쏜 것이다. 파슨즈 부인은 사이먼을 법원에 고소하지만,

치안판사 펠로우는 사이먼의 행위를 정당한 것으로 판결한다. 화가 난 파슨즈 부인은 마침 세 번째 아이를 임신 중인 사이먼의 아내가 출산을 하더라도 산파 노릇을 하지 않겠다고 선언한다. 돼지 새끼들을 소중한 가족처럼 생각하는 파슨즈 부인과, 개인의 재산권을 소중하게 생각하는 사이먼의 갈등은 상대방의 상황을 전혀 인정하지 않는 상황으로 이어지고, 그 결과 애꿎은 주변 사람이 피해를 입는 상황으로 돌변한 것이다. 안나가 산통을 시작하는 날, 공교롭게도 마을의 유일한 의사인 드리스데일이 말에서 떨어져 병원으로 실려가는 불상사가 일어난다. 남편 사이먼과 파슨즈 부인의 갈등으로 가뜩이나 불안해하던 안나는 "파슨즈 부인이 없으면 죽을 것 같다"고 호소하며, 파슨즈 부인이 산파 역할을 해줄 것을 끊임없이 요청한다. "검은 색 이브닝드레스를 곱게 차려 입고" 무도회에 참석한 파슨즈 부인은 이러한 위기 상황에서 두말없이 안나의 부탁을 들어준다.

간단한 에피소드로 전개되는 이 이야기에서 우리는 파슨즈 부인의 내면에 내재된 윤리적 품성을 다시금 생각해 보게 된다. 파슨즈 부인의 선택에 따라 두 생명이 살 수도, 죽을 수도 있다. 그것은 파슨즈 부인에게 선택의 여지가 없는 상황으로 비쳐질 수 있지만, 동시에 그것은 인간의 삶은 윤리적 품성이 발현될 때 가장 아름다운 삶일 수 있음을 반증한다. 특히 일에 대한 대가를 분명하게 요구하는 파슨즈 부인이 진료비를 내미는 사이먼에게 날카롭게 내뱉는 말은 인간의 삶에서 중요한 것이 무엇인가를 새삼 생각하게 만드는 부분이라 할 것이다.

"아니요, 이번에는 아니예요."
부인이 날카로운 말투로 이야기했다.
"나는 내가 한 일에 대해 늘 일정한 대가를 받아왔지요. 그러나 이건 경우가 틀려요. 드레스데일 선생님의 진료비를 가로채겠다는 생각으로 안나를 도왔던 건 아니었으니까요."
　사이먼은 계속해서 부탁했지만 부인은 내가 서 있는 계산대 쪽으로
걸어오며 말했다.
　"아니요. 한 푼도 안 돼요. 이건 진심이에요."(131쪽)

　진료비를 내미는 사이먼에게 파슨즈 부인은 "괜찮다면 돼지 두 마리
만 나한테 선물할래요?"라고 제안한다. 파슨즈 부인의 이러한 행동은
윤리적 품성을 간직한 인간의 아름다움을 가장 선명하게 드러내는 부
분이다. 사이먼이 돼지새끼 두 마리를 죽여 갈등이 시작되었으므로 화
해 역시 돼지새끼 두 마리를 받음으로써 가능할 수 있다는 것일까? 흑
인들의 절절한 고통이 넘쳐흐르는『나를 인간이라고 부르지 말라』에서
「고마운 파슨즈 부인」은 그러한 흑인의 좌절감을 담은 작품들과는 거
리감을 유지한다. 그렇지만 남아프리카의 흑백 갈등으로 빚어지는 사회
의 혼란이 윤리의 부재에서 파생된 상황이라면, 그러한 상황을 극복하
는 논리는 윤리성의 회복에서 찾을 수밖에 없다. 윤리적 인간의 한 징
후를 소설적으로 묘파해내는 이 소설이 남아프리카 인종차별 문제의
핵심을 짚어내지 못했으면서도, 그 나름의 문학적 가치를 지닐 수 있는
이유는 파슨즈 부인이 실현하는 이러한 윤리성에서 연유한다 하겠다.
　인간의 윤리적 품성을 이야기하는 소설들(흑인을 다루고 있는 포울라인
스미스의 「선생님」도 이 범주에 넣을 수 있다)이 남아프리카 흑인들의 좌절감
을 넘어서는 직접적인 윤리가 될 수 없다는 점을 다시 한번 지적해야겠
다. 희망의 윤리를 펼쳐보이는 작품들에는 기본적으로 「나를 인간으로
부르지 말라」에 전형적으로 드러나는 흑인들의 열악한 상황이 배제되
어 있다. 흑인의 좌절감을 묘사하는 작품군이 흑인의 절망에 초점을 맞
춘 나머지 "불쌍한 검둥이들"의 처절한 삶 이상으로 나아가지 못한다면,
희망의 윤리를 이야기하는 작품군은 이러한 흑인의 상황을 배제함으로

써 인간의 보편적인 윤리에 접근한다. 한 소설집에 묶여 있지만, 두 작품군이 지향하는 바는 다르고, 그 지향점의 차이에 따라 남아프리카의 상황을 바라보는 관점 역시 차별적으로 나타난다. 절망과 희망의 거리는 두 작품군에서 메꿔질 수 없는 거리감을 형성한다. 인간에 대한 인간의 윤리를 희망의 윤리로 내세우기에는 흑인들의 절망이 너무나 깊다. 흑인들의 절망을 어떻게 하면 희망의 윤리 편으로 이끌어낼 수 있을까? 그것이 아마도 남아프리카의 작가들이 무엇보다도 짊어져야 할 문학적 소명에 해당될 것이다.

제 2 부

소수자, 여성, 지역, 타자들

• • •

✔ 소수적 언어와 타자의 윤리학 / 김정숙

✔ 윤중호 시의 고향담론과 지역성 / 김현정

✔ 언어 제국주의에 저항하는 문학적 글쓰기 / 김화선

✔ 신동엽 시의 '지역'과 '저항' / 남기택

✔ 하위주체 여성-노동자와 탈식민성 / 박현이

✔ 모성성과 여성성의 경계 / 오홍진

소수적 언어와 타자의 윤리학

- 이문구의 『우리 동네』를 중심으로

김 정 숙

1. 머리말

소설가 이문구는 충남 방언을 유려하게 구사함으로써 토속적인 문체와 풍자 및 해학적인 수사적 기교를 통해 고향의 의미와 변화해 가는 농촌의 생활을 사실적으로 형상화한 작가다. 주지하듯 한 지역에서 사용하는 지역어(방언)는 그 지역민의 정서와 문화를 드러내는 가장 직접적인 발현체이다. 소설은 현실 생활의 단면을 일상어로 드러내기에 적절한 장르로, 소설에서 작중인물의 지역어 구사는 인물의 성격 강화와 지역적 배경의 구체화로 지역성의 효과를 최대한 살릴 수 있는 문체적 장치이자 전달기제로 작용한다.

그런 방언의 이점에도 불구하고 작가가 작품에서 자기 고향의 방언을 사용하는 것은 상당한 모험이다. 고향 사람이 아니고서는 발화의 뉘앙스, 발화가 주는 다양한 의미를 파악하기 어렵기 때문이다.[1] 달리

---

1) 이태영, 「문학 작품에 나타난 방언의 기능」, 『어문논총』 41, 2004b.

말하면 이 방언사용의 어려움은 독자가 방언보다 표준어를 읽는데 익숙해져 있는 것에서 비롯된다고 할 수 있다. 표준어는 '교양 있는 사람들이 두루 쓰는 현대 서울말'을 의미한다. 표준어가 있어야 할 말, 인위적이고 이념적인 말이라면, 방언은 있는 그대로의 말, 실재적인 말이다. 그런데 의사소통을 위한 일차적 목적을 감안하더라도 '교양' '서울' '현대'라는 세 조건을 중심에 두면 '무지(식)', '지방' '역사성'의 세 조건은 배제된다. 또한 '두루'라는 모호한 표현에서는 '특수하거나 지엽적인' 쓰임은 배제된다. 한마디로 '방언' '사투리'는 단순한 언어 현상이 아니게 된다. 방언은 '무지한 대중들이 특수하게 쓰는 말'로, 방언과 그것을 구사하는 사람에게는 문화를 외피에 두른 차별과 배제의 감정적 이데올로기가 개입된다.

소설에 쓰인 복합적인 말은 이데올로기와 주체 형성의 맥락, 그리고 시대의 현실을 이해하는데 중요한 요소이다. 소설 언어의 사용이라는 점에서 이문구는 작중인물들의 말들에 나타나는 다양한 이데올로기들을 가장 효과적으로 보여준 작가라고 할 수 있다. 특히『우리 동네』연작2)은 추상적, 관념적 언어에 대한 실험이 아니라 일상 대화체를 통해 언어에 내재된 식민성을 들추고 그에서 벗어날 수 있는 가능성을 탁월하게 묘파해 내고 있다. 환언하면 이문구의 소설을 이해하기 위해서는 소설 언어의 구명으로부터 시작되어야 한다.

2. 이데올로기 담화체: 관리, 농민, 작가의 말

영농교육장에서 볍씨 개비에 대한 강의에 불만을 품은 농민들이 "농

---

2) 본 연구의 텍스트는『우리 동네』, 민음사, 1997년이며, 본문에는 면수만 기입하기로 한다.

사 기술은 책상물림헌태 배우는 게 아니라 흙허구 물헌티 즉접 배워야"
한다는 말에 강사는 "이골이 난 말투로 응수"하기를,

　죽겄구면…… 그래서 자연농법으로 농사 지어 먹은 그전에는 빤스도
못 입고 살으셨담……결국은 관이나 관공리 말을 못 믿겄다 이겐디, 허
기사 역사적으로 보면 그것도 그려. 일리가 없잖은 말씀이시라구. 아시
다피시 왜정 때는 농업기수가 암만 떠들어도 우리 농민들은 너 해라 나
듣지 허고 말었거든. 그럴 것 아녀. 몸뚱이 곰 과가면서 직사허게 농사
지어봤자 왜놈들이 죄뺏어갔으닝께. 게, 그때는 왜정놈들한테 저항해서
왜놈이나 조선 관리 말은 안 들었습니다. 논으로 가려면 뚝으루 가는 게,
그게 곧 애국이구 독립운동이었거든. 관리 말 잘 듣는 놈은 무조건 친일
파였고……그러나, 그러납니다. 내년이면 건국 삼십 년이여. 이제는 애
국허는 스타일이 바꿔졌다 이게여. 이제는 관청에서 허라는 대로 허는
게 애국인 겁니다. 자연농법? 얼른 이러이런 약 찌었어서 베멸구 잡으라
구 하면, 제우 뒷짐지고 서서 허는 소리가 아—녀, 베벌레는 번개 치구
천둥 허야 떨어진디야—하면서 첫배 과부 코 고는 머슴방 엿보듯이 무심
헌 하늘이나 힐끔거리는, 그 자연농법? 그건 쬐금만 좋아허다 그만두셔.
왜? 해 저물면 내 배만 고퍼. 농촌지도소에서 허시라는 것만 허셔. 그게
애국입니다유. 내가, 내 집구석 지집 농사 자식 농사는 실농하면서두 여
러분들이 농사 잘 지시라구 돌어댕기는, 시방 이 자리에 서서 떠드는 이
최 아무개, 이 최 아무개가 애국자라면, 이 최 아무개 말을 잘 듣는 여러
분들두 애국자더라 이겝니다. 농민들이 관의 말을 따라 신품종 베를 대
량으로 경작한 결과, 예, 그 결괍니다. 그 결과 우리는 유사 이래의 숙원
인 주곡의 자급달성을 일구칠오년도에 이미 완료했을 뿐만 아니라, 금년
에는 단군 이래 목표량을 초과 달성해서 쌀을 수출까지 했는데, 이것은,
두말허면 사상이 의심스러운 새끼여, 이것은, 모두 농민 여러분들의 자
조 근면 협동 종신의 발현이요 총화단결의 결실이더라 이것입니다. 그러
닝께 정부에서두 여러분들의 노고를 위로허느라구 몇십 년 만에 츰으로
쌀막걸리는 맨들게 해서 푹푹 퍼마시게 헌 게구 말여.

(「우리 동네 리씨」, 77~9면)

길게 인용된 이 부분은 「우리 동네」 연작에서 드러나는 여러 모순들이 중층결정되어 있다는 것을 단적으로 보여주는 대목이다. 관리가 발화하는 유창하면서도 다소 고압적이고 때로는 농민 자신들을 무시하는 말투에도 교육을 받으러 온 그 누구도 고작 장마에 침수되어 뜨고 붙어 못먹게 된 쌀로 만든 술이 막걸리라고 할 밖에는 이에 대해 응수하지 못한다. 지배 이데올로기의 전형적인 모습이 드러나고 있는데, 그것은 '역사적으로' '단군 이래'라는 긴 시간, 즉 '자연적'이라는 이데올로기를 통해 정당화하고 있는 점, 그리고 관리의 지시를 따르지 않는 사람을 '사상이 의심스러운 새끼'로, 자조 근면 협동의 새마을 운동의 발현이 총화단결로 나타날 경우에는 '애국자'로 분류하는 이분법적이고 독단적 술화를 통해 지배이데올로기를 공고히 하고 있다. 때로는 신품종 볍씨 갱신을 위해 '십 년 이십 년 손발에 흙 한 번 안 묻히고, 농민을 김치 속의 새우젓으로 알면서도 반드르르하게 하고 사는 서울 것들이, 싸가지 읎이 밥맛 가려 재래종만 처먹는 꼴이 드러서라두'(80면) 우리 논두렁들은 총화단결하자며 농촌과 도시를 분리시킨다. 이때 다시 '나'와 '당신네들'에서 '우리'로 주체를 바꾸면서 '서울 것'과의 대립을 조장함으로써 목적을 달성하는 장면도 드러나고 있다. 유교적인 장유유서의 덕목과 반공이데올로기 등 혼합된 이데올로기를 관류하는 지배 이데올로기는 '근대화'이다. 산업화는 본질적으로 소외의 확대를 동반하게 마련인데, 따라서 우리의 경우 끊임없는 내부식민화없이 산업화가 가능할 수가 없었다.[3]

그런데 지배 이데올로기는 관리들의 유창한 말과 고압적인 말투, 그리고 같은 농민임에도 관리의 입장일 경우 방언을 쓰면서도 표준어에 가깝게 구사하려는 이중적인 발화 상황의 모습으로 드러난다. 관변 주

---

3) 염무웅, 「농민소설의 민중문학적 맥락」, 『문예미학』 9호, 문예미학회, 2000, 151면.

도의 말은 주로 '연설·특강·강연회' 등과 같은 공(식)적인 자리에서 전달된다. 반면에 농민들은 관리들의 말을 듣는 그 자리에서 '그런디유' '아뉴' '그런게뷰' 등의 짤막한 대답이 주를 이루거나, 불만이 있는 경우 부분적인 반응(저항)은 보이지만 그 이데올로기들이 갖는 이면의 모순점에 대해서는 합리적으로 따져 묻거나 논리적으로 응수하지 못한다. 다시 말하면, 이문구의 『우리 동네』 연작들에서 공통적으로 보이는 장면은 관변의 입장을 대신하는 관리의 말은 전체적으로 '대화'나 '말,' 즉 보여주기 방식으로 드러나지만 농민들의 말은 작가의 '논평과 요약' 즉 설명하기 방식으로 전달되고 있다. 위 대목에서 관리에 대한 농민들의 반응만 해도 다음처럼 표준어와 어법의 정확한 사용에 의해 전달되는 작가의 말이 대신한다.

> 농민들이 통일 계통의 벼를 꺼리는 이유는
> 첫째는 관리자들에게 오랫동안 무시당하고 속아 살아왔으므로, 이제는 누가 무슨 소리를 해도 믿으려 하지 않는 거였다. 낮은 정치, 높은 행정, 도시 경제가 속이고, 심지어는 가장 정직해야 할 학교 교육마저도 그들을 속였으니까. 게다가 그들은 모두 빚을 지고 있었다. 면역성이 약해 병충해가 빈발하는 것도 큰 힘이었지만, 볏짚이 짧고 맥살이 없어 가마니나 새끼를 꼬지 못하므로 고공품 생산에 의한 농한기의 유일한 부수입이 없어지던 것이다.
> 소가 싫어하니 여물로도 쓸 수 없고, 퇴빗감으로 쌓아놓고 썩히는 수밖에 없었던 것이다.(「우리 동네 리씨」, 81면)

부면장이 '나' '관' '우리' '우리 정부' 등으로 주체의 위치를 명확하게 드러내는 대신에 농민들은 '나'와 '우리'같은 1인칭의 언술을 띠지 못하고 작가의 입을 통해 '농민들'이라는 3인칭으로 제시되고 있을 뿐이다. 다시 말하면 관리는 직접 말하고 농민들은 작가의 말을 통해 간접적으로 전달된다. 이러한 언술들의 이면에는 농민들에 대한 작가와 독자의 무의식적인 이데올로기가 담겨 있다. 즉, 농민들은 합리적인 대화가 어려우며, 유식하거나 논리적 사고를 하기 어렵다고 보는 작가·독자의 농민에 대한 무의식적인 이데올로기를 반영한다고 할 수 있다. 다시 말하면 관변의 말에 농민의 직접적인 응수가 아닌 작가의 '말'이 대신한다는 점에서 그러하다. 텍스트 내에서 작가의 의식적 발화는 이질언어적인 의식이나 사고를 배제시킨다. 이질언어성이 배제된다는 것은 언어의 역사적 생성이 거부당하고, 새로운 언어의 탄생이 거부되며, 이질언어성의 형태가 생산되지 못한다는 것을 함의한다. 언어의 운동을 방해하고 정지시키려고 하는 것은 언어의 역사적 생성 과정을 부인하는 것일 뿐만 아니라 언어를 고정되고 불변하는 곳으로 가정하면서, 언어 자체를 독백화·희석화한다.4) 요컨대, 한쪽 대화의 공간을 축소시킴으로써 농민 주체가 전달하고자 하는 담화보다는 작가가 전달하고자 하는 목적적 담화가 더 우위를 차지하고 있다.

3. 변이 가능성과 소수적 문체

서사텍스트는 개연성을 획득하기 위해 지배이데올로기의 요체인 언어와 문법구조를 받아들이는 일차적 과정과 이를 벗어나기 위해 언어와 이야기를 낯설게 구성하게 되는 이차적 과정이 함께 공존하는 장이다.5) 표준화된(지층화된) 이데올로기에 호명되는 과정에서 주체들이 억압적인 강박증을 느끼게 될 경우 주체성에 대한 물음이 제기되면서 이차적 과정으로 나아간다. 개인들은 이차적 과정에서 지배이데올로기와

---

4) 이득재, 「바흐찐의 유물론적 언어이론」, 『문화과학』 2호, 1992 겨울호, 103면.
5) 문재원, 「동일성 담론으로 본 1970년대 소설연구」, 부산대학교 대학원 박사논문, 2003.2, 2면.

규범적인 기호체계에 완전히 포섭되지 않고 상대적으로 자립적인 표현 수단을 획득할 수 있는 조건을 만들어야 한다. 들뢰즈와 가타리는 기호가 인간을 코드화할 뿐만 아니라 새로운 돌파구를 마련하기도 한다는 점을 여러 저작을 통해 역설하고 있다. 푸코와 들뢰즈, 가타리는 주체가 세계를 파악하고자 할 때 주체가 언어를 생산하는 것이 아니라 반대로 언어를 통해 시대적인 상황에 맞물려 볼 수 있는 것만을 보게 하고, 말할 수 있는 것만을 말하게 하는 '여과 장치'와도 비슷한 역할을 한다고 본다. 이때 사투리나 발음의 차이, 특정 어휘의 사용방식은 사회적 실천으로서의 빠롤을 다룬다는 점에서 유의미하다.

이문구는 대화의 문체를 통해 언어의 중앙권력에 대한 항거를 드러내는 동시에 동일성을 추구하는 구조의 메커니즘을 해체하려는 것으로 보인다. 이문구 소설을 대하면 위와 같은 언어의 동일화와 반동일화에 관한 문제의식을 공유하게 된다. 이문구 소설의 '말'은 묘사나 매개의 차원을 넘어 그것 자체로 하나의 이념이자 주제의 위치를 점하고 있다. 이문구의 소설 『우리 동네』 연작에는 대화의 장면이 많이 드러난다. 주체간의 서로 상반되는 입장의 대화를 통해서 그들의 이데올로기의 실체가 드러난다. 대화가 진행되는 동안 '반성의 메커니즘'이 작동함으로써 '내'가 옳다고 믿는, '자연주의'의 독백과 독선을 대화 과정을 통해 인지해갈 수 있다. 그래서 그 기저에 국가라는 억압적 장치와 노동조합, 대중문화의 이데올로기적 국가장치가 존재하고 있다는 것을 알 수 있게 된다.

> "…나봐, 워따 대구 큰 소리여? 당신 허는 짓이 보통 사건인 줄 알어?
> 시대적으루 볼 것 같으면 안보적인 문젠 겨. 뜨건 국에 맛을 몰라두 한도
> 가 있는 게지. 되지 못허게 워따 대구 큰 소리여, 큰 소리가…"
>
> (「우리 동네 리씨」, 24면)

　　"좌우간 당신들 얘기가 지방적인 문제라면 내 얘기는 국가적인 문제라
　이 얘기여. 왜 그런고 허면, 생각적으로 따져봐두 즌기야말루 국가의 동
　력이라…내가 아까 저이헌티, 시대적으로 볼 적에는 안보적인 문제라고
　헌 것두 다 그래서 그런 겨. 이 즌깃줄이 저무닛 동네 일반 즌기 지선(支
　線)잉께 망정이지, 만약 방위산업과 직결되는 동력선이라면, 이 도전이
　워치기 되는 중 알어? 이적행위여, 상식적으로 고만헌 생각두 옳으셔?"
(「우리 동네 리씨」, 27면)

　　'농정(農政)'을 주도하는 주체는 국가권력이며, 그것의 언어적 수행을
대변하는 사람들은 이른바 관리(면장, 이장을 포함하여)들이다. 농민들의
발화는 이 국가권력, 또는 지배이데올로기에 어떤 형태로든 반응해야
하는 조건 속에 놓인다. 이 소설 속의 관리와 농민의 대화는 예외 없이
'국가권력/국민'이라는 컨텍스트 안에서 진행된다. 그리고 관리의 입을
통해 발화되는 국가권력의 지배이데올로기는 반공이데올로기의 외피를
두르지 않은 경우가 드물다.6) 도전(盜電)으로 양수기를 돌리다 들킨
'우리 동네 김씨'를 꾸짖는 한전 단속반원인 한전 직원의 발화는 이러한
이데올로기적 지형을 잘 나타낸 준다. 그 당시에는 농촌에서 종종 일어
났던 일이 한전 직원의 말을 통해서는 범죄 행위에 해당하는 것으로 그
려진다. 그 근거는 시대적으로 안보문제인 동시에 국가적인 차원으로
확대 과장되었기 때문이다. 더욱 반공이데올로기의 폭력성과 결합된 국
가라는 억압적 장치의 권력은 농민의 도전을 반체제 행위에 해당하는
'이적행위'와 동일시함으로써 복종하는 주체로 만들고자 한다.

　　이에 대해 김씨는 "내가 원제 불법적으로 썼유. 물법적으로 썼지. 농
민이 논에 물을 대는 건 당연히 물법적인 거유"(24면)라고 응수한다. 여
기에서 두 관계의 대화의 종결형태를 보면, 지배이데올로기의 언어가
항시 공세적이며, 농민의 언어는 자기 방어적인 형태로 진행된다. 동시

---

6) 한수영, 「말을 찾아서」, 『문학동네』, 2000년 가을호, 363면.

에 지배이데올로기의 언어는 '확대/과장'의 화법이며, 농민의 언어는 '우회/인용'의 화법에 의해 운용[7]되고 있음을 알 수 있다. 또한 위축되는 방어 형태가 아니라 대상에 일침을 놓는 농민들의 말과 '되받아 말하기counter-sentence'는 "타자를 위해 말하기에 내재된 제국주의적 오만을 희석시킬 수 있는 유일한 전략"[8]이라고 할 수 있다.

이러한 전략과 함께 웃음과 농담의 언어형식은 약자의 무기가 될 수 있다.

> 남댐문이구 앞댐문이구간에 수재민 고쟁이 걱정허는 사람은 팔도강산에 느티울 춘자 아버지 뿐일뀨. 확실히 우리게는 꽃동네 새동네여(「우리 동네 황씨」, 375면)

수재민 구호품으로 자기가 입던 속옷을 내놓는 황씨를 보고 주민들이 '꽃동네 새동네'라며 희화화하는 장면이다. 이문구 소설에서 웃음과 농담은 진지한 것, 공식적인 것, 이성적인 것에 흠집을 내는 중요한 요소이다. 농담이라는 유희와 일탈이 없으면 기존의 방식을 답습하는 데 그칠 가능성이 큰데, 기존 질서와 근대 논리의 억압에 정면으로 도전하기보다는 그것을 우회적으로 보고 비웃음으로써 그 힘을 약화시키고 있다. 이는 관변의 언어를 비판하고 따뜻하고 인간적인 공동체와 도덕과 윤리적 감각을 강조하는 도덕적 주체의 입장을 취하는 것과 연속적인 의미이다. 이렇게 거침없이 말할 수 있는 요인은 입담 좋고 음흉스런 사투리와 풍자의 효과이다. 이문구는 "되도록 다투지 않고 모른 척하며 능갈치는 것"을 통해 근대 비판의 목소리를 담아내고 있다.

---

7) 한수영, 앞의 논문, 364면.
8) 이경원, 「저항인가, 유희인가?: 탈식민주의의 반성과 전망」, 『문학과사회』여름호, 1998, 778면.

내 말이 그렇게백이 안 들리유? 저 핵교 교실 벽뙈기 좀 보슈. 뭬라구 써붙였슈? 나라사랑 국어사랑…우리말을 쓰자는 것두 국가시책이래유. 옛날버텀 관공리 말 다르구 농민들 말 다른 게 원칙인 게유. 천동면이 이렇게 촌인가……끙―(「우리 동네 김씨」, 35면)

이문구 소설에 등장하는 농민 혹은 민중들이 구사하는 일상의 언어는 숨길 수 없이 그 민중이 살고 있는 사회의 제도적 또는 이데올로기적 조건과 물질적 조건의 복합적인 형성물9)이라고 할 수 있다. 특히 '대화'는 발화자의 독단적인 소유와 의식을 넘어 청자가 공유함으로써 사회적 조건들을 중층적, 구성적으로 그려내고 있다는 점이 특징이다. 이러한 주체들의 다성적 목소리를 담아내는 이문구의 말은 바흐찐의 지적처럼 '언어활동의 현실 가운데 존재하는 것'이며, '하나의 발화 혹은 여러 발화들 속에서 수행된 언어적 상호작용'의 '사회적 사건'10)임을 느끼게 해주는 요체이다.

이문구는 한국작가의 문체는 어떤 방향으로 가야 할 것인가에 대해서 분명한 의식을 갖고 있었던 듯하다. 그 예로 이문구를 테마로 리포트를 쓰겠다는 한 학생의 편지에서 '본인이 생각하는 문체의 특징이 무엇이냐?'고 물었을 때 그는 미공개 서한에서 다음과 같이 답하였다고 한다.

전통적인 한국문체(조선적인 문체)라고 생각합니다. 예컨대 판소리 사설류나, 춘향전 등 고전소설의 이야기식 문체를 연상해 보기 바랍니다. 또 현재 우리나라 작가의 80% 이상의 문체가 '번역문체'이며 또 '記事體' 문체임을 비교할 필요도 있을 것입니다. 번역문체를 '한국적' 또는 '전통적'인 문체라고는 할 수 없겠지요. 번역문체는 작가들이 외국어과

---

9) 한수영, 위의 논문, 361면.
10) M. 바흐찐 저(송기한 역), 『마르크스주의와 언어철학』, 한겨레, 1988, 131면.

출신이라서기보다는 일제통치 기간의 국어말살정책과 일본 日書를 통한
교육, 그리고 광복 후 파도같이 몰려든 美製 및 해외문물을 통한 교육과
정보취득, 기계화 과정에서 자연스럽게 성립된 것으로 생각됩니다.
　　우리 고전문학 교육의 부실함, 국정교과서 편찬자들이 지금도 일제교
육, 미국 유학파들이 장악하고 있음도 무관하지 않을 것입니다.11)

　그만큼 이문구는 단순히 기법이나 리듬적인 차원을 넘어 일제통치
기간의 국어말살 정책과 광복 후 몰려든 미제 및 해외문물을 통한 교육
에서 탈피하고자 전통적인 문체를 시도하고 있음을 볼 수 있다. 또한
중앙집권적인 표준말의 획일적인 언어 권력에 대하여 살아 있는 지방
적 현장 언어로 뜸배질을 계속한 이문구 문체는 관권 주도적이며 농촌
파괴적이었던 산업화에 대한 문화적 반응 가운데서 가장 다부진 비판
적 기호로 인정할 만하다.12) 이는 바흐찐이 소련 체제의 화석화의 위
협을 간파하며 지적했던 두 세력, 즉 원심적 세력과 구심적 세력 사이
의 갈등에 의해 결정되는 문화적 기제의 개념을 떠올리게 한다.

　　구심적 세력은 체제를 단일화하고 폐쇄적으로 만들고 독백적으로 만
들고 유일한 진리의 헤게모니적 공간을 독점화하는 경향을 지닌다. 이러
한 구심력은 언어의 전 체제에 만연하며, 언어를 강제적으로 통일하고
표준화하려 한다. 그것은 문어(文語)로부터 모든 사투리와 비표준적인
언어적 요소의 흔적은 순화하고, 단지 한 가지 숙어만 존재하도록 허용
한다. 구심력은 원심력의 저항을 받는데, 원심력은 양의성을 조장하고
개방성과 일탈을 허용하고자 한다.13)

---

11) 김상태, 「이문구 소설의 문체-「관촌수필」을 중심으로」, 『작가세계』 여름호, 1992, 83
　　면에서 재인용.
12) 유종호, 「농촌 최후의 시인-그 언어와 문체」, 『다갈라 불망비』, 솔, 1996, 345면.
13) 여홍상 엮음, 『바흐친과 문화 이론』, 문학과지성사, 1995, 58-59면.

대화적 투쟁의 담론은 한 주체가 다른 주체를 병합하려는 것으로 정의되는데, 이문구 소설 속의 관리와 농민의 대화는 '국가권력/민중'이라는 맥락 안에서 진행된다. 그리고 관리의 입을 통해 발화되는 국가권력의 이데올로기는 반공이데올로기의 외피를 두르며 이중의 덫 장치를 지니고 있다. 그중 만연체 문장은 우리 전통 판소리 가락에 연결되기 때문에 풍자나 비판, 저항 등을 내재하고 있다. 이런 의미에서 이문구 소설의 문체는 소수문학적 성격을 지닌다고 할 수 있다. 소수적 문학은 필경 다수적 언어와 다른 새로운 종류의 언어 게임을, 소수적인 표현형식을 창안하며, 소수자들에 의해 만들어지는 다수어의 변형 형태들, 그 조각들을 이용하며, 그 변형으로 표현되는 다수적 가치의 변형과 해체를 통한 소수화를 진행한다.14) 이것은 단순히 사투리를 사용하였다는 표현적인 측면만을 지칭하는 것이 아니다. 처음 읽었을 때 독해를 방해하는 유려한 만연체의 문장은 내용–표현의 차원으로 나아간다. 표현이 내용을 압도하여 주제의식을 끌어가는 그 자체로 주요한 원리로 작용하고 있다. 즉, 고사성어와 사투리 등의 요소들의 유입을 통해 풍자와 골계미의 다의화를 이루고 있으며, 비어·속어 등의 형태적 및 의미론적 변형, 그리고 만연체의 문장들의 겹침 문장 형식, 그리고 판소리 사설과 사설시조의 산문적 운율을 통한 언어의 음성적 뉘앙스의 강화 등을 통해 기존의 다수적인 소설언어에 틈을 내면서 독특한 소수문학적 비판의 뉘앙스로 읽히게 한다.

개방적인 대화는 진술 주체에게 사실들을 다른 술화적 맥락 속에서, 다른 대상 구성의 테두리 속에서 바라볼 수 있는 기회를 제공해준다. 단순하게 사투리를 사용하였다는 의미에서가 아닌, "방언의 개념이 소

---

14) 고미숙 외, 『들뢰즈와 문학-기계』, 소명출판, 2002, 43면. 가령 다수어에 없는 외부적 요소들의 유입과 그에 의한 다의화, 혹은 은어·비어·속어·악어 등의 형태적 및 의미론적 변형, 문장 형식의 단순화와 같은 통사적 변형, 언어의 음성적 뉘앙스의 강화 등.

수적 언어의 개념을 분명케 해주는 것이 아니라, 반대로 소수적 언어의
그 나름의 변이 가능성"15)의 측면에서 그러하다. 다수성은 항상적인
것의 권력에 의해 정의되는 것으로, 표준어로 통일된 소설의 언어는 우
리에게 주어진 소설언어의 다양성을 빼앗는 것과 마찬가지이며 소설언
어의 몰개성을 그려내는 것이다.16) 반면에 소수성은 변이의 능력에 의
해 정의되는 것으로 인위적인 통념을 거부하고 관념화된 언어를 배제
한다. 언어의 다수성과 소수성은 각각 바흐찐의 구심적 특성과 원심적
특성에 연결지을 수 있다. 서울이라는 공간, 교양 있는 계층들이 두루
쓰는 현재의 서울말로 대표되는 표준어를 탈피하여 지역의 언어, 개인
의 언어로 이야기하고 있다는 점에서 변이와 탈구의 가능성을 찾을 수
있다.

이러한 문체의 힘을 통해 농촌과 농민을 주체로 부상시킨다는 점에
서 소설적 가치가 있다. 도시/도시민이 생겨남으로써 타자화된 집단인
동시에 다수적 집단의 권력으로부터 억압되고 배제되었다는 의미에서
소수적 집단이라고 할 수 있는 농민을 중심에 위치시킴으로써 다수 집
단을 비판한다는 점, 그리고 서울이 아닌 지역성을 이야기한다는 점에
서 그러하다. 이것은 몰적인 체계를 해체하며 분자적 흐름으로 나아가
는 이점을 지니고 있다. 들뢰즈와 가타리는 표준어의 세계에서 방언을
사용하는 것, 거기서 언어는 강밀해지고, 가치와 강밀도의 순수한 연속
체가 된다고 본다. 바로 거기서 모든 언어는 언어 내에 비밀스런 하위
체계를 만드는 대신 아무 것도 숨기지 않으면서도 비밀스러워진다.17)

---

15) 질 들뢰즈·펠릭스 카타리, 『천의 고원』, 129면, 이진경, 『노마디즘 1』, 휴머니스트,
    2003, 322면 재인용.
16) 김병욱, 「자랏골의 悲歌 크로노토프와 담론」, 『한국문학이론과 비평』 12, 2001, 78~79
    면.
17) 이진경, 앞의 책, 314면에서 재인용.

4. 윤리의식의 표출과 타자성의 승인

이문구의 문체는 몰적인 체계와 표준어와 같은 규범적 언어를 풍자 비판하는 것으로도 기능하지만, 다른 한편으로는 그 언어를 통해 근대의 이데올로기에 침윤된 농민 자신들을 각성하고 반성하는 양가적인 기제로 기능하고 있다. 이문구 소설에 등장하는 비판의 외양을 띤 대화는 독백의 도그마를 벗어나 이데올로기를 스스로 반성하는 자기비판의 차원까지 나아가고 있다.

> 일본에서 누에고치 수입을 거절한다는 단 한 가지 누에고치 값이 4년 전 시세 그대로 묶여버려, 올들어 비로소 꼴 같아진 뽕밭을 뒤집어엎는 비용으로 소가 나간다면 진실로 **염치없는 일**이었다. 리는 **되새겨볼수록 부끄러웠다.** 땅 임자답게 땅을 거루지 못해 **부끄럽고**, 겨우 뿌리가 잡힐 만하여 캐어버린 뽕나무의 주인됨이 **부끄러웠고**, 소 임자답게 소를 가다루지 못해 **부끄러웠으며**, 자기 가늠을 저버리고 시킨대로 따를 수밖에 없었던, 무능하고 무력한 됨됨이가 **짝없이 부끄럽던 것이다.**
>
> (「우리 동네 리씨」, 71면)

지마에 따르면 이데올로기적 언술로부터 비판적 언술을 구분하는 기준은 발화 주체가 스스로의 의미론적이고 서술적인 행위에 대해 갖는 태도에서 찾을 수 있다. 즉 발화 주체가 자신의 언술이 내포하고 있는 사회적 이익이나 역사적 가치에 대해 성찰할 수 있을 때, 그는 비로소 자기 자신의 이데올로기를 극복하고 비판적 입장을 확보한다. 이문구 소설에서 농민들의 언술은 이데올로기적 언술을 넘어 비판적 언술의 가능성을 보여준다. 위의 대목에서도 ‘염치없는 일’을 포함하여 ‘부끄러운 일’이 일곱 번이나 나온다. 각 주체들은 자신들의 이익을 위해 자본주의 이데올로기의 모습을 드러내지만 곧이어 자신들의 사고와 언술들이 지배이데올로기의 그것과 닮아 있음을 깨닫는다. 그 깨달음은 근대의 이윤이나 가치로부터의 방식은 포기되었다는 사실이 야기하는 분노의 표출, 그로 인한 공격성, 그리고 자기 비하의 신경증적 징후 등이 '부끄러움'과 자책의 방식으로 드러나고 있다. 이러한 '부끄러움'의 형상화는 분량과 빈도에 있어 텍스트 전체에 걸쳐 다양하게 많이 나온다. 몇몇 장면을 더 제시해 보면,

> **최는 부끄러웠다.** 도시 사람 열이 촌 엿장수 하나만 같지 못하다고 흰소리 치고서도 코앞의 하찮은 잇속에 눈이 가려 바더리 쫓다가 왕퉁이에게 쐰 꼴을 당한 것이 **못내 부끄럽던 것이다.**(「우리 동네 최씨」, 103면)

> 김승두도 그랬다. 김은 대개 살아온 경우에 **비춤으로써 스스로 깨달음이 있어,** 가물면 하늘 탓, 물마지면 관청 탓 하던 묵은 버릇을 우선으로 고치고, 제 힘으로 재변을 이겨낼 줄 알아야만 흙의 종살이에서 벗어나 **흙을 부리는 농군**이 되느리라고 믿었다.
> 한두 번 속아봤던가. 제구실하는 **농군이라면** 하늘이건 관청이건 일찍이 아무 것도 믿을 만한 게 없었음을 터득하여, 자기 농토는 자기 요량으로 다스려보겠다는 **정신부터 기르지 않으면 안되겠던 것이다.**
> (「우리 동네 김씨」, 12면)

> 리는 아까 여물솥에 비료를 퍼넣고 들어온 **자기 손바닥을 꾸짖는 셈으로 말했다.** 요소 자체가 가축사료 원료의 한 가지임은 사실이지만, 돈 몇 푼 더 바라고 비육우로 키운다 하여, 매일같이 거름으로 만들어진 화학비료를 한 움큼씩 퍼 먹인 일은 **마음에 걸리지 않을 수 없었다.**
> (「우리 동네 리씨」, 74면, 필자 강조)

이문구의 소설에는 위와 같은 자책과 부끄러움, 그리고 깨달음의 정

서가 근대의 개발논리와 반공 이데올로기의 비판 못지않게 빈번하게 나타나고 있다. 관으로 상징되는 농협지도소나 지도자들에 대해서는 저항이나 갈등의 모습으로 드러내는 반면, 흙이나 소, 혹은 밭과 같은 자연물에 대해서는 부끄러워하거나 안타까워하는 또 다른 주체의 모습으로 나타난다. 스스로에게 윤리적인 문제를 제기함으로써 권력에 대한 저항의 양상을 드러낸다. 다시 말하면 지배적인 언술을 비판하고 반(反)하는 대항담론적 의미를 지닌다. 즉 '언어공동체의 지배적인 제도를 위반하여 지배 언술들과의 동일성을 파괴하는 담론'이자 '타자성의 권력을 내세워 그 지배담론이 은폐하고자 하는 허구성과 폭력성을 드러내는 담론'인 셈이다. 따라서 이는 '단순히 비판, 반대하는 담론이 아니라 특정의 지배적 담론을 내부에서 부정하고 틈새를 마련하는 담론인 셈이다.18) 반담론은 지배담론에 거주하면서도, 이에 투쟁하는 담론, 즉 그것은 독백적이고 획일적인 방식으로 모든 담론들을 동일화시키려는 지배담론에 대항하여, 차이화하는 다른 담론들과의 관계 속에 존재19) 한다. '말이 많은 동네'일수록 일을 끝내면 조용하다는 의미(「우리 동네 황씨」, 410면)는 대화를 통해 자기 독백적인 이데올로기를 벗어날 수 있다는 것이며, 오히려 '쉬쉬허거나' 말 많이 하는 것을 질색하면 '독째'가 되는 시대적인 분위기를 우회적으로 꼬집는 것이다. 그만큼 이문구 소설은 이질언어의 공간을 대화를 통해 다양하게 보여주고 있다.

그러나 「우리동네」 연작들은 개인적인 각성 이상으로 나아가지 못하고 있다. 또한 농민들이 받는 근대의 모순과 억압, 넓게는 계급의식의 차원은 농민의 말을 통해 비판되고 있지 못하다. 공장과 야간학교를 다

---

18) 최인자, 「한국현대소설 담론 생산 방법 연구」, 서울대학교 대학원 박사논문, 1997, 10~11면.
19) 프레드릭 제임슨 저(여홍상·김영희 역), 『변증법적 문학이론의 전개』, 창작과비평사, 1992, 122면.

니는 딸과 그의 친구들을 통해 지적되고 있을 뿐 실제 농민들의 생활에
서는 비중 있게 그려지고 있지 않다.

 그냥 경제적인 희생 한 가지였으면 달라졌을 거예요. 어차피 종업원
들의 희생이 없는 물자생산은 무의미하걸랑요. 물자생산이 없으면 사람
사는 게 발전이 없고 사회도 발전이 안 되니까, 발전을 위해서는 우리도
어느 정도 희생을 각오해요. 우리도 그만한 건 알걸랑요. 그런데 그게 아
니에요. 산업발전을 위한 희생도 아니고, 사회발전을 위한 희생도 아니
고…결국은 경영주 일가족의 사사로운 행복을 위한 거였어요.」…
 「문제는 바로 그거였어요. 고용주 한 사람의 행복은 아무 발전도 아니
니까요. 발전이 아니라 파괴예요. 전체 공원들의 개인적인 행복을 가로
채어 고용주 한 사람의 행복을 이룬 셈이니까요. 이렇게 되면 이미 경제
적인 희생이 아니라 기본권의 희생인 거예요. 그러니까 보통 일이 아니
죠. 전체적인 발전을 위해서 한 개인의 경제적인 희생은 있을 수 있어도,
고용주 한 사람을 위해 전 종업원의 행복에 차질이 있어선 안 되잖겠어
요.」(「우리 동네 최씨」, 114~115면)

 위의 계급의식에 대한 인식도 초보적인 수준에 그치고 있음을 알 수
있다. "전체적인 발전을 위해서 한 개인의 경제적인 희생은 있을 수 있"
다는 전제는 자본주의 이데올로기가 끊임없이 재생산하는 의미의 연장
이며, 근대화가 곧 '발전'이라고 믿는 것 역시 근대 이데올로기가 교육
에 의해 지속하고 있음을 보여주기 때문이다.
 이런 주체 각성의 한계에도 불구하고 「우리 동네」의 각 인물들은 흙에
의 종살이를 벗어나 스스로 흙을 부릴 줄 아는 '농군'이 되기(becoming)
를 희구한다. 농군-되기의 방법은 진정한 자기비판과 지금까지 지속시
켜 온 공동체의 응집력을 통해 모색된다.

「내가 헐라는 말은 저기여. 벨 것이 아니라, 하늘을 쳐다보구 땅만 믿
구 사는 우리찌리는 여전히 경우가 있구, 이웃두 있구, 우정두 있구 이런
것 저런 것 다 분별이 있는디, 직업이 사람을 상대로 하는 직업은 우리가
마소나 들풀이나 돌맹이 같은 다른 저기들과 다름웂이 뵈는 모양여. 우
리가 있음으루 해서 각기 직업두 생긴 겐디, 그 직업을 한 번 붙잡었다
허면 우선 인심부터 내버리구 저기허더란 말여. 직업을 권세루 알기루
말헐 것 같으면 하늘을 입구 흙을 먹는 우리네 위로 올라슬 것이 웂을 텐
디…그러나 우리를 업신여긴 것치구 오래 안 가데. 나는 배움이 웂어서
지난 역사를 저기할 수는 웂지만 아마 사람 위에 올려스려구 버둥댄 것
치구 저기헌 적이 웂을겨. 그랬으니께 오늘날에 우리가 있는 게구, 우리
는 또 자식들이 사는 걸 저기하면서 저기허는 게구…….」

(「우리 동네 황씨」, 411~2면)

작은 술판이 벌어지고 동네 사람들 간의 갈등의 타래가 서서히 풀리
는 장면이다. 위에서 자신의 자리를 제대로 확인하는 자기 점검은 자신
의 실상을 직시하여 정체성을 확인하고 정립하는 일이다. 또한 이러한
주체 세우기는 세상과 인간에 대한 이해의 확대와 심화로 나아가게 하
는 토대가 된다. '그들'과 개별 주체들의 갈등과 상황의 입장을 관류하
여 '우리'로 확산되는 관계망의 투시는 그들이 '우리'로 다 포섭되지는
못하였다 하더라도 주체들의 삶을 보듬어 안는 집합적 주체의 모습을
보여준다. 흡사 굿판이나 대동제를 연상케 하는 축제의 한복판에 농민
의 문제가 조망되고 있는 것이다. 대립과 갈등, 증오와 능멸의 감정이
해학과 깨달음의 지점으로 승화하는 곳에 바흐찐적인 축제의 의미가
더해진다. 이 대목에서 지칭소의 변화는 중요한데, '나'와 '그'의 담론이
'우리'라는 포괄적인 인칭으로 변화함을 알 수 있다. 즉, 소설 전체에서
명확한 서술자인 개별 주체들인 'ㅇ씨'들은 서술 대상인 '그들'과의 분리
를 보여준다. 그러나 스스로의 부끄러움의 자각을 통해 점차 그들을 포

용하려 하며 결국에는 '우리'라는 공동의 인칭 대명사로 진전되어 종결되는 구도를 보인다. 이것은 각각의 대립되는 사실을 확인하고, 대결하는 모습을 보여준 후에 최종적으로 새로운 주체의 성립을 보여주는데 유용한 연작 형태와 잘 맞물린다. 요컨대, 『우리 동네』는 각각의 사건들이 통일적 결말과 목적론적 서사를 향해 있는 것이 아니라 병렬적으로 제시되고, 있는 그대로의 현재를 승인함으로써 시간 안에서 타자성을 승인하는 것으로 나아간다.

5. 맺음말

지금까지 이문구의 『우리 동네』 연작을 중심으로 소설의 말과 문체의 의미와 기능에 대해 살펴보았다. 이들 소설 속의 말은 사용자의 입장과 근대화와 반공 이데올로기, 그리고 국부적인 일상의 이데올로기들의 혼종된 모습을 보여주고 있다.

관변을 주도하는 관리의 말은 근대화가 자연스럽고 필연적인 것임을 강조하면서 권력의 그물망 안에서 개인들을 권력에 길들이고 그에 순종하는 주체로 호명하는 것으로 작용한다. 이러한 이데올로기에 호명된 농민들은 관변 주도의 말에 대해서 풍자와 해학의 소수문학적 문체로, 스스로에 대해서는 부끄러움을 통한 자기 검점과 윤리의식을 고양함으로써 타자를 인정하고, 더 나아가 새로운 주체-되기의 모습을 보여준다.

이문구의 소설은 '말'이 이데올로기적 구성물이며, 일상 언어는 그러한 '말'들이 충돌하고 길항하는 공간임을 집요하게 일깨워준다.20) 더 나아가 그의 소설이 갖는 방언의 독특한 형상화는 획일화·규범화되어

---

20) 한수영, 앞의 논문, 371면.

가는 언어 현실의 상황에서 토착어의 고유성을 담보하고 있다는 점에서 중요한 의미를 가진다. 따라서 앞으로 기존의 논의들을 아우르면서 소설 언어에 대한 좀 더 세밀한 어학적·수사학적 검토가 이루어진다면 이문구 소설뿐만 아니라 소설과 방언에 대한 종합적인 연구가 마련될 것으로 기대된다.

윤중호 시의 고향담론과 지역성

김 현 정

1. 금강의 '작은' 시인, 윤중호

윤중호(1956~2004)는 1984년 『실천문학』을 통해 문단에 등장한 이래, 『본동에 내리는 비』(문학과지성사, 1988), 『금강에서』(문학과지성사, 1993), 『청산을 부른다』(실천문학사, 1998), 『고향 길』(문학과지성사, 2005) 등 4권의 시집을 발간한 시인이다. 이 중 『고향 길』은 그가 작고한 지 1년 만에 발간된 유고시집이다.1) 윤중호는 작고하기 전까지, 그의 삶과 작품 속에 한 번도 '고향'과 그 곳을 에둘러 흐르는 '금강'을 떠나본 적이 없었다.2) 그곳은 시인의 삶을 키워주고 지탱해주고 감싸준 그의 삶의 '원형적(原型的) 공간'이었고, 타자의 삶을 이해하고 더불어 같이 살아가는 공동체적인 삶을 가르쳐 준 시원적 공간이었던 것이다. 때문에 그의 시에는 공동체의식의 공간인 '고향'과 모든 것을 함께 끌어안고 흘러가

---

1) 이 4시집 외에도 산문집 『느리게 사는 사람들』(문학동네, 2000)과 동화 『지각대장 쌍코피 터진 날』(온누리, 2002), 『두레는 지각대장』(온누리, 2004), 『감꽃마을 아이들』(온누리, 2004) 등이 있다.

2) 윤중호의 고향은 충북 영동군 심천으로, 금강 상류에 위치해 있다.

는 '금강'이 자주 등장한다. 그의 시에 자주 보이는 '본동', '안면도', '이주단지' 등도 그곳의 또 다른 공간이라 할 수 있다.

'고향'과 '금강'은 시인에게 '삶의 문학'의 시원으로 자리잡는다. 그가 가담한, 80년대 민중문학을 표방한 대전 지역의 대표적인 문학무크지의 제호이기도 한 '삶의 문학'3)은 '진실한 삶을 담아내는 문학'이라는 의미를 지닌 것으로, 그는 차안(此岸)의 삶에 종지부를 찍을 때까지 이러한 문학적 세계관을 견지하게 된다. 그의 이러한 세계관은 불의의 시대와 타협하지 않으려는 올곧은 성품에서 비롯된 것이라 할 수 있다. 그가, 어머니가 원했던 '성공'과는 거리가 먼 삶을 살고, 어머니가 그토록 타일렀던 '성깔'을 잠재우지 못한 삶을 영위하게 된 것도 이와 무관하지 않다. 이처럼 그는 자신의 강직한 성품대로, 자신이 가야할 문학의 길로 매진한 것이다. 그 길은 '삶의 문학'을 위한 것이었고, '문학적 삶'을 사는 것이었다.

이러한 그의 '삶의 문학'적 태도는 '청산(靑山)'을 접하게 되면서 '현실'과 '청산'이 공유하는 삶의 방향으로 전환하게 하고, 이후 '우리가 모두 돌아가야 할 길'인 '고향 길', 즉 근대에 의해 훼손되기 이전상태인 고향의 길로 나아가게 만든다. 윤중호 시인의 이같은 시적 여정의 추동적 힘은 현대인들의 본래적 삶의 원형적 공간이자 '이름 없는' 수많은 민중들의 삶의 시원적 공간인 '고향'과 '금강'에서 비롯된 것이다.

---

3) 『삶의문학』은 1978년에 창간된 『창과벽』(4집까지 발간)을 계승하여 1983년 4월에 발간된 대전지역의 진보적인 문학무크지로, 1988년 종간될 때까지 서정성을 바탕으로 한 리얼리즘을 추구하였다.(8집까지 발간) 동인으로 이은봉, 이은식, 박용남, 류도혁, 최진홍, 최교진, 김흥수, 백남천, 전인순, 윤중호, 전무용, 조기호, 정영상, 임우기, 조재도, 강병철, 황재학, 이재무, 이강산, 이규황, 양문규, 최은숙, 육근상, 전병철, 류지남, 김상배, 지원종, 김상천 등을 들 수 있다.(이은봉, 「삶의 현실에 뿌리박기 혹은 초월하기」, 『진실의 시학』, 태학사, 1998 참조)

2. 삶의 문학, 문학적 삶

'삶의 문학'을 지향하는 그의 문학적 세계관은 첫 시집 『본동에 내리
는 비』에서 표출되기 시작한다. 이 시집에는 무허가 판자촌이 즐비한
'본동'에 살고 있는 소시민들의 애환을 노래한 내용이 주를 이룬다.

> 흑석동 산 날맹이, 내가 세든
> 무허가 판자집 너머
> 헐리운 집 담장 근처에, 샛노란
> 돼지감자꽃이 피었습니다.
> 바람이 불면 흔들릴 줄도 알아서
> 한강 대신 흐르던 저녁안개가
> 무허가로 밀려와도
> 손뼉치며 깔깔댑니다.
> 오랜 행상에 지친 우리 엄니는
> 삭월세 보증금 걱정을 하시고
> 판자집과 함께 언제 뜯길지 모르는, 내 건강을
> 걱정하지만
> "근디 엄마"
> 저는 딴전을 피우며 말했습니다.
> "글씨 두고 봐유, 내년에도 다시 돼지감자꽃이 필 텡께유"
> ― 「본동일기·하나」 전문(『본동에 내리는 비』)

시집 첫머리에 나오는 위 시는 소시민의 삶의 고단함을 리얼하게 보
여준다. '삭월세 보증금' 걱정과 '판자집과 함께 언제 뜯길지 모르는' 불
안한 현실이 노정되고 있기 때문이다. 그러나 이같은 불안한 상황이 비
관적이지만은 않는데, 그것은 '오랜 행상에 지친' 어머니의 불안함과는
달리 시적 화자가 유년시절 보았던 '돼지감자꽃'을 보며 '능청'을 부리고

있기 때문이다. 그리고 이 돼지감자꽃이 '내년에도 다시' 필 것이라고 한 데서 희망을 내포한 낙관적인 태도를 발견하게 된다.4) 이처럼 우울하고 비관적인 현실 속에서도 결코 희망을 잃지 않는 시인의 태도를 엿볼 수 있다.

 그러나 본동에 살고 있는 민중들의 모습에는 시인의 '능청'으로만 감당해 내기 힘든 면이 적지 않다. 그 곳에는 "삼 년도 넘게 일자리를 못 얻게 하는 / 그 아저씨의 모진 죄가 무엇인지를 모르고……"(「본동일기·둘」)에서 볼 수 있듯 오랫동안 실직한 아저씨도 있고, "소주 한 병만 더 먹겠다는 아저씨와 / 돈도 못 버는 주제에 무슨 술이냐는 아줌니가 / 욕지거리로 맞대꾸하"(「본동일기·셋」)는 장면에서처럼 가난 때문에 부부싸움하는 광경도 목격되며, 심지어는 "옆집 김씨아저씨가 죽었다. / 사우디도 갔다오고, 그 사이에 / 부인이 바람을 핀 것도 아닌데 / 빚만 지고 / 눈꽃 핀 앙상한 가지에 / 목을 매어 죽었다."(「본동일기·일곱」)에서처럼 빚 때문에 자살한 아저씨도 존재한다. 이 모두 가난 때문에 불행한 삶을 영위할 수밖에 없는 '이름 없는' 존재들의 자화상이다. 시인은 이러한 외롭고 쓸쓸한, 소외된 '이름 없는' 민중들을 외면하지 않고, '지친' 어머니를 달래듯 그들의 아픔을 함께 나누고자 하고, 그 아픔을 함께 치유하고자 한다. 이같은 모습은 감추어 놓은 삭월세로 아저씨에게 소주를 사 준 장면(「본동일기·셋」)과 실직한 아저씨를 위로하는 장면(「본동일기·다섯」) 등에서 엿볼 수 있다. 그렇기에 본동에 사는 소시민들은 비록 '비탈'에 살고 있으면서도, '살맛'나는 세상에 대한 희망을 포기하지 않는다. 비탈에서도 나무가 "하늘로 곧게 자라고 / 푸짐한 이파리를 피워 / 시원한 그늘도 만들 줄"(「본동일기·열」)을 아는 것처럼 '이름

---

4) 이러한 낙관적인 모습은 "엄니의 병환과 삭월세 걱정을 하고, 또 한편으로는 라면상자에 슬그머니 손을 넣어보니 어혜라 열 개도 더 남았구나 신명이 나서 발장단도 쳐보고……"(「본동일기·넷」)라고 한 대목에서도 보인다.

없는' 민중들도 그런 희망을 품는다.

　본동에 사는 소시민들의 삶을 노래한 그의 '삶의 문학', '문학적 삶'의 태도는 그의 고향과 고향사람들에 대한 한없는 애정과 '어머니'에 대한 그리움을 바탕으로 형성된 것이다.

　　　　20년 전, 무서운 아버지를 피해
　　　　저녁차를 타고 외가에 사시던 엄니한테
　　　　도망쳤던 날 밤
　　　　회초리로 종아리를 때리며
　　　　엄니는 우셨다.
　　　　외할머님이 쫓아나오며 말렸지만, 엄니는
　　　　맨손으로 땅바닥을 치시며 우셨다.
　　　　별이 아득하게 보이던 밤을 뜬눈으로 지새고, 나는
　　　　다음날 새벽기차에 다시 몸을 실었다.
　　　　공부해서 성공을 해야 한다고
　　　　눈물 바람으로 쥐어주시던 천 원은
　　　　오랫동안 내 호주머니에 구겨진 채 있었다.
　　　　엄니의 성공은 아마
　　　　판검사나 의사 또는
　　　　돈 많이 버는 직업을 갖는 것이었겠지만
　　　　다니던 잡지사도 그만두고
　　　　다시 터벅거리며 돌아가던 날,
　　　　엄니는 내 성깔 탓을 하셨다.
　　　　성깔 탓이 아니라고 생각하던
　　　　그 자식놈은
　　　　입조심, 몸조심하라고 몇 번이나 타이르시는
　　　　엄니 말씀에 대답도 않고
　　　　묵묵히, 밥만 퍼넣고 있었다.
　　　　그날도 별은 아득했었고, 나는

다음날 아침 다시 새벽기차에 몸을 실었다.
　　　　　　―「새벽기차를 타며」 전문(『본동에 내리는 비』)

　이 시에서는 가족의 불화의 장면을 엿볼 수 있다. 그의 연보에 따르면, 시인이 아버지의 두 집 살림으로 고생했고, 1974년부터 대전에 살고 있는 아버지 집에서 생활했다는 내용이 나와 있다. 그리고 김종철이 유고시집 발문에서 "어렸을 때부터 아버지에게서 버림받은 자신의 어머니와 떨어져서 살며 지내야 했던 그의 성장기의 쓰라린 경험"5)을 적고 있다. 이를 통해 윤중호의 불행한 가족사를 어렵지 않게 짐작할 수 있다. 시적 화자는 두 번에 걸쳐 어머니를 찾아간다. 한번은 유년시절 외가집에 계신 어머니를, 또 한번은 직장을 그만둔 후 고향에 계신 어머니를 찾아간 것이다. 시적 화자는 두 차례 모두 다음날 아침 다시 새벽기차를 타고 돌아오게 된다. 유년시절에는 '성공'해야 된다는 말을 듣고, 성년이 되서는 '성깔'을 탓하면서 '입조심', '몸조심'하라는 말을 듣고서 말이다. 이같은 어머니의 말은 모든 어머니의 바람이고 당부일 것이다. 그는 어머니의 바람과 당부에 대해 의식적으로 거부하지는 않지만, 그의 내면에서는 이에 대해 거부하게 된다. 이와 같은 태도는 아이러니하게도 시인이 '오랜 행상에 지친' 어머니를 끌어안을 수 있는 '삶의 문학'의 바탕이 되고 '문학적 삶'을 살 수 있는 토대가 된다. 이는 '성공'한 삶보다 '성공하지 못한' 민중들의 삶을 더 포용하게 하고, '성깔' 죽여 시대와 사회에 타협하는 삶보다 '성깔'을 내세워 권력있는, 지배이데올로기에 균열을 내게 하기 때문이다. 그리하여 시인은 어머니를 버린 아버지의 이중적인 삶보다는 "오랜 행상으로, 팔과 다리에 / 신경통이, 늘 / 그림자처럼 붙어다니는"(「수산시장에서」) 어머니의 민중적인 삶

---

5) 김종철, 「우리가 모두 돌아가야 할 길」, 윤중호, 『고향 길』, 문학과지성사, 2005, 88면.

을 더 소중하고 간절하게 여긴다.6) 이렇듯 시인은 어머니의 보편적인 욕망을 실현하지 않음으로써 어머니로 대변되는 민중적인 삶에 더 다가서게 된다.

'본동'에서 시작된 소시민적인 삶의 모습은 두 번 째 시집『금강에서』의 연작시 '질경이'에서도 보인다.

> 이 땅에서 밟혀본 사람들은 알리라
> 꽉꽉 밟히고 또 밟혀
> 질경질경 밟혀
> 납작납작 엎드린 채
> 짓밟히며 키우는 것들을,
> 허리굽혀 뿌리내리며
> 떼로 엉켜 크는 질경이들.
>
> ― 「질경이 1」 전문(『금강에서』)

위 시는 강한 생명력을 지닌 '질경이'의 속성을 잘 드러내고 있는 작품이다. 밟히고 또 밟히면서도 그 고통을 참고 견디며 뿌리내리는, "떼로 엉켜 크는 질경이"의 모습을 통해 질기고도 강한 생명력을 느끼게 된다. 시인은 이러한 '질경이'의 속성을 통해 짓밟혀도 꿋꿋히 일어서는, 짓밟히면서 '집단의 힘'을 배워가는 소시민들의 강한 생명력과 정신력을 드러내고 있다. "세월의 때를 파내며" 한 평생을 농사지은 '농사꾼 할아버지'(「질경이 2-엎드려 절하며 쓰는 글」), "구식 농사꾼에게 시집간" 인정많은 '미스고 우리 이모'(「질경이 3-미쓰고 우리 이모」), 석탄 광부인 '전임 선산부 김씨'(「질경이 9-전임 선산부 김씨」), 고향을 지키고 있는 '내 친구 최월용'(「질경이 8-내 친구 최월용」), "눈길만 마주치면 정월 초하루"인

---

6) 이 때문인지 그의 시집에서 아버지나 아버지에 대한 그리움을 표출한 시를 발견하기란 쉽지 않다.

'버버리 강씨'(「질경이 4-버버리 강씨」), 사과값 폭락으로 상심해 있는 '경운이 성님'(「질경이 5-경운이 성님」) 등 권력없고, '이름 없는' 민중들의 삶의 애환이 절절이 묻어난다. 이들은 하나같이 어머니가 말한 '성공'과는 거리가 먼 사람들이다. 그럼에도 불구하고 그들은 서로 배타적이지 않고 끌어안는다. 이는 세상에 '짓밟히면서도' 굴하지 않고 자신의 생업을 천직으로 알고 살아온 삶 속에서 터득된 것이라 할 수 있다. "세상이 사람을 버리고, 버림받은 사람들이 / 세상을 적"시(「질경이 10-현리, 제2꽃마을에서」)는 것처럼 그들의 삶은 세상에서 밀려나고 버림받은 존재나 다름없는 삶이지만, 그들은 그 세상을 감싸안고 적신다. '허리굽혀 뿌리내리'는 법을 그들은 인지했던 것이다. 시인은 이처럼 외롭고 쓸쓸한, 소외된 민중들의 삶을 끊임없이 들춰내는데, 그것의 근저에는 민중들의 삶을 통해 세상이 더 따뜻해지리라는 믿음이 자리하고 있다. "거지 구름들이 모여 비를 내린다."(「질경이 10-현리, 제2꽃마을에서」)라고 한 것처럼, 민중들의 작은 힘이 모이면 큰 힘이 될 수 있음을 시인은 믿고 있었던 것이다. 이처럼 그의 시에는 '희망'이 담겨져 있다. 이 희망은 모순과 부조리로 가득찬 현실을 '살맛나는 세상'으로 바꿀 수 있는 힘을 형성하게 된다.

3. 현실과 청산(靑山) 사이

'비탈'에 사는 소시민들의 애환을 자신의 체험을 통해 리얼하게 묘사하던 윤중호는 '청산(靑山)'을 접하면서 변화된 모습을 보여준다. 그의 세 번째 시집 『靑山을 부른다』에 실린 연작시 '청산을 부른다'는 윤중호의 기존의 투철하고 견고한 '삶의 문학'적 태도를 유연하게 만든다. 소시민들의 삶에 모든 것을 쏟아붓다시피 한 그에게 다른 세상을, 다른 삶을 보도록 시선을 확장시킨 것이다. 그런데 여기에서 '청산'은 어떤 의미일까? 그의 시 "나는 거두려 온 사람이 아니다. 나는 그저 비 뿌리듯 법을 펼치려 온 사람이다. 내 뒤에 거두는 사람이 올 것이다."(「청산이 부른다 18」)에서처럼 국선도의 창시자인 '청산선사'를 일컫는다고 할 수 있다. 그리고 시 「청산이 부른다 17」에서도 "하늘은 작은 떨림이 거친 숨이 되고, 거친 숨이 자라서 한 소리가 되고 소리가 자라서 온갖 것을 길러 수없이 많은 靑山이 되었나니……"라고 하여 국선도의 오래된 역사(구천년)를 암시하고 있다. 이를 통해 볼 때 청산은 윤중호 시인이 '국선도'라는 말을 쓰지 않았지만, "청산선사이며 청산선사로 대표되는 신인들(복수)이며 그 세계 곧 국선도를 가리키는 말"7)로 보는 것이 타당할 것이다. 그리고 윤중호의 연보에 따르면, 1992년부터 소설가 송기원의 소개로 국선도 책『국선도』(전3권)의 편집을 맡았고, 이때부터 국선도 수련과 인연이 시작되어 훗날 시집『청산을 부른다』를 펴냈다고 한 것으로 나와 있다.8) 이러한 사실로 보아 윤중호가 국선도에 직·간접적으로 연관되어 있음을 알 수 있다. 그러나 윤중호의 산문집『느리게 사는 사람들』에 실린 '송기원'편을 보면 윤중호가 '국선도'에 심취한 송기원과는 달리 국선도에 별다른 관심이 없었던 것으로 나와 있다.9) 위에서 언급한 여러 정황을 종합적으로 검토해 볼 때 윤중호가 '국선도' 수련과 관련된 일에 종사했지만, 거기에 깊이 관여하지는 않았던 것으로 추측된다.

그렇다면 연작시 '청산을 부른다'에서 그가 노래하고자 했던 것은 무엇일까. 이에 대한 단초를 시집『청산을 부른다』의 후기에서 발견할 수

---

7) 윤재철, 「자기 성찰로서의 靑山」, 윤중호, 『靑山은 부른다』, 실천문학사, 1998, 85면.
8) 윤중호, 『고향 길』, 문학과지성사, 2005, 102면.
9) 윤중호, 『느리게 사는 사람들』, 문학동네, 2000, 127~141면.

있다.

> 그곳(고향)에서 靑山이 키우던 뭇 짐승의 하나로 자랐던 나는 내가
> 살던 靑山이나 금강에 대한 고마움도 모르고 뿔난 송아지처럼 나부대면
> 서 '싸전 병아리처럼' 바쁘게만 떠돌다가 겨우 몇 해 전에 우연찮게도 청
> 산에 대해서, 청산이 키우는 강이나 생명의 소중함에 대해서 다시 만나
> 게 되었습니다.
> 소나무는 소나무대로, 또 참나무 오리나무 싸리나무……멧돼지 노루
> 살쾡이 고라니……들쥐새끼나 개똥까지, 제 본디 모습대로 제 깜냥껏 자
> 라면서 靑山을 이루고, 또 靑山이 그것들을 감싸안아서 제모습대로 키우
> 는 그런 세상이 우리가 살아가야 할 우리가 만들어가야 할 그런 세상이
> 아니겠느냐는 주제넘은 생각도 해보았습니다.10)

위 인용문의 핵심은 지금까지 살아오면서 느끼지 못한 고향의 청산
이나 금강에 대한 고마움과 "청산이 키우는 강이나 생명의 소중함"을
다시 느끼게 된 점, 그리고 청산이 그곳에 살고 있는 모든 생명체를 감
싸안고 '제모습대로' 키우는 그런 세상을 만들어야 한다는 점 등이다.
여기에서 '제모습대로'가 함축하는 의미는 자본의 논리와 인간중심주의
적인 사고방식이 아닌, 자연의 법칙과 인간과 자연이 공존하는 사고방
식이라 할 수 있다. 시인이 욕망하는 삶은 결국 이처럼 자본의 논리에
맞서고, 인간중심주의적인 사고방식에 맞서는 '있는 그대로'의 삶이다.
"靑山이 숲을 이룬 곳에는 / 뭇 생명이 자란다. 숨을 헐떡이며 / 개울
이 자라고 나무가 자라고, 하찮은 풀잎이나 못쓰는 돌멩이도 자라서 /
계곡을 심고, 그곳에 뭇 짐승을 키운다."(「靑山을 부른다 3」)라고 한 데서
볼 수 있듯, 시인은 청산이 모든 것을 키우고 있음을 밝히고 있다. 심
지어는 '하찮은 풀잎이나 못쓰는 돌멩이'까지도 청산은 감싸안는다. 어

---

10) 윤중호, 『靑山을 부른다』, 실천문학사, 1998, 93~94면.

찌보면 청산은 인간이 규정지은 선/악, 미/추, 호(好)/불호(不好) 등의
이분법적 구분을 부정하고 있는지도 모른다. 그리고 "靑山, 들꽃에 맺
힌 아침 이슬방울이 / 풀뿌리를 적시고 흘러서 바다가 된다. / 세상의
온갖 더러운 소문들이 / 산바람에 귀를 말리다가, 드디어 산바람이 되
어 / 들꽃 향기를 사방에 뿌린다."(「靑山을 부른다 19」)에서는 '이슬방울'
이 '바다'가 되고, '더러운 소문'이 '들꽃 향기'가 되고 있음을 보여준다.
'이슬방울'도 '바다'가 될 수 있는 잠재성과 '더러운 소문'도 '들꽃 향기'
가 변할 수 있는 잠재성을 드러낸 것이다. 이는 인간의 이성중심주의적
사고에 의해 모든 사물이 규정되고 고정화되는 것을 경계하는 동시에
모든 사물이 개별적으로 존재하는 것이 아닌 서로 유기체적으로 연결
된 존재임을 시사하는 것이다. 청산에 대한 시인의 생각은 "새벽마다
안개 산마을로 피어나는 것은 / 낮은 사람들의 아침이 그립기 때문이
다. / 靑山이 밤마다 강만큼 낮아지는 것은 / 스스로 푸른 세상의 숨결
이 그립기 때문이다."(「靑山을 부른다 20」)라고 한 데서 절정에 이르게 된
다. 이 지점에서 '낮은 사람들의 아침'(현실)과 '스스로 푸른 세상의 숨
결'(청산)이 조우하게 된다.

> (……) 지난 어둠과 함께 서러운 약속들, 가난한 사랑노래, 그리운 사
> 람들의 정다운 숨결, 가슴 저리던 맹세 모두 떠나고 그 자리로 가을비 내
> 려 둥글게 둥글게 강을 얼싸안고 흐릅니다.
> —「가을, 금강에서」부분(『靑山을 부른다』)

청산의 일부인 '강'은 모든 것을 감싸안은 매개물이다. 그 강은 '서러
운 약속들', '가난한 사랑노래', '그리운 사람들의 숨결' 등을 모두 포용
한 채 '둥글게 둥글게' 흐른다. 시인이 줄곧 내세웠던 소시민들에 대한
진실된 삶의 노래가 '청산'을 만나 한 차원 승화된 것이다. 강물이 '비'

와 '눈'과 어울려 한 몸이 되고, 불순한 것도 다 감싸안는 것처럼, 시인
도 모든 경계, 즉 인간/자연, 인간/인간의 경계를 지우고 포용하려고
한다. 이러한 삶의 과정은 시인에게 고뇌와 고통을 줄지 모르지만, 시
인의 내면에 있는 심정적 공간이 더욱 확대되어 큰 울림이 있는 시를
낳게 한다. 이를 대변해 주는 시 한편이 있다.

> 함부로 흐르는 물에 쓸린 돌만이
> 고울 결을 만든다.
> 서러운 눈물로 밤을 지새워
> 가슴속에 외로운 얼룩을 새긴 아이들이
> 마른 가슴을 적셔 하늘을 섬긴다.
> 세상 모든 것들이 너희들을 험하게 내치고 그래서
> 너희들만이 세상의 험한 숨결을 고를 수 있으니.
> ― 「평화의 마을11)에서」 전문(『靑山을 부른다』)

　　위 시는 보육에 있는 아이들에게 희망을 주는 작품이다. 시인은 보통
아이들보다 부모님의 '사랑'이 부족하고, 정신외상도 더 있을 보육원의
아이들을 '결핍'으로 보지 않는다. 그는 그 아이들을 결핍의 시선으로,
불쌍한 시선으로 보지 않고 긍정의 시선으로, 희망의 시선으로 바라보
고 있다. 보통 사람들의 고정관념을 깨는 이러한 시선은 기존의 생각을
전복시킨다. 그래서 시인은 "함부로 흐르는 물에 쓸린 돌"의 무늬를 '흠
집'으로 보지 않고 '고운 결'로 보고, "서러운 눈물로 밤을 지새워 / 가
슴속에 외로운 얼룩을 새긴 아이들"이 '마른 가슴'을 적셔 하늘을 섬긴
다고 보고 있다. 자본의 논리가 팽배한 현실세계가 아이들을 내쳤지만,
그 아이들만이 '세상의 험한 숨결'을 고를 수 있다고 한다. 여기에는 세

---

11) 대전에 있는 한 보육원의 이름이다.

상 사람들에 의해 생긴 정신적 '생채기'가 결국 그 세상을 정화(淨化)시킬 수 있는 힘이 된다는 논리가 견고하게 자리잡는다. 이처럼 세상을 따뜻하고 긍정적으로 바라보는 시인의 시선은 소외된 이웃들의 '결핍'도 결핍이 아니라 무언가 다른 것으로 채울 수 있는 용기(그릇)임을 시사한다. 그의 시선에 의하면 오히려 '결핍된' 사람은 아이들을 내버린 지극히 정상적인 사람들이라는 논리가 성립된다. 그들은 자신을 사랑하고 외롭고 쓸쓸한, 소외된 이웃을 사랑하는 감정이 부족하기 때문이다. 그래서 시인은 "너희들만이 세상의 험한 숨결을 고를 수 있"다고 했는지도 모른다.

이러한 시적 태도는 시인을 '고향'과 '금강' 곁으로 이동하게 만든다. 그곳에서 시인은 자신을 뒤돌아보게 된다. 이는 지금까지의 시적 여정이 '권력없고' '이름없는' 민중들에 대한 따뜻한 시선과 긍정적인 믿음을 바탕으로 한 것이었는데, 그 힘이 바로 자신을 있게 한 '고향'과 '금강'에서 생겨난 것임을 자각한 데서 나온 것이다. 이렇듯 그는 자신이 걸어온 시인의 길을 진지하게 성찰하면서 앞으로의 삶의 방향을 그려본다.

> 1) 곰삭은 흙벽에 매달려
>   찬바람에 물기 죄다 지우고
>   배배 말라가면서
>   그저, 한겨울 따뜻한 죽 한 그릇 될 수 있다면…….
>   ― 「시래기」 전문(『靑山을 부른다』)
>
> 2) 낭창낭창한 밑동부터 잘리어, 같잖은
>   한 묶음으로
>   사립문을 열고, 새벽을 쓰는
>   몽당빗자루
>   겨울, 싸리나무처럼 살고 싶다.
>   ― 「겨울날」 부분(『靑山을 부른다』)

두 편 모두 시인 자신의 자화상을 보여주는 작품이다. 1)은 가난한 세상 사람들에게 "한겨울 따뜻한 죽 한 그릇"이 되길 소망하는 시이고, 2)는 세상 사람들에게 새벽 길을 쓰는 '몽당비'의 재료인 '싸리나무'가 되길 욕망하는 시이다. 전자에서는 인간들에 대한 따뜻한 인정미를 느낄 수 있고, 후자에서는 새벽길을 여는 힘찬 포부를 엿볼 수 있다. 여기에서 눈여겨 봐야 될 것은 두 시에 나오는 '죽'과 '비'의 재료가 토속적이라는 점이다. 1)의 '죽'은 시 제목에서 알 수 있듯 '전복죽'이나 '잣죽'처럼 귀한 '죽'이 아닌 고향 어디에서나 흔히 구할 수 있는 '시래기'로 만든 '시래기죽'이고, 2)의 '비' 또한 '프라스틱비'나 '인조털비'가 아닌 고향의 산에서 흔히 볼 수 있는 싸리나무로 엮은 '싸리나무비'이다. 이처럼 시인은 고향과 금강에 커다란 의미를 두는데, 이는 '우리가 돌아가야 할 길'이 결국 그 길이라는 필연적인 인식에서 비롯된 것이라 할 수 있다. 따라서 그는 자신을 낳아주고, 길러준, 시심을 가져다 준 '고향'과 '금강'으로 회귀한다.

4. 고향 길, 공동체적 삶의 원형 찾기

시인은 "지게 작대기 장단이 그리운 이 나이가 되어서야, 고향은 너무 멀고 그리운 사람들 하나 둘 비탈에 묻힌 이 나이가 되어서야"(「영목에서」) 고향으로 돌아오게 된다. 그는 "아무것도 이룬 바 없으나, 흔적 없어 아름다운 사람의 길"을 찾아온 것이다. 많은 사람들이 '입신양명'을 꿈꾸고, 명예욕에 사로잡혀 있기 때문에 그들은 자신이 살아온 흔적을 남기기 위해 갖은 수단과 방법을 이용한다. 이는 '흔적 있는' 삶을 원하는 현실의 보편적인 가치에 치중한 결과라 할 수 있다. 그러나 윤

중호는 소외된 이웃을 외면한 '흔적 있는' 삶 보다는 외롭고 쓸쓸한 소
시민들과 공동체적인 삶을 누린 '흔적 없는' 삶에 가치를 부여한다. 후
자의 삶을 사는 민중들의 삶이 이룬 바는 별로 없어도 '아름다운 길'이
었음을 시인은 알기 때문이다. 소외된 이웃들과 더불어 사는 삶 자체에
는 세상사람들이 욕망하는 '흔적(명예)'은 없을지라도 하층민들이 욕망
하는 '흔적(사랑)'은 고스란히 남아있다. 후자의 흔적은 밝을 때는 드러
나지 않다가도 "어두워질수록 더욱 또렷해"(「영목에서」)지는 그러한 삶의
무늬이다. 이처럼 윤중호는 일관되게 소외된 이웃의 흔적에 아름다움을
부여하고, 그곳에서 '지금-이곳'의 현실적 모순을 극복할 '희망'을 찾는다.
　시적 여정의 끝지점에 다달은 시인은 그동안 규정짓기를 유보했던
'시'에 대해 말문을 연다.

　　　외갓집이 있는 구 장터에서 오 리쯤 떨어진 九美집 행랑채에서 어린
　　아우와 접방살이를 하시던 엄니가, 아플 틈도 없이 한 달에 한 켤레씩 신
　　발이 다 해지게 걸어다녔다는 그 막막한 행상길.
　　　입술이 바짝 탄 하루가 터덜터덜 돌아와 잠드는 낮은 집 지붕에는 어
　　정스럽게도 수세미꽃이 노랗게 피었습니다.
　　　강 안개 뒹구는 이른 봄 새벽부터, 그림자도 길도 얼어버린 겨울 그믐
　　밤까지, 끝없이 내빼는 신작로를, 무슨 신명으로 질수심이 걸어서, 이제
　　는 겨울바람에, 홀로 센 머리를 날리는 우리 엄니의 모진 세월.

　　　덧없어, 참 덧없어서 눈물겹게 아름다운 지친 행상길.
　　　　　　　　　　　　　　　　　　　　　— 「詩」 전문(『고향 길』)

　위 시에서 시인은 '시'를 "덧없어, 참 덧없어서 눈물겹게 아름다운 지
친 행상길"로 보고 있다. 그 '행상길'은 막막한 '엄니의 모진세월'의 길이
고, 어머니의 눈물의 길이기도 하다. 윤중호가 이 길을 '시'라고 한 것

은 어머니의 모진 삶이 시가 무엇인지를 알게 해주었고, 그의 시에 '삶의 문학'과 '문학적 삶'을 일관되게 담아내도록 만든 자양분으로 작용했기 때문이다. 어머니의 '눈물겹게 아름다운 지친 행상길'을 통해 어머니의 삶을 엿보게 되었고, 고향에 있는 이웃들의 삶을 보았고, 나아가 '본동', '이주단지', '안면도'에 사는 소외된 사람들의 삶을 '따뜻하게' 볼 수 있었던 것이다. 아버지의 이중적인 삶에 의해 모든 희생을 감내해야 했던 어머니는 시인에게 외롭고 쓸쓸한, 소외된 이웃의 '전형(典型)'이 되었던 것이다. 그래서 윤중호의 시집 곳곳에 '어머니'는 보일 듯 말 듯 항상 등장하게 된 것이다. 시인은 이 '어머니의 삶'을 통해 소외된 이웃들의 삶을 근거리, 원거리에서 관찰하고 더불어 함께 노래할 수 있었던 것이다.

'어머니'와 같은 억척스럽고 강인한 삶은 동시대를 살다간 다른 이웃의 삶에서도 엿볼 수 있다. "세상 거칠 게 없는 무자식 상팔자라며 '휴우' 숨을 몰아쉬던 전댕이 할머니 / 그래두 소문난 전댕이 상일꾼에다 40년 병 수발을 해온 할아버지를, 매일 새벽 치성을 올리며 새신랑처럼 모셨다는 전댕이 할머니"(「전댕이 할머니」)에서처럼 '상일꾼'으로 평생을 병든 남편을 모신 '전댕이 할머니'의 삶에서도, "영변 부모님, 진달래 고향도 벼"(「遠同里 獨居老人 朴氏 어르신」)리고 홀애비로 늙어가는 실향민 '박씨 어르신'의 삶에서도 엿볼 수 있다. 시인은 일 잘하는 '상일꾼'의 억척스런 삶뿐만 아니라 '굼뜬 일꾼'의 삶까지도 끌어안는다. "누루목 김형, 너무 굼떠서 / 상일꾼은 염두 못 내지면, 그래두 / 엇송아지 비탈밭 갈듯기, / 이랴 쩟쩟 / 어설프지만 / 맛없는 세상을 지성으루, 새김질허는 / 우리 김형두 너무 좋아."(「노루목 우리 김형」)라고 한 데서 확인되듯 '맛없는 세상을 지성으루, 새김질허는' 굼뜬 김형의 삶도 소중한 것임을 보여준다. 여기에서 '지금-이곳'을 사는 '이름 없는' 소시민들의 삶을 차별없이 포용하려는 시인의 의지를 확인할 수 있다. 이는 '금강'이 '눈', '비' 등과 어울려 흐르고, 윗물과 아랫물이 서로 뒹굴 듯, 고향에 있는 모든 것들이 본래의 모습대로 배치되어 조화를 이루듯, 그곳에 사는 모든 사람들의 삶도 하나의 공동체를 이루고 살아가기 때문에 나름대로 의미가 있음을 보여주고 있는 것이다. 이같은 시인의 태도는 인간과 자연에 대한 따뜻한 시선과 긍정적인 믿음 속에서 형성된 것이다.

'지금-이곳'에는 자본의 논리가 팽배해 있고, 불합리한 모순으로 가득 차 있다. 그렇기에 시인은 '고향'으로 돌아가고자 한다. 근대에 의해 훼손되기 이전의 고향, 즉 인간과 자연이 공생하고 따뜻한 시선과 공동체의식이 스며있는 원형적 공간으로 회귀하고자 욕망한다. 이미 고향 그곳에는 유년시절에 경험했던 옛고향의 풍경이 사라진지 오래이고, 시인이 찾고자 하는 고향의 원형적 모습은 부재하지만, 그렇기에 기억에 의해 재생될 수밖에 없는 곳이지만, 시인은 아직도 그곳에 숨쉬고 있는 따뜻한 인간애와 공동체의식을 발견하여 '지금-이곳'의 문제를 해결할 방도를 찾고자 한다. 이렇듯 고향의 원형적 공간에서 발견한 따뜻한 인간애와 공동체의식으로 현실적 모순을 타개하려는 시인의 관점에서는 고향 '흉내'를 내는 주말농장이 부정적으로 다가오게 된다.

> 일산시민모임에서 땅을 빌려 만들었다는 주말 텃밭
> 쇠비름만 자라는 다섯 평짜리 박토지만
> 이름은 어엿한 주말 농장
> 글쎄 그런 걸 해도 괜찮을까?
> 무공해 채소가 어떠니, 흙을 밟는 마음이 어떠니
> 이런 막돼먹은 생각을 해도 괜찮을까?
> 상추, 쑥갓, 고추, 가지, 열무, 하지 감자 등속을 심어서
> 위층 아래층 두루두루 나눠 먹은 재미는 있을 거야
> 뻔뻔하게 끄덕이면서

> 알 만한 얼굴도 부러 외면하면서
> 그렇게 지겹던 호미질도 황송하게 하면서
> 방울토마토의 진딧물까지 반가운
> 이게 무슨 짓일까
> 이땅에 살면서, 이 땅에서도 신도시 아파트에 살면서
> 불쌍해라, 환호성치며 여치 소금쟁이 고추잠자리를 좇는 아이들을 보
> 면서
> 빠꼼살이 같은 주말 농장의 김을 맨다.
> ― 「일산에서-주말 농장」 부분(『고향 길』)

요즘 인기있는 주말농장에 대한 풍경과 단상을 엿볼 수 있는 작품이다. 시적 화자도 다른 사람들과 마찬가지로 다섯평 짜리 텃밭을 얻어 '가슴이 설렌다'. 그 텃밭에 고향에서 먹었던 '상추', '쑥갓', '하지 감자' 등을 심을 수도 있고, 수확할 수도 있기 때문이다. 그러나 시적 화자는 이러한 주말 텃밭에 농사짓는 자체에 대해 갈등양상을 보인다. '글쎄 그런 걸 해도 괜찮을까?', '이게 무슨 짓일까'라는 그의 반응에서 이러한 양상을 볼 수 있다. "무공해 채소가 어떠니, 흙을 밟는 마음이 어떠니 / 이런 막돼먹은 생각을 해도 괜찮을까?"라는 구절에서는 지금까지 살아온, 소외된 이웃들의 삶의 건강성을 추구해 온 삶과 배치되는 삶에 대해 부정적으로 표출되고 있다. 화자는 무공해 채소를 가꾸고, 흉내만 내는 흙을 밟는 행위가 농사의 근본을 망각한, 근본을 훼손한 '막돼먹은 생각'에서 비롯된 것이라고 보고 있다. 때문에 주말 농장에 갈 때도, 가서도 '알 만한 얼굴도 부러 외면하'게 된다. 자신의 생리에 맞지 않는, 떳떳하지 못한 일을 할 때 나타나는 현상이다. 그리고 시적 화자는 그곳에서 "환호성치며 여치 소금쟁이 고추잠자리를 좇는 아이들"도 '불쌍'하게 바라본다. 고향에서 자연스럽게 접했던 여치, 소금쟁이, 고추잠자리가 아닌 인위적으로 만든 농장에 필요에 의해 만들어진 여치, 소금

쟁이, 고추잠자리를 보는 아이들이 측은하게 보였던 것이다. 이렇듯 시인은 '본래의 모습'을 간직하고 있는 자연이 있고 따뜻한 인간미가 있는 고향의 모습을 인위적으로 재현한 주말 농장에 대해 부정적으로 표출하고 있다. 그 주말 농장은 외형적으로 고향과 흡사하지만, 고향에서 느낄 수 있는 더불어 사는 공동체의식도 부재하고, 평생 흙을 만지며 정직하게 살아온 농사꾼의 마음도 부재하기 때문이다. 이같은 시인의 주말 농장에 대한 회의적이고 부정적인 생각의 표출은 '지금-이곳'을 살아가는 사람에게 근대 이전의, 훼손되기 이전의 고향의 원형적 의미를 깨닫게 해주고, 그곳의 긍정적인 의미를 되새기게 한다.

5. '돌아갈 길'로 먼저 떠난 '이름 없는' 사람들 곁으로

　시인 윤중호의 미덕은 힘없고 고통받는 소시민들에 대해 끊임없는 애정을 보내는 데에 있다. 이는 그의 시에 자주 등장하는 '비탈'에 사는 사람들의 소리에 귀를 기울이는 과정을 통해, 그들과의 대화를 통해, 그들의 삶이 비록 세상에 커다랗고 깊은 흔적은 없었어도 '아름다운 사람의 길'이었다는 인식 아래에서 가능하다. 이처럼 그는 소시민의 다양한 삶의 모습을 통해 그들의 긍정성을 발견해 내어 '희망'으로 연결시킨다. 그리고 그의 시의 바탕에는 '고향'과 그곳을 에두르고 있는 '금강'에서 터득한 더불어 사는 공동체의식의 원형 추구정신과 '어머니'와 자신, 그리고 이웃들의 외롭고 쓸쓸한 삶을 감싸안는 시인의 따뜻한 시선이 자리잡고 있다. 이러한 시적 자양분은 그에게 '삶의 문학', '문학적 삶'을 일관되게 유지하게 하는 버팀목이 된다.

　윤중호는 "늙은 감나무 가지에 매달려 / 거미가 내려온다. / 까맣게

타버린 사지를 부비며 / 한 줄, 불같은 그리움으로 / 마른 몸뚱이를 던져놓고 / 필사적으로 가늠한다, / 마지막 길의 길.”(「거미는 평생 길을 만든다」)에서의 ‘거미’처럼 평생 길을 만든 시인이다. 그의 시의 길은 ‘고향’ 그리고 ‘금강’을 근간으로 하여 본동, 안면도, 이주단지에 있는 소시민들의 삶을 들추어내고 끌어안는 데에서 출발하여, ‘청산’을 만나 ‘현실’과 ‘청산’이 공유하는 시의 길로 나아갔으며, 이후 ‘우리 모두가 돌아가야 할 길’인 ‘고향 길’로 나아간 것이다. 그는 이같은 시적 여정을 두루 거친 뒤 “덧없어, 참 덧없어서 눈물겹게 아름다운” 그 길로 돌아간 것이다.

언어 제국주의에 저항하는 문학적 글쓰기

— 차학경의 『딕테(DICTEE)』를 중심으로

김 화 선

1. 서 론

이 글은 미국으로 이주한 한국인, 차학경 테레사(Theresa Hak Kyung Cha, 1951-1982, 미국 이민 1.5세대)의 『딕테(DICTEE)』에 나타난 독특한 글쓰기의 양상을 분석하는 것을 목적으로 한다. 지금까지 『딕테』에 대한 논의는 비교문학적 관점이나 포스트모던적 인식의 측면, 탈식민주의와 탈식민페미니즘의 관점, 서사 전략의 차원 등에서 다양하게 이루어져 왔지만[1] 『딕테』라는 텍스트가 갖는 문제성에 비추어 볼 때 국문학

---

[1] 고부응·유충현, 「차학경의 딕떼 읽기-자기 정체성의 해체」, 『인문학연구』 제 34집, 중앙대학교 인문과학연구소, 2002.
김승환, 「『딕테(DICTEE)』의 서사전략」, 『비교문학』 33권, 2004.
김승희, 「차학경의 텍스트 『딕테』 읽기」, 『서강인문논총』, 서강대학교 인문과학연구원 제 13집, 2000.
민은경, 「차학경의 Dictee, Dictation, 받아쓰기」, 『비교문학』 제 24집, 한국비교문학회, 1999.
서경숙, 「식민 지배적 남성담론 해체와 차학경 테레사의 『받아쓰기』」, 충남대학교 대학원 박사학위 논문, 2005.

의 영역에서는 그 논의가 충분하지 못한 감이 있다. 사실 한국계 미국인이 모국어인 한국어가 아니라 영어와 불어 등으로 창작한 『딕테』를 국문학의 범주에 포함시킬 수 있느냐 부터가 논쟁의 한 측면을 이루고 있기도 하다. 그러나 새로운 디아스포라(diaspora)적 글쓰기가 다양한 양상으로 나타나고 있는 최근의 상황에서 『딕테』의 문학적 글쓰기를 꼼꼼하게 분석하는 작업은 그 자체로 충분한 의의를 지닌다고 판단된다.

부모를 따라 미국으로 이주하여 시인, 영화감독, 행위 예술가, 문학비평가로 활발한 활동을 하다가 젊은 나이에 불의의 사고로 생을 마감한 차학경(Theresa Cha)의 창작집 『딕테』는 1982년 뉴욕의 Tanam 출판사에 의해 처음 출판되었으며 1995년에는 버클리대학 내 Third Woman Press에서, 2001년 UC Press에 의해 재출판되면서 국내외에서 대중적 관심과 학문적 연구의 대상이 되고 있다.2) 이러한 현상은 『딕테』가 그만큼 문제적인 텍스트라는 사실을 입증해주는 근거가 되기도 하는데, 비극과 경이(驚異)라는 수식어가 붙어야 할3) 정도로 『딕테』가 신비롭고 낯선 이유는 다음의 몇 가지로 요약될 수 있다. 먼저 첫 번째 이유는 『딕테』에 사용된 언어가 하나가 아니라는 점에서 찾을 수 있다. 차학경 테레사는 영어와 불어, 그리스어와 한자, 한국어 등을 사용하여 『딕테』를 창작하였는데, 영어와 불어를 함께 병행하여 서술하면

이귀우, 「딕테에 나타난 탈식민의 언어와 파편적 구조」, 『영미문학페미니즘』 8권 1호, 한국영미문학페미니즘학회, 2001.

조영희, 「형식 파괴를 통한 저항적 글쓰기」, 『한민족문학』, 국학자료원, 2003.

2) 2004년 4월 전주 국제영화제에서는 차학경의 3편의 단편영화 - 1974년 작 『비밀 유출(Secret Spill)』, 1975년 작 『입에서 입으로(Mouth to Mouth)』, 1976년 작 『치환(Permutations)』 - 를 필름 앤 디지랩 부분에서 초청하여 상영한 바 있고, 2003년 9월 5일부터 약 한달 반 동안 서울에 있는 쌈지 스페이스에서 「관객의 꿈」이라는 전시회를 개최하여 차학경의 미술작품들을 전시하였으며, 2001년 8월에는 극단 뮈토스가 오경숙의 연출로 『딕테』를 각색한 『말하는 여자』라는 연극을 상연하였다. 서경숙, 앞의 논문, 6~7면 참조.

3) 김승환, 앞의 논문, 279면.

서 그 언어들의 틈새에서 새로운 언어를 만들어내고 있다는 점에서『딕테』는 난해한 텍스트가 되고 있다. 두 번째로 작가는 사진이나 도표, 문서, 편지글, 그림, 작가의 아버지 차형상이 직접 쓴 서예 등의 시각자료를 첨가하여 익숙한 서사문법을 파괴시키고 있다는 점을 들 수 있다. 또한 「리지에의 성 테레사의 자서전」과『영혼의 이야기 : 원고를 바탕으로 존 클라크가 새로 한 번역』을 인용하고, 작가의 어머니인 허형순의 일기를 바탕으로 서사구조를 이끌어가는 등 온갖 이질적인 텍스트들을 원용하여 특이한 서사담론을 구성해 놓았다. 세 번째 이유는 장르의 모호함 내지는 장르간의 경계 허물기라고 명명할 수 있는 것인데 작가는 서사시와 산문시, 자서전 등의 경계를 넘나들면서 시 장르도, 전통적인 소설 장르도 아닌 새로운 글쓰기를 시도하고 있다. 모두 열 부분으로 구성된『딕테』첫 부분 '말하는 여자'에 이어지는 나머지 아홉 부분은 그리스 신화의 시신(詩神)과 각각의 시신들이 주관하는 학문이나 주제가 각 장이 시작하기에 앞서 제목처럼 제시되고 있다. 각 장은 서로 독립적으로 존재하면서 동시에 다른 장과 밀접한 관련을 지닌 채 서로간의 경계를 허물고 선형적인 시간의 흐름까지도 해체시키고 있다. 그러므로『딕테』를 읽는 독자들은 난해함과 낯설음이 교차하는 온갖 이미지의 응집체라 할 수 있는『딕테』의 파편화된 구조를 따라 새로운 형식의 글쓰기를 접하게 된다.

　따라서 이 글은 한국인이며 식민경험의 기억을 간직한 채 미국시민으로 살아가는 여성화자의 글쓰기/말하기인『딕테』의 문학적 글쓰기를 피식민여성주체의 말걸기라는 관점에서 살펴보고자 한다. 그 과정에서『딕테』의 여성화자가 보여주는 독특한 말하기 방식이 갖는 의의가 드러나리라고 생각한다. 또한 영어와 불어를 전유하면서 작가 차학경이 보여준 소수문학적 성격을 구명하고 포스트식민시대의 현실에서『딕테』

가 차지하고 있는 문학적 위상을 점검할 것이다.

2. 작가의 언어관과 새로운 여성 화자의 탄생

지금은 일단락되었지만 1998년 소설가 복거일을 필두로 촉발된 '영어 공용(어)화'와 '영어 모국어화' 논쟁은 오늘날 우리 사회에서 제국주의 언어인 영어가 발휘하고 있는 권력의 양상을 유감없이 보여주는 예가 되었다. 영어는 아시아의 공통어에서 더 나아가 전지구화, 세계화를 상징하는 소위 '보편적인' 언어가 되었고, 우리 주변에서 벌어지고 있는 영어조기교육에 대한 뜨거운 관심이나 조기유학 열풍은 이러한 현실을 실감나게 반영하고 있다. 우리의 일상생활에서도 느낄 수 있는 바와 같이 영어가 '지구어'가 된 오늘날의 현실에서 제국주의 언어인 영어를 사용하면서도 영어의 영토를 벗어나고 있는 글쓰기의 실예가 차학경의 텍스트 『딕테』이다. 작가가 문학 텍스트와 영화 등을 포함하여 자신의 작품세계 전체에서 일관되게 관심을 지니고 있었던 것은 언어구조와 그것에서 파생되는 의미의 문제이다.

내 작품의 중요 부분은 언어와 관련이 있다. … 나의 비디오, 영화, 퍼포먼스 작품은 … 글로 쓰였거나 말로 된 자료, 사진, 영화 이미지들 속에 내재된 언어구조—이런 형태들의 동시성 내에 존재하는 새로운 관계와 의미들의 창조에 대한 탐구이다.[4]

---

4) Constance M. Lewallen, *The Dream of the Audience: Theresa Hak Kyung Cha(1951~1982)*, Berkely: Uni. of California Press, 2001, 9면. 서경숙, 앞의 논문, 39면에서 재인용.

제시된 예문에서 보듯이 작가 차학경은 언어에 대한 관심이 남다른 작가였는데, 차학경에게 중요한 의미를 갖는 것은 언어구조와 관련하여 새로운 의미를 만들어내는 창조적 차원이지 단순히 말이나 글로 이루어진 표현 차원만의 것은 아니었다. "글로 쓰였거나 말로 된 자료"나 "사진, 영화 이미지" 속에 내재된 언어 구조를 탐구하는 것이 작가의 관심사라면 『딕테』는 차학경의 언어에 대한 고민이 충분히 반영된 텍스트이다. 작가가 말하고 있는 글이나 말이 사진, 그림, 도표, 영화 이미지와 병렬되면서 끊임없이 새로운 의미를 만들어내고 있기 때문이다. 작가는 유관순이나 자신의 어머니의 사진, 총살당하는 조선인들의 사진이나 "男 女, 父 母"와 같은 한자, 편지, 문서, 신체의 경혈도, 발음기관의 구조도, 남과 북으로 분단된 우리나라의 지도 등을 첨가하고 있지만 어떤 설명도 덧붙이고 있지 않다. 작가가 텍스트 속에 나란히 병렬시키고 있는 여러 가지 자료들은 이미 활자화된 문자들과 똑같은 층위에서 다루어지고 있는 것이다.

부연하자면 언어를 벗어난 다양한 표현의 형태들이 동시적으로 만들어내는 새로운 의미를 고민했던 차학경은 다양한 이(異)-형태들이 병렬적으로 이어지면서 만들어내는 새로운 의미 관계를 『딕테』에서 보여주고자 하였다. 작가의 고민은 글이나 말의 범위를 뛰어넘어 재현가능한 표현 차원으로 확대되고 그 속에서 기존의 글쓰기 규범이나 장르, 선형적인 서사구조 등은 와해되고 뒤틀린다. 또한 작가가 의도적으로 비틀고 있는 영어 단어와 문장, 불어와 영어의 혼합5)과 같은 표현 방식은

---

5) 김승환은 『딕테』의 제목 표기 - DICTEE - 가 이미 영어와 불어가 뒤섞인 채 새롭게 창출된 단어로 보고 있다. 작가인 차학경은 이 책의 제목을 Dictee로 표기했지만 편찬자는 Dictee로 표기하고 있다. Dictee는 영어도 아니고 프랑스어도 아닌 일종의 패러디로 재창조된 표제어인 셈인데, 이것은 자기정체성의 In-between에 상응하는 언어적 In-between으로 차학경의 창작방법론을 수렴한 문학적 결과로 볼 수 있다. 김승환, 앞의 논문, 279면 참조.

익숙한 영어와 불어의 용례를 뛰어넘어 이질적인 글쓰기를 창조하고 있다. 그러므로 『딕테』를 읽는 행위는 독해 불능을 전제라도 하듯 교묘하게 뒤섞인 시각적 이미지를 '보는' 행위이며 작가가 고민하는 언어의 문제에 참여하는 것이 된다.

나아가 식민 경험의 아픈 역사를 기억하는 작가와 화자에게 언어의 문제는 모국어와 제국의 언어 문제로 이행되면서 더욱 복잡한 의미망을 구축해 나간다. 작가는 식민지배의 경험을 온몸으로 체험한 자신의 어머니, 허형순의 삶을 바탕으로 모국어를 빼앗기고 "강제로 주어진 언어를 말"할 수밖에 없었던 상황을 서사화하고 있다.

어머니, 당신은 아직도 어린아이입니다. 열여덟 살 난. 당신은 늘 아팠기 때문에 더욱 더 어린아이 같았습니다. 당신은 고된 일상 생활로부터 보호 받았습니다. 하지만 당신은 다른 사람들처럼 강제로 주어진 언어를 말하곤 합니다. 그것은 당신의 언어가 아닙니다. 비록 당신의 언어가 아닐지라도 당신은 그 언어로 말해야만 했습니다. 당신은 이중 언어 사용자입니다. 당신은 삼중 언어 사용자입니다. 금지된 언어가 바로 당신의 모국어입니다. 당신은 어둠 속에서 말합니다. 비밀 속에서. 바로 당신의 언어를 말입니다. 당신 자신의 언어. 당신은 아주 부드럽게, 속삭여 말합니다. 어둠 속에서, 비밀스럽게. 모국어는 당신의 안식처입니다. 당신의 고향입니다. 당신의 존재 그 자체입니다. 진정으로. 말한다는 것은 당신을 슬프게 합니다. 그리움. 말 한 마디를 발설하는 것은 죽음을 무릅쓰는 특권입니다. 당신뿐만 아니라 모두의 죽음을. 법으로 혀가 묶이고 말이 금지된 당신들 모두 하나. 당신은 마음 한가운데에 위는 붉고 아래는 푸른색인, 하늘과 땅을 의미하는 태극; 타이치t′ai-chi마크를 가지고 다닙니다. 그것은 상징입니다. 속한다는 상징. 목적의 상징. 다시 찾을 수 있다는 상징. 탄생에 의한. 죽음에 의한. 피에 의한. 당신은 그 상징을 당신의 가슴 속에, 마음 속에, 당신의 마음 속에, 당신의 영-혼 속에.6)

"칼리오페 서사시"의 장은 차학경의 어머니 허형순의 일기를 기초로 하여 재구성된 서사인데, 예문에 제시된 바와 같이 "당신"으로 지칭되는 사람은 피식민주체를 대표하는 화자/작가의 어머니이다. 만주, 용정에서 태어난 차학경의 어머니는 일본의 점령을 피해 만주로 이주한 이주민이며 피난민이고 유배자의 한 사람이다. 그리고 무엇보다 모국어를 사용할 수 없는, 금지된 민족의 노래를 가슴에 품어야만 하는 비극적 역사의 시대를 몸으로 살아간 여성 피식민주체이다. 모국어를 사용할 수 없도록 "법으로 혀가 묶이고 말이 금지된" 피식민주체는 모국어를 발설하는 순간 죽음과 같은 경험을 하게 될 것이므로 모국어를 발설하는 행위는 "죽음을 무릅쓰는 특권"이 된다. 따라서 피식민주체들은 어쩔 수 없이 이중 언어, 삼중 언어 사용자가 될 수밖에 없는 상황에 놓인다. 혀가 묶인 피식민주체에게 모국어는 안식처이자 고향이며 존재 그 자체이다. 모국어를 박탈당한 피식민주체의 마음은 그래서 조국을 상징하는 태극의 상징으로 채워진다. 말을 하지 못할수록 마음속, 내면은 역사의 고통스런 시간을 견뎌내려는 의지로 충만하고 "부르는 것이 금지된 민족의 노래" "울밑에 선 봉선화야 네 모양이 처량하다"를 웅얼거리는 소리 없는 메아리로 가득하다.

언어를 빼앗긴 피식민 주체를 위해 차학경은 새로운 여성 화자를 탄생시킨다. 내면에, 마음속에 조국의 상징을 품고 모국어를 말할 수 없는 화자는 운명을 말해주는 여성 주술사가 되어 내면에 담아두었던 의미를 쏟아놓는다. 『딕테』의 첫 장 "DISEUSE"는 화술가, 운명을 말하는 사람을 의미하는 불어 diseur의 여성명사인데, 그렇다면 『딕테』는 작가가 탄생시킨 여성 화자인 말하는 여자가 풀어내는 이야기인 셈이다.

---

6) 차학경 지음, 김경년 옮김, 『딕테DICTEE』, 어문각, 2004, 56면. 앞으로의 인용은 면수만 밝힘. 인용에서의 이태릭체나 글자 크기, 강조는 본문을 그대로 따른 것이다.

DISEUSE
그녀는 말하는 시늉을 한다. 말과 비슷한 것을. (무엇과 비슷하다면.)
노출된 소음, 신음, 낱말들로부터 뜯겨져 나온 편린들. 그녀는 정확성을
측정하기 위해 주저하기 때문에, 입으로 흉내내는 짓을 할 수밖에 없다.

*속에서 웅얼거린다. 웅얼웅얼한다. 속에는 말의 고통, 말하려는 고통
이 있다. 그보다 더 큰 것이 있다. 더 거대한 것은 말하지 않으려는 고통
이다. 말하지 않는다는 것. 말하려는 고통에 대하여 아무것도 말하지 않
는다. 속에서 들끓는다. 상처, 액체, 먼지, 터뜨려야 한다. 배설해야 한
다.* (13면)

'diseuse'는 'diseur'의 여성명사이지만 동시에 '쓸모없음'과 '폐기'를
뜻하는 영어 단어 'disuse'를 환기한다. 위 예문에 제시된 바와 같이 소
제목 'DISEUSE'는 운명을 말하는 여자가 들려주는 순전한 그녀의 '발
설'로 이루어진다. 그러나 "적나라한 그녀의" "그 발설"은 제대로 된 말
하기가 아니라 "말하는 시늉"에 지나지 않는, "입으로 흉내내는 짓"에
불과하다. 모국어를 빼앗긴 피식민주체는 이미 말할 수 있는 혀를 박탈
당하고 자신의 목소리를 낼 수 없는 존재가 된다. 그러므로 그 내면은
터뜨려야 하고 배설해야 할 상처와 고통으로 가득 차 있을 수밖에 없
다. 더구나 피식민주체인 여성은 다르게 말하는 법, 혹은 담론의 틈새
속에서 침묵하며 고통받는 그 어떤 것을 들을 수 있는 법을 배워야만
한다.7) 그래서 작가는 말과 비슷한 것을 흉내내는 "그녀"가 "타인들을
허용"하여 "타인들을 전달해" 주도록 만든다. 결국 발설을 "적나라한 그
녀의 것"으로 만들기 위해서 "공기를 빨리 들이"킨 말하는 여자가 "말하
지 않기까지 말하기", 이것이 언어 구조에 관심을 가지고 있었던 작가
가 의도한 말걸기의 전략인 것이다.

---

7) 유제분 엮음, 『탈식민페미니즘과 탈식민페미니스트들』, 현대미학사, 2001년, 47면.

3. 언어 제국주의에 저항하는 비(非)-형태의 유동적 글쓰기

3-1 '받아쓰기'의 고통과 번역의 문제

이 텍스트의 제목인 『딕테(DICTEE)』는 불어로 받아쓰기를 의미한다. 사실 "DISEUSE" 장의 "그녀"가 "말하려는 고통"을 겪을 수밖에 없는 이유는 "DISEUSE" 장이 시작되기 전에 따로 제시되어 있는 받아쓰기의 과정을 표현한 부분에 이미 함축되어 있다. 똑같은 내용이 불어로, 그리고 영어로—텍스트는 불어는 그대로 두고, 영어로 쓴 문장만 우리말로 번역해 놓았는데, 각주에 해석된 바에 따르면 불어로 쓰인 문단의 내용이 우리말로 번역된 내용과 정확히 일치한다—반복해서 제시되어 있는데 이는 받아쓰기를 하는 과정을 글쓰기에 담아내는 것으로 『딕테』의 담론을 구성하는데 중요한 은유로 기능한다.

> 문단 열고   그 날은 첫날이었다   마침표
> 그녀는 먼 곳으로부터 왔다   마침표   오늘 저녁 식사 때
> 쉼표   가족들은 물을 것이다   쉼표   따옴표   열고
> 첫날이 어땠지   물음표   따옴표   닫을 것   적어도 가능한 한
> 최소한의 말을 하기 위해   쉼표   대답은 이럴 것이다
> 따옴표 열고   한 가지밖에 없어요   마침표
> 어떤 사람이 있어요   마침표   멀리서 온   마침표
> 따옴표 닫고(11면)

위에 제시된 예문은 받아써야 할 내용을 불러주는 목소리와 그것을 받아 적는 주체의 글쓰기 상황을 동시에 드러내주는 독특한 글쓰기의 방식을 보여주고 있다. 받아쓰기는 언어를 배우는 단계에서 그 언어를

익히기 위해 필수적인 과정이지만 모국어 화자가 아닌 이방인은 그 과정에서 역설적으로 소외를 느낄 수밖에 없다. 말을 하고 싶어도 쉽게 말할 수 없는 이방인이 느끼는 소외와 고독은 받아쓰기를 하는 과정에서 머뭇거림으로, 최소한의 침묵으로 자기저항을 시작한다. 이방인인 "그녀"가 말하는 것은 말하려는 것과 일치할 수 없는 애초의 간극을 담고 있기 때문이다.

그렇다면 오히려 이 문단에서 가장 중요한 한 가지는 화자가 말하고 있듯이 "멀리서 온" "어떤 사람이 있"다는 존재의 확인이 된다. 먼 곳에서 온 "그녀"는 최소한의 말만 하고자 하고—그럴 수밖에 없는 사정이지만—그녀가 말을 아낄수록 그녀 내면의 "말하려는 고통"은 점점 커져만 간다. 종국엔 그 고통의 상처가 말하는 시늉을 하는 그녀의 목구멍에서 새어나오는 신음으로 현실화되지만, 그녀의 발음기관을 거쳐 삐져나온 말의 조각들은 그녀가 말하기를 멈출 때까지 조각조각 이어진다.

> 그녀는 그들의 문장부호를 점검할 것이다. 그녀는 이것을 봉사 하기 위해 기다린다. 그들의 것들. 문장부호. 그녀는, 자신이, 경계의 표시가 될 것이다. 그것을 흡수하고, 그것을 흘린다. 문장부호를 포착한다. 마지막 공기. 그녀에게 주라. 그녀에게. 그 연속. 음성. 할당. 제출. 그것을 전달 하기. 전달. (14면)

중요한 것은 언어를 빼앗긴 채 어둠속에서 속삭여야만 하는 말하는 여자가 의미를 전달하기 위해 선택한 방식이다. "그들"이 사용하는 언어를 익히면서 "그녀"는 스스로 "경계의 표시가" 되어 말하기를 시도한다. 형태소를 중심으로 연쇄적으로 변화해가는 의미를 배열하거나 언어를 분해하고 재결합하면서 차학경은 영어의 탈영토화를 의도한다. 호미 바바에 의하면 탈식민이란 식민자에 대한 피식민자의 의식적인 저항보다는 그 양자 사이의 분열된 틈새에 개입함으로써 비로소 가능해진다고 했는데, 작가가 "그들"의 언어를 전유하면서 만들어낸 틈새에서 드러나는 것은 이주민의 정체성이다.

> 먼 곳으로부터 온/어떤 국적/혹은 어떤 인척과 친족관계/어떤 혈연/어떤 피와 피의 연결/어떤 조상/어떤 인종 세대/어떤 가문 종친 부족 가계 부류/어떤 혈통 계통/어떤 종(種) 분파 성별 종과 카스트/어떤 마구 튀어나와 잘못 놓여진/이것도 저것도 아닌 제3의 부류/Tombe des nues de naturalized[8]/어떤 버려져야 할 이주(移住) (30면)

시적 담론의 형태로 작가가 열거하고 있는 것은 이민 서류에서 요구하는 여러 가지 인적 사항의 조항들이다. 영어와 불어로 번갈아가며 제시되는 일련의 받아쓰기 과정은 언어 때문에 고통받는 주체를 생산해내지만 아홉 개의 장이 시작되기 전에 "말하는 여자"가 진정으로 말하고, 글로 쓰고 싶었던 것은 먼 곳에서 이주해온 작가/화자가 여기에도 저기에도 속할 수 없는 "제3의 부류"로서 느꼈던 피식민주체로서의 경험에 다름 아니다.

번역의 문제는 말하는 주체가 겪고 있는 발화의 고통을 암시한다. 번역은 결코 완벽하게 동일시될 수 없는 원문을 끝없이 반복하면서 제국주의 이데올로기에 저항하는 피식민주체의 목소리를 들려준다. 영어를 충실하게 불어로 번역하고 똑같은 내용을 영어와 불어로 반복 서술하면서 작가는 원문을 충실하게 구성해내는 동시에 영어에 담긴 제국주의 이데올로기를 해체시키고 있는 것이다. 받아쓰기는 제도화된 언어의 규칙에 철저하게 포섭된 피식민주체의 신체를 보여주면서 그 이면에

---

8) 『딕테』의 각주에 의하면 "귀화된 나체들의 무덤 또는 본질을 잃은 나체들의 무덤"이라는 의미이다. 195면 참고.

영어가 호명하는 이데올로기에 저항하는 의지 또한 보여주고 있다. 제국주의 권력과 권위에 대한 저항을 시도하는 피식민주체의 말하기는 그래서 흉내내기에 불과한 것이지만, 모국어를 박탈당하고 발화의 고통을 겪는 주체의 육체는 억압받는 식민지인의 영토이며 지배당하는 여성 육체의 상징이 되면서9) 여기에도 저기에도 속하지 않는 새로운 공간을 만들어내고 있다.

3-2 '갈라진 혀'로 말하는 소수문학적 특성

『딕테』의 작가 차학경은 미국으로 이주한 뒤 고등학교에 진학하여 불어를 배웠고 그 후 자신의 예술작품들에 불어를 자주 사용하였다. 이미 언급한 바와 같이 『딕테』는 제목에서부터 영어와 불어가 중첩되어 있다. 영어와 불어의 경계를 허물면서 차학경이 시도하고 있는 말하기의 새로운 방식은 영어 단어의 사용을 비트는 것에서 시작된다. 예컨대 '기억된'이라는 단어 remembered를 re membered로 분해해서 '재구성된'이라는 중첩된 의미 또는 두 의미상의 관련성을 제시하거나 Diminish를 'dim/inish'로 행갈이를 함으로써 단어의 음상 또는 어원들을 분해하여 다양한 의미를 드러내는 방식을 사용한다. 또한 혼성어, 혼합어라는 의미를 가진 'Pidgin'을 의도적으로 비틀어 발음이 비슷한 비둘기라는 의미의 'pidgeon'과 결합시키고 있는데 미국에서 평화를 상징하는 비둘기는 영어의 'dove'에 해당된다는 사실은 매우 흥미롭다. 영어와 불어의 의미를 중복시켜 사용하고 있는 'en-trance'는 영어의 입구 또는 입장의 의미가 될 수도 있고 'en'과 '신들린 상태'라는 의미의 'trance'가 묶인 것으로도 볼 수 있다.10) 『딕테』에서 사용하고 있는

---

9) 서경숙, 앞의 논문, 70면.

대부분의 어법이 이와 같은 방식이다. 익숙한 영어를 비틀어 전혀 다른 의미를 창조하거나 줄표나 행갈이 등의 방식을 이용하여 새로운 단어를 만들어내는데 이러한 작가의 전략은 제국주의 언어인 영어를 탈영토화시키는데 기여를 하고 있다.

차학경은 또한 부정법 등을 활용하여 적절한 현재시제를 취하고 있는데 이는 유동적인 시간을 표현하는데 매우 효과적이다.11) 다시 말해, 현재시제의 사용은 다른 양태(＝법)들 속에서 시간이 취하는 연대기적이거나 시간측정적인 값들과는 무관하게 상대적인 빠름과 느림을 언표하는 순수사건이나 생성의 시간을 표현하고 있다.12) 이러한 작가의 의도가 잘 드러나 있는 부분은 작가/화자의 어머니가 그 딸과 함께 미국시민이 되는 과정을 표현한 "칼리오페 서사시" 장이다.

> 나는 서류들을 가지고 있습니다. 서류, 증명, 증거물, 사진, 서명. 어느 날, 당신은 오른손을 들어 맹세하고 미국인이 됩니다. 그들은 당신에게 미국 여권을 줍니다. 미합중국. 어디에선가 누군가가 나의 정체를 뺏고 그 대신 그들의 사진으로 대치시켰습니다. 다른 것. 그들의 서명 그들의 날인들. 그들 자신의 이미지. 그리고 당신은 행정부와 입법부 그리고 제3의 부를 배웁니다. 정의. 사법부. 그것이 다른 점입니다. 그 나머지는 과거입니다. (68면)

『딕테』의 서술자 '나'는 어머니를 "당신"으로 지칭하면서 어머니에게서 자신의 정체성을 찾기 원한다. 그 이유는 어머니야말로 "최초의 소

---

10) 원문에 사용된 단어에 대한 설명은 『딕테』의 각주를 참고할 것.
11) "때로는 정례적인 문법에 어긋나는 영어 용법을 볼 수도 있고(예를 들어 선행사가 없는 대명사 특히 it와 their의 사용, 전치사의 생략 등) 때로는 영화의 극본 같은 현재형 묘사, 또는 시제가 부정(不定)한 원형동사들이 나타난다." 『딕테』의 번역자 김경년의 설명. 『딕테』, 212면.
12) 질 들뢰즈/펠릭스 가타리, 김재인 옮김, 『천개의 고원』, 새물결, 2001, 499면.

리 최초의 말, 최초의 개념"이기 때문이다. 그러나 이러한 '나'의 욕망은 미국 시민이 되기 위한 합법적인 절차를 거치면서 철저히 부정된다. 어머니인 당신과 그 딸인 '나'가 함께 겪었던 미합중국의 시민권자가 되는 과정은 현재시제로 서술된 문장으로 재현되면서 과거와 현재를 교묘하게 섞어내고 어머니의 시간과 나의 시간까지 융합한다. 미국인이 되어 영어를 사용하면서 모국어를 금지당하고 이방인으로 살아가는 '나'와 어머니인 "당신"의 삶은 동시적인 삶이며 여전히 현재진행형으로 달라붙은 고통의 시간이기 때문이다.

이런 방식으로 어머니의 역사적 시간은 연대기적 시간을 뛰어넘는 유동적 시간으로 흘러가고 그 시간의 흐름에서 '나'는 정체성을 상실하는 경험의 순간을 생상하게 표현해내고 있다. 그리하여 피식민주체에게 결핍을 야기하는 트라우마(trauma)로 남아 있는 그 순간은 "활활 타오르는" 현재의 기억으로 부활된다. 피식민 여성주체의 정체성은 이렇게 박탈된 것이다. 작가는 대문자 아이 I로는 재현될 수 없는 지배서사에서 사라진 하위주체의 흔적을 부정대명사에 새겨 놓고, 영어의 영역 내에 이방인으로 존재하면서 소수자-되기를 시도한다.13) 지배 민족의 언어를 벗어나기 위해 새로운 언어를 만들어내고, 기발하게 절제된 구문을 구사하면서 탈출구를 만들고 있었던 것이다. 작가가 영어를 전유하면서 "말하는 여자"의 중얼거림과 같은 서사로 보여주는 모방의 양가성은 제국주의 이데올로기를 분열시키고 식민지적 주체를 '부분적' 현존으로 고정시킨다. 이렇게 갈라진 혀로 흉내내는 말하기는 영어를 닮는 것인 동시에 위협이 되면서 피식민주체의 정체성을 이야기하고 있다.14)

---

13) 들뢰즈와 가타리가 말한 소수 집단의 문학은 소수 집단 언어의 문학을 지칭한다기보다는 지배 집단의 언어권에서 소수 집단이 지탱해나가는 문학을 지칭한다. 언어의 탈영토화, 목전의 정치 문제에 가지처럼 매달린 개인적인 문제, 발화의 집단적 구성은 소수 집단 문학의 세 가지 특성이다. 들뢰즈·가타리, 『소수 집단의 문학을 위하여』, 문학과지성사, 1992, 33~54면 참조.

3-3 파편화된 서사구조와 인용의 몽타쥬

중얼거리는 여인의 신음 속에서 조각난 파편으로 서서히 의미를 드러내는 서사는 본문에는 전혀 쓰이지 않았지만 『딕테』의 첫 페이지를 차지하고 있는 한글 문구에서 비롯된다. 『딕테』의 서사가 시작되기 전, 맨 처음 페이지를 장식하고 있는 것은 "어머니 보고 싶어, 배가 고파요, 고향에 가고 싶다"라는 벽에 새겨진 한글이다. 낙서에 가까운 이 한글 문장은 1930~40년대 일본의 탄광과 공장으로 끌려간 수십 만 명의 한국농부들이 남긴 것으로 알려져 있다. 배고픔과 그리움이 베어있는 간단한 한글 문구는 금지된 모국어의 아픔을 시각화하고 본문에 사용된 외국어들에 앞서서 이방인의 고통을 이미지화한다. 아무런 부연 설명 없이 『딕테』의 첫 페이지에 제시된 한글 문장은 문자로서가 아니라 오히려 이미지화된 그림으로 그 의미를 전달하면서 제국주의의 폭력 아래 신음하는 피식민 주체의 아픔을 영토화하고 있다.

작가 차학경은 모국어인 한글 문구를 『딕테』의 맨 앞에 제시하고 본문에서는 영어와 불어를 사용하여 일관된 서사의 흐름을 해체하고 음절을 분해시킨 말하기를 시도하면서 이방인 주체의 삶을 재현하고 있다. 『딕테』의 텍스트 전체에서 들리는 화자의 목소리는 도식화된 글쓰기를 해체하고 내면의 무의식을 응시하며 현실을 새롭게 구성하는 힘으로 작용한다. 글쓰기의 권위를 전복하기 위해 작가가 택한 방식은 문장을 낯설게 만들고, 시제를 제거하고 웅얼거리는 목소리를 실어나르는 생경한 문체를 사용하고, 서사시와 산문 장르를 혼합하는 것이다. 또한 어머니의 일기에서 구성한 "칼리오페 서사시" 장과 유관순의 일대기를 담고 있는 "클리오 역사" 장, 그리고 성 테레사의 자서전 『Story of a

---

14) 호미 바바, 『문화의 위치』, 소명출판, 2003년, 180면 참고.

soul』에서 인용한 서사들과 천주교 미사의 기도문 등은 시와 산문의 경계를 허물고 일관된 서사 구조를 붕괴하는 것이지만 이와 함께 중요한 의미를 지니는 것은 담론적인 투명성이라 지칭할 수 있는 기호의 배치 형식이다. 제목에서 이미 불어도 영어도 아닌 Dictee를 택한 작가의 의도는 익숙한 의미의 영역을 분절해나가는, 현존/현재의 담론적 기호의 배치 형식에서 파악할 수 있을 것이다.15)

물론『딕테』의 담론 형식은 문자 언어를 넘어선다. 영화 기법을 도용하여 하얗게 처리한 여백들(107-127면의 "에라토 연애시" 장)과 남북이 분단된 지도, 발음기관을 나타낸 그림들, 루즈벨트 대통령에게 보내는 하와이 한인들의 탄원서, 작가의 아버지가 쓴 한자, 손바닥을 찍은 그림 등은 모두 가시적 담론으로 기능한다. 새로운 담론의 배치가 만들어지는 자리에 식민 권력을 전복시키고 고착된 현실을 흔드는 혼성성이 마련된다. 혼성성의 텍스트는 중얼거리는 여자의 목소리로 흘러넘치며 일체의 권위를 전략적으로 역전시키고자 한다.16)

> 만약에 거의 검정빛 가까운 액체 잉크가 자국난 점으로부터 선을 그어 중력에 의해(피할 수 없이, 갑자기) 하나의 선으로 팔을 따라 내려와 탁자 위에 흘러내린다면, 흘러내림의 분출. // 그녀가 상처로부터의 상실을 더 잘 채취하기 위하여 바늘의 몸체를 꺾어 버리는 데는 몇 초가 걸리지 않는다. // 얼룩이 흘려진 자리의 물질을 흡수하기 시작한다. // 그녀는 네모난 탈지면을 그 자리에 대고 세게 누른다. // 얼룩이 흘려진 자리의 물질을 흡수하기 시작한다. // 체내에서 흘러나온 염료와 비슷한 잉크 같은 그 무엇이 이 경계 이 표면 위에 비워지고 표면 안으로 비워지고 표면 위에 비워진다. 더 많이. 다른 것들. 가능할 때, 가능하기만 하다면 찔러 구멍을 내고, 긁어 자리를 내고, 눌러 자국을 내기 위하여. 방

---

15) 호미 바바, 앞의 책, 221면.
16) 위의 책, 225~226면.

출하라. Ne te cache pas. Revele toi. Sang. Encre.[17] 억제된 것
의 육체적 확장.(76~77면)

예문에 제시된 바와 같이 그녀의 목소리는 신음으로, 웅얼거림으로
비명으로 영어와 불어, 한자와 사진, 그림들을 타고 넘으며 온몸에 퍼
져나간 모세혈관처럼 짙은 잉크를 미세하게 구석구석 뿌려놓는다. 그리
고 그 잉크는 모든 권력에 압박받는 여성의 몸에 슬픈 역사의 기록을
새겨놓는다. 받아쓰기를 불러주는 목소리의 틈을 따라 받아쓰기를 하는
주체는 저항의 언어를 텍스트에 심어놓고 그 저항의 의지는 담론의 배
치를 타고 경계를 넘어간다. 이질적인 표현의 층위들은 서로 충돌하면
서 새로운 의미를 만들어내고 작가가 고안한 또 하나의 문자가 되어 텍
스트의 의미망을 형성하는데 기능하고 있다. 수많은 인용의 몽타쥬는
이질적인 담론의 기호적 배치를 통해 서사를 변주시켜나가고, 그 포개
짐 속에서 우리는 제국주의 권력과 종교적 권위, 가부장적 권력에 저항
하는 여성주체들의 현재화된 역사를 목격한다.

4. 동심원을 그리는 '여성적' 역사의 의의

작가 차학경이 아홉 명의 뮤즈가 주관하는 문학 장르를 각 장의 제목
으로 삼으면서 가장 먼저 제시하고 있는 장은 "클리오 Clio 역사"이다.
유관순의 사진과 나란히 "유관순 출생 : 음력 1903년 3월 15일 사망
: 1920년 10월 12일 오전 8시 20분 그녀는 한 어머니와 한 아버지로
부터 태어났다"라는 간략한 설명을 제시하고 다음 페이지엔 "女 男"이라

---

17) "자신을 감추지 말라. 자신을 드러내라. 혈액. 잉크." 각주 196면.

는 한자어를 페이지 당 한 자씩 써 놓았다. 출생에서 사망에 이르는 시간 사이에서 유관순의 삶은 일본 제국주의에 온몸으로 저항한 한 개인의 시간이며 한 여인의 시간이자 우리 민족의 시간이 된다. 작가는 "국가가 없는 민족은 없고, 조상이 없는 민족은 없다. 아무리 영토가 작다 해도 자주성을 지킨 나라들이 있다. 하지만 우리나라는, 오천 년의 역사를 가지고도, 일본에 그것을 빼앗겼다."(38면)고 말하면서 식민경험의 아픈 역사를 유관순이라는 한 여성의 삶 속에서 복원시킨다.

> 일본은 기호가 되었다. 알파벳, 어휘, 이 원수의 민족에게. 그것의 의미는 도구이며, 살갗을 찌르고, 살을 저미는 기억, 기록으로 남아 잇는 낭자한 피, 물리적 실체인 피의 양이 기록으로 남아 있다, 사적(史蹟)으로 남아 있다. 이 원수 민족의.
> 목격해 보지 않은 민족은, 이와 같은 억압으로 지배받아 보지 않은 민족, 그들은 알지 못한다. 이해할 수 없는 단어들, 특수 용어들: 원수, 악랄, 정복, 배신, 침략, 파괴. 그것들은 다만 한 적대국가가 다른 나라의 인간성을 말살시켰다는 명백하고도 어김없는 기록, 즉 역사적 기록에 대한 커다란 지각 속에서만 존재할 뿐이다.(42면)

중요한 사실은 식민지배의 역사가 기호로서 인식된다는 점이다. 역사가 된다는 것은 사실 "사적(史蹟)으로 남아 있"는 것이며 지배를 받아 보지 않은 민족들은 이해할 수 없는 "원수, 악랄, 정복, 배신, 침략, 파괴"와 같은 단어들을 기록하는 것이 된다. 차학경이 언어 제국주의에 저항하는 다양한 전략을 구사하며 서술하고 있는 것은 국가적 차원의 시간에서 파생된 고통을 모성의 영역에서 치유하는 여성적 역사-만들기이다. 그것은 이(異) 형태의 언어들이 충돌하여 만드는 의미의 연대 속에서 여성들의 시간을 연결하여 우리 민족의 상처를 "아무런 특징도 없"는 이야기로 바꾸어 다른 민족에게 들려준다.

왜 지금 그 모든 것을 부활시키는가. 과거로부터. 역사를, 그 오랜 상
처를. 지난 감정을 온통 또다시. 그것은 똑같은 어리석음을 다시 사는 것
을 고백하기 위해서이다. 지금 그것을 불러일으켜 잊혀진 역사를 망각
속에서 되풀이하지 않기 위해서이다. 말과 영상 속에서 또 다른 말과 영
상을 조각조각 끄집어내어, 잊혀진 역사를 되풀이하지 않겠다는 대답을
끄집어내기 위해서다.(43면)

"그 자신의 정체성보다 더 거대해진" "그 민족, 그 원수, 그 이름"에
저항하는 여성적 역사는 추상화된 민족과 민족의 관계에서 "자신의 의
미"를 찾기 위해 유관순의 삶과 작가의 어머니 허형순의 삶도 부활시키
고 4.19의 아픈 역사도 기억해낸다. 중얼거리는 여자의 목소리는 "저
주를 깨뜨리고", "땅바닥을 꿰뚫고, 벽을 뚫고 우묵한 그릇의 표면을 빙
빙 돌며 긁어"(135면)내는 힘을 발휘할 것을 믿고 있기 때문이다. 글쓰
기가 지속되는 한 계속 살 수 있다는 작가의 신념은 시간의 흐름을 뛰
어넘어 현존을 각인하는 기록으로 남는다. 그리고 "무형의 시간" 앞에서
과거와 현재를 넘나드는 작가의 시선은 무수한 동심원 안의 원들로 이
어진다. 그녀 안에 또 다른 그녀가 있고, 그 안에 또 하나의 그녀가 있
는 끝없는 동심원들의 연대는 유관순의 삶과 테레사 수녀의 삶, 차학경
의 어머니 허형순의 삶과 그녀의 딸인 작가의 분신으로 이해되는 '나'의
삶을 묶어 새로운 '둥근 동심원들'의 역사를 만든다.

요컨대 작가 차학경이 제국주의의 억압과 종교를 포함한 모든 남성
적 권위의 억압을 뚫고 새롭게 보여주고자 했던 것은 말할 수 없는 여
성주체에게 말을 건네고 고통을 발설하게 하는 것이었다. "채워지기를
기다리는 하나의 빈 육체" 위에 "흘러내림의 분출"은 민족의 역사를 새
롭게 배치한 중얼거림의 기록으로 남는다. 그리하여 "하나의 원(圓) 속
에 하나의 원(圓), 동심원들의 한 연속"18)을 그려낸다. 선조적인 시간

관 대신 크기를 달리해 포개지는 동심원들의 연속은 획일적인 의미의 논리를 벗어나 동맹의 정치로 나아가는 여성적 역사를 만들어내고 있는 것이다.

5. 결 론

31세의 짧은 인생을 마감한 차학경이 남긴 삶의 흔적은 작가, 영화 감독, 문학 비평가 행위 예술가 등 그 갈래가 다양하다. 그녀가 보여준 삶의 이력만큼 그녀에게 주어졌던 짧은 시간에 대한 아쉬움이 더 크지만 작가는 피식민여성주체의 존재 의의를 『딕테』라는 글쓰기에 각인시켰다. 제국주의 권력과 가부장제, 국가주의의 폭력 등의 모든 억제를 끊고 자신을 드러내는 방식으로 작가가 택한 것은 언어의 차원에서 새로운 의미를 창조해내는 것이었다. 구멍을 뚫고 긁힌 자국을 비집고 나와 방출된 그녀의 욕망은 기존의 방식과는 다른 여성적 글쓰기의 흔적을 남겨놓는다.

말하는 혀를 빼앗긴 어머니가 택한 여성적 말하기의 방식은 "가면 속에 숨겨진 음성으로 달을 향해 말을 심고 바람에 말을 실려 보내"는 것이었다. 그것은 "계절의 지나감을 통해, 하늘에 의해 물에 의해 말은 탄생하고 자유가 주어"지듯이, "한 입에서 다른 입으로 전해져, 한 사람이 읽고 다른 사람이 받아 읽으면서" "온전한 의미를 실현하게" 되는 의미의 연대를 형성한다. 작가가 유관순의 삶에 이어 어머니의 삶의 시간을 연이어 서술한 까닭도 새로운 여성적 역사를 기록하기 위해서일 것이다. 비극적인 역사를 되풀이하지 않기 위해 "말하는 여자"가 건네는 웅

---

18) 『딕테』의 열 번째 장의 제목이다. 187면.

얼거림은 바람을 타고 유관순에서 어머니 허형순으로 서술자 '나'로 이어지면서 "시간에 서약되었다." 획일적인 확실성에 도전하는 비-형태의 유동성은 차학경의 글쓰기를 말할 수 없는 것을 드러내는 서사로 만든 것이다.

그렇지만 18년 만에 한국을 다시 찾은 '나'는 여전히 "다른 나라의 언어, 제2의 언어로 말"한다. 이것이 "내가 얼마나 멀리 있나를 나타"내주는 징표이다. 모국어를 금지당한 이중 언어, 삼중 언어 사용자인 '나'에게 모국어는 영원히 회귀할 수 없는 박탈당한 영토인 것이다. 『딕테』는 모국어를 어머니라는 존재로 등치시키고 박탈당한 시간을 모성적 존재에 대한 기억으로 대체시킨다. "폴림니아 성시" 장에서 '나'와 어머니가 우물가에서 물을 기르던 기억은 마지막 장에서 "나를 창문으로 올려주세요"라며 엄마를 부르는 어린 소녀의 기억으로 이어지며 여성적 동맹의 세상을 서사화한다.

차학경은 여성들의 삶의 경험에 기반을 둔 착취와 투쟁이라는 지역적 역사를 발견함으로써 중첩되는 둥근 원들 속에서 세상을 바라보는 능력을 갖기 원했다. 불연속적이고 파편화된 개인의 경험은 구체적인 역사적 맥락에서 이해되어야 한다. 현재와 미래를 위해 초월의 정치보다 개입의 정치를 이야기하는 작가의 의도도 이러한 관점에서 평가되어야 할 것이다.19) 언어 제국주의에 저항하는 파편화되고 이질적인 글쓰기의 양식이 비록 모호하고, 익숙한 서사의 영역을 벗어난다는 인상을 주지만 『딕테』의 서사는 구체적인 역사적 맥락에 개입하여 국가적 차원의 역사에서 배제된 피식민여성주체 개인의 삶을 담론화시키면서 새로운 대항 담론을 형성하고 있는 데서 그 의의를 찾을 수 있다.

---

19) 찬드라 탈파드 모한티, 문현아 옮김, 『경계없는 페미니즘』, 여이연, 2005, 188면 참고.

신동엽 시의 '지역'과 '저항'

남 기 택

1. 머리말

신동엽은 대표적인 '민족시인'의 한 사람이요 또한 '지역시인'이다. 시인의 생애가 내포하는 개인사적 배경 외에도 '금강' 등의 주요 모티프들은 신동엽 시에 대한 '지역성'의 근거로 흔히 제시되는 맥락이다. 그 외에도 기존의 신동엽 평가가 형성하는 지정학적 구도에서도 신동엽 시의 지역성을 발견할 수 있을 듯하다. 민족시인으로서의 신동엽이라는 수사가 지니는 이중적 의미망이 한 예가 될 수 있다. 신동엽은 치열한 현실 인식과 시적 저항으로써 신식민적 현실을 극복하고자 한 1960년대의 대표적 예시로 시사상에 기록되고 있다.[1] 그러나 이러한 규정이 상찬의 그것만이 아닌 것이, 신동엽의 민족의식은 당대의 시대적 억압

---

[1] 신동엽의 시를 민족문학적 관점에서 해석하는 기존의 견해로는 "민족문학의 중심부에 자리잡은 시인"이라는 백낙청의 고전적 수사를 비롯하여(백낙청, 『민족문학과 세계문학』 II, 창작과비평사, 1985, 23면), 조태일, 「신동엽론」(『창작과비평』, 1973 가을), 구중서, 「신동엽론」(『창작과비평』, 1979 봄), 채광석, 「민족시인 신동엽」(백낙청·염무웅 편, 『한국문학의 현단계』 III, 창작과비평사, 1984) 등을 대표적 예로 들 수 있다.

에 대한 대항담론으로서의 의미가 강하며, 그리하여 다양한 탈근대적 모색을 보여주기에는 한계를 지니는 것이기도 하다는 인식이 위와 같은 평가에는 함의되어 있는 것이다.2) 오늘날 민족(문학)의 위상에 대한 공공연한 회의는 신동엽 시의 한계와 긴밀히 연관되어 있는 현상이라 할 수 있겠다.

이처럼 달라진 문학적 패러다임은 신동엽 식 저항의 의미를 시대사적인 것으로 한정하고 있다. 실로 신동엽 시는 대개의 경우 직설과 이야기를 통해 주조됨으로써 단선적인 의미망에 국한되는 점도 사실이다. 그럼에도 불구하고 문학적 근대를 완성하거나 극복하려는 노력으로 신동엽 시를 다시 읽는 방식은 시대적 한계를 넘어서는 의의를 찾으려는 시도들일 것이다.3) 본고 역시 지역성과 저항의 관점을 중심으로 신동엽 시의 현재적 의미를 살펴보고자 한다. 신동엽 시에서 문제적 대상이었던 근대의 부정성과 민족 모순은 오늘날까지 지속되고 있다. 신동엽의 시가 새롭게 읽혀질 수 있는 이유는 여전히 이어지고 있는 민족 문제와 근대적 물신상에 대한 시적 저항의 가능성을 그에게서 시사받을 수 있다는 데서 비롯된다.

최근의 이론적 경향중 하나인 탈식민주의는 지역성의 재고를 통해 중앙-서구가 중심이 되는 이항대립의 구도를 해체하고자 한다. 물론 탈식민주의의 이론적 배경이라 할 수 있는 후기 구조주의 혹은 해체론과의 관계에 대해서는 비판적 검토가 지속되어야 한다. 탈식민주의가 유

---

2) 이와 관련하여 유종호는 기존의 민족·민중문학적 입장에 대한 엄정한 재고의 필요성을 제시하면서 단형 서정시에 주목하고 있으며(유종호, 「뒤돌아보는 예언자─다시 읽는 신동엽」, 『신동엽 30주기기념 문학심포지엄자료집』, 1999. 3. 26), 이동하는 신동엽이 지닌 역사관의 한계를 지적하기도 한다.(이동하, 「신동엽론─역사관과 여성관」, 구중서·강형철 편, 『민족시인 신동엽』, 소명출판, 1999)

3) 김석영, 「신동엽 시의 탈식민성 연구」(영남대 박사논문, 1999)와 졸고, 「김수영과 신동엽 시의 모더니티 연구」(충남대 박사논문, 2003) 참조.

행적 이론 추수나 또다른 서양중심주의의 반복이 되지 않기 위해서는 항상적인 반성과 비판적 수용이 필요하다. 강조되어야만 하는 것은 우리의 구체적인 사회적, 텍스트적 현실이 매개되어야 한다는 점일 것이다. 탈식민주의의 이론적 주제라 할 수 있는 (신)식민성의 극복은 항용 다양하고 구체적인 사회역사적 상황을 통해 다차원적이고 현재적인 관심으로 실천되어야 한다. 신동엽의 지역성과 저항의 가능성은 이러한 비판적 접목 속에서 새롭게 읽혀질 수 있다.4) 이를테면 파농(F. Fanon)과 사이드(E. Said)가 같은 목소리로 '포스트 민족주의'를 주장하는 맥락에서 우리는 신동엽이 시로 형상화한 민족적 정체의 가능성과 한계를 동시에 재고하게 된다. 신동엽 시의 지역적 정서 역시 이와 연관되어 있다.

2. 고향 혹은 탈중심의 지역

기존의 질서를 부정하는 탈식민적 의식은 중앙과 지방이라는 권력적 지정학을 거부한다. 신동엽 시에서 자주 반복되는 고향에 대한 신뢰는 그러한 탈중심의 기획 의지와 연관될 수 있다. 부여가 고향인 신동엽에게 특정한 지역이 시적 주제나 소재로 특화되는 것이라 보기 어려울지

---

4) 신동엽의 시를 탈식민주의적 관점으로 해석한 글로 김석영, 앞의 논문이 대표적이다. 이 논문은 신동엽에 대한 기존의 연구가 민족 모순에 대한 비판의식을 구명하는 데에만 집중되는 경향을 지적하면서 서구중심주의와 문화제국주의를 극복하는 차원에서 신동엽 시를 주목하고자 한다. 그러나 그 과정에서 추출된 서구문명에 대한 비판과 거부, 탈식민적 특성으로서 문화의 여성성 회복, 동학과 도교를 아우르는 아나키즘 사상, 서사시를 통한 역사적 지평의 확보 등은 반복되어 온 주제이기도 하다. 그 밖에 졸고, 「신동엽 시의 양가성—탈식민주의적 관점을 중심으로」(『작가마당』 제6호, 대전·충남작가회의, 2003)는 억압과 해체를 중심으로 양가적 경계에 설정되어 있는 신동엽의 시세계를 검토하고 있다.

모르나, '금강'을 중심으로 하는 지역성의 모티프가 주된 특질 중 하나
라는 점은 부정할 수 없다. 지역을 직접적인 소재로 다루지는 않지만
지역적 정서가 지배적인 배음으로 흐르고 있다는 점은 흔한 향토주의
로부터 벗어나는 변별적 자질일 것이다. 문학과 지역의 연관을 이야기
하는 데 있어서 지역우월주의라든지 또다른 패권주의가 되어서는 곤란
하다는 점을 염두에 둘 때 이와 같은 신동엽의 지역 정서는 시사하는
바가 크다. 신동엽의 '금강'은 고향으로서의 금강이 아닌 민족 공동체적
장으로서의 의미가 강한 것이다.

> 하늘에/ 흰 구름을 보고서/ 이 세상에 나온 것들의/ 고향을 생각했다.
>
> 즐겁고저/ 입술을 나누고/ 아름다움고저/ 화장칠해 보이고,
>
> 우리,/ 돌아가야 할 고향은/ 딴 데 있었기 때문……
>
> 그렇지 않고서/ 이 세상이 이렇게/ 수선스럴/ 까닭이 없다.
> — 「고향」(1968) 전문

이 작품에서 고향은 통상적인 향수의 정서로 그려지면서도 이를 벗
어나는 중의적 의미망을 지니고 있다. 화자가 사유하는 고향은 특정한
유기체의 발생적 장소가 아닌 것이다. "이 세상에 나온 것들의/ 고향"은
세상만물의 귀속 공간으로서 고향의 의미를 묻고 있으며, 모든 만물인
'우리'가 "돌아가야 할 고향"이 실상은 "딴 데 있었"다는 표현에서도 고
향은 상상적 지리의 공간임을 보게 된다. 나아가 세상의 소란이 고향의
부재에서 비롯된다는 판단을 통해 근대적 삶의 폐해를 극복하는 수단
으로서 고향을 재설정한다. 고향 상실은 근대화의 결과가 아니라 원인
인 것이다. 고향의 진정한 의미와 가치를 알지 못하는 판단 정지의 상

황이야말로 현실의 소음을 가중시키는 근거이다. 또한 고향은 "돌아가야 할" 곳이라는 귀속적 지향을 통해 회상과 회한으로부터 나아가 강한 실천성을 내포하는 시공간으로서의 의미를 아울러 지니게 된다. 이러한 가치 지향의 원동력은 우리-만물이 인격화된 형태인 민족임은 당연하다. 신동엽의 많은 시편들이 민족적 삶의 정체와 관련된 것임은 주지의 사실이다. 물론 신동엽의 민족의식이 지니는 한계에 대해서도 다양한 평가가 가능한 것이지만, 민족의 단위를 정형화하지 않고 민중적 세계관과 생명력의 근거로서 상정하고 있다는 점은 여전히 유효한 신동엽 시의 혜안일 것이다.

이 같은 고향의식은 신동엽의 근대 인식을 잘 보여주는 「시인정신론」(1961)의 구도, 즉 '원수성'으로부터 '귀수성'을 향하는 근본적 구도와도 잇닿아 있다.5) 따라서 신동엽 시의 지역성을 논함에 있어서도 반드시 근대 이해와 극복의 논리가 함께 조망되어야만 한다. 부정의 근대를 지적하고 이를 극복하려는 '귀수적 노력'이 신동엽 시의 일관된 동력인 것이다. 이러한 노력은 민족문제와의 대결을 통해 비자본주의적 근대의 민족적 경로를 모색하는 하나의 전형적 예에 해당하기도 한다.6) 그리하여 신동엽 시의 고향은 민족적 삶의 정체를 담지하는 공간으로 원형화되고 있다.

여기서 주목할 사실은, 이러한 고향의식이 근대화와 더불어 배태되는 인간 본연의 고독에 등치될 수 있다는 점이다. 영원한 존재의 장소인 고향을 소재로 한 이미지들이 외로운 '망향의 수인(囚人)'으로서의 기본적 자각에서 비롯된 것이라는 지적이 이에 값한다.7) 그러나 물신화

---

5) 신동엽, 「시인정신론」, 『신동엽전집』(증보판, 이하 『전집』으로 표기), 창작과비평사, 1985 참조.

6) 하정일, 「탈식민주의 시대의 민족문제와 20세기 한국문학」, 『20세기 한국문학과 근대성의 변증법』, 소명출판, 2000, 63면.

7) 이가림 「만남과 同情—신동엽에 있어서의 '歸鄕'의 의미」, 구중서·강형철 편, 앞의 책,

로부터 비롯되는 고향 상실의 감정(unhomely, unheimlich)은 식민지적·
탈식민지적 조건이기도 하다. 이러한 감정은 고향과 세계를 재배치해
서, 초영토적이고 문화혼혈적인 것을 창시하는 이질적인 감각인 것이
다.8) 식민성이 가속화되는 상황에서 인지되는 고향 상실과 보편적 감
정으로서 근대인의 소외는 차이를 지닐 수밖에 없다. 신동엽의 고향의
식은 물신화되는 근대적 환경의 결과이면서 이에 대응하는 지역적-제3
세계적 공간 인식의 근거로 작동하는 것이기도 하다. 지역성은 이른바
정치적 의미를 수반하는 탈중심의 모티프라 할 수 있다. 신동엽 시의
고향 모티프는 이러한 정치적 효과와 함께 있는 지역성의 의미를 지니
게 되는 것이다.

> 내 故鄕 사람들은 봄이 오면 새파란 풀을 씹는다…(중략)…그리고 洪
> 水가 온다. 洪水는 장독, 상사발, 짚신짝, 네 기둥, 그리고 너무나 훌륭
> 했던 人生諦念으로 말미암아 抵抗하지 않았던 이 자연의 아들 딸을 실어
> 달아나 버린다. 이것이 人間들의 內質이다.
> 　오늘 人類의 外皮는 너무나 극성을 부리고 있다. 키 겨룸, 속도 겨룸,
> 量 겨룸에 거의 모든 인생을 소모시키고 있다. 헛 것을 본 것이다.9)

위 글은 산문 「서둘고 싶지 않다」(1962)의 일절로서, 역시 고향을 매
개로 인간과 역사를 파악하고 있다. 신동엽이 인용하는 고향의 풍습은

278면. 또한 신동엽 시 전편을 대상으로 총체적 접근을 처음 시도한 김창완의 학위논문
역시 신화 원형적 접근방법으로써 '우주적 순환과 원수성의 환원'이라는 원형적 시정신을
이끌어내고 있다.(김창완, 「신동엽 시 연구」, 한남대 박사논문, 1993) 따라서 인류 보편
적 이미지의 성격과 신동엽의 시적 주제가 연관되는 점을 설득력 있게 설명하고 있는데,
접근 방법의 문제이기도 하겠지만, 신동엽 시의 민족의식과 역사의식, 현실인식이 당대
의 구체적 맥락에서 어떻게 구조화되는지와 근대 대응의 측면에 대한 심층적 해설의 결
여는 아쉬운 부분이라 하겠다.
8) 호미 바바, 나병철 역, 『문화의 위치』, 소명출판, 2002, 41~42면.
9) 신동엽, 「서둘고 싶지 않다」, 『전집』, 344면.

물론 부여의 그것이지만 이는 자동적으로 전통적 삶과 정서로 치환된다. 그것은 "인생체념으로 말미암아 저항하지 않았던 이 자연의 아들 딸"의 모습이요 "인간들의 내질"과 등치된다. 인간의 내면적 본성, 본래적 인간성이란 본연의 자연과 다르지 않다. 이에 대립되는 변질된 오늘의 인간상은 "인류의 외피"라 하여 내면성을 상실한 껍데기의 형상으로 그려지고 있다. 「껍데기는 가라」(1967)에서 부정된 '껍데기'는 바로 내면의 진정성을 상실한 근대적 인간상을 통칭하는 것이다. 껍데기로서의 삶의 장은 진정한 고향이 아닌, "당신 살던 고장은 지저분한 雜草밭, 아랫도리 붙어 살던 쓸쓸한 그늘밭"(「힘이 있거든 그리로 가세요」(1961))에 지나지 않는다. 이와 같은 구조는 「4月은 갈아엎는 달」(1966)에서도 반복된다. "내 고향은/ 강 언덕에 있었다"로 시작되는 이 시는 "四月이 오면/ 곰나루서 피 터진 東學의 함성,/ 光化門서 목 터진 四月의 勝利"에 대한 확신으로 이어진다. 고향의 환기는 금강을 매개로 동학과 4·19의 역사적 능동성으로 확산되고 나아가 승리에 대한 확신을 상징하는 4월의 이미지로 승화되고 있다.

우리는 이와 같은 지역성의 양면적 의미를 정리해볼 필요가 있겠다. 우선 내면과 외피를 나누어 파악하는 이원적 인간 이해의 차원이다. 피아를 대립적으로 구분하는 인간 이해는 근본적으로 근대적 이원론의 관점을 재생산한다는 점에서 또다른 본원론적 시각이라 할 수 있다. 신동엽의 고향은 자연과 합일되는 인간중심적 가치를 벗어난 민족적 가치의 담지 공간이었으나, 이는 구체적 역사가 사상된 기표의 폭력일 수도 있다. 고향은 무수한 지역들의 실체요 비동질적인 가치를 내포하는 관념인 것이다. 그럼에도 불구하고 선명한 이분법 아래 '귀수성'의 강조로써 가치의 전도를 희구하는 신동엽의 인식론적 구도는 인류의 외피를 벗어던지기 위한 효과적인 수사로서는 일면적이라는 한계를 지니게 된다.

그러나 신동엽 시에 나타난 지역의 의미 속에는 무위자연적 인간성의 회복과 관계되는 정치의식의 차원이 있다. 위 산문에서 신동엽은 스스로 "治大國, 若烹小鮮"이라는 『도덕경』의 구절을 인용한다. 신동엽은 이를 "大國을 다스림은 흡사 조그만 生鮮을 지짐과 같아야 한다"고 해석하며, 자신의 인생만은 조용히 다스리고 싶다는 뜻을 피력한다.10) 노자에 대한 관심과 중립사상은 신동엽 시와 무정부주의를 연관짓는 하나의 근거가 되기도 한다. 그 밖에도 크로포트킨(P. A. Kropotkin)에 심취했던 전력은 신동엽의 시를 무정부주의적 정치 전략으로 읽는 것을 설득력 있게 뒷받침하고는 있으나, 이는 동시에 구체적 현실이 생략되고 대안을 제시하지 못하는 정치성의 결여로 평가될 수도 있다.11) 낭만적인 열정이 크게 작용하고 있는 신동엽 시의 무정부주의적 특성 혹은 중립사상에 대해서는 보다 면밀한 고찰이 뒤따라야 할 것이지만, 여기서 확인하고자 하는 것은 노자에 대한 관심과 함께 인위적인 질서와 기획을 분명히 거부하고 있다는 사실이다. 이어지는 노자의 구절 중 도로써 천하를 다스리면 귀신도 힘을 쓰지 못한다는 맥락에서 도의 정치가 강조된다. 이를 중용하는 신동엽인 바, 그에게 도는 곧 자연과의

---

10) 노자의 원래 구절은 다음과 같다. "治大國若烹小鮮. 以道莅天下, 其鬼不神, 非其鬼不神, 其神不傷人. 非其神不傷人, 聖人亦不傷人. 夫兩不相傷, 故德交歸焉(큰 나라를 다스리는 것은 작은 생선을 조리하는 것과 같다. 도로써 세상을 다스리면 귀신도 힘을 쓰지 못하게 된다. 귀신이 힘이 없기 때문이 아니라, 힘이 있어도 사람을 해칠 수가 없다는 것이다. 그 힘이 사람을 해칠 수 없다기보다는 성인이 사람을 해치지 않는 것이다. 양쪽 모두 해치지 않으니 그 덕이 서로에게 돌아간다)."(『도덕경』, 60장. 오강남 풀이, 현암사, 1995, 255면)

11) 이를테면 신동엽의 고대사 인식에서 삼국시대를 다분히 무정부주의적인 관점에서 낙원으로 이상화하는 역사인식의 오류를 발견할 수 있다.(이동하, 앞의 글, 455~457면) 반면에 당시 진보적 정치세력에 의해 논의되었던 중립화 논의가 신동엽에게 있어서도 현실적인 통일방안으로 수용되었던 것으로 보는 시각도 있다.(박지영, 「유기체적 세계관과 유토피아 의식」, 구중서·강형철 편, 앞의 책, 677~678면 참조)

상사성이요 무위의 정치라 할 수 있다.

> 사람과 사람 사이의 표현 중에 가장 진실된 것은 눈감고 이루어지는
> 육신의 교접이다. 그 다음으로 진실된 표현은 눈동자끼리의 열기(熱氣)
> 이다. 여기까지는 진국끼리의 왕래다. 그러나 다음 단계부터는 조작이
> 다.12)

육신의 교접이라 함은 몸의 체현과도 같다. 눈동자끼리의 열기는 곧
정신의 소통이라 하겠다. 몸과 정신의 교접이 가장 중요한 소통 수단이
라 한다면, 언어와 체계는 '조작'된 수단에 지나지 않는다. "인간에 충실
하려는 사람은 체계를 싫어한다. 체계란 철갑옷이다"13)라는 언급에서
는 체계에 대한 강박적 부정을 볼 수 있다. 이러한 의식은 그의 데뷔작
에서부터 시화되고 있다.("보다 큰 집단은 보다 큰 체계를 건축하고,/ 보다 큰
체계는 보다 큰 악을 양조한다.// 조직은 형식을 강요하고/ 형식은 위조품을 모집한
다// 하여, 전통은 궁궐안의 상전이 되고/ 조작된 권위는 주위를 침식한다", 「이야기
하는 쟁기꾼의 대지」(1959) 제5화) 인간과 인간의 관계를 작위적으로 만드
는 모든 체계는 비본질적인 껍데기에 지나지 않는다는 것이다.

이원론의 폭력적 구조로써 기초된 신동엽의 고향의식이 지역성의 정
치적 입지를 확보하는 차원은 바로 이 지점이다. 위에서 언급한 바와
같이 신동엽의 고향은 지역주의의 틀을 벗어나 공동체적 원형으로서의
의미가 강하다. '금강'은 그러한 시공간의 상징일 것이다. 이는 지역의
의미를 지리적으로 한정시키지 않는 정치적 의식을 포함한다. 중앙과
지역, 서울과 지방의 구분은 권력에 의한 영토화의 산물이다. 폐기
(abrogation)와 전유(appropriation)로써 서구문학과 중앙문학의 권력중

---

12) 신동엽, 「斷想抄」, 『전집』, 357면.
13) 위의 글, 360면.

심적 이원화를 재조명해야 한다는 지적[14]은 지역문학을 중심으로 권력적 지형도를 해체해야 한다는 주장에 다름 아니다. 신동엽에게 있어 이러한 문학의 지역성을 확보하기 위한 시도는 향토적 소재에서 착안하는 방식으로부터 언어의 중앙권력에 대한 항거, 즉 진술의 문체나 다중의 화자를 통해 동일성을 추구하는 서정시의 발생적 메커니즘을 해체하는 데로 나아간다.

① 눈동자를 보아라 香아 회올리는 무지개빛 허울의 눈부심에 넋 빼앗기지 말고
철따라 푸짐히 두레를 먹던 정자나무 마을로 돌아가자 미끈덩한 기생충의 생리와 허식에 인이 배기기 전으로 눈빛 아침처럼 빛나던 우리들의 故鄕 병들지 않은 젊음으로 찾아가자꾸나

香아 허물어질가 두렵노라 얼굴 생김새 맞지 않는 발돋움의 흉낼랑 그만 내자
들菊花처럼 소박한 목숨을 가꾸기 위하여 맨발을 벗고 콩바심하던 차라리 그 未開地에로 가자 달이 뜨는 명절밤 비단치마를 나부끼며 떼지어 춤추던 전설같은 풍속으로 돌아가자 내ㅅ물 구비치는 싱싱한 마음밭으로 돌아가자.

— 「香아」(1959) 부분

② 내 고향은 아니었었네/ 허구헌 紅柿감이 익어나갈 때/ 빠알간 가랑닢은 날리어 오고.

발부리 닳게 손자욱 부릍도록/ 등짐으로 넘나들던/ 저기/ 저 하늘 가.

울고는 아니/ 허리끈은 졸라도/ 뒤밀럭,/ 뒤밀럭,/ 목 메인 자갈길에.

— 「내 고향은 아니었었네」(1961) 부분

---

14) 김춘섭, 「문학의 지방화와 탈식민주의」, 『한국현대소설학회 제21회 학술연구발표대회 자료집』, 2003. 5. 31~6. 1, 5~7면 참조.

①에서도 고향은 언젠가 돌아가야 할 민족적 원형으로서의 고향이다. "병들지 않은 젊음"의 고향, "차라리 그 미개지"인 고향, "전설같은 풍속"의 고향인 것이다. 이에 대한 대타적 지역은 "무지개빛 허울"로 채색되는데 이는 근대와 역사라는 이름으로 덧칠된 미망의 자국이다. 미개(未開)는 근대가 자기 정체를 획득하는 인식론적 개념의 하나이다. 서양의 근대 자본주의는 동양에 대한 진보의 개념을 스스로 정당화함으로써 오리엔탈리즘이라는 대타적 동양관을 보편화한다. 일본의 근대화와 역전된 오리엔탈리즘의 구가 과정은 이를 증명하는 대표적 사례라 할 수 있다. 열도라는 지정학적 위치로 인한 미국 자본의 기항지 역할로 개항을 맞은 일본은 스스로를 '반개(半開)'의 위치로 재정립하는 내면적 식민지화의 과정을 통해 동아시아에서 서양의 역할을 자임하게 된다. 따라서 주변국을 끊임없이 '미개화' 하는 과정은 근대 일본이 자기 정체성을 확립하기 위한 필연적인 수단이었던 것이다.15) 그러나 「향아」에서는 그러한 모방의 근대를 "얼굴 생김새 맞지 않는 발돋움의 흉내"라 하여 비판하고 있다. 고향은 스스로 '미개'가 됨으로써 모든 근대적 패러다임을 해체한다. 이러한 인식론적 구도의 정당성 여부에 대해서는 위에서도 언급한 바 있지만, 그 한계에도 불구하고 「향아」는 중앙 집중의 권력화에 효과적으로 대응할 수 있는 저항의 구도를 내재하고 있다는 점에서 주목된다. 신동엽 시의 특징인 진술의 어조라든가 구어체의 구사("두레를 먹던 정자나무 마을"), 문장 부호의 생략, 축약형 표현("발돋움의 흉내랑"), 문체의 파기("내ㅅ물 구비치는") 등도 탈중심적 장치로서 작동하고 있다. 이는 당대의 시인들이 '고향'을 내세워 돌아가고자 했던 향토풍의 연가나 전통을 재확인하는 작업과는 변별되는 것이며 따라서 신동엽

---

15) 일본의 '반개'를 매개로 한 식민지적 무의식과 식민주의적 의식, 자기 오리엔탈리즘적 시선에 대해서는 고모리 요이치, 송태욱 역, 『포스트콜로니얼』, 삼인, 2002 중 특히 「개국 전후의 식민지적 무의식」(17~63면) 참조.

시의 저항적 지역성이라 부를 수 있는 하나의 근거라 할 수 있겠다.

② 역시 신동엽의 고향의식을 잘 반영하고 있다. 여기서도 고향은 고통과 상처로 안개 속에 싸인 도시를 넘어서는 고향이다. 현실의 지역을 넘어서는 상상적 공간으로서의 고향은 "발부리 닳게 손자욱 피맺도록" 되새겨야 할 "저 하늘 가"로 부상된다. 고향을 잃은 화자의 위치는, 고향을 잃은 기괴한 감정이 전형적인 식민적 감정일 수밖에 없다는 전제를 충실히 따르고 있다.16) 기존의 중앙과 지역, 서울과 지방의 배치를 해체하는 효과는 또한 비표준어, 축약형, 조어를 삽입하는 과정으로 더욱 배가된다. 언어의 조탁과 이질적 배치는 60년대적 현실에서도 하나의 기교라고 할 수 있을 정도로 보편화된 시작 방법이라 하겠다. 그러나 신동엽은 분명한 어조로 언어에 대한 기술적 접근을 비판하고 있다.17) 따라서 신동엽 시에 나타나는 언어의 효과가 '언어세공파' 류와는 별도의 차원이라는 점을 이해해야 한다. 이는 지역성에 바탕한 시화 과정에서 배태되는 전복의 전술이라 할 수 있는 것이다.

3. 저항의 식민성과 탈식민성

신동엽 시의 지역적 위상은 나아가 그의 시에 나타난 탈식민성의 정체와 한계로 이어지게 된다. 신동엽이 인식한 현실의 부정성은 신동엽 시의 탈식민성을 밝히는 중요한 지표가 될 것이다. 본 장에서는 지역성과 관련된 정치적 저항의 의미와 한계에 대해 살펴보고자 한다. 공동체

---

16) 이에 대해서는 호미 바바, 앞의 책, 42면 참조.

17) 신동엽은 소위 '現代感覺派', '言語細工派'라 하여 현대시의 '詩作業'을 비판하고 있다.(신동엽, 「六十年代의 詩壇 分布圖—新抵抗詩運動의 可能性을 展望하며」, 『전집』, 376~378면)

의 평화로운 삶을 훼손하는 현실의 억압은 근대의 부정적 질서이다. 이러한 부정성을 대표하는 근대화의 상징으로서 중앙, 즉 '서울'을 들 수 있다.

> 초가을, 머리에 손가락 빗질하며
> 南山에 올랐다.
> 八角亭에서 장안을 굽어보다가
> 갑자기 보리씨가 뿌리고 싶어졌다.
> 저 고층 건물들을 갈아엎고 그 광활한 땅에
> 보리를 심으면 그 이랑이랑마다 얼마나 싱싱한
> 곡식들이 사시사철 물결칠 것이랴.
>
> …(중략)…
>
> 화창한 반도의 가을 하늘
> 越南으로 떠나는 북소리
> 아랫도리서 목구멍까지 열어놓고
> 섬나라에 굽실거리는 銀行소리
>
> — 「서울」(1969) 부분

신동엽은 서울을 "너는 조국이 아니었다"라는 식으로 껍데기의 그것으로 인식하고 있다. 서울에 대한 분명한 부정은 타자로서의 지역을 거부한다는 점에서 보편주의적 이원론의 거부로도 볼 수 있다.18) 서울은 제국주의와 서양중심주의를 포함하여 근대적 폭력 일반으로 확대되는

---

18) '발명'된 것으로서의 타자성과 그에 비견되는 지역의 의미에 대해서는 김양선, 「탈식민의 관점에서 본 지역문학」, 『한림대 인문과학연구소 제6회 심포지엄자료집』, 2002. 11. 15 참조. 이 글은 결론적으로 지역문학의 분열적인 이중성(타자성과 저항성)을 직시하고 중심(서구)의 실체를 '입과 이론', 즉 구체적 분석과 이론적 접목을 통해 분석하는 작업이 필요함을 주장하고 있다.(50면)

신동엽 시의 부정적 대상임은 주지하는 바와 같다. 그러나 여기서 간과할 수 없는 문제가 현재의 서울을 갈아엎고 그곳에 보리를 심고자 하는 꿈의 지향성에서 발견된다. 이러한 모티프는 자주 반복되는데, 「4月은 갈아엎는 달」(1966)에서도 "갈아엎은 漢江沿岸에다/ 보리를 뿌리면/ 비단처럼 물결칠, 아 푸른 보리밭" 식으로 표현되고 있다. 이러한 화자의 소망은 '원수성'으로의 회귀, 즉 '차수성' 세계의 질곡을 넘어 돌아가야 할 '귀수성'의 세계라는 구도로부터 비롯된 것이다. 「서울」을 비롯한 많은 시편에서 "사시사철 물결칠" 공동체적 회귀에 주목하고 있는 점은 신동엽 시의 탈식민성이 지닌 본질이자 한계일 것이다. 식민의 현재를 벗어나고자 하는 것이 식민 이전으로의 회귀일 수는 없다.19) 그것은 일종의 인식론적 한계로서 신동엽의 전체 시세계에 반복되어 나타난다. 물론 많은 연구자들이 주목하고 있듯이 신동엽의 귀수성의 세계가 단순한 과거 미화와 비정치적인 이데아의 세계는 아닐 것이다. 이를 인정한다 하더라도 정치한 역사 의식의 결여나 구체적인 민중의 삶에 대한 매개 없이 상고의 역사가 미화되는 측면은 분명한 한계로 지적될 수 있다.20)

---

19) 서론에서 전제한 파농의 탈민족적 관점이 이와 연관될 수 있을 것이다. 파농은 일찍이 제3세계의 민족의식이 갖는 함정, 즉 종족이나 부족주의로의 전도 가능성을 지적한 바 있다. 또한 식민주의에 동화되기 쉬운 민족 부르주아의 계급적 인식론적 한계를 인정하고, 따라서 민족의식이 정치적 사회적 의식으로 이행되어야 한다고 주장한다. 이에 대해서는 프란츠 파농, 박종렬 역, 『대지의 저주받은 자들』(광민사, 1979)의 3장 「민족의식의 함정」 참조.

20) 이와 관련하여, 최근의 탈식민 연구의 경향이 해체론적 탈식민주의론에 전거한 나머지 자본주의나 계급문제, 제3세계의 역사성에 대한 이해 부족을 낳고 있으며, 따라서 식민 이후를 분석하는 새로운 시각이 탈식민 연구에 필요하다는 지적을 참조할 수 있다.(하정일, 「한국근대문학 연구와 탈식민―'친일문학' 문제를 중심으로」, 『제10회 민족문학사학회 심포지엄 자료집』, 2003. 9. 19 참조) 또한 식민적 억압을 극복하고자 하는 맥락에서 발생하기 쉬운 오류, 즉 역사와 계급 등 제3항을 매개하지 못하는 동일시의 욕망은 또다른 환상을 낳을 뿐이라는 지적에도 유념해야 할 것이다.(이경덕, 「탈식민주의와 마르크시즘―주인과 노예의 변증법」, 고부응 외, 『탈식민주의―이론과 쟁점』, 문학과지

　그럼에도 불구하고 현실에 대한 신동엽의 시적 저항이 '인식론적 한계'에 매몰되는 것만은 아니다. 신동엽의 시는 예의 그 양가적 구조로 인하여 제3세계의 연대를 모색하는 세계사적 인식을 포함하게 된다. 「서울」은 또한 "越南으로 떠나는 북소리"의 은유, 곧 제국주의의 제3세계 침략전쟁에 동조하는 매판자본의 억압성을 그려내고 있다. 더불어 "섬나라에 굽실거리는 銀行소리"와 같이 60년대 경제성장의 배후에 있는 신식민지적 경제원조의 허실을 지적한다. 이러한 상황은 신동엽 시에 나타난 근대 인식의 다양한 형상들이라 할 수 있으며, 원수성과 차수성의 이분법적 경계 속에 내재된 다차원적 구도에 다름 아니다. 지역은 주변성의 한계와 일국적 단위를 넘어설 수 있는 제3의 연대적 공간임이 상징적으로 제시되고 있는 것이다.

　　쉬고 있을 것이다.

　　아시아와 유우럽
　　이곳 저곳에서
　　탱크 부대는 지금
　　쉬고 있을 것이다.

　　일요일 아침, 화창한
　　도오꾜 교외 논 뚝 길을
　　한국 하늘, 어제 날아간
　　異國 병사는
　　걷고.

　　히말라야 山麓,

성사, 2003 참조)

土幕가 서성거리는 哨兵은
흙 묻은 생 고무말 벗겨 넘기면서
하루삔 땅 두고 온 눈동자를
회상코 있을 것이다.

— 「風景」(1960) 부분

세계를 장악하는 '탱크 부대'의 위력은 아시아와 유럽, 일본과 한국을 불문하고 전세계적인 동시성의 폭력이 된다. 순이와 백인 병사 사이, 이스라엘 선술집을 넘나드는 병사의 여정, 동방대륙과 서방대륙을 넘나드는 송유관을 따라 탱크부태의 흔적이 깔린다. 서정적인 어조로 세계의 순이, 세계의 아가씨들이 "아심 아심 살고" 있는 현실을 배경으로 제시하면서도 결국은 자본주의와 폭력을 근간으로 하는 근대의 지구촌을 형상화하는 풍경이 아닐 수 없다. 이처럼 제국주의의 세계 지배논리를 은유적으로 그리는 이 작품에서도 외형은 휴식과 안온한 삶을 취하고 있다.

이처럼 신동엽의 '저항'에는 제3세계성을 강조하는 세계 인식이 포함된다. 「풍경」에서 노래한 근대의 폭력은 곧 제국주의의 지배논리에 대한 은유적 형상화라 할 수 있는데, 이는 시적 저항의 태도라 할 수 있는 낮음과 저음의 목소리를 타고 서정적으로 구조화된다. 흑인 아이나 제3세계 노동자의 모습이 재현되는 맥락도 동시적으로 진행되는 제3세계 식민지화에 대한 인식의 단면이다. 서울에 대한 대타적 개념으로 인식된 지역은 나아가 제국과 식민지의 관계와 등가를 이루며 개별 국가적 현실을 초월하는 세계사적 맥락을 은연중 드러내고 있다.

또한 신동엽의 저항적 효과 속에는 여성성의 문제가 관련된다. 신동엽 시에서 여성성의 부각은 탈식민성을 증거하는 논거로 제시되기도 한다.21) 오리엔탈리즘은 서양과 동양의 본질론적 이분법 아래 동양에 대한 수동성, 여성성, 타자성을 강조해 온 것이 공공연한 사실이다. 신동엽 시의 여성은 이러한 정형의 면모를 지니기도 하지만 그에 어긋나는 대위법적 효과22)의 예시가 되기도 한다. 그의 시는 강인한 남성적 상상력을 바탕하고 있는 가운데 끊임없이 '여성'이 등장하고 있다. 강인한 남성적 어조와 이미지로 '껍데기'와 '외세'를 부정하고 있지만, 그와 더불어 시적 진술의 차원에서 화자의 이중 배치가 나타나기도 하고 여성 화자를 서술의 주체로 부각시키는 것 또한 사실이다. 이는 그의 등단작 「이야기하는 쟁기꾼의 대지」(1959)는 물론 서사시 「금강」(1967)에도 반복되는 주요 구조이다. 「女子의 삶」(1969)은 이와 관련하여 주목되는 작품이다. 대지모신적인 원형으로서의 여성성뿐만 아니라 욕망의 능동적 행위자로서의 여성, 또한 현실의 정치적 대안을 근거하는 여성성의 모티프라는 차원에서의 접근 가능성을 「여자의 삶」은 열어놓고 있다. 이러한 모습은 "선택하는 자유는 저한테 있습니다/ 좋은 씨 받아서/ 좋은 神聖 가꿔보고 싶으니까", "빨래를 한다, 여자는 양말이 아니라 남자의 마음/ 전장에서 살육하고 돌아온/ 남자의 마음" 등의 구절을 통해서 확인할 수 있다. 뿐만 아니라 시극 「그 입술에 파인 그늘」(1966)의 경우에도 여성 화자의 능동적이고 적극적인 욕망의 체현을

---

21) 김석영, 앞의 논문, 78~88면 참조.

22) 이 표현은 후기 사이드의 방법론을 전제로 한 것이다. 무어-길버트에 따르면 『오리엔탈리즘』으로 대표되는 초기 사이드의 문제의식은 잠재적 오리엔탈리즘과 외현적 오리엔탈리즘의 구분에서 드러나듯이 이항대립적이고 본질론적인 시각에 기초되어 있다. 이러한 사이드의 이론적 모순은 『문화와 제국주의』 등의 후기 저작에 이르러 다양한 유형의 문화민족주의가 참조되거나 서구 정전을 비서구 문화와 병치시키는 등 절충적 입장을 도입함으로써 스스로 극복되는 모습을 보여준다. '대위법'은 이러한 절충주의적 입장을 대변하는 방법론적 개념이다. 이른바 사이드의 '신인본주의'적인 새로운 범세계적 공동문화는 또다른 유형의 주변인과 국외자를 확인, 발생시킬 위험을 내포하기도 하지만, 본질론적 정체성 모델에 의존하지 않고 문화적 차이를 재현할 수 있는가 하는 중요하고도 도전적인 질문으로서 시사하는 바가 크다는 것이다. 이상 사이드의 이론적 입장에 대해서는 바트 무어-길버트, 이경원 역, 『탈식민주의! 저항에서 유희로』, 한길사, 2001, 2장 「에드워드 사이드: 『오리엔탈리즘』과 그 너머」 참조.

볼 수 있다.23) 이 같은 신동엽 시의 여성성 부각과 혼성적 장치는 남성적 혹은 여성적 성정으로만 일관하는, 그리하여 결국 오리엔탈리즘을 내부에서 반복하는 문학적 재현으로부터 그의 시를 벗어나게 한다. 신동엽 시세계에서 일관되게 강조되고 있는 원수성에 대한 긍정적 가치 부여가 대지모신이나 영원성 등의 이미지와 친연성이 있음을 볼 때, 여성을 집에 비유하는 것 역시 여성의 수동성을 강조하기 위한 것이라기보다는 생산성 혹은 대지적 근원성의 의미를 부여하는 차원으로 해석될 수 있을 것이다.

신동엽은 민족주의적 입장에서 60년대의 현실을 비판하고 이를 자신의 시로 극복하고자 한 시인이다. 이러한 관점에 항용 뒤따르는 비판인 미학성 결여에 대한 지적은 그 역시 본질주의적 시선을 넘어서지 못한다는 점에서 문제적이다. 신동엽의 민족적 입장은 당대의 정치경제적 상황이 낳은 이데올로기의 호명과 밀접히 연관되어, 그에 매몰되는 동시에 극복의 가능성을 보여주는 중층적 양상을 띄고 있다. 자유민주주의의 추구와 경제 선진화의 논리는 미국을 중심에 놓는 대타적 자기 인식의 결과물일 것이며, 결국 자기 식민지화의 외화된 형상이 아닐 수 없다. 그런 점에서 동양의 근대화는 곧 자기 식민화의 변형된 형태일 수 있다. 그러나 이러한 일반화가 설득력을 지니기 위해서는 해당 사회의 물질적 토대와 이를 반영하는 구체적 텍스트가 뒷받침되어야만 한다. 이것은 탈식민주의의 관점이 오리엔탈리즘의 또다른 변형일 수 있는 가능성에도 불구하고 현실적인 대안 담론이 되어야 하는 하나의 이유이다. 그런 관점에서 신동엽의 저항적 전술이라 할 수 있는 느림의 추구, 생래적 저음의 기교는 탈식민의 목소리가 지니기 쉬운 경직성을

---

23) 「그 입술에 파인 그늘」에 나타난 여성성과 다장르적 실천의 의미에 관해서는 졸고, 앞의 논문, 126~133면 참조.

넘어서는 정치적 효과를 유발한다. 이는 앞 장에서도 언급한 바와 같은 중심을 거부하는 일종의 탈식민적 저항 전술로 볼 수 있을 것이다. 탈식민적 관점의 독법은 이러한 비의도적 혼성성의 국면과 효과에 주목해야 할 것이다.

　현실에의 참여 정신은 신동엽의 시적 저항에 핵심적 내용이다. 저항의 기의는 이른바 행사시라는 형식으로 기표화되기도 한다.

　　四月十九日, 그것은 우리들의 祖上이 우랄高原에서 풀을 뜯으며 陽달진 東南亞 하늘 고흔 半島에 移住오던 그날부터 三韓으로 百濟로 高麗로 흐르던 江물, 아름다운 치마자락 매듭 고흔 흰 허리들의 줄기가 三·一의 하늘로 솟았다가 또 다시 오늘 우리들의 눈앞에 속구쳐 오른 阿斯達 阿斯女의 몸부림, 빛나는 앙가슴과 물구비의 燦爛한 反抗이었다.

　　…(중략)…

　　알제리아 黑人村에서
　　카스피海 바닷가의 村아가씨 마을에서
　　아침 맑은 나라 거리와 거리
　　光化門 앞마당, 孝子洞 終點에서
　　怒濤처럼 일어난 이 새피 뿜는 불기둥의
　　抗拒……
　　冲天하는 自由에의 意志……
　　　　　　　　　　　　　　　　　　— 「阿斯女」(1960) 부분

　「아사녀」는 저항 정신을 표면적으로 드러내는 대표적 예시에 해당된다. 그 과정에서도 과거와 현재가 등재되고("罪없는 月給쟁이/ 가난한 百姓", "삼한으로 백제로 고려로……삼·일의 하늘로"), 지역과 중앙이 혼재되는("邑에서 邑/ 學園에서 都市, 都市 너머 宮闕", "알제리아 黑人村에서/ 카스피海 바닷가의

村아가씨 마을에서/ 아침 맑은 나라 거리와 거리/ 光化門 앞마당, 孝子洞 終點에서")
양상을 볼 수 있다. 이러한 현상은 신동엽 시에 나타나는 일종의 혼성
성이다. 이 작품에는 앞서 살펴봤던 여성성의 성징, 일상적 진술의 효
과, 일국적 단위를 넘어서는 초국적 연대의 정신이 효과적으로 결합되
어 있다. 환언하자면 이는 억압에 대한 저항이라는 분명한 기획 의도
속에 내재된 혼성의 양상이라 할 수 있다.

　신동엽의 시는 단순히 매판 자본과 민족 모순에만 항거한 것이 아닌
제국주의의 본질과 폐해를 지적했다는 데 또다른 의의가 있을 것이다.
신동엽 시에 등장하는 쇠는 제국주의의 물리적 폭력을 상징하기도 하
고 신식민지 자본 형성의 근간을 환기할 수도 있다. '철'은 60년대 한국
경제의 고도 성장에 바탕이 되는 동력이었다. 이와 관련하여 60년대적
상황에서 우리의 신식민성을 강제한 외부 세력으로 미국뿐만 아닌 전
후 일본의 신식민주의적 간섭을 들 수 있다. 일찍이 스스로를 제국화하
여 오리엔탈리즘을 극복하려 한 일본은 전후의 식민적 무의식을 내재
화하는 일환으로 주변국의 친군부적 독재권력 형성에 동참하게 된다.
여기에도 진보라는 이름의 전도된 환상이 신식민주의에 정당성을 부여
하고 있다. "'경제 원조'라는 이름의 개발형 군사 독재 정권에 대한 가담
이 그후 수십 년에 걸쳐 한국의 탈식민지화와 민주화를 강력하게 저해
하는 중대한 원인"[24]이었음을 간과할 수 없다. 그러나 신동엽의 시가
이에 대한 구체적 이미지를 충분히 보여주고 있지 못한 점은 탈식민적
저항의 모순적 은폐라고도 생각되는 바, 이러한 한계는 내재적 신식민
화의 구조가 신동엽의 의식을 넘어서는 형국이었다고도 할 수 있겠다.

---

24) 고모리 요이치, 앞의 책, 139면.

4. 맺음말

　신동엽 시는 지역적 정서에 바탕한 지역문학의 가능성을 보여주었다. 그러나 그의 지역성은 결코 구체적 공간으로 한정되지 않으며 중앙과 지역의 이분법적 지역주의를 넘어서는 탈식민적 가능성을 보여주고 있다. 이는 우리가 신동엽의 시를 민족문학의 소중한 자산으로 기억하는 중요한 이유가 될 수 있다. 한편 신동엽의 지역성은 그의 근대 인식, 즉 원수성의 세계로부터 멀어진 차수성 세계로서의 근대, 이를 극복하기 위한 귀수성으로의 회귀에서 볼 수 있는 것과 같은 또다른 본원주의의 가능성을 내포한 것이기도 하다. 따라서 신동엽 시의 지역과 저항은 중층적으로 해석될 수 있는 의미의 여백을 거느리고 있다.

　탈식민주의의 관점은 이 미묘한 동일화와 저항의 순간을 효과적으로 포착할 수 있는 이론적 틀이 될 수 있다. 탈식민주의의 생래적 한계에 대한 지적은 그것이 결국 서양을 중심으로 하는 또다른 편향일 수 있다는 우려에서 비롯된다. 또한 아직까지 내실 있는 성과를 집적하고 있지 못한 형편인데, 이는 탈식민주의의 '절박한 영역'을 반증하는 정황이라 할 수 있다. 탈식민주의의 문제점은 이에 대한 비판적 시각이 증폭하는 데서 비롯되는 것이 아니라, '탈식민'이 출현한 역사적이고 사회적인 맥락이 이질적이며 따라서 탈식민주의의 문화 형태와 비평 양식이 매우 다양하다는 점일 것이다.[25] 한국의 신식민적 현실은 탈식민주의 이론의 영역에서도 철저하게 소외되어 주변적 대상에 머물고 있으며, 무엇보다도 탈식민 반 세기를 넘기면서도 '식민 이후'의 양가적 혼돈이 반복되고 있는 현상은 탈식민적 관점의 현재화가 필요한 분명한 이유일 것이다.

---

25) 바트 무어-길버트, 앞의 책, 420면.

이렇게 볼 때, 신동엽을 60년대의 민족문학적 성과로만 한정하는 것은 신동엽 시의 의미를 정형화하는 관습적 해석을 반복하는 것인지도 모른다. 달라진 담론의 수위에서도 신동엽의 시는 재해석되어야 하고, 그 과정에서 신식민성의 질곡을 문학적으로 대응하는 데 있어서의 시사점을 새롭게 발견할 수 있으리라 본다. 지역성과 저항의 의미를 중심으로 한 이 글의 시도 역시 신동엽 시의 탈식민성에 대한 지엽적 고찰로서, 여전한 미결의 영역들로부터 자유롭지 못할 것이다.

하위주체 여성 - 노동자와 탈식민성

- 신경숙의 『외딴방』론 II

박 현 이

1. 들어가는 말

탈식민 담론과 페미니즘 담론의 공통점은 '서양/동양, 남성/여성'이라는 이항 대립적 질서하에서 동양과 여성이라는 후자의 항이 타자의 자리에 위치지어진 것을 문제삼아 출발했다는 점에 근거한다. 따라서 두 담론은 억압과 불평등에 관한 문제 제기, 또 그것을 이론적으로 설명하고 이해하려는 시도, 그리고 지배 집단에 의해 주변화된 집단의 권리와 지위를 되찾으려는 시도 등 여러 면에서 공통점을 갖는다.[1] 이러한 맥락에서 본고는 신경숙의 소설 『외딴방』의 여성작중인물들을 중심으로 여성소설의 탈식민적 읽기를 시도하고자 한다.

이 소설은 크게 두 개의 스토리 라인이 교차 서술되는 서사형태를 띠고 있다. 즉, 하나의 스토리 라인은 과거 1979년도에서 81년도에 이

---

1) 박경화, 「탈식민주의와 페미니즘: 제 3세계 페미니즘을 중심으로」, 『탈식민주의-이론과 쟁점』, 고부응 엮음, 문학과 지성사, 2003, 147면.

르는 시간에 해당하는 것으로 서술화자인 내가 동남전기주식회사의 여공이자 영등포여고 산업체특별학급의 야간부 학생으로 재학하던 시절의 서사에 해당한다. 한편, 또 다른 스토리 라인은 원고를 집필하여 퇴고하기까지의 기간에 해당하는 1994년 9월에서 95년 9월에 이르는 약 1년여의 기간에 해당하는 서사로 현재 나는 문학적 글쓰기에 대한 자의식적인 질문과 지속적인 고민을 하고 있는 32세의 소설가이다. 이 소설에서 현재의 시공간은 90년대로 등장하고 있지만, 관건이 되는 것은 전자의 스토리 라인에 해당하는 70년대 말에서 80년대 초에 이르는 과거의 시공간이다. 70년대로부터 80년대로 진입하는 이 과정은 한국현대사를 상기해 볼 때, 굵직한 사건들이 난무하는 혼돈의 시기였다. 이에 문학과 현실의 관계를 다시금 되짚어보지 않을 수 없는데, 현대 한국문학사에서 1980년대는 문학과 사회의 관계를 논하는 방향 중, '노동을 통해 근본적으로 파악될 수 있는 사회'라고 할 수 있다. 노동이 중요한 의미를 지니는 사회에서의 문학은 대체로 계급 및 당파성의 문제를 중심으로 삼는 정치경제학적인 질문과 밀접한 관계를 맺게 된다.[2] 물론, 이 소설은 1990년대에 씌어진 작품으로 엄밀한 의미에서 말한다면, 80년대 치열한 노동현장을 직접적으로 재현해낸 본격적인 노동소설과는 변별된다. 그러나 오히려 이 지점에서 소설의 독특한 매력을 발견할 수 있는데, 현재의 시공간에서 기억을 통해 과거를 다시금 반추하고 재현해내는 작업은 때로 더 역사적[3]일 수 있기 때문이다. 따

---

2) 김정숙, 「한국 현대소설의 호명 시학:1970~90년대 소설을 중심으로」, 충남대학교 박사학위논문, 2004년 2월, 86면.

3) 이는 라인하르트 코젤렉이 언급한 현실과거와 순수과거의 개념과 연관지어 생각해 볼 수 있다. 현실과거란 주체가 직접 경험한 과거를 말함이며, 순수과거란 실제 경험이 배제된 시간의 경과에 따른 기억의 변화에 의해 형성된 과거를 말함이다. 이러한 현실과거에서 순수과거로의 전환을 두고 코젤렉은 학문적 역사연구를 통한 활성적 역사 경험의 해체라고 표현하고 있다. (알라이다 아스만, 『기억의 공간』, 변학수·백설자·채연숙 역, 경북대학교출판부, 2003, 15~16면 참조.)

라서 작품 내의 서술화자이자 작중인물인 나를 비롯한 여성 노동자들의 정체성 문제는 크게 두 가지 층위에서 재고되어야 할 것이다. 즉 젠더화된 층위에서의 여성으로서의 성적 정체성의 문제와 계급의 층위에서 여전히 타자화되고 있는 노동자로서의 정체성 문제로써 말이다.

이와 같은 관점을 토대로 본고는 신경숙의 장편소설 『외딴방』4)에 드러나고 있는 여성인물들의 삶의 과정을 탈식민의 관점에서 조명해 보고자 하는데, 크게 세 가지 질문에서 출발하고자 한다. 우선, 하위주체로서의 여성노동자 이미지는 작품 내 여성인물들에게 어떠한 양상으로 드러나고 있는가? 또한, 여성노동자들이 겪는 억압과 갈등 및 상처가 고스란히 기입되는 삶의 현장은 어디이며, 그 공간에서 이들의 식민화는 어떻게 진행되며 재현되는가? 그렇다면, 여성인물들은 이러한 상황 속에서 온전한 인권과 여성성을 찾기 위해 어떠한 방식으로 대응하며 투쟁하는가?

그간 신경숙의 작품세계를 이루는 주조는 전설성 내지는 신화성으로

사학자인 그가 경계하는 것은 현실적·실제적 경험의 희석 내지는 부재를 조장하는 순수과거의 효과일 텐데, 이것은 과거를 신비화 내지는 낭만화 하는 부정적 효과임에 틀림없다. 그러나 문학텍스트의 경우, 구체적인 서사를 통해 재현되는 순수과거는 작중인물 혹은 화자의 기억을 통해 다시금 직조되고 재구성된다. 재구성 내지는 재창조의 과정은 단순히 현실과거를 낭만화하는 것이라고 단정짓기에는 역사학자가 바라보는 역사와 문학 연구자가 바라보는 역사는 변별된다. 문학은 허구를 통해 재현되는 실제를 담보하기 때문이다. 따라서 『외딴방』에서 서술화자의 기억과 고백을 통해 재현되고 형성되는 과거는 현실과거와 순수과거의 특성을 모두 함의하고 있다. 문학 속에 형상화되는 순수과거를 단순히 무시간성 내지는 비-역사적이라고 치부할 수 없는 까닭이 여기에 있다. 『외딴방』에서 보다 주목할 것은 현실과거와 순수과거의 교섭작용 내지는 상호소통의 과정이며, 이를 통해 재창조되는 개인의 역사, 나아가 연대의 역사다. 따라서, 문학 텍스트 속에서 형상화되는 기억은 신비화, 낭만화를 가져온다기보다 오히려 더 역사적이다.

4) 「외딴방」은 단편소설의 형식으로 1990년도에 출간된 그녀의 첫 소설집 『강물이 될 때까지』(문학동네)에 실려 있다. 유사한 소재와 작중인물을 다루고 있지만, 단편 「외딴방」이 안고 있던 한계점을 장편 『외딴방』은 극복하고 있는 것으로 판단된다. 본고는 신경숙의 장편소설 『외딴방』, 문학동네, 2004(16쇄).를 텍스트로 하며, 인용문에 대해서는 이후부터 면수만을 표기하기로 한다.

평가되어 왔으며, 그 드러냄의 방식은 주로 일기나 편지의 형식과 같은 내면의 서술방식에 기대고 있어 현실성의 결여 내지는 역사성의 부재 등이 자주 지적되어 왔다.5) 미학적으로 아름답지만, 총체적 삶의 모습을 담아내는 리얼리티가 희박하다는 것이다. 그러나 위의 질문을 바탕으로 본고의 논의 진전이 활발히 이루어진다면, 『외딴방』의 서사가 개인 내지 신변잡기적인 내면의 서사 층위에 머무르는 것이 아닌, 공동체 혹은 연대의 역사를 드러내는 방식이며 따라서 소위 겉보기에는 미시서사의 형식을 띠고 있지만, 하위주체 여성노동자들의 삶을 기록하는 치열한 역사의 장이 될 수 있음이 밝혀지리라 기대된다.

2. 하위주체로서의 여성 노동자: '여공들'

『외딴방』에 등장하는 '나'를 비롯한 여성인물들은 유신체제와 근대화라는 삶의 질곡을 온몸으로 체험해야 했던 1970년대 말에서 80년대에 이르는 시·공간 속에 놓여 있다. 이들은 모두 여성 노동자(여공)라는 신분으로 가난과 빈곤이라는 삶의 난제에 직면하고 있으며, 이들 정체성의 중심에는 도시하층민이라는 계층적 코드가 각인되어 있다. 생계를 이어가거나 가족을 부양하기 위해 도시로 이주한 이들에게 있어 도시, 공장에서의 삶은 이들의 고유한 정체성을 끊임없이 지우고, 그 자리에

---

5) "전설의 세계는 아름답지만 현실성이 없다. 노동현장을 비롯 지난 시대의 풍속을 담아내는 작품으로서 신경숙이 종국에 기대는 전설은 이런 점에서 다소 위태롭다. 뿐만 아니라 지난 시대의 정치적·역사적 사건들은 때로 주인공의 의식과 긴밀한 관련성을 맺지 못한 채 단지 한 시대의 삽화로 제시되고 있기도 하며, 궁극적으로 가난이라는 경제적 궁핍에서 비롯되고 있는 '외딴 방'의 상처를 희재언니의 죽음과 연관시켜 삶의 근원적인 비의로 추상화시키는 과정도 다소 자연스럽지 못한 감이 있다."(황도경, 「'집'으로 가는 글쓰기」, 『문학과 사회』, 1996년 봄호, 355면.)

'임시노동자', '일급사원'(정식사원과 차별되는 의미에서), 심지어는 '도둑'이라는 이름을 강제적으로 기입한다. 미즈가 제3세계 여성노동 분업체계의 세계시장으로의 통합과정을 밝히면서 주목한 네 가지 부문6)을 참고해 본다면, 이들은 기업 소유의 공장체제 하에 임시직으로 등록되어 있으며, 노동한 만큼 정당한 임금을 받지 못하고 인격적, 심지어는 성적으로 유린당한다는 점에서 하위주체라 할 수 있다. 서발턴(subaltern), '하위주체'라는 용어는 그람시가 감옥에서 검열을 피하기 위해 프롤레타리아를 지칭하는 용어로 사용했던 것으로 그는 특히 이탈리아 남부에 근거를 둔 시골 농민의 비조직적 집단을 지칭하기 위해 이 용어를 사용했다. 스피박은 이 '서발턴'이라는 말에 이론적 엄격함이 존재하지 않음을 강조하면서 인도의 빈민과 하층계급 및 소농계급을 이해하기 위해 이 용어를 적용한다. 오늘날 이 용어는 탈식민 이론가들의 연구과정 속에서 보다 폭넓게 확장되어 엄격한 계급 분석으로는 분류되지 않는 모든 것을 지칭하는 말로 변형되었다. 즉, 하위주체란 생산위주의 자본주의 체계에서 중심을 차지하던 프롤레타리아 계급을 포괄하면서도 성, 인종, 문화적으로 주변부에 속하는 사람들로 확장될 수 있다.7)

이 글에서 주목하고자 하는 『외딴방』의 하위주체는 여성 노동자들이

---

6) 미즈는 1970년대 이후로 구축된 신국제노동분업체계에 관심을 갖게 되는데, 이 체계 속에서 제 3세계 여성노동을 규명해 보고자 1982년에 나르지푸어의 레이스공장 여성노동자의 비조직적이고 신비한 존재방식을 연구, 발표한 바 있다. 거기서 미즈는 제3세계 여성노동의 자본축적 과정에 가정주부로서 통합된 것과는 별도로 네 가지 부문을 통해 세계시장경제로 통합된다고 분석한다. 네 가지 부문이란 첫째, 초국적 기업 소유의 전자, 섬유, 의류, 장난감 산업 등의 대규모 공장제 산업, 둘째, 대부분 하청제로 노동력을 조직화하고서 다양한 소비재를 생산하는 소규모 제조업, 셋째, 소농경제, 상업적 농업에서 무급의 '가족노동'에 종사하거나 임시직으로 일하는 여성노동 부문, 넷째, 주로 아시아와 아프리카에서 관광과 섹스 산업에서 유럽, 미국, 일본 남성에게 봉사하는 성노동 부문을 말한다. (태혜숙, 『탈식민주의 페미니즘』, 여이연, 2001, 153면.)
7) 스티븐 모튼, 『스피박 넘기』, 이운경 역, 앨피, 2005, 94~102면 참조.

다. 이들 하위주체는 다시 이중적 층위에서 바라볼 수 있는데, 그람시적 의미에서 본다면 여공들은 도시프롤레타리아 계급에 속하며, 동시에 이들이 하위층 여성성을 대변한다는 점에서는 하위주체 개념에 여성성별(genderning)의 개념을 도입한 스피박적 의미를 지니고 있다. 그러나 보다 중요한 것은 하위주체란 자본의 논리에 희생당하고 착취당하면서도 자본의 논리를 거슬러 갈 수 있는 저항성을 갖는 주체를 개념화한다는 것이다.

작품 내 서술화자이자 작중인물인 '나'의 표현에 근거해보면, 작품 속 여공의 이미지는 크게 두 가지로 범주화해 볼 수 있다. 늘 "무표정한, 무심한, 조용한"이라는 수식어가 따라붙는 "색깔은 하나도 없는, 엷은 살빛 입술"을 지닌 희재 언니로 대변될 수 있는 정적(靜寂) 이미지와 유채옥과 김삼옥, 미스 리와 같은 동적(動的) 이미지가 그에 해당한다. 전자가 주어진 조건 및 상황에 순응하며 소극적 삶을 살아간다면, 후자의 경우는 저항과 외침이라는 적극적 방식으로 그에 맞서 대응한다. 하위계층의 탈식민화의 가능성은 이러한 동적 이미지에서 출발한다. 예컨대 준비반 조장인 유채옥은 잔업을 하고 가지 않았다는 이유로 회사측으로부터 사직서를 쓰도록 강요당하는 미스 최를 대신해 생산과장에게 "우리가 기계인가? 왜 우리를 이렇게 함부로 대하는가? 닷새 동안 계속 이어지는 잔업에 코피가 터져 집으로 돌아간 미스 최에게 사직서를 쓰라니 그게 말이 되는가."(77면.)라고 회사측의 착취의 논리에 항변하면서, "우리의 권익을 위해 노동법에 따라 결성한 노조다. 회사에서 아무리 방해를 해도 우리는 결성식을 갖겠다."고 노동조합 결성의 정당성을 주장하는 적극적 태도를 보인다.

　　퇴근시간.
　　경비실에서 수위가 몸수색을 한다. 생산현장의 부품을 몸에다 숨겨

바깥으로 빼돌릴까 봐 하는 몸수색이다. 포장반의 서선이가 수색을 위해 가슴께에 달린 주머니를 들추는 수위의 손을 탁, 뿌리친다. 우리는 일급사원. 관리사원들은 정식사원이라 부른다. 정식사원들은 몸수색을 받지 않는다. 그들은 출퇴근카드에 퇴근시간을 찍고 경비실을 유유하게 빠져나간다. 몸과 가방을 수색당하는 건 일급사원들이다. 몸수색을 거부하는 서선이는 출퇴근카드에 퇴근시간을 찍지 못하고 밀려난다. 서선이를 시작으로 일급사원들이 줄지어서 가방을 열어보라고 맡기나 몸수색은 거부한다.

총무과의 하 계장이 뛰어나온다.

"도둑이 제 발 저린다더니 몸속에 뭘 숨겼길래 그래!"(245면.)

온종일 기계 앞에 앉아 고개 한 번 제대로 들지 못하고 나사를 조이거나, 부품을 조립하거나 납땜을 한 여공들은 퇴근시간조차도 회사로부터 자유로울 수 없다. 이들을 관리하는 관리자들은 '정식사원'이라는 미명 아래 몸수색을 받지 않는 반면, '일급사원'에 해당하는 여공들의 경우, 개개인의 성실성과는 별도로 이들의 인격은 끊임없이 감시당하고 검토의 대상이 된다. 이에 성실한 노동자 이미지는 이들의 의지와는 별개로 관리자에 의해 순식간에 '도둑'의 이미지로 전이된다. 여공의 몸은 여성 이전에 '노동자'라는 신분에 일괄적으로 포획되어 관리자의 시선에 노출되고, 성적 탐닉의 대상으로 정당화된다. 이에 여공 서선이는 "남자인 경비원에게 가방은 몰라도 몸수색은 받을 순 없다고!" 당당하게 항변한다.

이처럼 부당하게 대우받고 소외당하는 여공들의 중심에 공통항으로 자리잡고 있는 것은 '가난'과 '상처'다. 가난과 상처는 여공이라는 하위주체를 이루는 중요한 동인이 되는 동시에 서로의 관계를 이어주는 매개항으로 기능하기도 한다. 공장에서 일하느라 늦게 야간부 학생이 된 스물여섯의 여공 김삼옥은 소녀스러운 교복에 비해 너무나 피로에 젖은 얼굴이 조화되지 않는 "교복과 얼굴이 따로 노는" 인물이다.

> 나이 차이가 여섯 살이나 나는 산업체 학급의 동급생인 김삼옥은 공장에서의 철야농성으로 학교에 결석을 통보한다.
> "학생이 농성해도 학교 보내줘요?"
> "회사가 일방적으로 폐업선고를 했어."
> "……?"
> "기숙사도 식당도 다 폐쇄했어."
> "……"
> "퇴직금이며 해고수당을 안 받아 가면 법원에 공탁하겠대."
> "……"
> "회사가 폐업하면 학교는 어떻게 되는 거예요?"
> "학교 같은 건 상관없어. 나, 회사 다녀야 돼. 아무 대책도 없이 당장 회사가 문 닫으면 어떻게 살아. 시골에도 돈 부쳐야 돼."
> (…중략…)
> "그 동안 시골에 돈 부쳤어요?"
> "그럼, 어떻게 하니, 어머니 밑에 동생이 넷이나 되는데…….."
> "월급이 얼마나 되는데요?"
> 김삼옥은 피식, 웃으며 내뱉는다.
> "치약 하나 사면 그걸로 삼 년 썼어. 됐니?" (181면.)

가난 때문에 시골을 떠나 도시로 온 여공에게 기다리고 있는 선물은 치약 하나로 삼 년을 버티게 만드는 끔찍한 빈곤의 악순환이다. 김삼옥으로 대변되는 도시에서의 여성 노동자들의 삶이란 회사에서의 폭압적 구조 외에도 고향에 있는 가족의 생계까지 책임져야 하는 가족부양의 의무감으로 점철된다.

또한, 가난한 여공들의 삶 한가운데는 상처라는 공통항이 자리잡고 있다. 쇠스랑에 찍힌 발등 위의 상처를 안고 도시로 온 '나'를 비롯해

캔디 싸는 일로 인해 손가락이 삐뚤어져서 왼손으로만 글씨를 쓰는 안
향숙, 왼쪽 팔 동맥을 끊고 추락해서 자살한 여공 김경숙, 연행되다 기
동경찰대 버스에서 뛰어내려 다리를 절게 된 김삼옥, 늘 손톱이 까지고
짓물러 있던 결국에는 연탄가스로 죽은 최양님, 지하 계단에서 발에 걸
어채여 다리가 부러진 미스 리, 졸다가 미싱 바늘에 손등을 박아버린
희재 언니, 나사 박는 일을 하다 팔이 올라가지 않게 된 외사촌에 이르
기까지 공단과 산업체특별학급을 힘겹게 오가던 여공들 모두에게는 몸
에 새겨진 '상처'라는 공통항이 존재한다. 그러나 몸에 새겨진 상처보다
더 고통스러운 상처는 불합리한 현실과 마주하면서 파생되는 정신적
상처이다.

> 시골에선 자연이 상처였지만 도시에선 사람이 상처였다는 게 내가 만
> 난 도시의 첫 인상이다. 자연에 금지구역이 많았듯이 도시엔 사람 사이
> 에 금지구역이 많았다. 우리를 업수이 여기는 사람, 다가가기가 겁나는
> 사람, 만나면 독이 되는 사람…… 그러나 그리운 사람.(107면.)

여성인물들은 대부분 도시로 이주하면서 만난 대상들로부터 상처받는
다. 나의 외사촌은 공고에서 파견 나온 공고생을 흠모하다 실연 당한
다. 외사촌은 사랑에 상처받고 자신의 오랜 꿈과 학교 가기를 포기한
다. "언제나 꿈 가까이로 가려는 마음을 거두지 않으면 꿈을 이룰 수
있을 거"라는 나의 말에 외사촌은 "어림도 없는 소리야. 그런 것을 할
수 있는 사람은 따로 태어나는 거야."라고 외치며, 자신이 좋아하던 공
고생이 "윤순임 언니는 공순이래도 얼굴이라도 이쁜데 나는 공순이고
얼굴도 밉대는 걸."(259면.)이라고 말했다면서 눈물을 흘린다. 학비 혹
은 생계비를 벌기 위해 낮에는 공장에서 일하고, 밤에는 학교에서 공부
해야 했던 어린 여성 노동자에게 붙여지는 이름은 '공순이'다. 꿈과 사

랑을 이룰 수 있는 사람은 공순이가 아닌, 태어날 때부터 정해진다는 외사촌의 변모된 인식을 통해 자본체제가 야기한 이데올로기적 모순과 상처를 읽을 수 있다. 가난으로 공식화되는 공단과 외딴방이 위치한 도시는 희재 언니에게는 의상실의 푸른 반점의 남자에게 버림받고 자살하게 만드는 공간이며, 나 역시 첫사랑인 창과 이별하게 되는 공간이다. 물론 창과의 인연은 상경하기 전인 시골에서부터 이루어진 만남이지만, 그와의 관계에 균열이 생기는 것은 창이 시골을 떠나 도시의 대학에 진학하면서부터이며, 결국 만남의 종지부를 찍게 되는 공간 역시, 외딴방이 위치한 골목길에서이다.

이처럼 여성노동자들이 몸과 삶 자체에는 쓰라린 '상처'가 각인되고 있으며, 그 상처의 근원을 들여다보면 '가난'이라는 공통항이 또아리를 틀고 있다. 나의 큰오빠 역시 "가는 허리의 매끄러운 손가락과 윤기 나는 머릿결과 검고 큰 눈망울을 가진 서울 여자"에게 상처받지만, 그러나 그의 상처와 여성인물들의 상처는 변별된다. 여공들과 마찬가지로 큰오빠 역시, 가족을 부양해야 하는 의무를 지닌 가난한 '도시 빈민층'이라는 하위계층에 속하지만, 교육적 차원에서는 결코 결핍되지 않았다. 소위 그는 지식인층으로 엘리트이며, 자신의 지식을 토대로 하여 그것을 교환하여 돈을 번다. 그는 남자인 동시에 안양학원 '강사'이자, 동사무소라는 관청의 '공무원'이라는 사회적 지위를 가지고 있다. "학교에 다니지 않으면, 공순이 생활에서 벗어날 수 없다"(86면.)고 말하는 그의 모습에서 가난과 상처는 운명이 아닌, 다만 과정으로서만 작용하고 있음을 알 수 있다. 그러나 "그녀(들) 자신이 그 골목이고, 그곳의 전신주이고 구토물이고 여관이"며, "공장 굴뚝이며 어두운 시장이며 재봉틀인" "서른일곱 개의 외딴방들이 생의 장소"(331-332면.)인 여공들에게 있어 가난과 그에서 비롯된 상처는 보다 근원적이고 원초적인 문제다. 그러므로 여성인물들이 상처에 대응하는 방식은 절망 혹은 희재 언니처럼 극단적인 죽음이 될 수밖에 없다.

그러나 이들 여공들, 하위주체는 자본의 논리에 희생당하고 착취당하는 식민화된 삶의 과정을 겪으면서도 자본의 논리를 거슬러 갈 수 있는 에너지와 저항성을 그들 내부에 지니고 있다는 점에서 더욱 주목을 요한다.

> 어느 밤, 사표를 낸 회사에는 왜 자꾸 가느냐고 큰오빠가 묻는다. 퇴직금 받으려고 간다는 내 말에 큰오빠는 한숨을 쉬더니, 회사에 그만 가라고 한다. 퇴직금도 중요하지만 지금 나에겐 시간을 아껴 공부하는 게 더 중요하다고. 그래도 내가 계속 회사엘 나가자, 큰오빠 버럭 화를 낸다. 그깟 퇴직금이 몇 푼이나 되겠느냐며.
>
> 이젠 회사에 나오지 못하게 됐다고 윤순임 언니에게 말하려고 오빠 몰래 하루 더 회사에 간다.
> "네 오빠 말은 틀려. 우리에게 퇴직금은 중요한 거야. 몇 푼이나 되든 상관없이 말이야."(397면.)

윤순임이 말하고 있듯이, 퇴직금이란 큰오빠의 말처럼 "몇 푼"으로 일컬어지는 액수의 문제가 아니라, 돈으로 환산되기 이전에 여공인 "우리"의 인격과 권리를 대변하는 중요한 의미를 지닌다. 이처럼 "누렇게 뜬 얼굴"이나 "표정이 없는 창백한 얼굴들"로 묶여지는 여공들의 이면에는 자본체제 하에 식민화된 자신들의 위치를 재인식하고, 그에 저항하고 그로부터 벗어나려하는 탈식민적 욕망이 잠재되어 있다.

3. 여성의 억압적 배치와 식민화된 공간: '공장'과 '학교'

『외딴방』에 등장하는 하위주체 여공들은 도시 빈민자이거나 생계를 위해 시골에서 도시로 이주해온 여성들이 대부분이다. 서술화자인 내가 고백하고 있듯이 "시골에서 어느 집보다 음식이 풍부했으며, 동네에서 가장 넓은 마당을 가진 가운뎃집이었"던 곳에 살던 나조차도 도시로 나오니 외딴방의 하층민이 되는 모순 속에 놓인다. 본 장에서는 여공들의 삶의 터전이 되고 있는 공간(장소, place)인 '공장'과 '학교'를 중심으로 이들의 억압적 배치와 식민화된 위치를 살펴보고자 하는데, 여기에서 무엇보다 중요한 것은 탈식민적 시각에서 바라보는 장소란 문화적 가치들이 서로 겨루는 갈등의 터전이며 또한 그 가치들이 구체화되어 드러나는 재현의 현장이 되며, 그런 의미에서 장소는 지질학적 공간이 아닌 문화적 공간으로 보아야 한다8)는 점이다.

급진적으로 근대화·산업화를 추진하던 국가적 상황 속에서 여공이 처한 구체적 현실이란 생산 내부에서는 '공장'이라는 국가장치에 의해, 생산 외부에서는 '학교'라는 이데올로기적 국가장치에 의해 징집되어 훈육되는 식민화 과정에 노출되어 있다.9) 여기에서는 두 공간에서 드러나고 있는 여공들의 억압적 배치 및 갈등 양상을 '자본가/노동자, 남성/

---

8) 박주식, 「제국의 지도 그리기-장소, 재현, 그리고 타자의 담론」, 고부응 엮음, 앞의 책, 160~161면 참조.

9) 알튀세르는 국가장치에 대해 부르조아지와 그의 동맹자들에 의한 프롤레타리아트에 대한 계급투쟁 속에서 '지배계급들에 봉사하는' 집행과 억압적 개입의 힘을 행사하는 것이 바로 국가이며, 이것이 국가장치의 기능임을 언급하고 있다 그는 이러한 국가장치의 유형이 우리 사회에서 구체적으로 다양하게 범주화될 수 있음을 예로 들어 설명하는데, '종교 AIE/ 교육 AIE/ 가족 AIE/ 법률 AIE/ 정치 AIE/ 조합 AIE/ 커뮤니케이션 AIE/ 문화 AIE' 등이 대표적으로 속한다. (루이 알튀세르, 『아미엥에서의 주장』, 솔, 김동수 역, 1996, 84~102면 참조.) 『외딴방』의 여공들은 생산 내부에 해당하는 공장과 생산 외부에 해당하는 학교에 놓여 있으며, 따라서 국가장치와 이데올로기적 국가장치라는 이중적 층위에서 호명되고 있다.

여성, 지식인-여성/공순이-여성'의 계층을 중심으로 살펴보고자 한다.

3-1. 공장, 생산현장에서의 억압적 배치와 갈등 양상

직업훈련소를 나와 동남전기주식회사라는 공장으로 배정된 나와 외사촌을 비롯한 그곳에서 일하는 여공들은 공장관리자들에 의해 개인의 고유한 이름을 거세당하고 작업 위치에서의 번호나 혹은 견습공·숙련공으로, 일을 가르치는 강사들에 의해서는 산업역군으로 호명된다.

> 우리가 숙련공이 되어갈수록 외사촌과 나의 이름은 없어진다. 나는 스테레오 A라인의 1번이고 외사촌은 2번으로 불린다. 작업반장은 외친다.
> "1번 2번 뭐 하는 거야? 작업이 끊기잖아."(64면.)

A라인 1번에 해당하는 나는 에어드라이버를 잡아 가운데 나사를 박는 위치로, A라인 2번에 해당하는 외사촌은 옆의 나사를 박는 위치로, 13번은 납땜을 하는 위치로 배치되는 것처럼 여공들의 정체성을 규정짓는 것은 그들이 맡고 있는 노동의 목록에 의해서이며, 자본관리체제에 의해서이다. 따라서 이들은 스스로의 선택의지와는 무관하게 생산라인에서 담당하는 분업화된 위치에 의해 억압적으로 배치된다. 그런데 중요한 것은 생산라인에 배치되어 분업화된 개인은 생산 현장에서 개별적 주체로 남을 수도, 그렇다고 집단에 소속될 수도 없다는 점이다. 이들이 속할 수 있는 집단은 부재한다. 이들은 자본가나 관리자 집단에 결코 소속될 수 없으며, 노조가 부재하는 현실 속에서 여공이라는 공동체에 자리매김하기도 어렵다. 공장에서 재현되는 여공의 모습은 서술화자인 내가 표현하고 있듯이 TV 속에서 재현되는 코미디 프로인 "동작

그만"의 군대 내무반의 모습과 흡사하다. 이들은 상사가 주문하는 동작대로 따라하는 이등병처럼 자본가와 관리자가 주문하는 대로 생산해야 하는 사명을 지니고 있을 뿐이다. 그러므로 생산 현장인 공장에서 이들의 이름은 중요하지 않다. 자본의 이데올로기는 여공들을 익명의 숫자(번호)로만 호명하며, 이 과정에서 관건이 되는 것은 오로지 이들의 노동력이다.

이들의 이름과 배치가 바뀔 때 역시, 주목적은 빈 노동력을 메우기 위해서이거나 잉여노동을 창출해내기 위해서이다. 즉, "작업이 돌아가는 상황에 따라 A라인의 1번과 2번이었던 외사촌과 나는 준비반에 앉아 있거나 품질관리과 사원 옆에서 융에 왁스를 묻혀 스테레오 캐비닛을 닦고 있거나 어느 날은 납땜을 하고 있거나 어느 날은 텔레비전과에 지원 나가"는 등 공장 내에서 여공들의 몸은 언제나 생산라인에 재배치된다. 이러한 억압적 배치와 식민화 과정 속에서 여공들과 회사측은 첨예하게 대립하게 되는데, 자본가와 하위계층의 갈등 양상은 여공들이 자체적인 노동조합을 결성하려는 과정 속에서 첨예화되어 드러난다.

* 노조결성을 위한 호소문10)
1. 부당하게 해고된 지부장을 즉각 복직시켜라.
2. 무더기 파면조치한 조합원을 복직시키고 정당한 조합활동을 더 이상 탄압하지 말라.
3. 노조활동을 했다는 이유로 부서 이동을 시킨 조합원을 원대 복귀시켜라.
4. 회사는 노동조합을 조속히 인정하고 조합활동을 보장하라.(85면.)

---

10) 소설 내에서 동남전기주식회사 노동조합 결성을 위해 여공들이 작성한 노조 결성을 위한 호소문에 해당하는 문안으로, 하단의 회사측이 작성한 문안과의 구분을 위해 필자가 '노조 결성을 위한 호소문'이라는 제목을 임의로 첨가하기로 함.

** 노조 탈퇴서11)

지난 ○월 ○일에 친구의 권유로 따라가서 도장을 찍으라기에 도장을 찍은 일이 있으나 본인은 그것이 노동조합 가입에 관한 일인 줄은 몰랐습니다. 그때는 아무것도 모르고 도장을 찍었을 뿐 본인은 노동조합에 가입할 의사가 없고 조합원이 되는 일이 도움이 안 된다고 느끼기에 탈퇴하고자 합니다.

1979. 5. 10. (143면.)

노조 결성을 위한 호소문에서처럼 '노동조합'은 여공들의 위치를 방어하고, 모순되고 왜곡된 공장 내의 논리를 바로잡기 위해 자본가와의 대화의 매개 역할을 할 수 있다는 점과 무엇보다 그들이 의지할 수 있는 유일한 공동체이자, 연대를 통해 스스로의 정체성을 서로 확인할 수 있다는 점에서 매우 중요하다. 그러나 회사측은 노조탈퇴서를 강요하는 등 노조결성을 극구 저지하기 위해 온갖 수단과 방법을 동원한다. 여공들을 억압하고 수익 증대만을 도모하는 자본가의 이미지는 "아직 생리도 없는 열일곱 살의 나"를 만년필로 유혹하려 들고, "잔업으로 남게 된 열아홉 살 외사촌에게 다짜고짜 입 맞추려고 하"며, "C라인의 미스 최를 겁탈하여 애까지 배게 하는" 생산계장에 이르러 극대화된다. 그는 여공들의 권익과 보다 나은 작업 여건 개선을 위해 봉사하는 노조지부장의 이미지와는 사뭇 대조적이며, 결국은 여공의 몸까지 훼손하고 유린하는 인물이다.

이처럼 하위주체 여공들은 생산 현장인 공장 내에 억압적으로 배치되며, 공장이 폐업하는 지경에 이르자 "'사용자'라는 우리를 사용하는 사람들"(320면.)이 오히려 여공들이 "사용당했던 시절을 잊고 어디로 증

---

11) 소설 내에서 여공들의 노동조합 결성을 저지하기 위해 동남전기주식회사 측에서 강압적으로 작성한 노조 탈퇴서에 해당하는 문안으로, 역시 상단의 여공들이 작성한 호소문과의 구분을 위해 임의로 '노조 탈퇴서'라는 제목을 첨가하기로 함.

발해버리기를 바라"(355면.)는 것처럼 여성노동자들은 생산 가치를 창출하기 위한 재료나 도구로서만 취급당하고 있다. 결국 공장은 여공들이 '사용당하는 사람들'로 규정되며 식민화되는 공간이자, 자본가(혹은 관리자)와 노동자의 계층적 갈등의 장소이다.

3-2. 학교, 교육현장에서의 억압적 배치와 갈등 양상

앞서 살펴보았듯이, 『외딴방』에서의 갈등은 자본가(관리자)와 노동자라는 계층 간의 대립이 가장 첨예하게 표면화되어 나타났으며, 생산 내부에 해당하는 공장에서 여공들을 관리하는 사람들은 주로 남성인물이었다. 그것은 때로, 어린 여공을 유린하는 생산계장의 탐욕스런 시선으로, 때로는 여공들의 몸을 수색하는 관리자의 손길로 가시화되어 돌출되기도 하였다. 이러한 점에 근거해 볼 때, 이미 서두에서 밝혔듯이 갈등의 문제는 젠더화된 성차에서 비롯된 것이기도 하다. 그러나 보다 심각한 문제는 여공들이 학교에 진학하면서부터 노골적으로 드러난다. 왜냐하면 여공들은 이제 남성자본가·관리자에게 뿐만 아니라, 같은 여성들의 시선에 의해서도 소외되고 주변화되기 때문이다. 산업체학교 특별반 교사인 한경신이란 인물이 나에게 보낸 편지에서 밝히고 있듯이 산업체특별학급('산특학급') 학생들을 바라보는 시선은 "'불쌍하고 힘든' 아이들이어서 보살펴줄 게 많은" 선입견에 의해 선-규정되고, 이것은 여공들을 열등감 속에 가두게 된다. "야간에 다닌다고 하면 한 단계쯤 낮춰 보고, 거기다 산업체 야간이라고 하면 더 낮춰 본다구요.", "남자친구라도 사귀게 되면 그냥 집에서 논다고 그러는 게 나아요. 공순이보다는 무위도식하는 게 차라리 낫다고 생각하거든요."(281면.)라고 말하는 산특학급 여학생들의 고백에서 그들의 내부에 자리잡은 열등감이 외부의 시선에 의해 고질적으로 형성된 것임을 알 수 있다.

> 서로 다른 친구를 사귀면 토라지고 나뭇잎 같은 거 말려서 그 뒷면에
> 그애의 이름을 써넣고, 자전거 하이킹도 가고, 밤새 편지를 써서 그애의
> 책갈피에 몰래 끼워놓고…… 내게는, 그리고 전화를 걸어온 그녀들에겐,
> 그런 시절이 없었다. 토라질 틈도, 나뭇잎을 말릴 틈도 우리들 사이엔 없
> 었다.(25면.)

위에서 볼 수 있듯이 산특학급 여학생들에게는 감정의 표현도, 낭만적
추억을 만들 시간적·심적 여유도 존재하지 않는다. 이들에게는 오직
"봉제공장, 전자공장, 의류공장, 식품공장들의 생산부 라인이 존재"(25
면.)할 뿐이다. 이미 이들에게는 이들만을 위한 공간인 교실이 없다. 이
들이 사용하는 교실은 주간 여학생들을 위한 공간이다. 따라서 이들이
고용되어 일하는 공장처럼, 혹은 세들어 사는 외딴방처럼 이들의 교실
역시 세들어 공부하는 공간으로 남는다. 주간 여학생들에 의해 "이년저
년"이라는 호칭으로, "공순이 주제에 학교 다니려면 휴지나 깨끗이 치우
고 다녀라. 나 같으면 공순이 하느니 차라리 죽는다."(282면.)라고 함부
로 불리어지는 이들에게 공장을 떠나서도 늘 따라붙는 꼬리표는 '공순
이'라는 단어이다.

결국 산특학급 여학생으로 대변되는 '공순이-여성'은 생산 외부에 위
치한 학교에서도 주간 여학생으로 대변되는 '지식인-여성'과 필연적인
갈등 상황에 놓일 수밖에 없다.

> 음악실은 본관을 지나 별관의 일층에 있다. 본관엔 대학입시를 앞둔
> 주간 3학년생들이 밤공부를 하고 있다. 그 본관 라일락 나무 곁을 지나
> 야 우리들의 교실이 나온다. 날 사랑한다고 말해주오 내 맘속에 사는 이
> 그대여. 그대가 있길래 봄도 있고…… 갑자기 본관 교실의 창이 드르륵

열리고 입시 공부를 하고 있던 주간생들이 소리를 버럭 지른다.
"야, 조용히들 해."
노래를 부르던 누군가가 맞대꾸를 한다.
"누가 떠들었다고 그래?"
"우리 공부한단 말이야."
"누가 공부하지 말라고 했냐?"
"너희들이 떠들어서 집중이 안 된단 말야. 조용히 지나가란 말야!"
"노래도 못 부르냐?"
"거지같은 것들!"
일순 조용해진다. 팽팽하게 이어지던 말꼬리잡기는 거지같은 것들, 이란 한마디에 침묵 속으로 빠진다. 나직이 이어지던 노랫말도 뚝 끊긴다. (…중략…) 그렇게 우두커니 서 있다가 누군가 먼저 교실 쪽으로 걸음을 뗀다. 조용조용한 발걸음들이 라일락나무를 스쳐간다. 온종일 생산현장에서 물질을 만들어내느라 서성대던 종아리들이 불 켜져 있는 그편 창문 밑을 소리 죽이며 걸어간다.

우리는 이후 음악실에서 나오면 노래를 부르지 않는다.(164면.)

공장이 아닌 학교에서 여성인 주류 주간여학생들에 의해서도 이들은 "거지들"로 간단하게 치부되어 버린다. 관리자들이 그러했듯 주간 여학생들 역시, 이들을 개개의 인격 및 인간성과는 별도로 동기나 친구가 아닌 경계의 대상으로, 혹은 자신들이 필요로 하는 물품을 생산해내는 여공으로만 취급한다. 이는 서술화자인 내가 고백하는 사건 속에서 명백하게 드러나는데, 체육복을 분실한 주간 학생은 다짜고짜 나에게 자신의 사물함에서 체육복을 꺼내가지 않았느냐며 묻고는, 나의 고갯짓에도 아랑곳 않고, "사물함 손대지 말았으면 좋겠어요."(170면.)라고 일방적으로 팩 쏘고 간다. 결국 나는 야간 학생이라는 이유만으로 아무런 증거 없이 도둑으로 내몰리게 되는 것이다. 공장에서 퇴근시간에 몸수색을 거부하는 여공을 관리자가 도둑으로 내몰았듯이 주간 여학생들은 그들을 도둑으로 쉽게 단정짓는다. 이런 그들에게 학교는, 학교에서의 추억은 빛이 어색한 어둠으로 남을 수밖에 없다.

> 그러나 우리는 곧 어색해진다, 햇빛 때문이다, 저녁에만 형광등 불빛 아래서만 보던 얼굴을 환한 햇빛 아래서 마주친 어색함. 낮에 한 번도 만나본 적이 없는 우리들은 서로를 어떻게 대해야 할지를 몰라 어색하게 천마총이나 보고 있다. 첨성대나 보고 있다. 경주의 남산에나 오르고 있다.(320면.)

이처럼 여학생들은 수학여행을 가서도 생산현장에서 얻은 후유증 때문에 여행을 마음껏 즐길 수마저 없는 형편이다. 그래서 이들의 표정은 카메라를 들이대며 "웃어봐"라고 말하는 외사촌 앞에서 "느닷없는 나들이가 어색해서 웃는다는 게 그만 울상이 되"어 버린다. 외사촌 말대로 이들은 스스로의 의지에 의해 표정조차 지어내기 버거운 "바보들"이자 "창백한 모델들"인 것이다.

결국 학교는 생산현장에서 나온 여공들이 여학생이란 신분으로 결코 온전히 자리매김하지 못하고 열등감과 부적응증을 앓게 되는 장소이며, 주간 여학생들에 의해 다시금 '공순이'로 재식민화되는 공간이다.

4. 공순이에서 '여성-노동자' 되기
: 공동체 문화와 연대성을 통한 탈식민화

4-1. 식(食)문화와 탈식민성

『외딴방』에서 나와 공단에서 만난 여공들은 대부분이 시골에서 상경한 출신들이다. 그러므로 "자연 속에서 중간 다리도 없이 갑자기 공장 앞으로 걸어가야 했던 나와 거기에서 보았던 내 나이 또래, 혹은 대여섯 살 많은 처녀들"은 그녀들 "앞에 놓인 삶의 질곡들과 자연의 숨결이 끊어진 도시"처럼 그들이 처한 현실을 "어떻게 받아들여야할 지 모르고 있었다."(68면.) 그러나 나를 비롯한 하위주체 여공들에게 있어 탈식민화의 가능성은 앞서 고백한 대목에서 찾을 수 있다. 도시에서 훼손당한 여공들의 몸과 마음을 회복하고, 새로운 정체성을 찾을 수 있게 되는 계기는 바로 자연의 건강성을 통해서이다. 특히, 의·식·주 문화에 있어 삶(생명)과 가장 긴밀하게 연관되는 식(食)문화는 이들에게 있어 무엇보다 중요하게 작용하고 있다. 도시로 온 나에게 가장 충격적인 것은 "국과 반찬 밥을 한곳에 담게 되어 있는 낯선 식기"인 '식판'과 야릇한 김치 맛으로 대변되는 식문화이다. 도시에서 마주한 식판은 더 이상 나만의 식기도 밥상도 아니다. 그것은 생산라인 속에서 스테레오 A번으로 호명되는 나의 위치처럼 정체성의 혼란을 야기한다. 식판은 "시골집의 살강에 얹어져 있는 나의 밥그릇과 국그릇"을 자꾸 그리워하게 만드는 획일화된 도시의 식(食)코드이다.

첫 출근하던 날의 점심식사를 기억한다. 작업반장이 중식이라고 도장이 찍힌 식권을 한 장씩 나눠준다. 식당은 옥상에 있다. 푸른 가운을 입은 사람들이 식당 안에서부터 옥상까지 쭉 줄을 서 있는데 매콤한 냄새가 주방 안쪽에서 흘러나온다. 오래 기다려서 받은 식기 안엔 밥 한 덩이와 야릇한 음식이 부어져 있다.

"이게 뭐야."

"카레야."

외사촌은 카레라고 발음하고선 왜 그러니? 하는 시선으로 나를 쳐다본다. 카레? 나는 처음 보는 음식이다. 무슨 음식이 이렇게 생겼을까. 누런 빛깔이 어째 석연찮다. 수저로 조금 떠서 입에 대본다. 역하다.(69면.)

누런 빛깔의 역한 냄새를 풍기는 카레는 찌개도 국도 아닌, 근원을 알 수 없는 정체불명의 음식으로 여성인물의 눈에 비쳐지고 있다. 그것의 신성한 노동을 통해 밥상 위에 올려진 자연의 음식이 아닌, 마치 공장에서 대량으로 생산된 기성품처럼 대량으로 요리된 음식이다. 도시에 와서 접하는 식기나 음식들은 엄마가 "시골의 장에서 강아지를 판 돈으로 도시의 시장에 가서 산", 밥과 물을 오랫동안 보온해주는 전자밥통과 보온물통처럼, 또는 나와 외사촌이 도둑질한 공장 굴뚝에서 나온 매연이 듬성듬성 묻어 있는 어린 배추싹으로 요리한 국처럼 오염되고, 훼손된 것들이다. 탈식민성이 문화적 차원의 문제와도 긴밀하게 연관된다는 점을 감안할 때, 탈식민화의 가능성은 도시의 인공의 식문화와 시골의 자연의 식문화 사이에서 동요한다.

> 완두콩을 까서 넣고 밥을 짓는다. 무우를 뚝뚝 썰어서 고등어를 졸인다. 팥을 삶아서 집에서 빻아온 찹쌀가루로 떡을 찐다. 엄마가 싸들고 온 열무와 배추로 김치를 담그고 쌈거리를 만든다, 밭에서 따온 호박을 숭숭 썰어 된장국을 끓이고 풋고추와 애오이와 깻잎과 열무순과 노란 배추 이파리를 소쿠리에 소복이 담아 쌈거리로 상 위에 올려놓는다. 꼬뚜리째 그대로 삶은 완두콩도.(343면.)

> 어머니는 닭을 재료로 여러 가지 요리를 만드실 줄 안다. 토막쳐서 감자를 썰어넣어 도리탕을 만들거나, 토막쳐서 물기를 빼고 기름에 튀기거나, 삶아서 가닥가닥 찢어 냉채를 만들거나……내가 도시로 간 뒤로 어머니는 무슨 음식을 만들든 내 접시 내 대접에 수북이 담아준다. 흰 마늘과 쌀을 섞어 만든 닭죽이 역시 내 대접에 가득이다. 솥에서 죽을 푸다가 닭다리가 나오면 어머니는 내 그릇 속에 담아준다.(341면.)

밭에서 그대로 상위에 올려진 자연 그대로의 음식인 "열무, 배추, 풋고추, 애오이, 깻잎, 열무순"의 쌈거리 채소들과 다양한 토종닭 요리는 각각 신선한 식물성과 동물성의 이미지를 보여주고 있으며, 이들은 모두 가공되지 않은 '풋(날)-세계'를 함축하고 있다. 특별히 가공하지 않은 시골의 음식들은 향신료나 조미료를 가미하지 않아도 맛깔스럽다. 도시에서 입맛을 잃은 나에게 있어 이 음식들은 나의 정체성을 회복시켜주는 중요한 요소로 작용한다. 예컨대 서술화자인 내가 "고추장을 섞고 마늘과 풋고추를 썰어넣어 싹싹 비빈 쌈장 속"에 "엄마의 텃밭"이 들어 있다고 표현했듯이, 자연의 음식 속에는 교환가치로 환산할 수 없는 신성한 노동의 흔적이 담겨 있기 때문이다. 여기에서 텃밭을 일구는 엄마의 노동은 주부의 가사노동에 한정되기보다는 자연과 대화하고 힘든 농사일로부터 벗어날 수 있는 일상의 쉼터와 같은 존재에 가깝다. 따라서 그것은 도시의 생산라인에서 일률적으로 분업화되어 진행되는 노동과는 근원적으로 구분되며, 씨앗을 뿌려 가꾸고 추수하는 일련의 과정에 담긴 노동의 과정은 장인정신에 가깝다.

이처럼 탈식민화의 문제는 나의 정체성 찾기의 문제와도 직결되며, 결국 탈식민화의 가능성은 도시의 '오염된 식판'이 아닌 건강한 식문화를 통해 자연의 '건강한 밥상'을 일궈내는 지점에서 열리며, 이는 식판으로 획일화된 개인적 문화가 아닌, 여공들 모두가 둘러앉아 연대의 식사를 할 수 있는 공동체 문화12)를 만들어가는 과정이기도 하다.

---

12) 아프리카 탈식민주의자 이론가인 스티브 비코는 공동체 문화에 관해 다음과 같이 역설하고 있다. "나는 우리의 전통 문화 속에도 서구인들에게 가르쳐 줄 긍정적인 덕목들이 무수히 많다고 생각한다. 가령, 우리 문화의 핵심이라고 볼 수 있는 **조화로운 공동체** 같은 덕목이 그것이다. 아프리카인들 사이에서는 상호간의 의사소통이 쉽게 이루어진다. 그것은 어떤 강제에 의한 것이 아니고 아프리카 민중들에게 내재된 어떤 속성 때문이다. 고로 백인들은 이웃한 사람들이 누구인지도 모르는데 반해 아프리카인들은 이웃들과 비교적 짧은 시간에 쉽게 **공동체의 일체감**을 형성한다. (…중략…) 인간과 인간관계를 중시하는 우리의 세계 말이다. 이 세계는 유아독존의 세계만을 강조하는 백인의 세계와는 실석으로 다르다. 나는 이것이 우리 사회가 결코 잃어버려서는 안 되는 미덕 중의 하나

4-2. '그들'에서 '우리'로: 연대성과 탈식민성

『외딴방』에 나타난 가장 두드러진 서술상 특징은 작중인물이자 화자인 나의 고백, 혹은 고백적 글쓰기 행위를 통해 현재와 과거의 시간이 재현되고 있다는 점이다. 다시 말해, '나'의 고백적 글쓰기 행위는 현재와 과거라는 두 개의 스토리라인을 형성한다. 하나는 과거 79년도에서 81년도에 이르는 시간에 해당하는 것으로 영등포여고 산업체특별학급 시절에 해당하며, 다른 하나는 32세의 소설가로서 문학적 글쓰기에 대한 자의식적인 질문과 지속적인 고민이 이루어지는 현재의 시간에 해당하는 것으로 제주도에서 원고를 처음 집필하기 시작하여 탈고하기까지의 시간에 해당하는 94년 9월에서 95년 9월에 이르는 약 1년여의 기간에 관한 것이다. 과거 기억에 대한 반추 행위의 직접적 계기가 된 것은 "79년에서 81년까지 나와 함께 그 학교를 다녔던 그녀들 중의 한 사람"이었던 하계숙의 전화를 통해서이다. 그 시절, 즉 공단 안 외딴방 및 여고시절에 대한 기억은 내게 있어 늘 희미하게 부재하는, 어쩌면 오히려 내가 의도적으로 삭제해버린 시간들이다. 그러므로 삭제된 시공간 속에 존재하는 "내가 책을 낸 일이 즉, 작가가 된 일이 자기들 일처럼 기쁘다고 말하는 그녀들", 즉 여공들은 나에게 있어 그저 과거 속에서 화석화되어 잊혀진, 잊고 싶은 낯선 존재들일 뿐이다.

라고 생각한다. 이러한 미덕은 기술과 기계에 의한 노예화를 거부하는 사람들에 의해 지켜질 수 있다. 다시 한 번 강조하지만 **"흑인 의식" 운동은 흑인만이 지닌 고유한 가치관과 세계관을 회복하는 일이다.**(스티브 비코, 「우리 흑인들은」, 아프리카문화연구소, 『아프리카 탈식민주의 문화론과 근대성』, 이석호 엮음, 2001, 동인, 133~134면.) 필자는 『외딴방』에서의 식문화가 비코가 이야기하는 '조화로운 공동체'와 같은 맥락에 있다고 본다. 특히, 시골을 떠나 도시로 온 나와 외사촌을 비롯한 여공들에게 있어 그들의 정체성을 찾아가는 탈식민화의 과정은 "흑인 의식 운동"처럼 시골에서 자란 그들만이 지닌 고유한 가치관과 세계관을 회복하는 과정이며, 이 세계관은 식물성과 동물성으로 상징되는 가공되지 않은 자연 자체의 '풋(날)-세계'와 상통한다.

　　"넌, 우리들하고 다른 삶을 가는 것 같더라."
　　편안한 잠을 자고 깬 후면, 어김없이 그녀의 목소리는 얼음물이 되어
천장으로부터 내 이마에 똑똑똑 떨어져내렸다. 너.는.우.리.들.애.기.는.
쓰.지.않.더.구.나.네.게.그.런.시.절.이.있.었.다.는.걸.부.끄.러.워.하.
는.건.아.니.니.넌.우.리.들.하.고.다.른.삶.을.살.고.있.는.것.같.더.라.
(45면.)

하계숙의 말에 나는 가슴이 저려오고 고통을 느끼지만, 여전히 그녀들
을 자신의 삶으로 끌어들이지는 못한다. 결국 "하계숙의 목소리를 외면
하기 위해" 집을 떠난 나는 "내게는 그때가 지나간 시간이 되지 못하고
있음을, 낙타의 혹처럼 나는 내 등에 그 시간들을 짊어지고 있음을, 오
래도록, 어쩌면 나, 여기 머무는 동안 내내 그 시간들은 나의 현재일
것임을"(71면.) 사무치게 인식하게 된다. 이처럼 여공인 그녀들을 '우리'
로 아우를 수 있는 태도는 "나는 난쟁이보다 더 크지 않고, 거인보다
더 작지 않음을, 나는 모든 사람(여공들 혹은 그녀들)이 만들어지던 똑같
은 재료로 만들어졌음(109면.)"을 인정하고 인식하는 지점에서 비롯되
며, 이는 내가 글쓰기를 통해 그녀들과의 과거를 고백하고, 그 시간들
을 다시 아파하고 그들과의 관계에 대해 지속적으로 고민하고 사유하
는 과정을 통해 변화되어간다. 그녀들을 우리로 인정하게 되는 일련의
과정은 연대성13)을 생성하는 과정이며, 이는 나라는 한 개인의 정체성

---

13) 여기에서의 연대성이란 "우리"라는 느낌을 우리가 이전에 "그들"이라고 생각했던 사람들
　　에게 확장시키려 노력해야 한다는 입장 및 나아가 우리 자신과 매우 다른 사람들을 "우
　　리"의 영역에 포함시켜 볼 수 있는 능력까지를 아우르는 개념이다. 연대성은 "우리"라는
　　우리의 감각을 끊임없이 확장시키려는 노력에 의해 형성된다. 처음에는 이웃 동굴의 가
　　족을 우리에게 포함시키고, 그 다음에는 바다 건너의 부족, 그 다음에는 산 너머의 연합
　　부족, 그 다음에는 바다 건너의 이교도들(그리고 아마도, 나머지 사람들. 가령 우리의
　　힘든 일들을 여지껏 해온 하인들)을 포함시키는 등으로. 이것은 우리가 지속적으로 이
　　어가야만 하는 과정이다. 우리는 주변화 된 사람들, 즉 우리가 여전히 본능적으로 "우리"
　　라기보다는 "그들"로 생각하는 사람들을 관심 있게 지켜보아야 한다. 우리는 그들과의

의 거듭남을 의미하는 차원에 그치는 것이 아니라, 동시에 개인이 관계하는 우리의 정체성 역시 새롭게 형성됨을 의미하는 것이다. "우리-의식we-intentions"을 강조한 셀라즈의 말을 빌린다면, "우리"라는 말의 힘은, 똑같은 인간이지만 그러나 좋지 않은 유의 인간을 지칭하는 말인 "그들"과 대조되며, 이러한 연대성은 발견되는 것이라기보다는 역사적으로 만들어지는 것임을 강조14)하고자 한다. 따라서 서술 화자인 나의 "우리-의식"으로의 전환은 여공들 개개에서 유사성과 공통항을 찾아내는 그들에 대한 관심과 "우리"라는 느낌을 지속적으로 확장시키려는 태도에서 나타나며, 이것은 글쓰기 자체를 통해 증명되고 있다.

> 언젠가 내가 그녀들을 내 친구들이라고 부를 수 있을 때, 그때 언니와 그녀들이 머물 의젓한 자리를 만들어주고 싶다고. 사회적으로 혹은 문화적으로 의젓한 자리 말야. 그러려면 언니의 진실을, 언니에 대한 나의 진실을, 제대로 따라가야 할 텐데. 내가 진실해질 수 있는 때는 내 기억을 들여다보고 있는 때도 남은 사진들을 들여다보고 있을 때도 아니었어. 그런 것들은 공허했어. 이렇게 엎드려 뭐라고뭐라고 적어보고 있을 때만 나는 나를 알겠었어. 나는 글쓰기로 언니에게 도달해보려고 해.(197면.)

"그녀들을 내 친구들이라고 부를 수 있을 때", "그래도 이제부터는 어떤 얘기를 하든 그 얘기가 오로지 나 자신만을 향해 있어서는 안 된다는 생각"(389면.)을 하는 나의 고백에서 "우리-의식"을 엿볼 수 있으며, 이제 나는 고백한다. "이름도 없이, 물질적인 풍요와는 아무런 연관도 없이, 그러나 열 손가락을 움직여 끊임없이 물질을 만들어내야 했던 그들

유사성에 주목해야 한다. (리처드 로티, 『우연성, 아이러니, 연대성』, 김동식 · 이유선 역, 민음사, 1996, 355면 참조.)

14) 리처드 로티, 위의 책, 348면.

을 나는 이제야 내 친구들이라고 부른다.”고. 또한, 그 친구들은 “나의 본질을 낳아준 어머니와 같이, 나의 내부의 한켠을 낳아주었음을” 인정하고, 결국 “나또한 나의 말(글)을 통하여 그들의 의젓한 자리를 세상에 새로이 낳아주어야 함을”(419면.) 다짐한다.

> 저마다 다른 곳의 바람에 살갗이 터/숨쉬는 우리/ 외롭다고 잠을 자는 우리/ 잠 속에서도 만나지 못하는 우리/ 간혹, 어떤 사람의 머리꼭지를 보고/ 보일 뿐인 우리/ 물집 오른 발바닥을 부딪치며/ 다시 저마다 다른 곳을 향하여 머리를 두고/ 누워/지쳐 숨쉬는 우리//
>
> — 황인숙, 「圓舞」(215면.)

“오랫동안 그녀들을 생각하면 삶이란 아름다움이라고 말할 수 없는 고독을 느껴왔”지만, “나도 모르는 사이 그녀들은 내 속에서 늘 현재로 작용했”으며, 나아가 “그녀들은 내가 스무 살 이후로 만났던 삶의 누추함을 껴안을 수 있는 용기를 주었고, 얼토당토않은 욕망의 자리에서 내 자리로 돌아오게 하는 성찰이 되어주기도 했”(422면.)다는 고백을 통해 볼 때, 지금은 “다시 저마다 다른 곳을 향하여 머리를 두고 누워”있지만, 공동의 상처와 기억이 살아 숨쉬기에 그들은 그들의 지나온 삶의 흔적들은 개개의 역사이자 동시에 공동의 역사라 할 수 있을 것이다.

5. 나오는 말

『외딴방』에서 시골집을 떠나 취직하기 위해 도시로 이주해온 여성들의 몸에 새롭게 각인된 것은 도시빈민층과 여공(‘공순이’)이라는 계층적 코드였다. 특히 ‘공장’과 ‘학교’는 이들이 억압당하고 갈등하며, 그 상처가 고스란히 기입되는 삶의 현장임이 드러났다. 여성들은 보다 나은 삶과 가족의 생계를 위해 공장에 취직하지만, 공장은 그들을 생산 가치를 창출하기 위한 재료나 도구로만 취급한다. 결국 공장은 여공들이 '사용당하는 사람들'로 규정되며 식민화되는 공간이자, 자본가(혹은 관리자)와 노동자의 첨예한 대립과 갈등의 장소다. 또한, 순수한 배움을 목표로 진학한 학교 역시 그녀들을 따뜻한 눈길로 감싸주지 못한다. 그들은 생산현장에서 벗어나자마자 교사와 주간여학생들로 대변되는 주류인물들의 왜곡된 시선에 의해 또다시 '공순이'로 재식민화 된다. 공장과 학교는 여공들에게 있어 여성–노동자로, 여학생이란 신분으로 온전히 자리매김하지 못하고, 열등감과 부적응증을 앓게 되는 장소이자 식민공간으로 작동한다.

　소설에서 여공들의 탈식민화 과정은 식민 공간을 벗어나려는 구체적인 실천으로써 직접적으로 재현되지는 않는다. 그들은 오히려 학교와 공장을 벗어나려하기보다는 철저히 발붙인 채 온몸으로 그곳의 현실을 체득하고 감내해낸다. 이러한 과정 속에서 그들은 스스로 내부에 잠재된 탈식민적 저항의지를 발견해내며, 이를 일상과 삶 속에서 자연스럽게 실천해 간다. 그들은 공동체문화와 연대성을 통해 철저하게 타인들이 의미부여한 '공순이'란 틀에서 자연스럽게 벗어나며 거듭난다. 여성–노동자들이 지향하고 향유하는 식(食)문화는 주류층에 의해 형성되고 향유되는 문화가 아니라, 가공되지 않은 날–세계를 함축하며 이는 여성–노동자들의 건강하고 신성한 정신세계를 대변한다. 이런 맥락에서 식민화된 공간이자 장소인 공장과 학교는 지질학적 · 이데올로기적 공간이기도 하지만, 동시에 문화적 공간으로 탈식민화되는 공간이기도 하다. 결국 탈식민화의 가능성은 도시의 '오염된 식판'이 아닌 건강한 식문화를 통해 자연의 '건강한 밥상'을 일궈내는 지점에서 열리며, 이는 식판으로 획일화된 개인적 문화가 아닌, 여공들 모두가 둘러앉아 연대의 식사를 할 수 있는 공동체 문화를 만들어가는 과정이기도 하다.

또 하나의 탈식민화의 가능성은 서술화자가 힘겨운 고백을 통해 공동의 상처와 기억을 드러내고 재구성하는 지점에서 열린다. 즉,『외딴방』은 단순히 한 개인의 내면의 서사 차원이 아닌, 과거 상처에 대한 지속적이고 반복되는 기억 행위를 통해 공동의 상처를 드러내고 있는데, 결국 그 기억행위는 여공들을 '그들'이 아닌 '우리'로 인식하고 연대를 생성해낸다. 또한, 이러한 기억 행위는 작가이자 화자인 '나'의 고백적 글쓰기 행위를 통해 재현되고 있는데, 그 결과 고백 역시 나 개인의 내면적 고통과 고민을 토로하는 방식에 그치는 것이 아니라, 상상적으로 재구성된 연대와 소통하고 대화하는 장으로 점차 확장되고 있음을 알 수 있다. 한 개인의 기억과 고백은 지극히 사적인 영역에서 이루어지는 행위이기도 하지만, 그것은 이처럼 역사를 재구성하고 새로운 주체들을 생성해내는 중요한 동인이 되기도 한다. 나의 고백적 글쓰기는 '나 자신'을 비롯해 '우리'의 공동의 상처를 치유하는 기능을 발휘한다.

진정한 탈식민화의 가능성은 소통과 대화의 지점에서 열릴 수 있다고 본다. 이러한 맥락에서『외딴방』에 내재된 서사적 힘은 이 서사가 80년대와 90년대의 단절 내지는 간극을 극복하고 소통의 장을 마련한다는 점에 있을 것이다.

모성성과 여성성의 경계

- 황석영의 '20세기 3부작'을 중심으로

오 홍 진

1. 들어가는 글

황석영 소설의 중심 서사가 남성 중심적 서사로 서술되고 있다는 점은 황석영을 연구하는 대부분의 비평가라면 공통적으로 인정하는 사실이다. 1970~80년대에 발표된 그의 소설은 남성 영웅의 비장미를 강조하는 작품이 많고, 또 타락한 현실에 적응하지 못하는 남성 주인공의 환멸감을 표현하는 작품들이 주류를 이루었다. 그의 작품에서 여성은 그러한 남성들의 역할을 보조하거나, 아니면 남성들의 환멸감을 모성으로 감싸 안는 경우가 대부분이었다. 세상의 중심에 남성들이 자리잡고 있고, 여성들은 그 남성적 중심을 그대로 수용하는 수동적인 인물로 그려져 온 것이다. 따라서 황석영 소설에 나타나는 모성성은 남성성을 대체하는 새로운 담론이었다기보다는 남성의 피해의식을 보듬어안는 '식물적인' 모성성이었다는 것이 온당한 평가일 것이다.

이러한 점은 2000년을 전후하여 발표된 황석영의 20세기 3부작 『오래된 정원』(창작과 비평사, 2000), 『손님』(창작과 비평사, 2001), 『심청』(문학동네, 2003) 등의 작품에도 그대로 이어진다. 80년대를 추억하는 남성주체의 시선(『오래된 정원』의 오현우)에는, 50년대의 극렬했던 사상 투쟁을 회상하는 남성주체의 시선(『손님』의 류요섭)에는 50년대와 80년대라는 시대적 상황의 차이만 도드라지게 드러날 뿐, 타락한 세상을 기억하는 남성주체들의 시선이 서술의 핵심을 형성하고 있다. 이러한 남성주체들의 기억에 황석영의 소설적 촉수가 민감하게 반응하고 있다는 점은 황석영 소설을 접근하는 데 중요한 기준을 제공한다. 남성주체들의 기억은 세상을 여전히 이분법적 틀로 구축하고 있으며, 여성인물들을 묘사하는 과정에서 그것은 하나의 기준으로 적용되고 있다. 환멸스런 세상의 근저에 남성적인 폭력이 자리하고 있다면, 그 폭력의 세계를 넘어서는 대안의 세계에는 모성적인 감성이 자리하고 있다. 남성의 폭력과 모성적 감수성이라는 이분법적 틀은 황석영의 20세기 3부작을 관류하는 중심으로 작용하고 있는 바, 그 밑바탕에는 여성(모성)에 대한 작가의 남성 중심적 시각이 무엇보다도 강력하게 영향을 미치고 있는 것이다.

　여성 영웅을 작품의 전면에 내세우는 『심청』 역시 남성적 시각에서 자유롭지 못한 작품이라 할 수 있다. 심청이라는 민중적 영웅상은 남성의 시선을 통해 철저하게 계산된 영웅으로 다시 탄생한다. 심청은 황석영의 마음속에 그려진 심청이며, 동시에 황석영이 지향하는 모성성의 화신이다. 『오래된 정원』의 한윤희나, 『손님』의 여성인물들(박명선, 윤선생)과 비교할 때, 심청이라는 여성영웅에게는 분명 주체성의 과정이라 일컬을 수 있는 내재성의 과정이 나타난다. 하지만 심청의 주체성은 황석영이 인식하는 모성성의 의미를 정확하게 반영한다. 피해자로서의 여성이 이 세상의 고달픈 존재들을 감싸 안는 『심청』의 서사구조는 모성은 피해자의 의식에서 파생된다는 남성 중심적인 시각과 맞닿아 있다. 피해자의 의식에서 모성이 파생되는 과정은 그 자체 모성을 획득한 주체의 주체성과 연결되지 않으면 '여성성'의 새로운 담론으로 나아갈 수 없다. 황석영 소설이 간과하고 있는 점은 바로 여기에 있다. 모성은 여성성의 중요한 요소를 이루지만, 모성성의 획득이 곧바로 여성성의 획득으로 이어지는 것은 아니다. 모성성을 중시함으로써 여성성을 배제하는 것, 그를 통해 여성의 주체성을 교묘하게 억압하는 과정은 우리가 황석영 소설을 읽으면서 밝혀내야 할 중요한 문제인 셈이다.

2. 시선의 제국

황석영 소설의 남성 중심적 시선은 『오래된 정원』의 오현우가 '갈매'라는 공간을 인식하는 과정에서 잘 표현된다. 갈매의 안과 밖을 나누는 이분법적 인식을 근거로 펼쳐지는 오현우의 공간인식은 이상과 현실이라는 또 다른 이분법으로 이어지고, 그것은 세상을 향한 오현우의 윤리적 인식과 맞물려 '갈매'라는 모성적 공간을 잉태하는 요소로 작용한다. 갈매가 한윤희와의 사랑이 이루어지는 개인적인 공간으로 인식될수록 타락한 세상에 대한 오현우의 윤리적 죄의식은 심화된다. 그가 가야 할 곳이 현실(갈매의 밖)이라면, 그 현실로 나아가기 위해 그는 '갈매'를 버려야 한다. 숭고한 이념을 위해 개인의 사랑의 공간을 포기하는 정신은 오현우의 내면을 지배하는 핵심이다. 한윤희가 있어야 할 공간과 오현우가 나아가야 할 공간의 대비는 남성-여성의 대비와 어울려 오현우의 선택을 정당화하는 기준으로 나타나는 셈이다. 한윤희에 대한 그리움이 갈매라는 절대적 공간을 향한 그리움과 끊임없이 연관되는 것도, 갈매는 한윤희로 대변되는 모성성의 존재와는 뗄 수 없는 공간적 의미를 형성하고 있기 때문이다.

그렇지만 갈매라는 공간을 바라보는 오현우의 시선에는 타자에 대한 응시가 기본적으로 배제되어 있다. 한윤희가 생각하는 갈매, 또 한윤희가 소망하는 일상적 삶의 형상은 오현우의 시선에서는 억압되어야 하는 것들이다. 갈매를 떠난 오현우가 한윤희를 갈매라는 한정된 공간 속의 인물로 추억하는 것도, 그에게 갈매는 이미 절대적인 공간으로 이미 지화되어 있기 때문이다. 한윤희가 남긴 노트를 통해 드러나는 그녀의 고달픈 삶은 이러한 오현우의 시각에 한정되어 해석된다. 갈매를 떠난 한윤희가 결국 갈매로 돌아와 죽음의 길로 들어서는 과정은, 그리고 그녀가 갈매에서 모성성에 대한 인식에 도달하는 과정은 이러한 갈매의 절대적 공간감과 분리하여 해석할 수 없다. 한윤희의 삶은 갈매에서 시작하여 갈매에서 끝났지만, 그러한 한윤희의 삶을 여전히 지배하는 시선은 갈매를 바라보는 오현우의 시선이다. 한윤희가 도달한 모성의 세계는 실상 오현우가 바라보는 세상의 논리와 다르지 않은 것이다. 모든 어린 생명들을 보듬어안는 모성의 절대성은 이 세상의 어디에도 없는 갈매의 절대적 공간성과 정확하게 일치하는 셈이다.

타자의 이미지를 남성의 시선으로 재단하는 과정은 『손님』에서는 윤선생을 윤간하는 청년단원들을 묘사하는 과정에서 나타난다. 류요한의 시선으로 서술되는 윤간의 장면은 류요한이라는 주체의 시선에 한정되어 묘사된다. 윤선생이라는 고통스런 타자는 있되, 윤선생(타자)의 시선은 배제된 채 류요한이라는 주체의 시선만 작품 전면에 드러나는 것이다.

> 나는 무추름하니 그냥 혼자서 빈 술자리를 지키고 앉아 있었다. 복도가 시끄러워지고 여자의 비명과 사내들의 웃음소리가 들렸다. 나는 못먹는 술을 연거푸 두 잔이나 털어 넣었다. 한참이나 있다가 술이 벌겋게

올라서 방을 나섰다. 복도를 나서려는데 신음소리가 들렸다. 미닫이를 조금 열고 방안을 들여다본다. 세 남자가 둘러 앉아 발가벗긴 여자의 팔과 다리를 잡고 있었는데 한놈이 올라타고 일을 치르는 중이다. 나는 숨을 삼키며 끈에 달린 것처럼 방안으로 끌려 들어갔다. 봉수는 이미 끝났는지 웃통을 벗은 채이고 상호의 바지가 종아리까지 내려가 있었다. 그의 어깨 너머로 낯익은 여자의 얼굴이 보인다. 일본식 목욕 하오리는 끈이 풀려 다다미 위에 활짝 펼쳐져 있다. 내가 아마 상호의 몸을 발로 찼을 것이다. 그가 옆으로 나뒹굴었으니까. 그러고는 언제나 군용점퍼 안에 찌르고 다니던 권총을 꺼내어 여자를 쏜다. 두 발을 쏜 것 같았다. 내가 비틀거리며 방을 나와서도 아무도 나를 쫓아나오는 사람이 없었다. 귓전을 파고든 총소리가 아직도 앵 하며 맴돌고 있을 뿐이었다.

(『손님』, 247~248쪽)

윤간의 장면은 이미지로 드러나 있다. 아니 류요한이 윤선생에게 총을 쏘는 장면도, 그 총소리가 '앵' 하며 류요한의 귓전을 파고드는 장면도 이미지로 처리되어 있다. 『손님』이 류요한과 류요섭, 또 학살당한 사람들의 기억에 의지해 서술되는 것처럼, 윤선생의 윤간 장면 역시 이러한 이미지(기억)의 틀을 벗어나지 못하고 있는 것이다. 기독교도인 류요한이 이 장면을 회상하며 "이제부터 마귀가 번성하게 될 지옥일 뿐이라고 생각했다"고 고백하는 것은 윤선생의 윤간 장면이 이미지로 처리될 수밖에 없는 이유를 설명해 준다. 윤선생은 청년단원들의 추악함을 드러내는 수단으로 존재한다. 주저없이 윤선생에게 총을 쏘는 류요한의 행동은 그런 점에서 윤선생 개인보다는 그가 목격한 추악한 광경을 처벌하려는 의도에서 행해진 행동일 것이다. 이 과정에서 윤선생이라는 개별적인 존재는 류요한의 시선에서 철저하게 배제된다. 중요한 것은 윤선생이라는 형상이 작가의 시선에서도 배제되고 있다는 점이다. 이데올로기에 희생된 윤선생의 형상은 억울하게 죽은 영혼들이 저마다의

'말들의 잔치'를 벌이는 과정에서도 전혀 나타나지 않는다. 류요한이 인식하는 타락한 세상의 한 증거로서 윤선생의 윤간 장면이 제시됐으므로, 윤선생에 대한 소설적 언급은 더 이상 필요 없게 된 것이다.

『손님』이라는 작품의 전체적인 서술구조를 고려할 때, 윤선생에 대한 후일담을 묻는 일은 어리석은 작업일지도 모른다. 하지만 이데올로기에 희생된 존재들을 영혼으로라도 불러내어 진혼하는 이 소설의 문학적 의도를 생각한다면, 윤선생은 그 진혼의 과정에서도 제 자리를 찾지 못한다. 끊임없이 반복되는 가해자-피해자들의 말들은 진혼의 세상 속으로 스며들지만 윤선생은 죽음의 세계에서도 한결같이 침묵을 강요당한다. 개인이기 때문일까? 여성이기 때문일까? 이 지점에서 우리는 타자들 속에서 배제된 또 다른 타자의 얼굴(여성)을 보게 된다. 류요한의 시선에 이미지로 포착되어 타락한 세상을 증명했던 한 여성은 이렇게 진혼-죽음의 세상에서도 배제되어 역사의 어둠 속으로 사라진다. 윤선생의 영혼이 등장했다면 그녀는 과연 무슨 말을 했을까? 윤간 당한 여자의 입에서는 어떤 말이 나왔을까? 황석영의 남성적 시선이 한계에 이르는 장소는 바로 이곳에 있을 것이다. 스스로 무당이 되어 죽은 자들을 대변하려는 작가의 열정은 윤선생의 윤간 장면에 이르러 결정적인 모순의 상황에 빠져버린 셈이다.

『손님』에서 황석영은 '여성'에 대한 역설에 직면해 있다. 할머니-어머니로 이어지는 모성적 존재들이 오구굿의 형식과 어울려 『손님』의 한쪽 구조를 이룬다면, 진혼의 장소에서도 배제되는 윤선생의 형상은 『손님』의 또 다른(은폐된) 구조를 이룬다. 그가 지향하는 것과 배제하는 것은 '여성'이라는 이름으로 불려지고, 그 과정에서 '여성'이 배제된 '모성'이 작품의 중심에 들어선다. 윤선생에게 부재하는 것은 모성적 존재의 순결성이 아니었을까? 모성이라는 이름으로 불려질 수 없는 존재(여성)

가 황석영 소설의 중심에 들어설 수 없는 이유가 순결성의 부재와 연결된다면, 이것만큼 지독한 남성 중심적 시선은 없을 것이다. 철저하게 남성적인 작가의 시선은 『심청』에서 심청의 몸을 표현하는 과정에서 더욱 심화된다. 심청의 몸은 '보여지는' 몸이며, 그 몸을 보는 존재는 당연히 남성의 시선에 종속된 '남성' 작가이다. 남성의 시선이 심청의 몸을 훑고 있고, 남성의 시선이 그렇게 훑어내린 심청의 몸을 '만진다'. 촉각은 타자를 어루만지는 포용의 감각이 아니라 시각의 폭력을 드러내는 제2의 시각으로 작용하는 것이다.

> 첸 대인이 엉금엉금 기듯이 일어나 반듯이 누운 청이의 몸위로 상체를 기울여 먼저 그네의 작고 보드라운 입술을 빨고 혀를 물었다. 노인은 그네의 침을 천천히 빨다가 잠시 쉬고는 한다. 다음은 겨드랑이를 빨고 가슴으로 옮긴다. 노인의 혀가 젖꽃판 주위를 맴돌다가 젖꼭지를 입에 문다. 빨아먹으면서 흡입하여 젖통 전체를 입안에 넣고 입술로 오물오물 눌러댄다. 이제는 크게 도드라진 청이의 젖꼭지가 팽팽해진다. 그는 살갗에 어린 청이의 정기를 흡입하려는 것처럼 빨았다가 들이쉬기를 되풀이하면서 배로 내려갔다가 허리 주위를 맴돌고 이내 음문에 당도한다. 그는 두 손가락으로 음문을 좌우로 당겨 벌리고는 혀를 음핵에 대고 빨았다. 전보다는 훨씬 많아진 물기가 흥건해지자 노인은 조금씩 빨아 먹는다. 청이가 사타구니를 더욱 벌리면서 가늘게 신음하며 허리를 조금씩 들었다 내리기를 반복한다.(『심청』 상권, 55~56쪽)

남성지상주의 이데올로기의 첫 번째 교의는, 남자들은 자아self를 가지고 있고, 여자는 정의상 필연적으로 자아를 가지고 있지 않다는 것이다1). 포르노그래피가 여성의 비주체성, 다시 말해 남성의 시선에 비쳐지는 여성의 몸에 집중되는 이유도 여성의 몸은 남성이라는 주체의 시

---

1) 안드레아 드워킨, 『포르노그래피』, 동문선, 1996, 51쪽 참조.

선을 통해 '인식'되기 때문이다. 여성은 보여지는 대상으로만 존재할 뿐, 여성 스스로 자신의 자아를 드러내지 못한다. 인용문에도 나타나는 바, 심청의 몸은 첸 대인의 손길로 들뜨고, 작가는 그렇게 '들뜬' 심청의 몸을 집중적으로 묘사한다. 첸 대인의 손길을 느끼는 심청의 존재는 여기서 배제될 수밖에 없다. 심청의 몸은 남성의 시선에 갇힌 채 단지 '보여지는' 대상으로만 나타나기 때문이다. 요컨대 심청의 몸은 이미지로만 표현되고 있다. 심청의 몸이 이미지화될수록 남성의 시선만이 오롯하게 드러나고, 그것은 여성의 몸을 전면에 부각시키는 과정에서 철저하게 은폐된다.

여성의 몸을 이미지화하는 주체(시선)의 은폐는 여성을 자기 몸의 주체인 것처럼 인식하게 만든다. 쾌감을 느끼는 주체는 여성-심청이며, 남성-첸대인은 다만 여성의 쾌락을 '이끌어내는' 존재로 인식되는 것이다. 시선의 은폐는 전도된 상황을 자연스러운 상황으로 인식하게 만들고 이러한 상황이 묘사됨으로써 여성은 남성의 시선을 통해서만 몸의 주체가 되는 아이러니한 상황에 직면한다. 첸 대인의 손길을 거부하는 성적 주체로서의 심청이 가능할 수 있겠는가? 첸 대인의 손길을 느끼며 성적 주체로 형성되는 심청의 형상은 여성의 몸에 얽힌 남성의 시선이 그만큼 공고하다는 것을 입증한다. 황석영의 시선은 그러한 심청의 형상을 그녀의 내면에서 우러나오는 자연스런 현상으로 해석한다. 그것이 남성의 시선이고, 여성의 몸을 옭아매는 폭력의 시선이다. 시선의 제국은 이렇게 남성 주체의 은폐된 시선이 여성 주체의 '허구적' 자율성을 조작하는 과정에서 형성된다. 남성 주체의 시선은 작가 스스로도 느끼지 못할 정도로 소설의 곳곳에 스며들어 있거니와, 이러한 점이 아마도 황석영의 최근 소설에서 모성의 이미지가 중시되는, 근본적인 이유가 될 것이다.

3. 생명의 기원으로서의 모성성이 지닌 의미망

이제 우리는 황석영의 20세기 3부작에 나타난 모성성의 의미를 구체적으로 탐색해 들어간다. 20세기의 한국 역사를 관통하는 세 편의 작품에서 황석영은 추악한 현실을 감싸안는 모성의 의미를 이야기한다. 모성은 추악한 현실을 살아가는 존재에게 구원의 이미지로 나타나며, 주체의 상황이 극단적인 폭력을 경험하는 상황일수록 모성의 의미는 특히 강조된다. 20세기의 폭력을 경험한 작가에게, 또 20세기 폭력이 되풀이되는 것을 방지하고자 하는 작가에게 모성은 무엇보다도 그러한 폭력의 현실을 넘어서는 새로운 세계의 이상으로 비쳐진 것이다. 모성성이 지닌 함의를 생각한다면, 작가의 이러한 생각은 당연할 수도 있다. 하지만 황석영의 20세기 3부작에서 모성성은 남성의 시선에 갇힌 채, 남성의 눈으로 그려지는 모성의 세계로 드러난다. 모성의 주체인 여성은 그 모성을 실현하는 대가로 죽거나, 아니면 자신의 실존적인 삶을 포기해야 한다. 여성이라는 타자의 (상징적) 죽음을 매개로 전개되는 모성의 담론은 이런 점에서 근래의 황석영 소설을 평가할 수 있는 문학적인 기준이 될 수 있을 것이다.

황석영 소설에서 중시되는 모성성의 의미는 무엇보다도 생명의 기원이라는 담론으로 집중된다. 『오래된 정원』의 한윤희가 발견하는 모성의 보편성(생명의 기원이라는)이나 『손님』의 류요섭이 할머니-어머니의 세계를 기억함으로써 펼쳐내는 모성성의 형상은 지금 이곳의 주체가 직면하고 있는 '현실'이라기보다는 차라리 주체가 지향해야 할 이상에 가깝다. 중요한 것은 그 이상이 이미 과거에 존재했다는 점이다. 마음 속에 이미 내재된 '이상'을 외면한 채 살아온 결과가 폭력의 현실이라면, 모성을 생명의 근원으로 인식하는 인물들의 사유 양태를 우리는 이해할 수 있을 것이다. 하지만 기억 속의 모성이 지닌 보편성은 모성 자체를 신비화하는 조건으로 작용한다는 점에서, 인물들의 현실 인식을 제약하게 된다. 억울하게 죽은 사람들의 영혼을 진혼한 뒤, 류요섭의 꿈속에 나타나는 모성적 세계상은 폭력의 세계를 위무하는 형식은 될 수 있을지언정, 폭력의 현실을 극복하는 대안의 형식으로 발전할 수는 없다. 그것은 돌아갈 수 있는 '현실'이 아니라 결코 우리가 돌아갈 수 없는 현실이기 때문이다. 모성이라는 보편적 담론에 편승하여 전개되는 류요섭의 개별적 모성 담론은 그러므로, 개인의 기억으로 폐쇄될 수밖에 없다. 어머니의 세계를 기억함으로써 류요섭이 할 수 있는 일은 무엇인가? 꿈속에서 그를 부르는 어머니의 '목소리'는 그가 꾸는 꿈속의 소리(이미지)일 뿐 결코 현실로 반향될 수 없는 '신비한' 소리로만 의미화되는 셈이다.

『손님』보다 이른 시기에 발표됐지만, 『손님』에서 그려진 시대적 상황 이후를 소설화하고 있는『오래된 정원』역시 한윤희라는 인물을 통해 모성이 지닌 보편성의 문제에 주목하고 있다. 한윤희는 모성을 모든 생명(씨앗)을 감싸안는 기원적인 존재로 생각한다. 기원은 어떤 경우에도 범할 수 없는 신성한 것이고, 또 어떤 경우에도 사라질 수 없는 원초적인 것이다. 모성의 절대성이라 이름할 수 있는 한윤희의 모성 인식은 그녀가 살아온 신산(辛酸)한 삶의 과정과 연결되면 아이러니한 상황을 연출한다. 한윤희의 삶에는 좌익 활동을 했던 아버지의 그늘이 짙게 드리워져 있다. 아버지의 삶을 증오하던 그녀가 아버지의 젊은 시절에서 '열정'을 발견하고, 그로써 간암으로 비참하게 죽는 아버지와 화해하는 과정은 그녀의 삶에 내재된 역사적 상처를 부각시킨다. 문제는 이러한 아버지의 형상이 그대로 오현우의 형상과 겹쳐지고 있다는 점이다. 민주화 운동의 수배자로 도피생활을 하는 오현우의 얼굴에서 그녀가

"젊은 날의 아버지를 연상"할 때, 오현우는 아버지의 대치물로 나타나 한윤희의 삶을 규정하게 된다. 민주화 운동에는 그다지 관심이 없었던 그녀가 오현우와 더불어 '갈매'라는 공간으로 들어서는 배경에는 이처럼 오현우의 얼굴에 새겨진 아버지의 이미지가 결정적인 역할을 하는 셈이다.

오현우와의 낭만적 생활을 상징하는 공간인 '갈매'에서의 생활은 한윤희의 삶을 아버지의 비극적인 삶과 이어지는 계기로 작용했거니와, 오현우가 감옥 생활을 시작한 이후에 그녀가 겪게 되는 고달픈 삶은 실상 '외부'에서 자신의 존재 근거를 찾는 자가 어쩔 수 없이 선택해야 할 운명에 해당될 것이다. 그녀가 소망하는 일상의 자잘한 삶은 아버지와 오현우의 그늘이 드리워져 있는 한 결코 실현될 수 없다. 그녀가 소망하는 일상이 그녀 자신만의 폐쇄된 일상이 아니라 가족들의 '정'으로 구현되는 일상이라는 점은 이 지점에서 음미해 볼만한 부분이다. 가족과의 일상은 아버지의 좌익 활동 때문에 좌절된 일상이었으며, 또한 오현우의 민주화 운동 때문에 포기해야 할 일상이기도 했다. 외부의 조건이 갖추어지지 않으면 실현될 수 없는 일상을 향한 꿈은 한윤희의 삶이 그만큼 외부의 상황에 종속되는 비주체적인 삶이었음을 입증한다.

> 부엌문이 닫히고 문틈으로 불이 켜지는 게 보였어요. 달그락거리는 소리와 싱크대의 수납장문이며 서랍이 열리고 닫히는 소리며 도마질하는 소리들이 아늑하게 들려와서 나는 이제 집에 돌아온 게 아닌가 하는 상상에 빠졌습니다. 수돗물 흘러내리는 소리. 나지막한 휘파람 소리도. 그리고 얼마나 지났을까. 구수한 냄새가 부엌에서 새어나왔어요. 그야말로 옛날 부뚜막에서 새어들던 냄새 말예요. 부엌문이 열리고 나는 웃음을 터뜨리다 기침을 하고 말았지요. (『오래된 정원』 하권, 234쪽)

미술 공부를 하기 위해 독일로 간 한윤희에게 일상의 자잘한 삶은 여전히 강렬한 소망의 대상으로 자리잡고 있다. "그쪽에서 알 수 없이 짓눌려 있었던 자의식"에서 벗어나 비로소 "나의 세계"를 갖게 되었다고 그녀는 고백하지만, 그녀는 무엇보다도 사람들 '사이'에서 이루어지는 자잘한 일상의 기쁨을 갈망하고 있는 것이다. 인용문에 드러나는 대로 그녀는 부엌에서 들려오는 일상의 소리에서 '아름다움'을 느낀다. 이미지로 표현되는 일상의 삶은 그녀에게 절대적인 '미'로 인식된다. 이희수라는 존재가 지향하는 삶이 아버지-오현우가 지향하는 삶과 다르고, 또 이희수의 일상적 배려가 한윤희의 역사적 상처를 치유하는 계기로 작용하면서, 그녀는 드디어 그녀가 그토록 소망하던 일상을 '체험'한다. "상식적이고 안정된 정서"라는 한윤희의 표현대로 그녀는 아버지-오현우에게서는 얻을 수 없었던 일상의 감각을 이희수를 통해 얻게 되는 셈이다.

그러나 여기서 우리는 이희수가 과연 아버지-오현우의 형상과 변별되는 존재인가라는 의문을 떨쳐 버릴 수 없다. 한윤희가 추구하는 "나의 세계"가 한국 사회에서 강요하는 여성으로서의 삶에서 이탈하는 세계라면, 그녀가 이희수와의 만남을 통해 구현하는 삶은 정확히 여성으로서 강요되는 삶으로 재현된다. 한국 사회에서는 실현될 수 없는 삶이 독일이라는 공간에서 실현되었다고 해서, 그러한 삶 자체가 한윤희의 주체성을 드러내는 삶의 지표가 될 수는 없을 것이다. 요컨대 한윤희가 추구하는 일상의 삶은 소위 모성이라는 이름으로 전개되는 '여성'의 삶을 그대로 반영하고 있다. "상식적이고 안정된 정서"는 가정 속의 여성이 지향하는 삶의 정서이어야 하고, 그래야 한 가정의 평화가 유지될 수 있다. 이 지점에서 이희수는 한윤희의 일상적 삶을 구성하는 '외부'의 존재로 나타난다. 이희수와 아버지-오현우는 한윤희의 입장에서 본다면 동일한 대상일 수 있는 셈이다. 그들을 통해 한윤희는 "나의 세계"로 나아가기보다는 "나의 세계"를 포기한다. 그 포기의 대가가 일상의 자잘한 삶에서 느끼는 '기쁨'이고 '행복감'이다. 따라서 이희수가 사라지게 될 때 한윤희의 일상적 행복 역시 사라질 수밖에 없다. 이희수의 죽음이 지닌 소설적 개연성은 여기서 성립된다. 이희수가 죽지 않으면 소설의 전개과정이 달라질 것이고, 그러면 출옥한 오현우가 살아가는 삶의 과정 역시 변화될 것이다. 이희수라는 인물은 한윤희의 모성성을 이끌어내는 매개항인 동시에, 한윤희의 주체성을 소멸하게 하는 소설적 계기로 기능하고 있는 셈이다.

> 나는 근년에 들어 나의 일관된 화두였던 어머니에 대해 생각하고 있어요. 모든 사람을 낳아 기른 자. 권력의 절대화와 관료주의에 대하여 로자가 비판했던 근거는 대중에 대한 모성적 사랑이었지요. 근대는 수컷들의 삭막하고 쓸쓸한 갈등과 번민의 시대였어요. 어느 밀폐된 방에서 숨어 지내는 비밀경찰 출신의 늙은 고문자처럼 그것은 황폐하고 외로워요. 잃어버린 권력을, 잃어버릴 위험이 있는 헤게모니를 되찾거나 지키려고 부릅뜨고 결심하는 음산한 눈초리와, 사랑으로 위장한 메마른 웃음과, 모든 것을 탈취해서 복종시키려는 음험하게 부드러운 표정 위에 감출 없이 날카롭게 빛나고 있는 저 눈매를 보라지.
>
> (『오래된 정원』 하권, 304쪽)

다시 한국으로 돌아온 한윤희는 모성의 위대함을 깨닫게 된다. 그녀가 생각하는 모성은 케테 볼빈츠의 "늙은 여인의 연민에 찬 얼굴"로 이미지화된다. "그네의 얼굴에는 일차대전에서 전사한 아들의 죽음에서부터 가난한 사람들의 불행에 대한 안타까움이며 동지들과 자신이 받은 박해와 이차대전 중에 러시아 전선에서 죽은 손자의 죽음까지에 이르는 긴 고뇌의 여정이 반영되어 있"다는 한윤희의 진술은 모성이 결국은 어머니의 고뇌(희생)의 역정에서 파생되는 삶의 진실임을 이야기한다. '내향적인' 존재로서의 어머니상은 여기서 발현된다. "내향적인 것은 아주 순수하며 조화를 이루고 있다."(306쪽) 아들을, 손자를 가슴에 묻어야 하는 어머니(할머니)의 삶이 내향적인 것이라면, "수컷들의 삭막하고 쓸쓸한 갈등과 번민의 시대"는 그러한 내향성을 파괴하는 폭력성(외향성)을 의미할 것이다. 수컷(근대)의 파괴(폭력)를 가슴으로 삭이며 새로운 생성으로 나아가는 정신, 그것이 한윤희의 모성적 세계관이라면, 그녀가 "나는 이 위대한 자연을 회복하고야 말 것"이라고 다짐하는 것은 어떻게 보면 당연한 사유의 흐름이라 할 수 있을 터이다.

하지만 그녀가 이야기하는 생명(자연)의 기원으로서의 모성적 사랑은 한윤희의 삶에서 우러나온 내재적인 삶이기라기보다는 모성성에 대한 작가 황석영의 관념이 투영된, '의도된' 모성성의 혐의가 짙다. 그것은 상처를 치유하는 힘으로 나타나지만, 정작 한윤희는 모성성을 깨닫는 순간 죽음의 상황에 빠지게 된다. 차라리 한윤희의 깨달음은 출옥한 오현우가 새롭게 출발할 수 있는 담론의 장소로 의미화된다. 오현우가 감옥의 삶에서 인식한 '생명에 대한 경외'는 모성에 대한 한윤희의 깨달음과 겹쳐져 그가 "일상과의 씨름"을 수행할 수 있는 힘으로 작동한다. 한윤희는 죽었지만, 한윤희의 삶을 기억하는 오현우는 이곳에 남아 있다. 오현우가 "일상과의 씨름"을 생각하는 이유는 생명의 기원으로서의 모성성을 체현한 한윤희가 항상 그와 함께 있을 것이라고 생각하기 때문이다. 오현우의 이러한 생각은 『손님』의 말미에서 류요섭이 꿈꾸는 기억 속의 어머니의 세계와 다르지 않다. 그들에게 모성은 폭력의 현실을 치유하는 힘으로 인식되지만, 그것은 항상 기억 속에 묻혀 대상화된 존재로만 나타난다. 어머니'들'은 죽음으로써 아들(남성)들의 기억에 각인되고, 그렇게 각인된 어머니에 대한 기억은 지금 이곳에서 주체의 삶을 새롭게 거듭나게 한다. 결국 중요한 것은 주체의 삶인 것이다. 돌려 말하면 한윤희로 대표되는 모성적인 삶은 "늙은 여인의 연민에 찬 얼굴"처럼 희생을 바탕으로 이루어진다. 자신을 죽임으로써 아들을 살리는 어머니의 정신은 위대하지만, 그 과정에서 어머니의 주체성은 모성이라는 이름으로 새롭게 구성된다. 오현우가 일상과의 씨름을 통해 새로운 주체로 거듭난다면, 한윤희는 모성이라는 이름에 감싸여 죽음의 세계로 방출된다. 생명의 삶을 지향하고자 하는 그녀의 깨달음이 이른 지점이 죽음의 장소라는 상황 설정은 상당히 아이러니한 결말이다. 여성은 (상징적으로) 죽어야만 주체로 형성될 수 있다는 것일까? 한윤희라는 인물을 중심으로 『오래된 정원』을 읽을 때의 씁쓸함은 바로 이러한 점에서 연유할 것이다.

4. 몰시간적 역사 속을 떠도는 주체의 서사

한윤희라는 인물을 통해 모성의 위대함을 이야기한 황석영은 『심청』에서는 설화 속의 여성 영웅을 불러내어 모성의 위대성을 다시 한번 성찰한다. 온갖 고난을 헤치고 자기 정체성에 도달하는 영웅의 서사는 20세기 초 한 여성의 삶을 바탕으로 폭력이 지배하는 지금 이곳의 세계를 치유하는 담론으로 호출되는 것이다. 『심청』이라는 소설의 뿌리를 형성하고 있는 설화적 구조는 실상 『오래된 정원』의 '오래된 정원' 이야기나, 『손님』의 오구굿 이야기에서 반복적으로 표현된 구조이다. 두 작품 속의 설화적 구조가 작품의 배경을 형성하고 있다면 『심청』에서 설화적 논리는 이 소설을 서술하는 밑바탕으로 작용한다. 근대라는 폭력의 세계에 저항하는 수단이 전근대적 설화의 논리라는 점은, 황석영이 이야기하는 모성성이 전통적인 세계의 모성성에 기반하고 있음을 시사한다. 『심청』에서 모성성은 심청이라는 여성 영웅의 행동을 규정하는 기준으로 나타난다. 열다섯의 나이에 중국을 넘나드는 상인들의 제물로 팔리고, 종국에는 남자들의 성적 노리개로 전락하는 심청의 상황은 그녀가 보살의 현신이라는 이유만으로 쉽게 소설적 정당성을 얻는다. 여러 모습으로 변신하여 사람들의 깨달음을 돕는 관음보살의 형상은 여러 이름으로 살아가면서도 '심청'이라는 자신의 정체성을 잊지 않는 심청의 형상과 자연스럽게 겹쳐진다. 열다섯 나이로는 견디기 어려웠을 상황에 여러 차례 직면하면서도 심청은 언제나 그러한 상황을 묵묵히 수용한다. 마치 자신이 자발적으로 상황을 선택한 것처럼, 심청은 자신이 처한 상황을 빠르게 판단하고 그에 따라 어떤 상황이든 쉽게 적응한다. 열다섯의 소녀가 지닐 수 있는 내면 심리가 부재하다는 지적은 여기서 가능할 터인데, 어떻게 보면 관음보살의 현신인 심청에게 이러한 내면의 갈등은 불필요한 과정일 수도 있을 것이다.

심청이라는 존재는 이미 작가의 관념 속에서 '구성'된 존재로 형성화된다. 심청의 고난은 관음보살이 스스로 선택하는 고난의 상황과 연결되며, 그로써 언제나 해결될 수 있는 고난으로 비쳐진다. 고난은 심청이 겪지만 그 고난을 조절하는 존재는 작가이다. 심청의 내재적인 과정을 따라 심청의 형상이 발전하는 것이 아니라 관음보살이라는 절대적 기준을 통해 심청의 형상이 구성되는 셈이다. 따라서 심청이 어떤 이름으로 불리고, 어떤 삶을 살든 그녀는 정체성에 대한 고민을 겪을 이유가 없다. '심청'이라는 이름은 관음보살이라는 종교적 형상과 어울려 심청의 정체성을 공고하게 한다. 몸을 '보시'함으로써 수많은 생명들을 살려내는 심청의 행동은 관음보살에 내재된 의미를 현실화화는, 그래서 이미 그녀에게 운명적으로 부여된 삶을 살아내는 과정에 다름아닌 셈이다. 결국 문제는 작가가 관음보살의 현신이라는 모티브를 심청의 삶과 연관시키는 까닭을 밝혀내는 것으로 모여진다. 모성성을 체현한 관음보살의 형상이 심청의 형상과 겹쳐진다면, 작가는 관음보살의 종교적 희생정신을 모성성의 근본 조건으로 제시하고 있다고 할 수 있을 것이다.

하지만 관음보살과 심청이 공통적으로 모성성을 구현하는 존재라는 점을 찾아낸다고 해서 이 소설의 모든 문제들이 해결되는 것은 아니다. 심청은 '현실'을 살아가고 있고, 또한 현실 속에서 자신만의 개별적인 삶을 살아가야 한다. 관음보살의 형상은 이상적인 기준일 뿐, 그것은 심청이 겪어내는 현실의 경험 속에서 재구성되어야 한다. 남성들의 성적 노리개에서 류큐라는 작은 왕국의 왕후에 이르는 심청의 삶의 역정은 버림받은 타자들을 향한 배려의 삶이었다는 점에서 관음보살의 희생정신과 상당히 닮아 있는 듯하다. 성적 노리개로 대상화된 여성들을 대하는 심청의 마음에는, 또 류큐의 백성들을 대하는 심청의 마음에는 고통받는 사람들의 상처를 보듬으려는 어머니의 마음이 자리잡고 있다. 그것은 『오래된 정원』의 한윤희가 말한 모성적 위대성의 현실화일 것이다. 심청의 삶에 드리워진 긍정적 의미는 그녀의 삶이 이처럼 고통받는 사람들의 '현실'과 맞닥뜨리고 있다는 점에 있다. 심청은 고통스런 현실에서 도피하지 않고 그 현실과 싸우고 있으며, 그 싸움은 항상 고통받는 사람들의 입장에서 전개된다. 자식을 바라보는 어머니의 시선으로 감싸여진 이러한 상황은 실상 황석영의 모성 담론에 새겨진 현실적인 의미로 제시될 수 있다 하겠다.

그러나 심청의 이러한 삶은 황석영의 관념에 뿌리 깊이 박힌 여성의 삶이라는 점에서 치명적인 문제를 내포하고 있다. 심청의 정체성은 심청의 삶 속에서 모성성이라는 화두를 빌미로 철저하게 은폐된다. 심청이 죽는 순간까지 기억하는 '심청'이라는 이름의 정체성은 그녀가 태어난 조선에 뿌리를 두고 있다. 자신을 팔아버린 나라를 향한 심청의 그리움이 심청의 정체성을 규정하는 근거이다. 제물로 팔려 조선을 떠난 소녀가 자신이 '태어난 나라'라는 단 하나의 이유만으로 조선으로 복귀하는 서사는 뿌리에 대한 운명적 논리로 해석될 수는 있을지언정, 심청의 정체성, 다시 말해 심청의 주체성을 포괄하는 논리로 발전할 수는 없다. 심청은 자신의 삶 속에서 모성적인 존재로서의 희생적인 삶을 실현하지만, 그것은 심청이 찾은 삶이라기보다는 모성성을 체현한 존재가 걸어가야 할 운명적인 길로 나타난다. 누가 심청에게 그러한 운명을 부여했는가? 『오래된 정원』의 한윤희가 오현우의 그늘 속에서, 오현우의 현실 적응을 위해 매개항으로 기능한 바 그대로, 심청 역시 한 남성 작가가 지향하는 세계를 건설하기 위한 관념적 매개항으로 기능한다. 제국주의의 폭력을 고스란히 몸으로 받아낸 삶, 그럼에도 폭력에 폭력으로 대항하지 않는 한 정신의 삶은 결코 이 세상에서는 실현될 수 없는 삶이다. '정신대 문제'가 여전히 이 시대의 화두로 떠오르고 있지 않은가. 폭력은 폭력을 당한 사람들의 뇌리에 기억의 이미지로 남는다. 그 기억이 치유되지 않는 한, 모성성의 정신은 현실화되기 힘들다. 심청의 삶에서는 고통받는 주체의 상처가 치유되는 과정은 없고, 그 상처를 감싸안는 모성성의 정신만 오롯이 부각된다. 여성 영웅은 상처받을 수 없다는 것일까. 황석영의 설화적인 논리는 이 지점에서 작품의 현실성을 떨어뜨리는 요소로 작용한다. 『심청』은 20세기 초의 제국주의 현실이라는 가파른 상황을 다루고 있지만, 정작 제국주의의 현실은 심청의 삶과는 동떨어진 관념적인 배경으로만 제시되고 있는 것이다.

> "예전 어느 강변 마을에 아름다운 여인 하나가 나타났더란다. 나는 부모형제가 없는 사람으로 재물도 영화도 원치 않으나 내가 가진 경전을 외우는 이에게 시집을 가련다구 그랬다지. 여러 사내들이 다투어 그네와

정분을 나누었으나 마지막에 마씨 댁 총각이 경전을 외워 장가를 들게
되었구나. 혼인을 하자 마자 몸이 아프다며 방에 들어가 쉬던 여인이 죽
더니 삽시간에 육신이 재처럼 흩어져 금색 뼛가루가 되고 말았다더라.
며칠 후에 한 선승이 지나다가 보고 그이는 관음의 화신이었다고 그러더
란다. 정분의 허망함과 살림의 덧없음을 깨우치려고 잠깐 보이셨다는구
나."(『심청』 하권, 306~307쪽)

소설의 말미에 나타나는 이 이야기가 심청이 살아낸 실제의 현실일
것이다. "정분의 허망함과 살림의 덧없음을 깨우치"기 위해 지상에 내려
온 존재가 관음보살이고, 심청이다. 설화적 현실이 제국주의라는 폭력
의 현실을 허망한 것으로 규정하면서 소설은 끝을 맺고 그와 더불어 제
국주의의 풍파에 휩쓸려 고통스런 여행을 한 심청의 삶 역시 그 허망함
의 세계로 빠져든다. "남들 해치지 말구 살거라"라는 심청의 유언은 설
화적 현실에서 제기되는 진실의 보편성을 강조한다. '남들을 해치지 말
라'는 보편적 진실을 이야기하기 위해 황석영은 20세기 초의 제국주의
현실을 불러내고, 또 심청이라는 설화적-민중적 영웅을 불러낸 셈이다.
하지만 허망함을 강조하는 설화적 현실이 부각되면서 심청이 겪어야
했던 고통스런 삶은 현실의 저편으로 사라진다. "실컷 울고 난 사람의
웃음"을 지으며 죽음을 맞이하는 심청의 형상에는 죽은 자의 편안함만
남아 있을 뿐, 그가 겪은 타락한 현실의 그림자는 완전히 지워져 있다.
영웅으로서의 심청의 삶은 있지만, 여성으로서 당해야 했던 심청의 삶
은 사라졌다. 동아시아의 이곳저곳을 에둘러서 조선이라는 공간으로 돌
아온 심청은 자신의 고향에서 영웅적인 죽음을 맞이한다. 남은 것은 관
음보살의 현신이라는 심청의 존재감 뿐이다. 제국주의의 폭력을 증명하
는 한 여인의 몸은 이렇게 관음보살의 현신이 되어 설화적인 세계라는
몰역사적인 세계로 사라져버린 셈이다.

　결과적으로 황석영은 심청이라는 모티브를 통해 모성성을 실천하는 한 여인의 희생적인 삶을 구현하고 있다. 하지만 여성의 희생적인 삶은 모성성의 담론에 규정된 삶으로 나타날 뿐, 심청의 주체성에 근거한 능동적인 삶으로 표출되지 않는다. 심청의 희생적 행위가 능동적으로 비쳐지는 것은 심청의 행위를 이끌어내는 작가의 관념이 표면적으로 드러나지 않기 때문이다. 모성성이라는 이름으로 은폐된 작가(남성)의 시선은 심청의 비주체적인 행동을 주체적인 행동으로 보이게끔 한다. 요컨대 소설 속에서 심청은 주체화의 과정을 통해 새로운 인물로 거듭나는 듯싶지만, 실제 그것은 작가의 관념 속에서 재구성된 모성성의 화신으로 한정되어 나타난다. 모성성과 주체성의 경계에서 모성성으로 복귀하는 『심청』의 서사는 황석영이 이른 모성성의 맥락이 여성의 주체성을 배제하는 남성의 시선에 종속되고 있음을 다시 한번 입증한다 하겠다.

5. 나가는 글

　황석영의 초기 단편인 「몰개월의 새」는 미자라는 사창가 여성의 마음속에 새겨진 모성성의 의미를 이야기하는 소설이다. 베트남 전쟁에 파견되기 전에 사창가에 들른 남성들을 위무하는 미자의 삶은 세상에 대한 환멸에 빠진 인물(남성)들의 삶에 어떤 빛으로 작용한다. 모성적인 존재가 남성에게 줄 수 있는 것은 심리적 편안함일 것이다. 남성은 여성에게서 심리적인 안정을 얻고, 그로써 자신이 해야 할 일을 깨닫는다. 매개항으로서의 모성적 존재는 남성 주체의 현실 적응을 돕는 '조력자'로서의 역할을 하는 셈이다. 하지만 미자의 삶에서도 나타나는 것처럼, 모성적 존재는 자기 삶에 대한 성찰보다는 다른 이의 삶에 관심을 가져야 하고, 또 다른 이의 삶을 감싸안는 존재가 되어야 한다. 남성은 여성을 통해 자신이 가야 할 곳으로 나아가지만, 여성은 여전히 자신이 있는 곳에 남아 또 다른 남성들을 기다린다. 공간적으로 획정된 남성과 여성의 차이는 황석영 소설의 일반적인 특성으로 나타나거니와, 20세기 3부작에 드러난 모성적인 존재들 역시 실제로는 이러한 미자의 삶과 다르지 않은 삶을 살았다 할 것이다.

황석영의 20세기 3부작에 나타나는 모성성은 모성에 대한 보편적인 담론에 근거한다. 모성을 내향적인 것으로 판단하는 한윤희의 생각대로, 모성적인 존재들은 자신에게 부여된 고통을 가슴으로 삭이고, 그를 통해 이 세상을 조화로운 세상으로 이끄는 존재들로 묘사되는 것이다. 그러나 조화로운 세상을 지향하는 대가로 그녀들은 자신의 정체성을 포기해야 한다. 개별적인 주체의 삶은 모성이라는 더 큰 담론의 타자성 속으로 소멸되어 버린다. 모성이라는 이름으로 타자화된 여성의 삶은 이제 타자의 담론이 부여하는 역할에 따라 새로운 모성의 주체로 탄생한다. 어떤 상황에서도 변하지 않는 모성성의 존재들은 남성 주체들에게 삶의 안정감을 부여하고, 남성 주체들의 새로운 삶을 이끄는 바탕으로 의미화된다.

그런데 남성 주체들의 삶이 새로운 맥락으로 펼쳐지면서 모성적 존재들의 삶은 배제되기 시작한다. 남성 주체의 뇌리에 박혀 있는 희생적 존재로서의 모성상은 실제 여성들의 삶과 맞닥뜨리면 결코 현실화될 수 없기 때문이다. 모성이라는 이름을 벗겨낸 한윤희를, 심청을 생각해 보라. 그들의 몸에는 모성성의 흔적 이전에 고통의 징표가 아로새겨져 있고, 또 여성으로서 겪어야 했던 폭력의 그늘이 드리워져 있다. 남성 주체들이 편안하게 받아들인 모성성의 이면에는 이처럼 남성 주체들은 상상할 수 없는 여성들의 '고통'이 새겨져 있는 것이다.

황석영의 20세기 3부작이 이룩한 성과는 성과대로 받아들여야겠지만, 그의 소설에 명백하게 드러난 남성 중심적 시각은 이제 한국문학의 성장을 위해서라도 반성의 대상이 되어야 한다. 모성을 강조하는 시각 자체가 여성의 주체성을 배제하는 원천이 될 수 있다는 점 역시 우리는 다시금 성찰해 보아야 한다. 황석영의 20세기 3부작은 20세기라는 폭력의 시대를 증언하는 한 작가의 고투가 담겨있는 작품들이라는 점에서, 우리 문학사의 소중한 성과라 할 수 있다. 하지만 폭력의 시대를 증언하는 과정에서 작가가 은폐한 것이 무엇인지를 따져 보지 않는다면, 또 남성의 시선 속에 은폐된 폭력의 시선을 성찰하는 과정이 동반되지 않는다면, 황석영의 20세기 3부작이 이룩한 성과마저도 우리는 제대로 계승하지 못하는 상황에 직면하게 될 것이다.

▍저자 소개

김정숙 : 충남대학교 국어국문학과를 졸업하고 동 대학원에서 「한국 현대소설의 호명시학」(2004)
으로 박사학위를 받았다. 현재 청주대학교 전임강사이며, 주요 논문으로 「「옛우물」의
신화적 상상력」, 「『삼대』의 대화적 담론과 근대성 연구」, 「근대소설의 형성에 관한 일
연구」 등이 있다.

김현정 : 대전대학교 국어국문학과를 졸업하고 동 대학원에서 「백철의 휴머니즘 문학 연구」
(2000)로 박사학위를 받았다. 현재 대전대학교 강의전담교수로 재직 중이다. 주요 논문
으로 「신동엽 시의 고향의식」, 「윤곤강의 비평 연구」 등이 있으며, 저서로 『백철 문학
연구』(역락, 2005), 『한국현대문학의 고향담론과 탈식민성』(역락, 2005) 등이 있다.

김화선 : 충남대학교 국어국문학과를 졸업하고 동 대학원에서 「한국 근대 아동문학의 형성과정
연구」(2002)로 박사학위를 받았다. 현재 배재대학교에 재직 중이다. 주요 논문으로 「틈
새의 힘으로 보는 소수성의 미학」, 「동화와 페미니즘의 만남」, 「『만선일보』에 수록된
일제말 아동문학 연구」 등이 있으며, 공저로 『친일문학의 내적논리』(역락, 2003) 등이
있다.

남기택 : 충남대학교 국어국문학과를 졸업하고 동 대학원에서 「김수영과 신동엽 시의 모더니티
연구」(2003)로 박사학위를 받았다. 현재 강원대 삼척캠퍼스에 재직 중이다. 주요 논문
으로 「김수영과 신동엽 시의 모더니티 연구」, 「평상을 향한 경어」, 공저로 『라깡과 문
학』(예림기획, 1998) 등이 있다.

박현이 : 목원대학교 국어국문학과를 졸업하고, 충남대학교 대학원에서 박사과정을 수료했다. 현
재 목원대학교 강사로 재직 중이다. 주요 논문으로 「은희경 소설에 나타난 고백의 서
술전략 연구」, 「기억과 연대를 생성하는 고백적 글쓰기」, 「여성의 '몸'과 탈식민성」 등
이 있다.

오연희 : 충남대학교 국어국문학과를 졸업하고 동 대학원에서 「황순원의 「일월」 연구」(1996)로
박사학위를 받았다. 현재 카이스트 강사로 재직 중이다. 주요 논문으로 「삼포로 가는
세 가지 길」, 「영화 은유의 주해」 등이 있으며, 역서로 『서사론』(형설출판사, 1996) 등
이 있다.

오홍진 : 대전대학교 국어국문학과를 졸업하고, 동 대학원 석사과정을 수료했다. 2003년 『문화일
보』 신춘문예에 「죽음을 통해, 죽음을 넘어 화해하는 길: 『손님』론」으로 등단하여, 현
재 문학평론가로 활동하고 있다. 주요 평론으로 「근대성, 개인주의, 진정성의 비평미학:
황종연론」, 「소멸될 수 없는 것을 향한 시적 사유: 고은론」 등이 있다.

경계와 소통, 탈식민의 문학

인   쇄   2006년 3월 24일
발   행   2006년 3월 30일

지 은 이   김정숙 김현정 김화선 남기택 박현이 오연희 오홍진
펴 낸 이   이대현
책임편집   이태곤
편   집   권분옥·김보라·박소정
제   작   안현진
펴 낸 곳   도서출판 **역락** / 서울 성동구 성수2가 3동 301-80
                (주)지시코 별관 3층(우133-835)
전   화   3409-2058(대표) 3409-2060(편집부) FAX 3409-2059
이 메 일   yk3888@kornet.net / youkrack@hanmail.net
홈페이지   www.youkrack.com
등   록   1999년 4월 19일 제303-2002-000014호

정   가   12,000원
ISBN   89-5556-451-1-93810

* 잘못된 책은 교환해 드립니다.